Jazz Lovers

재즈 러버스

최정식 장편소설

파람북

재즈 러버스

초판 1쇄 인쇄	2025년 6월 18일
초판 1쇄 발행	2025년 6월 24일
지은이	최정식
펴낸이	정해종
펴낸곳	(주)파람북
출판등록	2018년 4월 30일 제2018-000126호
주소	경기도 파주시 회동길 480 아트팩토리엔제이에프 B동 222호
전자우편	info@parambook.co.kr
인스타그램	@param.book
페이스북	www.facebook.com/parambook/
대표전화	031-935-4049
편집	현종희
디자인	이승욱
ISBN	979-11-7274-051-1 03810

- 책값은 뒤표지에 있습니다.
- 이 책은 저작물 저작권법에 따라 보호받는 저작물이므로 무단 전재와 복제를 금하며, 이 책 내용의 전부 또는 일부를 이용하시려면 반드시 저작권자와 (주)파람북의 서면 동의를 받아야 합니다.

책머리에

지난 50년간 음악은 내 삶에 있어 큰 부분으로 자리해 왔다. 십 대 시절, 남들보다 유달랐던 음악에 관한 관심은 취미를 넘어 업으로 이어졌고 결국 인생이 되어버렸다.

세상에는 많은 장르의 음악들이 존재한다. 그들은 저마다 색을 뿜내며 각자의 자리에 우뚝 서 있다. 반세기 동안 수많은 장르의 음악들을 파헤쳐본 나는 그 다양한 음악 장르 중, 재즈를 가장 위대한 음악 장르로 손꼽고 싶다. 어떤 장르의 음악과도 비견할 수 없기 때문이다. 그 이유를 말하라면, 이루 열거할 수 없을 정도로 많다. 재즈는 순수한 천연의 음악이며, 표현 기교의 폭이 깊고 넓고 높아 범접할 수 없을 정도로 심오하며, 고급스럽고 우아하고 낭만적인가 하면 보존에 얽매이지 않고 자유로우며 인간적이고 진실하고 애틋하고 아름답다.

음반 수집에 열정을 쏟던 대학 시절, 우연히 알게 된 팻 매시니 그룹Pat Metheny Group. 난 그들의 음악을 듣고 큰 충격을 받았다.

⟨Are You Going With Me⟩, ⟨Au Lait⟩, ⟨The First Circle⟩, ⟨If I Could⟩, ⟨Minuano(Six Eight)⟩….

그들의 음악은 표현의 깊이와 연주 기교의 차원이 기존의 음악들과 완전히 다른, 또 다른 세상의 음악이었다. 마치 지구보다 일만 년을 앞서가는 지구 밖 문명이 만든 것만 같았던. 결국 난 그들의 음악을 계기로 재즈와 가까워지게 됐으며, 그 후로 지금까지 재즈는 늘 내 곁에 머물렀다. 난 재즈 속에서 세상을 배웠고, 살아가는 방법도 배웠다. 또한 삶의 지혜와 행복, 아픔, 그리고 사랑을 배웠다.

그렇게 세월이 흐르던 어느 날, 난 재즈를 소재로 사랑 이야기를 써보고 싶은 충동을 느꼈다. 세상에 흩뿌려진 사랑 이야기들이 사랑 이야기의 전부가 아닐 것만 같았고, 재즈 소재가 러브스토리를 쓰는 데 있어 더할 나위 없이 좋은 매개체가 될 것 같은 생각이 들었기 때문이다. 글을 쓰기 위해 우선 인물의 캐릭터와 소재, 그리고 플롯을 만들어야 했다. 하지만 절절하게 일렁거리는 내 가슴과는 달리 그 사랑 이야기의 줄기는 좀처럼 머릿속에 떠오르지 않았다.

그러던 어느 해, 한 연주회에서 아프리카 타악기와 맞물린 피아노 음을 듣다가 그 음악의 서정에 감화되며 한 줄의 이야기 줄기가 떠올랐다.

그 한 줄에서 이 소설은 시작되었다. 그 한 줄은 곧 A4 다섯 쪽으로 늘어났고, 다시 열다섯 쪽의 분량으로 불어났다. 비록 열다섯 쪽에 불과한 시놉시스였지만 난 시놉시스 작업을 끝내고 마치 책이 출간이라도 된 양 기쁨을 만끽했고, 스토리 라인이 마음에 들어 가슴이 벅차오르기까지 했다. 하지만 그 환희는 오래가지 않았다. 갑자기 마음속에 차가운 기운이 스며들었다. 마음만 앞선 채 미처 생각하지 못한 것이 있었다. 얼마나 많은 한국의 독자들이 재즈를 이해하고 공감할 수 있을까? 우려스러웠다. 사랑이 주제인 러브스토리였지만 재즈가 소재로 쓰인 이 글을 한국 독자들이 쉽게 받아주지 못할 것만 같았다. 한국에서 재즈라는 존재는 척박함 그 자체니까. 난 적지 않은 시간 동안 고민했다. 그런 고심 속에 문득 엉뚱한 생각을 하게 됐다. '왜 이 책을 한국에서 먼저 출판해야 하지? 재즈 소재의 글이라면 대중 속에 재즈가 뿌리를 내린 영국이나 미국, 그리고 일본에서 먼저 출판을 하면 되는 게 아닌가?' '그래! 그렇다면 영어로 소설을 한번 써보면 어떨까?' '외국에서 출판하고 훗날 한국에서 한국어로 출판하는 길을 택해보자.' 생각은 그러했다. 아니, 생각만 그러했다. 현실과 나를 돌아보며 심사숙고해보니 그 생각은 엉뚱함을 넘어 한마디로 미친 생각이었다. 영어권 국가에서 태어나 네이티브 수준의 영어를 구사하는 것도 아닌, 고작 7~8년 외국에서 살아본 경험이 전부인데 영어로 글을 쓴다고? 그것도 소설을? 어림잡아 최소 몇 년은 걸릴 텐데? 그래, 글을 완성한다고 치자, 과

연 출판이 가능하긴 할까? 한국어로 달랑 소설 한 편 출간했던 무명작가가 지금 무슨 상상을 하는 거지? 감히? 아무리 생각해봐도 확률로나, 능력으로나 영어로 쓴 글이 출판되는 건 불가능일 것 같았다. 결국, 난 영어로 글을 쓰겠다는 마음을 지워버렸다. 그러던 어느 날, 마음 한구석에서 글을 쓰는 목적이 과연 무엇일까? 하는 생각이 피어올랐다. 출판을 하기 위해? 곰곰이 생각해보았다. 그리고 오래전 소설을 출간했던 과정을 뒤돌아보았다. 출판되었을 때보다 글을 쓸 때가 더 행복했던 기억이 새록새록 다가왔다. 결국, 난 영어로 글을 쓰기로 마음먹었다. 계획을 짰으며 주위를 정리했다. 드디어 만반의 준비를 마친 나는 그 미친 짓을 감행했다. 가정을 돌보고, 바깥일을 하며, 영어로 소설을 쓴다는 것. 정말 쉽지 않았다. 현실로부터 강력한 저항을 받았으며 여러 번 포기하고 싶은 생각도 들었다. 하지만 그럴 때마다 소설 속 남녀주인공의 사랑이 내 발목을 붙잡았다. 그 두 주인공에게 미안했다. 그들의 사랑 이야기를 그렇게 퍼질러 놓은 채 포기할 수 없었던 것이다. 꼬박 4년이란 시간이 지났다.

마침내 영어로 탈고된 『재즈 러버스 *Jazz Lovers*』. 난 영국과 미국 그리고 일본 출판사 정보를 리스트업 하기 시작했다. 좌절의 끈을 허리에 꽉 졸라맨 채. 먼저 영국 출판사 목록을 손에 쥐었다. 브리티시 재즈 마니아인 나로서는 미국보다 영국에 먼저 애착이 갔다. 영국의 한 출판사에 소설의 기획 의도와 작가 약력 그리고 『재즈 러버스』의 시놉시스와 소설 본문 전체를 이메일로 보냈다. 그리고 일본의 한 메이저 출판사에 일본어로 번역한 시놉시스와 기획 의도를 보냈다. 영어로 써 놓은 소설 일부와 함께. 대꾸라도 해줄까? 난 그들이 어떤 내용이든 짤막한 평가라도 해주면 좋겠다고 소망했다.

먼저 일본 출판사에서 연락이 왔다. 소설 영어본 전체를 보내 달라는 요청이었다. 가슴이 두근거렸다. 나머지를 보내 달라는 것은 검토할 여지를 갖겠다는 의미 아닌가? 난 곧바로 나머지 영어본을 일본 출판사에 보냈고, 얼마 지나지 않아 일본 출판사에서 연락이 왔다. 사내 리뷰 결과, 『재즈 러버스』 출간을 결정했다는 이메일이었다. 덜컥 숨이 막혀왔다. 기쁨에도 숨통이 조여든다는 것을 난 그때 처음 알았다. 처음으로 접촉한 출판사였는데 계약으로 이어지다니? 그리고 얼마 후 영국의 출판사에서 연락이 왔다. 계약하자는 연락이었다. 그 출판사도 영어권 국가에서 처음으로 문을 두드렸던 출판사였다. 나는 나도 모르게 두 주먹을 불끈 쥐었다.

난 두 출판사에 감사를 표하며 그들에게 질문했다. 『재즈 러버스』의 어떤 부분이 당신들 마음을 사로잡았냐고? 두 출판사의 대답은 비슷했다. 난 그들의 답을 받고 두 눈이 뜨거워졌다. 이기로 물든 오늘날의 그릇된 사랑 앞에 순수한 사랑 이야기를 전하고 싶은 작가의 마음과 내러티브를 그들이 잘 이해하고 있다는 생각이 들었기 때문이다. 결국 『재즈 러버스』는 2021년 9월 영국에서, 2022년 4월 일본에서 출판되었다. 만약 영국과 일본, 그들의 문화 속에 재즈가 엉글어 있지 않았다면 재즈 변방의 나라에서 날아온 한 무명작가의 글이 그렇게 거침없이 출판될 수 있었을까, 하고 생각해본다.

　2025년 여름, 이제 한국에서 『재즈 러버스』를 한국어로 출간한다. 재즈에 있어 여전히 황폐하고 메마른 현실의 한국이기에 『재즈 러버스』라는 제목으로 출간되는 것이 다소 부담스러운 것만큼은 사실이다. 하지만, 이 소설은 결코 재즈 관련 음악 소설이 아니다. 이 소설의 주제는 사랑이며 재즈처럼 가공되지 않은, 오묘하면서도 숭고한 남녀의 사랑을 전하는 러브스토리다.

　이 책을 통해 많은 사람이 재즈와 사랑의 향연饗宴을 향유享有할 수 있게 되기를 바라며 늘 외로이 순수한 사랑을 갈망하며 살아가는 모든 이들에게 이 책을 바친다.

최정식

차례

1 허수아비_013
2 이별여행_019
3 운명_022
4 천연天緣_031
5 길이 없는 길_037
6 사랑하고 또 사랑해서 그대가_049
7 Besides Music_060
8 한 하늘, 두 태양_074
9 재즈 속으로_094
10 별리別離_109
11 행복한 여인_124
12 진격의 사랑_138
13 형제의 난難_151
14 실타래_166
15 나를 찾아서_171
16 여심女心_188

17 비애悲哀_192
18 종이 파이프_196
19 사랑이었는데 바람이었다_208
20 본능_216
21 음악의 힘_231
22 갈등_248
23 슬픈 이별_254
24 재즈 러버스_263
25 환희, 절망, 그리고 열정_291
26 축복_317
27 변명과 진실_325
28 그을린 가슴_343
29 사랑하기 때문에_356
30 가야만 하는 길_376
31 사랑보다 아름다운_386
32 환생_392

1 | 허수아비

2014년 가을.

의사가 컴퓨터 모니터 화면을 보며 곤혹스러운 표정을 짓자, 침대 커튼 사이로 의사를 훔쳐보고 있던 현석이 고개를 가로 비켜 내린다. '그것일까?' 현석은 세상에 태어나 가장 절망적이고도 슬픈 말을 들어야 할 순간이 바로 지금이 아닐까 생각한다.

의사의 입에서 터져 나온 한숨이 현석의 귓가에 와 닿았다. 살아오며 단 한 번도 죽음이란 말을 떠올려본 적이 없고 죽음에 대해 그 어떤 마음의 준비도 해본 적이 없다. 현석은 갑작스럽게 그 말을 들을 수는 없다고 생각한다. 그는 잠시 시간이 필요했다. 그가 침대에 누워 두 눈을 감는다. 마치 잠이 든 것처럼. 그는 자신의 잠든 모습이 어떤 말도 감히 건네지 못할 고즈넉한 표정, 아니 그 이상의 숭고함이 내비쳐지는 천상의 모습으로 의사에게 보일 수 있으면 좋겠다고 생각한다.

현석이 바라던 대로 된 것일까? 의사는 현석의 침대로 다가왔지만, 그저 침대 근처를 맴돌다가 자신의 집무 책상으로 다시 돌아가 앉는다. 의사는 현석의 휴식을 방해하고 싶지 않다.

의사는 모든 움직임을 최소화한다. 정적이 일기 시작하는 진찰실.

잠시 마음을 가다듬은 현석이 실눈을 뜨고 의사를 바라본다. 현석은 더는 잠든 척할 수가 없었다. 숨소리마저 자제하며 잠에서 깨어나길 기다리고 있는 의사에게 갑자기 고마운 마음이 들었기 때문이다. 그리고 침대를 너무 오래 점유하고 있는 게 아닌가 싶어 미안했기 때문이기도 하다. 이제 마음의 준비가 된 것일까? 현석이 헛기침하며 인기척을 하자 의사가 의자에서 일어나 현석의 침대 쪽으로 다가온다.

의사, 현석이 누워있는 침대의 커튼을 조심스레 연다.

"일어나셨어요?"

현석, 상체를 일으키며 답한다.

"죄송합니다. 제가 너무 오랫동안 선생님 시간을 뺏고 있는 것 같네요. 다른 환자분들도 계실 텐데."

"아닙니다. 괜찮습니다. 피곤하시면 더 누워 계셔도 됩니다." 의사가 나지막이 한숨을 내쉰 뒤 맥없이 말했다. 늘 활력이 넘쳤던 의사의 말투가 아니었다. 현석이 의사의 어두운 낯빛을 쳐다본다. 현석은 자신에게 무엇이 다가오고 있는지 알 것 같았다. 그는 자신이 상상하고 감지했던 그것이 맞을 것만 같아 순간 덜컥 겁이 났다. 현석이 애써 맑은 표정을 짓는다. 의사처럼 처연한 얼굴로 의사가 건네는 말을 듣는다면 그건 너무나도 큰 비극일 것 같았기 때문이다. 그러나 현석의 밝은 표정은 오래가지 않았다. 그는 입을 꼭 다문 의사의 표정을 지켜보며 자신의 표정이 의사가 말을 꺼내는 데 장애가 되고 있다고 생각했다. 해맑은 얼굴빛을 지워버리는 현석. 그러자 바로, 굳게 닫혀있던 의사의 입술이 열린다.

"저, 양 선생님, 제가 소견서 써 드리겠습니다. 큰 병원으로 가보셔야겠어요."

현석은 병원을 나서자마자 담배 한 대를 입에 물었다. 서너 달 끊었던 담배. 다시 담배를 입에 문 현석을 탓하듯 빗방울이 현석의 담배에 연신 내리친다. 담배가 진한 습기를 먹어 더 이상 빨리지 않자 현석이 비를 피한다. 담배 한 개비에 다시 불을 지피는 현석. 한동안 굳은 마음으로 등졌던 담배였으나 그는 무너지고 말았다. 그는 많은 사람이 담배를 끊지 못하는 건 중독을 이기지 못해서가 아니라 마음이 무너지기 때문이리라 생각한다.

현석은 병원을 나와 집으로 향하지 않았다. 목적지 없이 발길 가는 대로 걷는 현석.

현석이 휘황찬란한 도심의 밤거리로 접어든다. 현석을 스쳐 가는 사람들이 현석을 흘긋 쳐다본다. 반듯하게 묶인 반백의 말총머리와 길고 짙은 눈썹, 오뚝한 코, 그리고 하얀 피부. 그런 그의 외모에서 고혹적인 아우라가 느껴져 쳐다보는 것일까? 아니면 남루한 차림에 우산도 없이 처량하게 비를 맞으며 한쪽 다리를 절뚝이며 걷고 있는 그의 행색을 쳐다보고 있는 것일까? 아니면 지나가는 사람들의 동선은 전혀 아랑곳하지 않고 고개를 숙인 채 걷고 있는 그의 행태 때문일까?

 현석이 전철 역내로 들어선다. 그는 어디로든 더 걷고 싶었지만 쏟아지는 폭우를 감당해 낼 수가 없었다.
 현석이 전철 노선도를 쳐다본다. 문산이라는 글자를 찾는 현석. 그는 어떻게 전철을 타야 집까지 이를 수 있는지 살핀다. 그는 한참 만에서야 노선을 알아냈다. 세 번을 갈아타야만 했다. 세 번. 3. 현석은 그 세 번이란 횟수와 3이라는 숫자가 단순하지 않은, 복잡하고도 버거운 존재라는 생각이 들었다.

 전철은 만원이었다. 현석의 몸은 승객들에게 떠밀려 그의 의지와 상관없이 움직인다. 지척에 손잡이가 있었음에도 그는 손잡이를 잡지 못했다. 사람과 사람 사이를 비집고 앞으로 나아가는 현석. 한쪽 다리로만 몸을 지탱할 수밖에 없는 그로서는 이리저리 떠밀리는 게 곤혹일 수밖에 없다. 그는 무엇이라도 손으로 붙잡고 싶었다. 그의 시야에 기다랗게, 세로로 서 있는 스테인리스 손잡이가 늘어왔다. 사람들 사이를 헤치고 나아가 스테인리스를 붙잡는 현석. 하지만 그는 곧 그 스테인리스에서 손을 떼어버려야만 했다. 현석 옆에 서 있는 한 여학생이 손으로 코를 막고 얼굴을 찌푸리며 현석을 째려보고 있었기 때문이다. 현석이 그 여학생을 등지고 선다. 어디에 몸을 의지해야 할까? 방황하는 현석. 잠시 후 그의 눈에 글귀들이 들어왔다.

'장애인, 고령자, 임산부, 영유아를 위한 좌석'

현석이 승객들의 틈을 헤집고 그 문구를 향해 나아간다. 그러나 그는 그 글씨가 쓰여있는 곳에 이르지 못했다. 승하차하는 사람들에 의해 그 글귀의 반대 방향으로 떠밀려버렸기 때문이다. 그가 계속 밀리고 밀려 전철 출입문 앞에 다다른다. 전철이 요철에 흔들거리자, 중심을 잃는 현석. 출입문 쪽에는 몸을 의지할만한 게 없었다. 그가 전철 출입문 유리에 한 쪽 손을 대고 가까스로 균형을 잡는다.

전철이 다음 역에 멈춰 섰다. 현석의 반대편 출입문으로 사람들이 우르르 빠져나간다. 승객들로 빽빽했던 전철 안은 순식간에 공간들이 생겨났다. 그리고 현석이 팔을 뻗어 닿을 거리에는 빈 손잡이들이 보였다. 그러나 현석은 그 손잡이들을 그저 쳐다만 볼 뿐이다. 그는 지쳐 보인다. 한 손바닥을 그저 출입문에 대고 고개를 숙인 채 움직이지 않는 현석. 전철이 덜

컹거릴 때마다 파리한 그의 몸이 좌, 우, 앞, 뒤로 낭창거린다. 전철 출입문 옆, 통풍구에서 새어 나온 바람이 현석의 헐렁한 옷깃을 흔들어 댄다. 그런 그의 모습을 보니 떠오르는 사물이 있다. 허수아비! 새들에게 쪼이고 바람에 헐뜯기고 땡볕에 부식된, 허허벌판에 서 있는 허수아비. 잠시 후 전철이 터널 안으로 들어간다. 갑자기 그 허수아비는 어두운 밤을 맞는다.

2 | 이별여행

현석이 다락방에서 내려온다. 그의 한 손에는 가방이 들려 있다.

그가 방바닥에 가방을 내려놓고 커버를 연다. 가방 안에 놓인 물건은 악기였다. 해금. 그는 가방에서 해금 본체와 활대를 꺼내 손에 들고 잠시 살펴보다가 방바닥에 내려놓고 다시 다락방으로 오른다. 잠시 후 그가 무언가를 손에 쥐고 다락방에서 내려온다. 그것들은 해금 줄[1]을 가지런하게 감아 놓은 실패[2] 모양의 둥근 봉과 말총[3], 그리고 산성[4]이었다. 그는 그것들을 해금 본체와 활대 옆에 내려놓은 뒤 이불장의 문을 열고 개어 놓은 이불과 이불 사이에서 어린아이 손바닥만 한 크기의 사각 금속 물체들을 꺼내 든다. 그 금속은 납이었고 줄로 꿰어져 있다. 손에 들린 납들을 물끄러미 바라보는 현석. 평온해 보였던 그의 표정이 어두워진다. 그는 입술을 굳게 닫고 결

---

1 해금 본체에 감는 줄. 유현(바깥 줄)과 중현(안쪽 줄)으로 구성.
2 실을 감아두는 도구.
3 해금 활대에 매는 줄.
4 해금의 유현과 중현을 손으로 잡기 편하게 간격을 좁혀 주는 역할을 하는 줄.

의를 다지듯 어금니를 깨물며 납과 납 사이의 이음새에 연결된 줄을 양손으로 잡아당겨 장력을 확인해본다.
 현석이 방바닥에 늘어놓은 물건들을 살핀다. 그의 눈이 멈춘 곳은 속옷이었다. 상하 속옷 한 벌. 그는 아차 싶었다. 손에 들고 있던 납들을 방바닥에 내려놓고 옷장으로 향한 그가 서랍 속에서 여러 벌의 속옷을 꺼내 든다. 준비한 물건들이 두 개의 가방 안에 나누어져 들어갔다. 모든 준비가 끝나 보였지만 그는 아직 챙기지 못한 물건이 있는 듯 방 한쪽에 있는 책상으로 다가가 서랍을 연다. 서랍 안, 깊숙한 곳에 손을 밀어 넣는 현석. 그의 손에 무언가가 들려 나왔다. 편지봉투였다. 그가 봉투를 열고 편지지를 꺼내 펼친다. 글을 읽어내리는 현석. 의연해 보였던 그의 얼굴빛이 하느작거리며 어두워지는가 싶더니 이윽고 그의 눈이 충혈되어 온다. 그는 글을 읽으며 잠시 나약해졌던 마음을 굳게 다지려는 듯 윗입술을 아랫입술 안으로 오므려 넣고 눈을 한번 감았다 뜬 뒤 편지지를 접어 봉투에 넣는다. 그가 공허한 눈길로 한쪽 벽에 걸린 사진액자를 쳐다본다. 가족사진이었다. 아들, 손녀, 며느리, 그리고 현석.
 "아버님 다녀오겠습니다."
 들려온 소리에 현석, 다급하게 편지봉투를 상의 안주머니에 넣은 뒤 방바닥에 놓여있는 두 개의 가방 중에 납 벨트가 담긴 가죽 가방을 이불장 안에 숨기고는 방문 앞으로 다가간다.

"그래, 잘들 다녀와라."

현석이 방문을 열었다. 출근길에 나서는 아들 정수와 며느리, 그리고 책가방을 둘러멘 손녀의 모습이 보인다.

"난 오늘 춘천에 좀 간다. 한 일주일 정도 다녀올 테니 그렇게들 알고."

정수, 발걸음을 멈춰 세우고 뒤돌아선다.

"갑자기 춘천엔 왜 가세요?"

"연주 유랑流浪 일정이 생겼다."

3 | 운명

현석이 벨보이를 따라 객실로 들어선다.
벨보이가 객실에 가방들을 내려놓고 객실을 나서려 하자 현석, 지갑에서 일만 원짜리 지폐를 여러 장 꺼내 그에게 건넨다. 벨보이는 갑자기 이게 무슨 돈인가 싶다. 그가 넙죽 받지 못하고 주저한다.
"팁치고는 많습니다."
"받아요. 부탁이 있어요."
현석, 안주머니에서 편지봉투를 꺼내며,
"소양호안에 며칠 머물 예정이어서 이 편지 좀 대신 부쳐줬으면 해요. 수신자 주소는 다 적혀있어요. 그냥 보내기만 하면 돼요."
벨보이, 돈과 편지를 받아 들고 굽실 인사한 뒤 방을 나간다.
객실 내를 살피는 현석. 반쯤 열린 커튼 사이로 산과 호수가 내려 보인다.
춘천 소양호의 풍경.

다음 날 아침.

가방 패킹을 마무리한 현석이 창문 커튼을 연다. 창기에 서서 호수를 내려다보는 현석. 어제와는 날씨가 사뭇 다르다. 하늘은 잔뜩 찌푸렸고 바람이 세차, 호수 수면이 크게 일렁인다.
 현석, 잔에 술을 따른 뒤 빈 병을 탁자 위에 내려놓는다. 빈 소주병 세 개가 보인다. 단숨에 소주잔을 들이켠 현석이 해금 가방과 가죽 가방을 양어깨에 메고 호텔 방을 나선다.

 현석이 한 산등성이 꼭대기에 이르렀다. 그는 절벽 가까운 곳에 한 아름 크기로 자라 솟구쳐있는 개오동나무 밑에 가방을 내려놓은 뒤 절벽 끝, 호수 쪽으로 돌출된 바위 위로 올라선다. 그가 산등성이 주위를 둘러본다. 넓은 녹지와 흰색의 바위들, 맑고 싱그럽게 물든 나뭇잎들, 연못, 그리고 일렬로 무리 지어 길게 늘어선 은빛 참억새. 잠시 그것들을 바라보며 사념에 잠겼던 현석이 바위 위에서 절벽을 향해 몇 발 더 앞으로 내디딘다. 술기운 때문인지 바람 때문인지 순간순간 중심을 잃는 그의 모습이 위태로워 보인다. 절벽 끝까지 다가가선 현석이 호수 멀리, 자신이 태어났고 자란 마을을 굽어본다. 수많은 기억과 추억들이 그의 상념 속에 내려 쌓인다.
 가죽 가방 안에서 소주 한 병을 꺼내는 현석. 그는 소주병의 뚜껑을 비틀어 열고 벌컥벌컥 들이켠 뒤 해금 가방 안에서 해금과 활대, 말총, 그리고 산성을 꺼내 땅바닥에 내려놓는다.

그리고 가죽 가방에서 접이식 간이의자와 해금 줄을 감아 놓은 실패 모양의 둥근 봉을 꺼낸다. 그는 그 둥근 봉에서 해금 줄을 풀어낸 뒤 해금 가방에서 꺼내든 손가위로 풀어낸 해금 줄을 자른다. 그리고 잘라낸 해금 줄을 해금에 묶는다. 줄을 매는 작업은 단순해 보이지 않는다. 줄을 묶는 동작이 능숙해 보였음에도 줄을 묶기까지는 제법 오랜 시간이 걸렸다.

해금 본체에 줄 묶는 작업을 끝낸 현석이 활대에 말총을 끼우기 시작한다. 바람이 거세지자, 하늘을 쳐다보는 현석. 푸른 빛을 머금고 있던 하늘은 어느새 탁색 먹구름들로 뒤덮였고 청초했던 산등성이는 잿빛 그림자가 길게 드리워지며 갑자기 을씨년스러운 분위기로 변해버렸다.

활대에 말총이 끼워지자, 해금의 두 줄 사이에 말총을 끼우는 현석. 그는 봉에서 풀려 남겨진 해금 줄을 다시 봉에 감은 뒤 봉을 땅바닥에 내려놓는다. 그 순간 봉이 바닥의 경사면을 타고 언덕 아래로 굴러간다. 그가 구르는 봉을 잡기 위해 일어선다. 하지만 그는 절룩거리는 다리로 굴곡진 경사에서 바람에 의해 이리저리 방향을 바꿔가며 구르는 봉을 쉽게 잡을 수가 없었다. 간신히 봉을 잡는 현석. 그가 봉에서 풀려 버린 줄을 다시 봉에 감아 가죽 가방에 넣고 해금 가방과 가죽 가방을 개오동나무 옆 평지로 옮긴다. 그때 해금 줄이 감긴 또 다른 작은 봉 하나가 해금 가방에서 빠져나와 언덕 아래로 구른다.

다시 봉을 쫓는 현석. 그사이, 봉에서 풀린 해금 줄이 현석의 한쪽 발목, 바지 단에 감긴다. 그러나 현석은 발목에 감긴 줄을 의식하지 못한다. 절룩거리는 그의 한쪽 발은 오래전 입은 부상으로 무릎 아래쪽 감각이 무뎌져 있었다. 힘들게 봉을 잡은 그가 가방이 놓여있는 곳으로 돌아와 해금 가방 안에 봉을 넣는다. 가쁜 숨을 몰아쉬며 잠시 앉아 쉬는 현석. 그는 소주 한 모금을 들이켠 뒤 소매로 입가를 닦아 내고는 해금과 활대, 그리고 간이의자를 손에 들고 주위를 두리번거린다. 그는 연주할 장소가 필요했다. 억새 무리 옆, 평평한 바위가 그의 눈에 들어왔다. 그가 그 바위에 올라 접이식 간이의자를 펼친다. 의자에 앉아 연주 채비를 하는 현석. 풍을 앓고 있는 것인지, 알코올에 의한 일시적 증상인지, 활대를 잡고 음을 조율하는 그의 오른손 손목에 떨림이 있다. 흔들리는 손목의 강도로 보아 연주가 제대로 될까 싶다. 하지만 그건 기우였다. 조율되는 현석의 음정은 안정적이었고 음의 감성 또한 살아 움직였다. 잠시 후 조율을 끝낸 그가 연주를 시작한다. 현석의 연주 기교가 자못 비범해 보인다. 그러나 어딘지 모르게 음의 선율은 생소했다. 일반적인 해금의 음계 소리가 아니었다. 그가 연주하는 곡은 국악이 아닌 양악洋樂이었다. 하지만 그 생소함은 그저 잠시뿐, 아름답고 정교한 그의 연주에 양악의 이질감은 순식간에 사라져버렸다.

그가 연주를 마쳤다. 술기운 때문인지 그는 바위에서 내려오며 잠시 중심을 잃는다. 해금과 활대, 의자를 해금 가방과 가죽 가방 사이에 내려놓고 절벽으로 다가간 그가 한참 동안 호수를 내려 본다. 잠시 후 그는 가방이 놓인 곳으로 다시 돌아와 주위에 흩어져있는 물건 중, 산성을 제외한 모든 것을 정리해 해금 가방과 가죽 가방 안에 담는다. 그러나 해금이 해금 가방에 잘 들어가질 않는다. 그는 가방에 넣었던 해금을 꺼내 바닥에 내려놓은 뒤 해금 도구들을 해금 가방에서 모두 끄집어낸 뒤 그 도구들을 차곡차곡 해금 가방 안에 넣는다. 그리고 다시 해금을 해금 가방에 넣는다. 순간 현석의 발목에 느슨하게 감겨 있던 해금 줄이 해금의 주아[5]에 걸려 버린다. 그런 채로 해금 가방에 넣어지는 해금. 현석이 가죽 가방에서 납 벨트를 꺼내 들었다. 그는 납 벨트를 이 방향 저 방향으로 번갈아 허리에 매본다. 잠시 주위를 살피던 그가 자신의 허리께보다 낮은 바위 위로 올라선다. 그는 바위의 모서리 부분에 서서 땅쪽을 바라보며 제자리에서 한번 점프해 본다. 서너 번 더 제자리 점프를 해본 현석이 땅을 향해 점프한다. 현석은 납 벨트 무게가 가볍다는 생각이 들었다. 납 벨트를 허리에서 풀러낸 그가 해금 가방에서 작은 손가위를 다시 꺼내 납 벨트의 줄 한

5　周兒. 음의 조율 역할.

가닥을 자른 뒤 줄이 끊긴 납 벨트를 가죽 가방 안, 한쪽에 내려놓고 가죽 가방에서 해금 줄이 감긴 봉을 꺼낸 뒤 봉에서 해금 줄을 풀어 가위로 해금 줄을 자른다. 그는 해금 줄이 감긴 봉을 다시 가죽 가방에 넣고 가죽 가방 안에 내려놓았던 납 벨트를 다시 꺼내 든다. 그 순간 봉에 감긴 해금 줄 한 가닥이 납과 납을 이은 줄에 걸려 납 벨트와 함께 딸려 올라왔다. 하지만 그는 줄이 걸린 것을 의식하지 못한다. 같은 색상, 같은 굵기의 줄이었기에 그는 줄이 걸려 엉킨 것을 알아채지 못했다. 그가 가죽 가방에서 납 한 개를 새로 꺼내 새 납에 뚫려 있는 구멍에 새로 잘라낸 해금 줄을 끼워 넣는다. 그리고 그 줄을 끊긴 납 벨트 줄에 이어 묶는다. 다시 납 벨트를 허리에 차고 제자리에 서서 점프해 보는 현석. 그는 늘어난 벨트의 무게가 만족스러웠는지 흡족해하는 표정을 짓는다. 현석이 바닥에 놓인 산성을 집어 들고 납 벨트의 매듭 위에 산성을 묶기 시작한다. 이미 해금 줄로 허리에 매듭이 된 벨트였음에도 그가 벨트 매듭에 산성을 또 묶는 이유는 물속에서 본능적으로 납 벨트를 풀어내고 물 위로 떠 오르지 않기 위한 장치였다. 이중 장치.

  현석이 소주병을 집어 들고 한 모금 길게 들이켠 뒤 절벽 가에 길게 튀어나온 바위를 향해 걷는다. 그가 절벽 쪽으로 다가갈수록 그의 허리, 납 벨트 이음 줄에 엉켜 걸려 있는 가죽 가방 안의 해금 줄이 조금씩 팽팽해지기 시작한다. 곧이어 가죽 가방 안의 봉이 가방에서 빠져나온다. 순간 바람이 절벽 위로 휘몰아치자, 가죽 가방에서 빠져나온 봉이 바람에 이리저리 구르며 가죽 가방 앞뒤로 해금 줄을 풀어 놓는다. 그사이 현석은 절벽 끝 바위에 올라서서 고향 마을을 향해 큰절을 한번 올리고는 다이빙대에 선 선수처럼 두 팔을 들어 올린다. 불어오는 바람에 그의 바지 깃이 심하게 펄럭거린다. 스스로 호수에 몸을 내 던지기도 전, 그는 바람에 의해 곧바로 절벽 아래로 추락해 버릴 것만 같다. 호수 아래를 내려 보는 현석. 압박과 공포를 느낀 것일까? 그의 하체가 심하게 떨린다. 그러나 그의 눈빛은 결연했다. 조금씩 조금씩 절벽 가에 튀어나온 바위의 끝으로 두 발끝을 옮기는 현석. 현석이 두 눈을 감는다. 크게 한번 심호흡하는 현석. 이윽고 그가 계곡 아래, 호수 수면을 향해 몸을 날린다. 그 찰나 현석의 발목과 허리에 걸려 있던 해금 줄이 순식간에 팽팽해지며 땅바닥에 놓인 해금 가방과 가죽 가방을 잡아챈다. 발목에 감긴 줄과 이어져 있는 해금 주아에 감긴 해금 줄은 해금 가방을 잡아챘고 납 벨트에 걸려 있는 해금 줄은 가죽 가방의 손잡이를 낚아챘다. 해금 가방과 가죽 가방이 빠른 속도로 바닥을 긁으며 날아가듯 쓸려갔다. 순간 해금 가방과 가죽 가방이 바위와 바위틈 사이에 끼이면서 절벽 아래로 떨어지는 현석의 몸을 낚아챈다. 현석의 낙하

속도가 순간적으로 줄어들며 그의 한쪽 다리가 절벽 중턱, 바위 기슭에 솟아있는 소나무 가지를 스쳤다. 그 스침은 그의 낙하 방향을 바꾸어 놓았다. 현석의 상체가 절벽 중턱 바위 위에 솟은 또 다른 소나무 가지에 부딪히며 그의 양다리가 소나무 가지에 걸려 버린다. 나무에 거꾸로 매달리고 마는 현석. 그가 나무에 매달려 허우적거린다. 현석이 매달린 소나무의 아래쪽은 호수가 아니었다. 암석이었다. 뾰족뾰족 솟아있는 검은 암석들이 현석의 눈에 들어왔다. 그가 사시나무 떨듯 와들와들 떨리는 한 팔을 움직여 소나무 가지를 붙잡으려 한다. 본능이었다. 하지만 나무를 향해 뻗쳐진 그의 한 팔은 계속 부들부들 떨리기만 할 뿐 소나무 가지와 거리를 좁히지 못한다. 나뭇가지를 잡기 위해 바동거리며 안간힘을 써보는 현석. 그러나 역부족이다. 순간 소나무 가지에 걸려 있던 현석의 양다리가 나뭇가지 사이에서 빠져나오며 현석의 몸이 다시 아래로 곤두박질친다. 바위와 바위틈 사이에 끼어있던 가방 두 개가 현석의 몸무게를 이겨내지 못하고 바위틈 사이에서 빠져버린 것이다. 그때 해금 가방에서 빠져나온 해금이 절벽 기암에서 자라 뻗어있는 전나무에 걸리며 낙하하던 현석의 몸을 잡아당긴다. 해금의 돌출 부위인 주아가 전나무 가지에 걸린 것이다. 출렁거리는 충격에 현석의 어깨가 절벽 기슭에 부딪혔고 그의 엉치와 대퇴부가 튀어나온 절벽 암벽에 부딪힌다. 그 순간 전나무 가지에 걸려 있던 해금의 주아가 현석의 무게를 지탱하지 못하고 부러져 나갔다. 현석이 다시 아래로 추락하려는 순간, 해금의 입죽(해금의 몸체)과 활대가 전나무 밑단 줄기에 걸리며 추락하는 현석의 몸을 다시 낚아챘다. 현석의 몸이 또 한 번 출렁였고 그의 몸은 또다시 절벽 기슭에 부딪힌다. 두려움에 튀어나온 비명이었는지, 고통에 의한 외침이었는지, 현석에게서 커다란 비명이 일었다. 어느새 현석의 어깨와 목덜미에 피가 흥건하다. 그리고 그 피는 곧 현석의 얼굴을 타고 이마 쪽으로 흐른다. 거꾸로 매달린 현석이 바동거리며 통증이 느껴지는 곳을 보듬어 보기 위해 손을 엉덩이와 어깨 쪽으로 움직여 본다. 그러나 그의 두 손은 중력을 이길 힘이 없다. 잠시 후 현석의 움직임이 멈춰진다. 의식을 잃은 현석.

4 | 천연天緣

　응급 환자를 실은 이송용 침대가 병원 복도를 지난다. 그때 병원 복도를 걷고 있던 한 여인이 자신 옆을 스쳐 지나는 이송 침대를 무심코 쳐다본다. 담요 사이로 드러난 환자의 하체가 여인의 눈에 들어왔다. 순간 눈을 크게 뜨고 고개를 갸웃거리는 여인. 그녀가 이동하는 침대에서 눈을 떼지 못한다. 그녀는 침대가 복도 끝에서 멈춰 설 때까지 계속 침대를 바라본다. 침대가 멈춰 서자, 여인, 천천히 복도 끝 쪽을 향해 걸어간다. 그녀가 침대와의 거리를 좁혔다. 그녀는 환자의 얼굴을 확인하고 싶었다. 침대 쪽으로 더 가깝게 다가가는 그녀. 그러나 환자는 비스듬히 옆으로 누운 채 얼굴을 침대 매트리스에 묻고 있었다. 그녀가 환자의 하체에 다시 시선을 가져간다. 엉덩이에서 넓적다리까지 퍼져있는 푸른 반점……. 응급실 문이 열렸다. 곧이어 침대가 응급실 안으로 사라져 버리자, 그녀가 닫혀버린 응급실 문을 바라본다.
　'그분일까?' 여인은 응급실 안으로 사라진 환자가 그 남자이기를 간절히 희망한다. 그러면서 그녀는 그 남자가 아니었으면 하는 바람도 갖는다.

여인, 응급실 앞 대기석에 앉아있다. 푸른 반점의 남자가 응급실 안으로 사라진 뒤 적지 않은 시간이 흘렀음에도 그녀는 응급실 앞을 떠나지 않았다. 병원 복도 바닥 한 곳에 멍하니 시선을 두고 앉아있는 그녀.

그녀가 병원 복도 벽에 걸린 시계를 쳐다본 뒤 응급실 입구 쪽으로 얼굴을 가져가며 일어선다. 어디론가 향하는 그녀.

그녀가 도착한 곳은 신경과 접수 데스크 앞이었다. 그녀가 접수창구 앞에서 서성거릴 때 여인의 목소리가 울려 퍼진다.

"추 여사님!"

들려온 목소리에 여인, 뒤돌아본다. 한 간호사가 서 있다.

"아, 안녕하세요? 그러잖아도 지금 간호사님 만나 뵈려고 왔는데."

"저를요?"

"네."

"아버님 예약은 다음 준데요? 아버님, 어디 편찮으세요?"

"아니에요. 아버님은 괜찮으세요."

"어휴, 다행이에요. 약이 또 부작용을 일으켜 오신 줄 알고 마음 졸였습니다."

"아니에요. 이번에 처방해 주신 약은 전혀 문제없었어요. 좋아지셨어요."

"네, 잘됐네요. 의사 선생님께서 새로 조제한 약, 궁금해하셨었는데 말씀 전해드릴게요. 그런데 어쩐 일로 오셨어요?"

"저, 하나 부탁 좀 드리려고요."

"부탁이요? 제게요?"

"네."

"어떤 부탁이셔요? 제가 도와드릴 일이 있을지 모르겠습니다."

"응급실에 환자 한 분이 실려 오시는 걸 봤어요. 제가 아는 분 같기도 해서요. 얼굴을 확인하고 싶었는데 확인할 수가 없었네요. 어떻게 해야 할지 고민하다가 왔습니다."

간호사, 잠시 망설이다가,

"음, 환자분 신분을 확인하시고 싶으신 건가요?"

"네."

"성함만 아시면 되나요? 아니면,"

"성함만 확인하고 싶어요."

"언제 응급실에 실려 오셨어요?"

"한 시간 정도 됐어요. 고무줄로 머리를 묶은 남성분이세요."

"알겠습니다. 존함만 알고 싶으신 거라면 제가 한번 알아볼게요."

"네, 고마워요."

"저기 안쪽 대기실에 들어가 계세요. 거기가 한갓져요. 제가요 서류만 전달하고 다녀오겠습니다."

"네, 감사해요."

여인, 간호사가 안내한 대기실 안으로 들어간다. 의자에 앉는 여인. 그러나 그녀는 곧바로 의자에서 일어섰다. 그녀는 응급실에 있는 그 남자의 신원이 확인될 걸 생각하니 가슴이 조여와 가만히 앉아있을 수가 없었다. 잠시도 한곳에 머무르지 못하고 대기실 안, 이곳저곳을 서성거리는 여인.

약 20여 분의 시간이 지났다.

여인은 대기실에서 나와 복도에 서 있었다. 간호사가 모습을 드러낼 복도 쪽을 바라보면서.

잠시 후 복도 끝에서 간호사의 모습이 보이기 시작했다. 갑자기 여인의 심장 고동이 빨라졌다. 간호사가 가깝게 다가올수록 그녀의 호흡이 점점 가빠져 온다.

총총걸음으로 달려온 간호사가 그녀 앞에 서며 입을 연다.

"추 여사님, 어쩌죠? 환자분 성함을 확인할 수가 없네요."

"?"

"지금 저와 응급실로 같이 가보시겠어요?"

"?"

"구급대에서 환자분 소지품들을 보관하고 있는데 환자분 신분증이 안 보인다네요. 휴대전화도 없고요. 웬만해선 신용 카드 같은 걸 소지하고 있는데 그런 것들도 보이지 않고 환자와 대화를 나눌 수 있는 상황도 아니라네요. 지금 환자를 다른 병원으로 이송하려고 하길래 응급실에 상황 설명을 했어요. 신원을 아실 수도 있는 분이 계시니 잠깐만 기다려 달라고요."

"이송이요?"

"네."

"왜 환자분을 이송해요?"

"가면서 설명드릴게요."

여인, 앞장서서 걷는 간호사의 뒤를 따른다. 간호사가 말을 잇는다.

"저, 말씀드리기가 좀 조심스러운데 응급실과 원무과에선 그 환자분을 노숙자로 판단하고 있네요. 노숙자인 경우, 시립병원이나 국가 지정병원에서 무상으로 치료받을 수 있어요. 그래서 이송하려고 하고 있어요."

갑자기 여인의 얼굴에 어둠이 드리워진다.

"근데, 환자하고 대화도 안 해보고 어떻게 노숙자인 걸 판단하죠?" 여인이 간호사에게 물었다.

"…… 노숙자분들이 종종 실려들 오세요. 구급대원들과 응급실에 계신 분들이 경험이 많아서 잘 구분해 내셔요. 아마, 구분해 내는 매뉴얼도 있을 거예요."

"그래서 지금 옮긴다는 건가요?"

"네."

"많이 다쳐서 오신 것 같았는데 그런 환자를 바로 옮긴다니까 맘이 좀 그러네요. 제가 아는 분이든 모르는 분이든 그걸 떠나서요."

"…… 보통, 할 수 있는 만큼의 응급처치는 다 하고 이송해요."

"……."

"환자분 얼굴 보시면 바로 알아보실 수 있으시겠어요?"

여인, 고개 끄덕인다.

5 | 길이 없는 길

32년 전, 1982년 늦봄. 강원도.

오래된 건물 분위기와는 달리 건물 출입문에는 새하얀 아크릴판에 영어로 산뜻하게 글씨가 새겨져 있다. 'Jazz Piano School'.

세월의 흔적이 서려 있는 낡은 건물이었지만 건물 안에서 들려오고 있는 피아노 소리는 현대적인 음의 라임[6]과 그루브[7]가 배어있는 맑고 고급스러운 음률이다.

건물 안에는 '야마하YAMAHA'라고 표기된 피아노들이 놓여있었다. 각각의 피아노 앞에는 남녀 수강생들이 한 명씩 앉아 한 여인의 연주를 지켜보고 있다.

연주되고 있는 곡은 〈블루 보사〉[8]였다.

한 중년 남자가 앉은 자리에서 일어난다. 그는 여인의 연주에 맞춰 가볍게 몸을 흔들며 그녀에게 다가가 흐뭇한 표정을

---

6 Rhyme. 음의 운율.
7 Groove. 지속적인 패턴의 리듬, 박자에서 느껴지는 감흥.
8 *Blue Bossa*. Joe Henderson. Composer Kenny Dorham, *Page One*, 1963.

머금고 그녀의 연주를 지켜본다. 그는 그녀의 피아노 선생이자 피아노학원의 원장이며 그녀의 부친인 추 선생이다.

　여인의 연주가 절정을 향해 달려가기 시작했다. 그녀가 만들어내고 있는 화사한 연주 율동과 음의 향연에 수강생들은 그녀에게서 한 치도 눈을 떼지 못한다.

　여인이 두드린 마지막 음이 건물 벽에 부딪히며 메아리친다. 수강생들의 우레같은 갈채와 환호가 일었다. 그들 중, 비교적 나이가 많아 보이는 한 수강생이 연주를 끝낸 여인을 향해 그 누구보다도 열렬한 박수를 보낸다. 그의 이름은 양현석. 수강생들의 박수가 좀처럼 줄어들 기미를 보이지 않자 수줍어 붉어진 여인의 볼은 이제 막 익어 올라 홍조가 돋고 있는 복숭아 같다. 아담한 키에 뽀얀 살결, 길게 드러난 목선과 커다란 눈망울. 그녀의 이름은 추연미.

　박수 소리가 잦아들자, 추 선생이 입을 연다.

　"내 딸아이의 연주에 대해 이렇게 말하기가 좀 민망하지만 정말 훌륭한 연주였다. 다양한 장르의 재즈를 합쳐 연주했는데도 마치 하나의 장르처럼 들려왔다. 난 그 점에 대해 높은 점수를 주고 싶다. 음악은, 연주하는 기술도 중요하고 표현하는 휠Feel도 중요하지만, 사실 그것들보다 더 중요한 건 밸런스Balance, 균형이다. 우주 천문학도, 건축도, 첨단 무기도, 미술도, 영화도, 음악도, 문학도, 자동차 메커니즘도, 모든 게 마찬

가지다. 특히 재즈에 있어서 균형의 중요성은 차고도 넘친다. 난 그것을 균형 미학이라 부르겠다. 추연미 양의 연주가 여러 개의 장르를 합쳐 연주했음에도 하나의 장르처럼 들려온 이유는 바로 그 균형미가 뛰어났기 때문이다. 그 균형 미학에 대해서는 차차 설명하기로 하겠다. 기대해도 좋다. 자, 그럼, 오늘은 지난 시간에 미리 말했듯, 랙타임[9]에 관해 설명할 텐데 혹시 미리 예습해 온 사람 있나?"

한 남학생이 손을 든다.

"음, 이번에도 또 지훈이 혼잔가? 다른 사람은?"

지훈 외에는 손을 드는 사람이 없다.

"지난주에 그저 개요만 설명했는데 어디까지 살펴본 건가?" 추 선생이 지훈을 향해 물었다.

"연주를 해봤습니다."

"그래? 기특하다. 어떤 곡을 연주해 봤지?"

"스코트 조플린[10] 곡입니다."

"좋아! 연주 한 번 들어볼 수 있을까?"

지훈, 머리를 긁적이더니 피아노 건반 위로 두 손을 올린다.

---

9 Ragtime. 초창기 재즈의 연주 스타일 중 하나. 대중화된 대표적인 랙타임 곡으로 영화 〈스팅 The Sting〉의 삽입곡 〈엔터테이너 The Entertainer〉가 있다.

10 Scott Joplin. 작곡자, 랙타임 피아니스트.

지훈의 연주가 시작됐다. 왼손과 오른손이 조화를 이루지 못해 엇박자 불협화음이 일었고 전체적으로 음정이 불안하긴 하지만 랙타임의 구성과 감성은 나름 잘 표현하고 있는 지훈.

*

현석의 집 마당 한가운데에는 공구들이 늘어져 있고 마당 왼편에는 해금을 제작하기 위해 잘라놓은 여러 모양의 나무들이 놓여있다. 대청마루 위에는 칠과 장식을 기다리고 있는 해금들이 보이고 마당 오른쪽 구석엔 양현석의 부친 양용주가 의자에 앉아 해금 몸체(입죽)를 만들 나무를 손도끼로 자르고 있다. 워낙 숙달된 일이었는지 양용주의 손도끼질은 무척 정교해서 단번에 나무들이 똑같은 크기로 잘려져 나간다. 양용주가 작업하고 있는 곳으로부터 멀지 않은 곳에는 현석의 어머니와 현석의 형, 현민이 칠을 끝낸 해금을 줄에 걸고 있다. 그때 국악 선생 효준이 현석의 집 대문 밖에서 마당 안을 기웃거린다. 현석 부, 효준의 인기척에 그를 보며,
"어이 효준, 뭐해? 밖에서? 안 들어오고?"
효준이 대문 밖에서 그저 서성거리기만 하자, 양용주, 일손을 내려놓으며 집 마당을 가로지른다. 용주, 대문을 열며,

"왜 그래? 뭔 일이야?"
효준의 표정이 밝지 않다.
"현석이 때문에 왔어요."
"왜? 뭐가 또 문젠데?"
"이번 주 내내, 현석이가 해금 연습실에 안 왔어요."
"뭐? 그 새끼 또 안 나왔다고? 이번 주 내내?"
"예. 저, 형님, 현석이가 또 피아노학원에 등록한 것 같습니다."

*

추 선생이 가방에서 레코드 음반을 꺼낸다.
"자, 오늘 두 번째 시간은 너희들이 좋아하는 보사노바[11]다."
보사노바라는 말에 수강생들이 환성을 내지른다.
"너희들이 좋아하는 장르여서 오늘은 모두가 직접 연주해 볼 수 있는 시간을 갖도록 하겠다. 오늘 배울 곡은 〈웨이브〉[12]란 곡이다. 워낙 유명한 곡이어서 누구든 한 번쯤 들어봤을 거

---

11 Bossa nova. 브라질 삼바Samba에서 파생된 감미롭고 잔잔한 리듬의 음악 장르.
12 *Wave*. Antonio Carlos Jobim, *Wave*, 1967.

다. 지난주에 설명했지? 보사노바의 선구자, 누구라고?"

"안토니오 카를로스 조빔."[13] 수강생들이 외쳤다.

"그래, 모두 잘들 기억하는구나. 재즈 역사에서 보사노바는 위대한 음악 장르다. 누군가가 내게 재즈를 언어로 표현해달라고 하면 난 이렇게 표현하고 싶다. '사랑보다 아름다운'. 난 이 한 구절로 재즈라는 장르를 압축시켜 규정하고 싶다. 그런데 만약, 누군가가 내게 보사노바를 언어로 표현해 달라고 하면 이렇게 말하고 싶다. '사랑보다 아름다운 슬픔과 낭만'. 많은 사람이 안토니오 카를로스 조빔을 위대하게 생각하는 이유가 거기에 있다. 그는 슬픔이 아름답다는 것을 음악으로 증명했고 음악으로 낭만의 즐거움을 창조한 사람이다. 난 그가 만든 보사노바 음악 장르를 우리 인생에 비유하고 싶다. 슬픔과 아름다움으로 버무려진 게 우리 인간들의 삶이니까. 자, 그럼, 곡을 먼저 한 번 들어보자."

추 선생이 레코드플레이어 위에 음반을 올린다. 귀를 기울이는 수강생들. 〈웨이브〉가 들려오기 시작했다. 전주에 이어 곡의 메인 멜로디가 시작되자 몇몇 수강생들 사이에서 소음이 인다. 그들은 현석을 쳐다보며 수군거리고 있었다. 〈웨이

---

13 Antonio Carlos Jobim. 브라질의 작곡가·피아니스트·기타리스트·플루티스트·가수·보사노바의 창시자.

브〉는 교실 분위기를 살아 움직이게 했다. 수강생들의 눈은 반짝거렸고 갈망하던 무언가가 그들의 가슴 속에 가득 채워진 듯 모두가 행복해하는 모습들이다. 그런 수강생들을 바라보며 흡족해하는 추 선생.

〈웨이브〉가 끝을 맺었다. 추 선생은 학생들의 생기 충만한 분위기에 고무되었는지 만면에 미소를 그리며 오선이 그려져 있는 칠판 앞에 선다.

"모두 잘 들었나?"

"네, 잘 들었습니다.", "너무, 너무 좋아요!", "한 번 더 듣고 싶습니다." 수강생들 모두가 큰소리로 대답했다.

"오늘, 이 곡을 배우기 전, 연주에 한 번 도전해 보고 싶은 사람 없나?"

한 수강생이 한 손을 들며,

"원장님, 그 곡, 현석이 형 연주로 한번 들어보면 어떨까요? 지난주에 원장님께서 수업 들어오시기 전에 현석이 형이 피아노로 잠깐 들려줬어요."

"좋습니다."

"저도 현석이 형 연주로 들어보고 싶습니다."

"저도요."

수강생들이 외쳤다.

추 선생, 양현석을 쳐다본다.

약, 일 년 전, 추 선생은 악보도 없이 7분이 넘는 키스 자렛[14]의 〈마이 송〉[15]을 연주했던 현석을 기억한다. 추 선생은 그의 〈마이 송〉 연주를 듣고 그의 음악적 자질이 범상치 않음을 인지하고 그의 피아노 학습 과정에 관심을 가졌다. 그러나 현석은 피아노학원에 자주 모습을 드러내지 않았다. 추 선생은 그런 현석이 아쉬웠다. 그 후, 현석의 장기간 결석이 이어지던 어느 날, 추 선생은 그와 면담의 시간을 갖는다. 추 선생은 현석과의 대화를 통해 그의 가족이 해금의 전통을 잇고 있고 그가 다음 세대를 짊어지고 갈 해금 주자라는 걸 알게 된다. 주위의 눈치를 보며 힘들게 피아노학원에 나올 수밖에 없었던 현석의 상황을 이해하게 된 추 선생은 양악과 국악 사이를 오가며 가슴앓이하는 현석을 어떻게 도울 수 있을지 방법을 생각했다. 결국 추 선생이 고심 끝에 생각해 낸 건 비밀 개인교습이었다. 수강료 없는 무료 교습. 현석은 그런 제안을 해준 추 선생이 고마웠고 그의 제안을 받아들이고 싶었다. 하지만 참가했던 국악 경연대회에서 실망스러운 결과가 나오자, 그는 추 선생의 제안이 부담으로 다가왔다. 결국 추 선생의 제안을 받아들이지 못하고 피아노학원을 떠나야만 했던 현석. 추

---

14   Keith Jarrett. 미국의 재즈 피아니스트·작곡가.
15   *My Song*. *Live At Budokan*, 1978.

선생은 아쉬움을 뒤로 한 채 피아노학원을 떠나는 현석의 모습을 그저 바라만 봐야 했다. 그랬던 현석이 얼마 전 다시 돌아왔다. 그가 피아노학원에 다시 등록했을 때, 추 선생은 그를 크게 반겼고 그에게 진심 어린 응원을 보냈다.

　추 선생은 현석의 〈웨이브〉 연주가 듣고 싶어졌다.
　"양현석, 지난주에 〈웨이브〉를 연주했었다고?"
　현석, 쑥스러운 표정을 짓다가 고개를 끄덕이자, 추 선생이 다시 묻는다.
　"종종 연주해 봤던 곡인가?"
　"아니요."
　"악보를 갖고 있나?"
　고개 가로젓는 현석.
　"그럼, 악보를 본 적은 있나?"
　다시 고개를 가로젓는 현석.
　"그럼, 〈웨이브〉도 예전에 연주했던 키스 자렛 곡처럼 귀로 익힌 건가?"
　현석, 고개를 끄덕였다. 추 선생이 현석에게 나와서 해보라는 듯 턱으로 칠판 앞에 놓인 피아노를 가리키자, 현석, 자리에서 일어나 추 선생의 피아노로 향한다. 수강생들을 향해 가볍게 고개 숙여 인사한 뒤 피아노 의자에 앉는 현석. 그가 잠시 호흡을 가다듬는다. 그러던 현석, 갑자기 자리에서 일어나 창가로 다가간다. 그는 창밖에서 들려오는 매미 소리가 거슬렸다. 창문을 닫고 다시 피아노 앞으로 돌아와 앉은 현석이 연주를 시작한다. 그는 거침이 없었다. 오랫동안 손에 익은 곡처럼 현석의 연주는 첫 마디, 전주부터 능숙했다. 그의 연주는 추 선생이 음반으로 들려주었던 원곡만큼이나 선연한 감성이 돋아 있었다. 프로가 아닌, 아마추어 연주자임에 비춰볼 때 현석의 연주는 놀라운 것이었다. 잔잔한 수면 위를 규칙적으로 구르는 옥구슬의 움직임이랄까? 혼자만의 독주였음에도 그의 연주는 마치 화음 악기와 리듬 악기가 피아노와 같이 앙상블을 이루고 있는 것처럼 풍요롭게 들려왔다. 현석의 연주에 수강생들은 눈을 크게 뜨고 서로 얼굴을 마주 봤고 연미의 입가에는 잔잔한 미소가 흘렀다. 하지만 추 선생의 얼굴은 그들처럼 밝고 맑지만은 않았다. 애써 충격을 억누르고 있는 게 역력해 보이는 표정이었다. 그래서 그의 표정은 되레 어둡기까지 하다. '어! 이럴 수가?', '어떻게 이런 연주가 가능하지?' 하는. 추 선생은 일 년 남짓한 사이에 진화된 현석의 연주 기교와 감성, 그리고 표현력에 놀라움을 금치 못했다. 그때였다. 누군가가 피아노 교실 문을 발로 걷어차는 소리가 들려왔다. 그리고 이어서 발로 교실 문을 내리찍는 소리가 들려왔다. 교실 문이 우지직 소리를 내며 교실 안쪽으로 기울어져 버린다. 문에서 떨어져 나간 경첩 하나가 바닥에 떨어져 나뒹굴며 소리를 낸다. 한 손에 각목을 들고 문가에 서서 씩씩거리며 교실 내를 살피는 남자. 양용주였다. 현석의 연주가 멈춰졌다. 피아노 앞에 앉아있는 현석을 본 양용주가 현석에게 달려들며 소리친다.

"너 이 새끼, 너, 애비 말이 말 같지 않아? 너 지금 때가 어느 땐데 여기 와서 이 짓거릴 하고 있어? 응?"

현석, 빨갛게 상기된 얼굴로 용주를 본다. 현석의 얼굴에 핀 당혹과 난감함의 크기가 가늠되지 않는다. 용주에게서 눈을 떨구는 현석.

"나가! 여기서. 어서!"

용주의 외침에도 현석, 움직임 없이 계속 자리에 앉아만 있자 용주가 현석 쪽으로 한 발 내디디며 손에 든 각목으로 피아노 옆, 건물 기둥을 내려친다.

"어서 일어서!"

현석, 반항하듯 고개를 아래로 떨구며 움직이지 않는다.

"이놈의 새끼가?"

용주가 각목으로 현석의 등을 내리쳤다. 각목이 부러져 나가자, 수강생들이 몸을 움찔거렸고 몇몇 여자 수강생들에게서는 비명이 일었다.

"안 일어서?"

현석, 끔쩍하지 않자, 용주가 부러진 각목으로 현석의 상체를 또다시 내려친다. 수강생들 사이에서 다시 비명이 일었다.

더 이상 상황을 지켜만 보고 있을 수 없었다. 추 선생이 용주에게 달려들어 용주의 팔을 붙잡는다. 그러자 거칠게 추 선생을 밀쳐내는 용주. 추 선생의 몸이 피아노에 부딪혔다. 중심을 잃고 몸을 가누지 못하는 추 선생. 놀란 연미가 자리에서 벌떡 일어서서 추 선생에게 달려갔고 남자 수강생들이 한두 명씩 자리에서 일어난다. 그때 현석이 자리에서 일어선다. 현석이 일어서자, 용주의 상기된 얼굴이 다소 누그러졌다. 용주가 추 선생 들으란 듯 입을 연다.

"상상의 영혼으로 수많은 소리를 내는 놈이, 음정 수가 뻔한 이런 얼빠진 악기를 연주해? 응?"

현석, 자신의 자리로 돌아가 피아노 보면대에 놓인 악보 교본들을 가방에 넣는다. 그 모습을 본 용주가 현석에게 달려간다. 현석의 손에서 피아노 교본을 낚아챈 뒤 갈기갈기 찢어버리는 용주. 모두 아연실색, 경악한다. 현석이 눈을 부릅뜨고 용주를 본다. 원망 서린 현석의 눈. 그러나 현석의 눈에는 원망만 있는 게 아니었다. 그의 눈에는 절망도 있다. 용주가 현석의 목덜미를 잡아챘다. 교실 문가로 현석을 끌고 가는 용주. 연미와 추 선생, 그리고 수강생들이 문밖으로 사라지는 용주와 현석을 바라본다. 추 선생이 교실 문가로 향했고 연미가 추 선생의 뒤를 따른다. 용주에게 목덜미를 잡힌 채 끌려가고 있는 현석의 뒷모습을 하릴없이 바라보는 추 선생과 연미.

 사랑하고 또 사랑해서 그대가

연미가 병실 문가에 놓인 소파 의자에 앉아 때로는 멍하니, 때로는 또렷이, 때로는 망연히, 때로는 하염없이 침대에 누워 잠이 든 현석을 바라보고 있다.

노크 소리가 들린다.

"네." 연미가 다소곳이 대답했다.

한 간호사가 빠끔히 병실 문을 연다. 카트에 싣고 온 물건들을 병실 안쪽 문가에 내려놓는 간호사. 그녀가 연미에게 서류와 펜을 건네며 나지막이 입을 연다.

"보호자 확인 서류예요. 아래 사인해 주시면 되셔요. 그리고 저 물건들은 구급대원들이 전해주고 간 환자분 소지품들입니다. 비닐봉지에 든 건 환자분 귀중품이에요."

연미가 사인하자 서류를 받아 들고 사라지는 간호사. 연미가 문가에 놓인 현석의 물품들을 바라본다. 비교적 큰 크기의 종이상자 한 개, 해금 가방, 가죽 가방, 그리고 투명색의 비닐봉지. 한참 동안 현석의 물품들을 바라보던 연미가 자리에서 일어나 현석의 소지품들 앞으로 다가간다. 종이상자 안에는 부러진 해금과 접이식 의자, 신발, 그리고 해금 줄이 감긴 봉들이 들어있다. 가죽 가방은 옆면이 찢겨 너덜너덜했고 한쪽 손잡이는 떨어져 나갔고 지퍼도 뜯겨 있어 가방 안에 담긴 물건들이 가방 밖으로 삐쭉 튀어나와 있다. 연미가 가죽 가방에서 삐져나와 있는 납 벨트와 활대를 잠시 쳐다보다가 그것들을 가방 안으로 밀어 넣는다. 순간 그녀가 움찔한다. 가방 안에는 현석의 피 묻은 옷가지들이 들어있었다. 연미가 주위를 두리번거린다. 옷장 옆에 있는 비닐백이 그녀 눈에 들어왔다. 비닐백을 집어 든 그녀가 가죽 가방에서 납 벨트와 활대, 피 묻은 옷들을 꺼낸 뒤 옷들을 가지런히 개어 비닐백에 넣고는 납 벨트, 활대와 함께 비닐백을 가죽 가방 안에 차곡차곡 정리해 넣는다. 그리고는, 뜯겨 나간 가죽 가방의 한쪽 손잡이를 다른 한쪽 손잡이에 묶는다. 가죽 가방이 잘 여며졌다. 그녀의 눈이 해금 가방에 머문다. 카본 재질로 된 해금 가방은 긁히고 팬 자국들이 선명했고 군데군데 흙이 묻어 있었다. 핸드백에서 물티슈를 꺼내 해금 가방에 묻은 흙을 닦아 내는 연미. 그때 해금 가방 옆에 놓여있는 투명 비닐봉지 안의 물건들이 그녀의 눈에 들어왔다. 시계, 지갑, 지폐, 동전, 열쇠 뭉치였다. 그들 중 한 물건에 연미의 시선이 머문다. 지갑이었다. 지갑에서 반 정도 삐져나와 있는 지폐들과 사진. 사진은 얼굴이 보이지 않아 그 사진 속의 인물이 불분명해 보였지만 그녀는 삐져나와 있는 사진 속의 인물이 30여 년 전, 현석에게 건넸던 자신의 사진일 것 같은 느낌을 받는다. 연미가 침대 쪽으로 얼굴을 돌려 현석을 한번 쳐다본 뒤 지갑이 들어있는 투명 비닐봉지를 집어 지갑 속의 사진에 얼굴을 가깝게 가져간다. 비닐봉지를 열고 지갑을 꺼내는 연미. 그녀가 지갑에서 사진을 빼본다. 그녀의 느낌대로 그 사진은 30여 년 전 현석에게 건네주었던 자신의 사진이었다. 갑자기 그녀의 눈시울이 붉어져 온다……. 그 사진은 그녀를 짙은 어둠으로 이끌었다. 그 어둠의 의미는 무엇일까? 한때 사랑했던 사람과의 아픈 추억? 아니면 이루어지지 못한 사랑에 대한 애틋함? 비애? 아니다. 그런 일반적이고 상식적인 표현은 아픔의 변방에도 끼지 못한다. 추연미와 양현석의 사랑은 중생대 지층보다 깊었고 관측되는 천체보다 넓었다. 연미의 눈에 눈물이 그렁그렁 고여온다. 자신의 사진에서 좀처럼 눈을 거두지 못하는 연미. 그때 연미의 핸드백 속에서 휴대전화 진동 벨이 울린다. 서둘러 사진을 현석 지갑에 끼워 넣고 비닐봉지에 지갑을 넣는 연미. 연미가 문가에 놓인 핸드백에서 휴대폰을 꺼내 들고 병실을 빠져나간다.

연미, 전화기 폴더를 연다.
"네, 성재 씨."
"네, 접니다. 주말 잘 보내고 있어요?"

"네."

"통화 괜찮아요?"

"네, 괜찮아요."

"오늘 일이 좀 일찍 끝났는데 제가 집으로 갈까요? 공연장이 복잡할 듯하니 차 한 대로 가는 게 좋을 것 같아요."

"음, 아니에요. 제가 지금 집에 없어요. 그러지 않아도 전화 드리려 했었는데, 저, 성재 씨, 오늘 공연 전에 일행분들과 같이 식사하기로 한 거, 제가 같이 자리 못할 것 같은데 괜찮을까요? 제가 공연 시간이 다 돼서 도착할 것 같아요. 죄송해요. 제가 지금 병원에 좀 와 있어요."

"병원이요? 무슨 일이에요? 괜찮아요?"

"네, 괜찮아요. 아무 일 없어요."

"아버님 컨디션, 다시 안 좋아지셨나요?"

"아니에요. 아버님은 괜찮으세요. 아시는 분이 병원에 와 계셔서 제가 좀 돌봐드려야 하는 상황이 됐어요."

"아, 그래요? 뭐 난처한 일이 생기거나 그런 건 아니죠?"

"네."

"알았어요. 그럼, 극장에서 봬요. 선배 부부한텐 잘 얘기할게요."

"네."

"아, 그리고 우리 외가 식구들 다음 주 토요일이 좋으시다는

데 그날은 시간 어때요?"
"…… 음, 제가 다음 주 토요일 일정 보고 말씀드릴게요."
"알았어요. 이따가 봅시다."
"네."

간호사가 현석 팔에 주사를 놓자, 현석의 눈이 번쩍 뜨인다.
"죄송합니다. 주무시는데 저 때문에 깨셨네요?" 간호사가 현석에게 말했다.
현석, 병실 침대에 누워 주위를 두리번거리며 간호사에게 묻는다.
"여기가 어딘가요? 병실이 바뀌었네요?"
"네, 오늘 아침 마취 회복실에 계실 때 병실을 바꿨어요."
"예? 전, 병실을 옮겨달라고 말한 적이 없는데요?"
"네, 원무과 직원분이 오셔서 병실이 바뀐 이유를 설명드릴 거예요."
"?"
간호사가 현석에게 엷은 미소를 건네 보이고는 병실 밖으로 사라진다.
간호사가 현석의 병실에서 사라진 뒤 잠시 후, 연미가 현석의 병실 문 앞에 선다. 그녀가 살짝 열려있는 병실 문틈으로 병실 안을 살핀다. 노크 없이 천천히 병실 문을 열며 병실 안으로 들어서는 연미. 현석은 침대에 누운 채 창밖에 시선을 두고 있다. 병실 문가에 잠시 서 있던 연미가 문가 옆에 놓인 의자에 앉는다. 인기척에 현석이 천천히 문가로 고개를 돌린다. 의사도 아닌, 간호사도 아닌. 현석은 의아했다.

"누, 누구세요?"

현석이 묻자, 연미, 입가에 미소를 띤다. 그녀는 미소 짓고 있지만 긴장한 기색이 역력하다.

"누구시죠?" 현석이 다시 물었다.

"저예요."

"예?"

"저예요. 연미."

현석, 연미라는 이름에 아무런 감이 없다. 천천히 상체를 일으켜 세우며 연미를 보는 현석.

"저 몰라보시겠어요? 추연미예요."

"추, 추연미?"

현석, 소스라치게 놀란다. 너무 놀란 나머지 현석의 표정은 하얗게 굳어버렸다. 그들 사이에 정적이 인다. 연미는 현석을 보고 계속 미소 짓고 있지만, 현석은 그 미소를 받아들일 여유가 없어 보인다. 현석은 갑자기 요동쳐 오는 심장 소리를 듣는다. 그가 세상을 등지려 했던 순간, 그의 마음속에 가장 크게 자리 잡았던 사람……. 30여 년 동안 그 이름과 그 모습을 수만 번 곱씹었고 그때마다 수만 번 사랑했고 그리워했던……. 어떤 노래의 가사처럼 그에게는 첫사랑이었고 두 번째 사랑이었고 세 번째 사랑이었던 사람……. 현석은 이 땅에서 다시는 그 사랑을 만나지 못할 줄 알았다. 그런데 바로 지금, 그 여인이 바로 옆에 있다니. 현석은 이 상황이 도저히 믿어 지지가 않는다. 그는 계속 넋이 나간 낯빛으로 그녀를 그저 바라만 보고 있다. 무슨 말이라도 꺼내야 했지만, 그는 그녀를 향해 도무지 입을 뗄 수가 없다. 현석의 눈꺼풀이 파르르 떨린다.

"삼십 년 만이네요."

30년 만이라는 연미의 말. 그 말이 흐르고 한참이 지날 때까지도 현석은 입을 열지 못한다. 연미는 계속해서 상기된 표정을 거두지 못하고 얼굴을 어디에 둘지 몰라 하는 현석을 보며 늘 말이 없고 수줍던 현석의 옛 모습을 떠올린다.

이윽고 현석이 입을 연다.

"삼십 년이 아니고 삼십 이년만이오."

현석의 말에 연미가 싱긋 웃었다.

"어떻게 이 자리에 와 있는 게요?" 현석이 물었다.

"응급실로 실려 가실 때 뵙게 됐어요. 이렇게 다시 만난 게 안 믿겨지네요."

"여기 춘천엔 웬일이오?"

"한국에 온 지, 일 년 좀 넘었어요."

"…… 이 병원엔 어쩐 일이요?"

"아버님이 이 병원에 치료받으러 다니세요. 병원 원무과에 왔다가…….”

"나를 어떻게 알아봤소?"

"…….”

연미, 대답 없이 생글생글 미소만 짓는다.

"내 얼굴을 알아봤단 말이오?"

연미, 고개를 가로젓고는,

"얼굴은 볼 수 없었어요. 응급실에 실려 가실 때, 상처 때문인지 엎드려 계셨고 탈의되어 있으셨어요. 푸른 반점을 봤어요.”

"……!"

현석의 눈가에 놀람이 일었고 동시에 그의 입가에 수줍은 미소가 살포시 일었다. 연미도 배시시 눈웃음을 짓는다.

"한국엔 어쩐 일로 온 거요?"

"…… 아버님께서 고향 땅에 묻히길 원하셔요. 몸이 안 좋으세요.”

두 사람 사이에 잠시 정적이 흐른다.

"잘 있나요?" 연미가 물었다.

현석, 연미의 눈을 보며 누구를 묻고 있는지 알아채고는,

"아, 정수요?"

연미, 고개 끄덕인다.

"그럼요. 정수, 잘 지내요."

연미가 현석에게서 눈길을 돌린다. 병실 내, 한구석에 시선을 둔 연미의 눈이 슬퍼 보인다. 연미가 다시 묻는다.

"아드님 하나신가요? 아니면,"

"나, 결혼한 적 없어요. 아직 총각이요."

연미의 눈이 동그래졌다. 현석, 연미의 눈을 피한다. 다시 말이 없는 두 사람.

병실 창가에 얼굴을 두고 있던 현석이 고개를 돌려 연미를 또렷이 쳐다본다. 연미가 현석의 눈빛을 헤아렸다.

"전, 결혼했고 사별했어요. 딸아이 하나 있는데 출가했고요."

고개를 끄덕이는 현석. 두 사람 사이에 또다시 메마른 정적이 인다.

연미가 말을 잇는다.

"아드님은 장가 가셨나요?"

"그럼요. 손녀도 봤소."

"아, 그래요? 손녀분 정말 이쁘고 귀엽겠네요."

순간 연미의 눈시울이 붉어져 왔다.

"아드님도 해금을 켜세요?"

"……."

잠시 답이 없던 현석,

"네, 해금을 켜요." 현석이 다소 자조적인 어감으로 말했다.

해금 이야기에 갑자기 현석에게 그늘이 드리워졌다. 그걸 감지한 연미,

"그 반지, 아직 끼고 계시네요?"

현석, 손을 내려 보며,

"아, 이게 어느 날부턴가 손에 살이 붙어서 빠지질 않아요."

연미의 입가에 미소가 번진다.

연미, 병실 문가에 놓인 현석의 소지품들로 눈길을 돌린다.

"저 물건들, 제가 정리 좀 했어요. 정리해 놓고 싶었어요. 허락도 없이 물건에 손대서 죄송해요."

"괜찮아요. 고맙소."

"정리하다가 지갑을 보게 됐어요. 제 사진이 있네요."

"아, 그거 며칠 전에 꺼내 넣었어요. 고향에 올 생각을 하니 생각이 나서."

"보관이 참 잘되어 있네요. 삼십 년이 지났는데 구김 하나 없고 색바램도 없고."

노크 소리가 들린다. 한 간호사가 병실 문을 살며시 열고 연미를 향해 나지막이 말한다.

"환자분 곧 치료실로 가셔야 합니다."

간호사를 향했던 현석과 연미의 눈이 서로 마주쳤다. 아쉬

운 눈빛을 허공에 뿌리는 두 사람. 연미가 천천히 몸을 일으킨다.
"다시 올게요."
현석, 말없이 그녀를 바라보다가 고개 끄덕인다.

현석의 병실에서 나온 연미. 그녀는 병실을 나선 뒤 바로 떠나지 못했다. 병실 앞 복도에서 서성거리는 연미.
연미가 핸드백에서 휴대폰을 꺼내 든다. 휴대폰의 스케줄 화면을 터치한 그녀가 일정을 살핀 뒤, 생각에 빠진다. 잠시 후 현석의 병실 문을 물끄러미 바라보던 그녀가 전화기에 문자를 입력한다.

성재 씨, 다음 주 토요일 일정 보니 그날은 오전, 오후에 일이 많네요. 다시 날을 잡기로 해요. 극장에서 뵈어요.

Besides Music

    1982년 여름.
    현석이 집 외벽에 자전거를 세워놓고 집 안으로 들어가려는 순간이었다.
    "현석 오빠."
    현석, 소리 나는 곳으로 고개 돌린다. 흐릿한 가로등 아래 한 여인이 서 있다.
    "연미?"
    "예, 저예요. 오랜만이에요."
    "그래, 연미야, 오랜만이다. 잘 지냈어?"
    현석, 연미가 반갑기 그지없다. 하지만 단박에 그녀에게 다가가 그녀를 반기지는 못한다. 잠시 집 안쪽을 살피는 현석. 그는 용주를 의식하고 있다.
    "어쩐 일이야? 여기까지? 이 밤에?"
    연미, 현석에게 다가가 손에 들고 있던 물건을 건넨다.
    "이거 드리려고 왔어요. 구했어요. 스탄 게츠,[16] 〈발란코 노 삼바〉[17]."
    "〈발란코 노 삼바〉를 구했다고?"

"네."

생기 가득한 미소 지으며 고개를 끄덕이는 연미. 현석, 연미가 건넨 앨범을 받아 든다. 그의 얼굴에 희색이 차랑차랑 돈다.

"그리고 《인터모듈레이션》[18] 앨범도 구했고 《언더커런트》[19] 앨범도 구했어요. 오빠가 찾던 〈아이브 갓 유 언더 마이 스킨 *I've Got You Under My Skin*〉은 이 《인터모듈레이션》 앨범에 있었어요."

"와, 이걸 다 어떻게 구했어?"

"일본에 사시는 친척에게 부탁했어요. 그리고 마르코스 발레[20]의 〈서머 삼바 *Summer Samba*〉도 찾아냈어요. 일본 음반사에 주문했고 다음 주에 도착할 거예요."

"마르코스 발레 음반도 구했다고?"

"네."

언제 어디서나 늘 수심 가득 찬 얼굴. 현석은 연미 앞에서

16　Stan Gets. 미국의 재즈 색소폰 연주자.

17　*Balanco No Samba*. *Big Band Bossa Nova*, 1962.

18　*Intermodulation*. Bill Evans & Jim Hall, 1966.

19　*Undercurrent*. Bill Evans & Jim Hall, 1962.

20　Marcos Valle. 브라질의 재즈, 삼바 피아니스트·기타리스트·하모니카·가수·작곡가.

늘 그런 모습이었다. 그녀는 그가 웃는 모습을 거의 본 적이 없다. 하지만 오늘만큼은 그의 얼굴에 화색이 만발하고 있다. 연미는 현석의 그런 얼굴에 기뻤고 행복했다. 그리고 그를 그렇게 만든 자신이 고마웠다.

연미가 어깨에 메고 온 가방 안에서 무언가를 꺼내 든다.

"이거, 그동안 배운 거예요."

현석, 연미가 건네는 물건을 받아 쥔다. 두툼한 노트였다. 노트를 펼쳐 한 장씩 페이지를 넘겨 보는 현석. 수많은 글과 악보들이 깨알 같은 크기로 쓰여 있었고 그려져 있었다. 고마움을 너머 감동이었다. 현석이 놀란 표정으로 입을 벌린 채 연미를 바라본다. 마치 서울 처녀 처음 본 시골 총각마냥.

연미, 가방에서 또 무언가를 꺼낸다.

"그리고 이거 오빠가 좋아하는 커피 원두예요. 아라비카.[21] 좀 많이 구해보려고 했는데 얻어온 거라 조금밖에 못 가져왔어요."

연미, 현석에게 커피 봉투를 내민다. 하지만 현석은 넙죽 받지 못한다. 그는 덥석덥석 받기가 미안했다. 그가 그녀를 그저 바라보기만 하자, 현석의 겨드랑이 사이에 커피 봉투를 찔러 넣는 연미.

---

21 Arabica. 주로 고지대에서 생산되는 향이 감미롭고 은은한 맛의 커피 품종.

"그리고 오빠 아시죠? 저희, 연주회 하는 기요?"

연미, 가방에서 작은 봉투를 꺼내 든다.

"이거 초대권이에요. 가족 모두가 오실 수 있을지 모르겠지만 일단 네 장 다 넣었어요."

연미가 현석의 한 손을 잡고 그의 손에 초대권 봉투를 쥐여 준다.

"연미야, 정말 고마워. 난 늘 받기만 하네?"

"부담 느끼지 말아요. 드린 것 별로 없어요."

"그동안 연락 못 해서 미안해."

"괜찮아요. 저도 오빠한테 연락 못 했잖아요."

"연락하고 싶었는데 여의치가 않았어."

"네, 이해해요. 오빠 맘 알아요……. 그럼, 저 이만 가볼게요."

"간다고? 이것들, 이렇게 그냥 주고만 가려고 온 거야?"

"…… 음, 꼭 그것들만 전해드리려고 온 건 아니에요. 오랫동안 오빨 못 봐서……. 보고 싶기도 했어요." 연미, 현석의 눈을 똑바로 보지 못하고 말했다. 수줍은 듯 그녀의 얼굴은 바닥을 향했다.

추연미. 차디찬 겨울, 계곡물에 몸을 담근 것처럼 싸늘하고 황망한 나날을 보내는 현석에게 있어 그녀는 무역풍 아래로 스며드는 단비 같은 존재다. 그녀는 늘 현석의 가슴을 사랑으로 물들게 했다. 오늘, 그녀가 현석을 위해 가져온 선물들. 앨범, 악보, 커피, 그리고 초대장. 현석은 상상해 본다. 그 앨범들을 구하기 위해, 그 악보 노트에 글을 메모하기 위해, 또 악보를 그리기 위해, 얼마나 많은 공을 들이고 시간을 할애했을까? 그리고 그 높디높은 자존심을 팽개치고 어디 가서 아라비카를 얻어왔을까? 현석은 그 선물들이 마음만으로, 열정만으로 할 수 있는 것들이 아니라고 생각했다. 오늘 밤, 현석은 그 어느 때보다 그녀가 사랑스럽다. 그런데 오늘 밤, 그렇게 연미가 사랑스럽게 다가오는 이유는 그녀가 가져온 선물과 마음 때문만은 아니었다. 그녀가 덧붙인 한마디의 말 때문이었다. '보고 싶기도 했어요.' 그녀에게서 처음 듣는 말이었다. 보고 싶었다는 말은. 그 말에 현석은 가슴이 콩닥거렸다. 현석은 그냥 이대로 그녀를 집에 보낼 수가 없다. 그는 그녀를 기쁘게 해주고 싶다.

"연미야, 오늘 집에 좀 늦게 들어가도 돼?"

"네." 현석의 말이 미처 끝나기도 전, 그녀가 대답했다.

현석과 연미가 손전등 하나에 의지한 채 어두운 산길을 걷는다. 현석에게 바짝 붙어 걷고 있는 연미. 그들이 가파른 돌계단을 오른다. 순간 연미의 발이 미끄러져 그녀가 중심을 잃자, 현석이 연미의 팔을 붙잡는다. 연미가 겁먹은 몸짓으로 현식의 허리를 잡으며 그에게 안긴다. 현식에게 안긴 채 조심스럽게 발을 움직이는 연미. 그녀는 필요 이상으로 현석에게 몸을 의지했다. 그들이 평지에 이르렀다. 그럼에도 연미는 현석에게서 떨어지지 않는다. 그러자 현석이 살포시 그녀를 밀쳐내며 그녀와 거리를 둔다. 그녀가 의식하지 못할 정도의 느낌으로.

그들 앞에 좁은 절벽 길이 나타났다.

"조심해. 이 길에서 발을 잘못 디디면 바로 호수로 빠져. 들어봤지? 소양호 귀신 이야기? 모두 여기서 빠진 사람들이야."

연미, 현석의 한 팔을 두 손으로 잡고 다시 현석에게 몸을 밀착시킨다. 그러나 연미의 그 밀착은 좁은 길이 끝날 때까지만이었다. 현석이 다시 그녀와 거리를 둔다.

현석은 연미와 만남을 이어가며 자신이 정해 놓은 선, 그 이상으로 그녀에게 다가가지 않았다. 그는 그만의 정립된 사랑론을 지니고 있었다. 사랑은 결코 둘만의 것이 아니며 사랑을 이어가고 이루기 위해서는 서로의 환경과 가치관이 조리條理에 벗어나지 않아야 하며 이치에 위배되지 않아야 한다는, 또한 윤리와 도덕도 바탕이 되어야 한다는, 그런 그의 사랑론은 한마디로 현인들이 말하는 교과서적인 사랑론이었다. 그러한 현석의 지론 위에 얹힌 연미와 현석의 조건들. 이제 갓 고등학교를 졸업한 스무 살의 연미, 아홉 살의 나이 차이, 빈부의 차이, 그리고 달라도 너무나 다른 환경의 차이……. 그 두 사람 앞에 서 있는 그 조건들은 그들이 쉽게 극복해 낼 수 있는 것들이 아니었다. 그러한 이유로 현석은 연미와의 사랑이 사랑만으로 달려들 사랑이 아니라고 생각했다.

현석과 연미가 한 산등성이의 정상에 올랐다. 현석이 손전등을 멀리 비추자, 어둠 속에서 집이 보인다.

집 앞에 다다른 현석과 연미. 집은 외관이 무척 낡아 마치 폐가처럼 보인다.

치렁치렁 늘어진 전선들 사이로 삐져나와 있는 전구에 불이 들어왔다. 연미 눈이 휘둥그레졌다. 실내는 잘 꾸며져 있었고 깨끗하게 정돈되어 있었다.

"어머! 어쩜 이럴 수가 있죠? 밖에서 본 거랑 너무 달라요."

연미의 눈에 제일 먼저 들어온 물건! 피아노였다.

"와! 저 피아노는 어디서 구했어요?"

"고물상에서. 그런데 소리가 너무 좋아."

피아노 앞으로 다가가 서는 연미.

"어떻게 옮겼어요? 이 무거운 걸 여기까지?"

"분해해서 옮기느라 이 산을 수도 없이 오르내렸어."

"혼자?"

"응."

갑자기 연미의 표정이 굳는다. 그녀가 상상한다. 절룩거리는 다리로 물건을 들고 오르락내리락했을 현석의 모습을. 그녀의 눈에 눈물이 어른거린다.

"왜 그래?"

"아, 아니에요. 아빠한테 배운 것들, 오빠 주려고 정리하면서 오빠가 더 이상 피아노 연주를 못 할까 봐 걱정했는데 피아노를 보니까 기뻐서."

연미가 나지막이 울먹이며 말하자, 현석, 연미의 한쪽 팔과 어깨를 토닥인다.

"포기할 걸 포기해야지. 피아노와 재즈는 내 인생 끝까지 들고 갈 거야. 어때? 이 장소? 근사하지?"

"네, 밖에선 너무 허름해 보여 무서웠는데 이렇게 안이 잘 꾸며져 있을 줄 상상도 못 했어요."

연미, 눈가에 흘러내린 눈물을 손등으로 훔쳐내며 집 내부를 살핀다. 사진과 서적들 그리고 스테레오레코드 플레이어와 음반들. 보이는 것들 대부분은 음악과 재즈에 연관된 것들이다.

현석, 손에 들고 온 스탄 게츠 레코드판의 포장을 풀며,

"이 장소 비밀이야. 누구에게도 말하면 안 돼."

연미, 고개를 끄덕인다.

"할리데이비슨[22]이네요?" 연미가 한쪽 벽에 걸려 있는 사진을 보며 말했다.

"어! 할리데이비슨을 아네?"

"일본에서 자주 봤어요."

"자주? 일본에선 흔한가 보지? 한국에선 보기가 쉽지 않아. 혹시 엔진 배기음 기억나?"

"음, 배기음 그건 잘 모르겠어요. 그냥 소리가 많이 컸던 기억은 있어요."

"누군가 나한테 가장 좋아하는 소리 두 개만 고르라고 하면 난, 피아노와 할리데이비슨 그 두 개를 꼽고 싶어. 이 오토바이처럼 내 감성을 자극한 소리는 없는 것 같아. 피아노 말고. 엔진 배기음이 마치 악기 같아. 옆에서 그 소리를 듣고 있으면 가슴이 쿵쾅 쿵쾅거리고 무언가 힘든 일에 도전하고 싶고 어떤 고통이 와도 두렵지 않을 것 같고 비굴하게 살고 싶지 않은, 그런 생각들이 들어. 그냥 오토바이의 단순 배기음으로 볼 수는 없는 소리야. 사람이 아닌 사물을 보고 정말 사랑스럽구나 하고 혼자 말을 해본 건 그 오토바이가 처음이야."

"그 정도예요? 질투 나네. 다음에 보게 되면 소리 유심히 들어볼게요. 근데 그 두 가지 소리 말고 또 있지 않나요?"

현석, 의아해하는 표정을 짓자, 연미가 외친다.

"해금!"

22　HARLEY DAVIDSON. 미국을 대표하는 모터사이클 브랜드.

현석, 겸연쩍게 미소 그리며,

"그래, 해금 소리도 좋아. 하지만 우리 국악을 연주할 때만은 아니야. 해금은 국악보다 양악을 연주할 때 더 큰 마술을 부려."

"해금으로 양악을요?"

"응."

"정말요?"

연미, 벽에 놓여있는 해금에 시선 두며,

"한번 듣고 싶어요."

"그래? 좋아, 연미 레퍼토리 중 가장 좋아하는 곡?"

"음, 미셸 르그랑,[23] 〈아이 윌 웨이트 휘 유〉.[24]"

현석, 잠시 생각하다가,

"베리에이션[25]이 자유로운 곡이네. 좋아. 편하게, 연주하고 싶은 대로 연주해 봐. 내가 맞출게."

현석, 해금을 집어 들고 연주 채비를 하자, 연미, 피아노 앞에 앉는다. 연미의 얼굴에는 해금이 양악 연주를 얼마나 잘 소화해 낼 수 있을지 기대하는 표정도 있었지만 그게 잘 될까?

---

23   Michel Legrand. 프랑스의 재즈 피아니스트·작곡가·지휘자.
24   *I Will Wait For You*. 뮤지컬 영화 〈쉘부르의 우산〉(1964)에 수록.
25   Variation. 다양한 장르나 형식으로 편곡, 변형이 가능한 것을 일컬음.

하는 표정도 있다.

  연미가 먼저 첫 음을 연주했다. 전주가 매듭될 즈음 현석에게 신호를 보내는 연미. 한 치의 어설픔과 주저함도 없이 현석의 해금 연주가 시작되었다. 해금이 어떻게 양악과 어울릴 것일까에 대한 궁금증을 연미가 해소하기까지는 그리 긴 시간이 걸리지 않았다. 단 몇 소절의 해금 연주에 연미는 놀란 표정으로 현석을 본다. 그녀는 믿을 수 없었다. 환희와 경탄이었다. 잠시 후 연미가 갑자기 피아노 연주를 멈춘다. 그러자 현석, 연주를 멈추며,

  "왜 멈춰?"
  "어떡해?"
  "왜?"
  "이 해금 어떡하죠?"
  "해금이 왜?"
  "도대체 이 해금 소리 뭐죠? 깜짝 놀랐어요. 내가 아는 해금 소리가 전혀 아니에요. 너무 소리가 좋아요."
  "하하, 난 뭐가 잘못된 줄 알고 놀랐잖아!"
  연미의 고무된 목소리에 흥이 났는지 현석이 두 발로 바닥을 구르며 리듬을 만들었다.
  "보사노바로 바꿔봐. 그리고 탱고로도 가볼 거야."
  연미, 고개를 갸웃거린다. 보사노바에 탱고까지? 무리 아닐

까? 하지만 연미의 그런 의심은 부질없는 생각이었다. 연미가 보사노바로 리듬을 바꾸자, 현석이 보사노바 리듬을 타고 멜로디를 연주한다. 그는 멜로디는 물론 애드리브까지도 자유자재로 연주했다. 한동안 이어지던 그들의 보사노바는 탱고로 이어졌다. 신명 나게 연주하는 현석과 연미…….

  두 사람의 연주가 끝났다. 서로 마주 보고 미소 짓는 두 사람. 어느새 현석의 이마에는 땀방울이 송송 맺혀 있다. 현석이 해금을 손에서 내려놓고 피아노 위에 놓인 레코드판에서 플라스틱 음반을 꺼낸다. 스테레오의 전원을 켜고 턴테이블에 음반을 올려놓는 현석.

  들려오는 곡은 오늘 밤 연미가 현석에게 선물로 가져온 스탄 게츠의 〈발란코 노 삼바〉였다. 현석은 음악이 시작되자마자 그 음악 속으로 자신을 내던진다. 그가 들려오는 음악에 맞춰 열정적으로 춤을 추기 시작한다. 삼바 댄스였다. 늘 수줍음 많고 내성적인 성격의 현석. 오늘 밤의 현석은 연미가 알던 그가 아니다. 연미가 자신에게 그리고 현석에게 묻는다. 오늘 밤, 무엇이 그를, 무엇이 당신을 이렇게 만든 건가요?

*

추 선생이 피아노학원 집무실에 놓인 피아노 앞에 앉아 연주하고 있다. 잠시 후 그의 연주가 끝나자, 노크 소리가 들린다.
"네, 들어오세요."
추 선생의 집무실 문이 열린다. 현석이었다.
"안녕하세요?"
현석, 허리 아래까지 머리를 숙여 인사한다. 추 선생이 고개를 끄덕여 현석의 인사를 받았다. 그는 현석이 반가웠으나, 그런 표정을 드러내지는 않았다. 교실에 난입해 난동을 벌인 용주의 모습이 아직도 추 선생의 눈에 선하다. 그 사건은 추 선생 인생에 있어 가장 어처구니없던, 황당한 사건이었다.
"웬일인가?"
"네, 말씀드리고 싶은 게 있습니다."
"그래? 거기 앉게." 추 선생이 퉁명스럽게 말했다.
현석, 추 선생이 턱으로 가리킨 소파에 앉으며 등에 메고 온 해금 가방을 소파 옆에 내려놓는다.
"할 말이 뭔가?"
"네, 재즈 페스티벌이 있다는 얘길 들었습니다."
"그래, 다음 주에 있네."
"혹시 그 페스티벌에 참가할 수 있을까 여쭤보러 왔습니다."

"이보게 현석이, 자넬 참가시키면 내가 자네 아버지 몽둥이에 맞아 죽지 않겠나?"

현석의 눈동자가 바닥을 향한다.

추 선생, 현석을 외면한 채 창밖으로 시선을 돌린다.

"출연자가 이미 다 결정됐네. 그만 돌아가 보게."

"저……. 페스티벌에서 피아노를 연주하려는 게 아닙니다. 해금을 연주해 보려고 합니다."

추 선생, 갑자기 무슨 소리인가 싶다.

"이봐, 현석! 그 페스티벌은 재즈 페스티벌이야. 국악 발표회가 아냐."

"네, 국악을 연주하려는 게 아닙니다. 해금으로 재즈를 연주해 보려 합니다."

"……!"

8 | 한 하늘, 두 태양

　현석은 단 하루도 연미를 잊은 적이 없다. 깨어있는 모든 순간, 항상 그녀를 떠올렸고 그녀에 대한 꿈을 꿨고 그녀에 대한 희망을 놓지 않았다. 그리고 항상 그녀가 곁에 있다고 상상함으로써 영혼의 공허함을 채웠고 또한 그 상상은 그가 삶을 지탱할 수 있는 자양분이 돼 주었다. 현석은 심장이 두 개였다. 하나는 연미 것이었고 또 다른 하나는 가슴 속에 밀봉해 보관해 두고 있었다. 언제든지, 어디서든, 그녀를 위해. 현석에게 추연미라는 존재는 깊은 심해深海보다 더 깊은 해구海溝만큼 현석의 마음속에 뿌리를 내리고 있었다. 때때로 절망과 실의, 그리고 허탈감에 힘이 빠질 때, 현석은 그녀를 사랑했던 흔적들을 깊은 그곳에서 끄집어내 붙잡고 아픔을 치유했다. 하지만 현석은 어렴풋이 깨닫는다. 그렇게 사랑했던, 그렇게 그리웠던 그녀였지만 지금 자신의 현실은 그녀로부터 너무 멀기만 하고 두 사람 사이에 보이지 않는 거대한 장벽이 앞을 가로막고 있다는 것을. '도대체 세월이 내게 무슨 짓을 한 걸까? 왜 나 자신이 이렇게까지 보잘것없고 초라해 보이는 걸까?' 현석은 지난 30년 동안 세상이 변하는 줄도 시간이 흐르는 줄도 모르고 늘 자신의 최대공약수만을 연미에게 대비시켜 왔고, 연미를 상상 속에 넣을 때마다 자신도 모르게 자신을 스스로 화장化粧시켜 왔던 것을 오늘에서야 비로소 자각한다. 그러면서 그는 과연 과거의 자신이 자신이었고 과거의 그 두 사람이 그들이었는지 지난 세월 속의 기억을 다시 들춰본다. 결국, 현석은 인지한다. 연미는 지금도 그대로지만 자신은 과거의 자신이 아니라는 것을. '그냥 시간이 흘렀을 뿐인데, 과거의 내가, 내가 아닌 게 되어버리는 이 괴리는 도대체 어디에서 온 것일까?' 현석은 그 괴리를 느낀 며칠 전부터 무엇을 먹었는지, 무엇을 입었는지, 의사와 간호사들이 무슨 말을 했는지 기억이 가물거렸다. 그리고 몸에 난 상처의 아픔조차 의식할 수 없고, 배설의 욕구도 느낄 수 없으며, 관념의 논리도 머릿속에 정립되지 않는다. 하지만 현석은 이렇게 나약해질 수만은 없다고 생각한다. 내게 어떠했던 사랑이었던가? 시름시름 앓을 수만은 없다. 연약해진 마음을 보듬으며 어떻게든 당차게 용기 내어 그녀를 다시 만나기 전, 하루가 멀게 그녀를 가슴에 새록새록 그려 넣었던 사랑의 밑그림을 다시 그려보고 싶다. 현석은 갑자기 면도가 하고 싶어진다. 그리고 아침밥도 거르고 싶지 않다. 그리고 신문도 읽고 싶어졌고 책도 읽고 싶어졌다.

연미가 과일 바구니와 옷 가방을 들고 병실 입구에 선다.
"잘 주무셨어요?"
우두커니 서서 창밖을 내다보던 현석이 연미의 목소리에 병실 입구로 얼굴을 돌린다.
"아, 왔어요?"
연미, 들고 온 과일 바구니를 병실 탁자 위에 내려놓는다.
"오늘은 컨디션이 좀 달라 보이시네요? 면도도 하셨고."
현석, 등과 허리에 한 손을 번갈아 가져가 매만지며,
"많이 아문 것 같아요."
"그래요. 좋아지신 것 같네요."
연미, 과일 바구니에서 과일과 과도를 꺼내 접시에 올려놓는다. 그리고 가져온 옷 가방에서 옷가지들을 꺼내 현석의 침대 위에 가지런히 내려놓는다.
"속옷 세탁해 왔어요. 갈아입으세요."
현석, 침대 위에 놓인 속옷들을 말끄러미 보다가,
"저, 저기 말이오. 일찍이 말하고 싶었는데, 날 보살피는 거, 너무도 감사한 일이지만 이렇게까지 하진 않아도 돼요. 내게 이렇게 해야 할 어떤 의무도 없어요. 부담됩니다."
"……."
"그리고 이 방 말이오. 방을 좀 옮기면 좋겠어요. 일인실을 쓸 처지가 안 돼요."

"…… 그냥 계서요."

"아니에요. 내겐 너무 과분한 방이오. 정말 부담돼요."

"부담 느끼지 마세요. 계속 이어질 부담은 아닐 거예요."

"……!"

두 사람 사이에 침묵이 놓인다.

"오늘 날씨가 참 좋네요." 창밖을 내다보던 연미가 침묵을 깨며 말했다.

"밖에 나가보고 싶지 않으세요?" 연미가 물었다.

"…… ."

현석, 창밖으로 고개 돌린다. 현석의 표정을 읽은 연미가 묻는다.

"병원 밖으로 외출이 가능한지 알아보고 올까요?"

고개 끄덕이는 현석.

"음악 들으실래요?"

연미가 운전석에 앉아 카 스테레오를 만지작거리며 현석에게 물었다.

"그럽시다. 누구 음악이오?"

"영국 밴드에요. 샤카탁 Shakatak."

갑자기 초롱초롱해진 현석의 눈망울.

"아셔요? 이 밴드?" 연미가 물었다.

"재즈 퓨전 펑키 밴드! 단순 멜로디로 완성도 높은 음악을 만드는 친구들."

"와! 기뻐요. 알고 계셔서."

"건반 연주자 이름이 뭐였더라?"

"빌 샤프Bill Sharp."

"그래요. 빌 샤프. 대단한 키보디스트요."

"그들 곡, 좋아하는 거 있으세요?"

"많아요. 〈인비테이션즈〉[26] 자주 들었고 〈이지어 세드 댄 던〉[27]도 좋아하고……."

현석이 곡의 제목을 말하자 연미의 입가에 미소가 번졌다.

"저도 그 두 곡 좋아해요."

"아, 〈나이트 버즈〉[28]! 그 곡을 빼놓을 수 없죠."

"어머, 〈나이트 버즈〉는 같이 듣고 싶어서 제가 지금 고른 곡이에요."

"〈나이트 버즈〉를 듣고 빌 샤프를 좋아하게 됐소. 중간 브리지 피아노는 들을 때마다 숨이 넘어갑니다."

"맞아요. 중간 피아노 간주는 정말 최고예요. 곡의 엔딩 부

---

26 *Invitations*. *Invitations*, 1982.
27 *Easier Said Than Done*. *Night Birds*, 1982.
28 *Night Birds*. *Night Birds*, 1982.

분 피아노도 너무 좋고요. 저도 〈나이트 버즈〉를 듣고 빌 샤프에 매료됐어요. 또 좋아하는 피아니스트 있어요? 재즈 피아니스트?"

"라일 메이스."[29]

"와, 이럴 수 있나요? 라일 메이스는 제가 가장 위대하게 생각하는 피아니스트예요. 최고 중의 최고."

연미가 활짝 웃으며 현석을 향해 한 손을 치켜든다. 그녀는 현석과 하이파이브를 원했다. 하지만 현석은 갑자기 손을 치켜든 그녀를 보며 어찌해야 할 줄 몰랐다. 그는 하이파이브가 익숙지 않았다. 그는 누구와도 하이파이브를 해본 기억이 없다. 머뭇거리다가 그녀의 손바닥에 자신의 손바닥을 가져가는 현석. 현석이 말을 잇는다.

"라일 메이스, 그는 천재예요. 그가 없었다면 팻 매시니 그룹[30]이 그렇게까지 유명해지기가 힘들었을지도 몰라요."

"네, 전적으로 동의해요."

"음, 그리고 또 한 사람의 재즈 피아니스트를 말하라면 히로

---

29 Lyle Mays. 재즈 피아니스트·키보디스트·작곡가·편곡가. 팻 매시니 그룹.

30 Pat Metheny Group. 미국을 대표하는, 팻 매시니가 리더인 퓨전재즈 밴드. 재즈·프로그레시브 재즈·라틴 재즈 등 다양한 재즈 장르를 형식에 얽매이지 않고 창조해내는 그룹.

타카 이즈미[31]를 꼽고 싶소."

"티 스퀘어T-Square 그룹의 히로타카요?" 연미가 놀란 듯 묻자, 현석, 다소 목소리 톤을 높인다.

"네, 맞아요. 티 스퀘어의 히로타카. 그를 알고 있어 기쁘오. 컬러는 다르지만, 라일 메이스에 버금가는 연주자예요."

"당연히 그를 알죠. 참 실력 있는 피아니스트예요. 실력 있는 밴드고요. 여러 번 그들 공연을 봤어요."

"직접 봤다니 부럽소."

"한국에서 공연했던 걸로 알고 있는데……."

"그래요. 몇 번 왔었어요. 한번 가보고 싶었는데……. 공연을 보지 못한 게 지금껏 후회돼요."

"일본에서 티 스퀘어는 살아있는 전설이에요. 거의 사십 년 동안 오직 연주로만 인기를 누리며 활동하고 있어요. 그 점이 참 놀라워요. 그런데 그것보다 더 놀라운 건 티 스퀘어처럼 노래 없이 연주만 하는 음악인들을 사랑할 줄 아는 일본 대중들의 수준이에요."

"내가 아쉬워하는 점이 그거요. 한국에는 연주만 하는 이름 있는 밴드가 없어요."

"네, 그렇다고 이야기 들었어요. 문화 수준이 높아졌는데.

---

31 Hirotaka Izumi. 일본 퓨전재즈 밴드 '티 스퀘어'에서 활동한 재즈 피아니스트.

그 말 듣고 꽤 놀랐어요."

"믿기 힘들어요. 정말 단 한 팀도 없어요. 지난 삼십 년 동안, 이 땅에서 외치고 다녔어요. 노래 없이 연주로만 인기를 얻는 음악인들이 있어야 한다고. 곡을 듣는 교육이 안 되어있어서 그래요. 음악의 편곡을 즐기는 개념의 인식이 평균적으로 부족해요. 음악교육이 잘못됐어요. 가수의 노래와 가사 외에 악기와 연주, 그리고 음과 사운드의 배분, 녹음의 질 Quality을 들을 수 있는 일반인들이 최소한이라도 존재해야 해요. 그런데 이 땅은 그렇지 않아요. 편향적인, 좁은 시야만 갖고 있어요. 음악교육도 교육이지만 방송과 공연 매체도 책임이 커요."

"네, 말씀 크게 공감해요. 일본에서 1950년대에 만들어진 다큐 영상을 본 적이 있어요. 재즈를 가르치는 교육프로그램이었어요. 학생들에게 처음 가르치는 건 재즈의 이론도 기교도 역사도 아니었어요. 해석 능력이었어요. 듣는 방법과 듣는 능력. 인상적이었어요. 그런 교육이 티 스퀘어 같은 밴드를 탄생시켰고 안도 마사히로[32]와 히로타카 같은 음악인들을 만들어 낸 밑거름이 된 것 같아요. 듣는 능력이 만드는 능력이에요."

현석, 연미의 말에 진중하게 고개를 끄덕이며,

"재즈는 그 나라 경제와 문화의 성숙도를 가늠하는 척도에

---

32   Ando Masahiro. 티 스퀘어 창립 멤버. 기타리스트.

요. 일본엔 좋은 재즈 밴드들이 너무도 많아요. 재즈 강국이죠. 그 이유는 굳이 알려고 하지 않아도 느낌으로 다가올 거요. 가수 노래와 노랫말만 듣는 수준에서 빨리 깨어나야 해요. 연주를 들을 수 있는 성숙한 음악 문화가 형성되지 않으면 한국에 히로타카 같은 젊은 음악인들이 생겨나도 곧 좌절하고 말 거요. 그리고 상업에만 물든 대중 수준에서 영원히 벗어나지 못하게 될 거요. 티 스퀘어와 히로타카 이야기를 하다 보니 말이 좀 많았소."

"아니에요. 좋은 말씀이었어요. 많이 공감됐어요."

"티 스퀘어 곡 연주도 해요?" 현석이 물었다.

"그럼요. 일본에서 살 때 연주 모임에서 그들의 곡을 자주 연주했어요. 한국에 매달 한 번씩 만나, 연주하는 모임이 있는데 그 모임에서도 티 스퀘어 곡들을 몇 번 연주 했어요. 이번 달엔 〈피오지아 디 카프리〉[33]를 연주할 예정이에요. 그 곡, 끝부분, 피아노 솔로 파트를 연주할 생각을 하니 벌써 마음이 설레네요. 연주도 하세요? 그들 곡?"

"많은 곡을 듣고 연주하며 즐겼어요. 가장 즐겨 들었던 곡은 〈서니사이드 크루즈〉[34]였어요. 그리고 〈프레이즈〉.[35] 그 〈프레이즈〉는 날 많이 위로해 줬어요. 내가 아무리 슬퍼도 그 곡,

---

33   *Pioggia Di Capri*. T-Square, *B.C. A.D: Before Christ & Anno Domini*, 1996.

기타보다 슬프진 않았소. 안도 마사히로의 기타는 정말 놀라웠소."

"네, 〈프레이즈〉 그 곡 알아요. 곡의 끝부분, 그 기타 솔로의 기교, 감성 기억해요. 그 부분 듣고 마음이 짠했던 적이 여러 번 있었어요."

두 사람 잠시 말이 없다…….

〈프레이즈〉 기타 음의 잔상이 그들을 그렇게 침묵으로 이끌었는지도 모른다.

현석이 다시 말을 잇는다.

"그리고 그들 곡 중 가장 즐겨 연주했던 곡은 히로타카가 작곡한 〈오멘스 오브 러브〉[36]요. 대단한 곡이오."

"티 스퀘어 최고의 작품 중 하나! 정말 잘 만든 곡이에요. 팻 매시니 그룹에서 라일 메이스가 없으면 안 됐던 것처럼, 티 스퀘어도 히로타카 없이는 정말 쉽지 않았을 거예요. 그 곡 하나만으로도 그의 존재 가치가 충분하다는 생각이 들어요."

"맞아요. 절대적이오. 티 스퀘어의 모든 멤버가 완벽하지만, 히로타카의 피아노 연주와 작곡 능력이 그 밴드의 음악들을

34　*Sunnyside Cruise*. Welcome To The Rose Garden, 1995.

35　*Praise*. Gravity, 1998.

36　*Omens Of Love*. R.E.S.O.R.T, 1985.

더욱 아름답게 만들었어요. 히로타카 이즈미, 라일 메이스, 이 두 사람은 지구 밖에서 온 게 아닌가 하는 생각이 들 때가 여러 번 있었소."

현석의 표현이 연미의 눈망울을 싱그럽게 만들었다.

"우리 두 사람 놀랍네요. 삼십이 년 동안 같은 공간에서 같이 세월을 보낸 사람들 같네요." 연미가 살갑게 말했다.

"라일 메이스를 알고 계시니 〈오레〉[37]도 아시겠죠?"

연미가 묻자, 현석, 고개를 끄덕이며,

"그 곡 때문에 라일 메이스를 더욱 좋아하게 됐어요. 팻 매시니가 위대하기는 하지만 팻 매시니 그룹이 탄생시킨 명곡들의 미적 가치와 음악적 감성은 라일 메이스의 몫이 크다고 생각해요. 물론 〈오레〉 그 곡에서도 팻 매시니의 기타 튠이 훌륭하지만, 라일 메이스의 피아노는 위대함을 초월해요. 음악 이상의 가치. 아름다움의 극치."

"해금에 열중 안 하시고 재즈만 들으셨나요? 라일 메이스에 대한 식견과 혜안이 대단하세요."

현석의 얼굴에 눈웃음이 번졌다. 다시 연미가 말을 잇는다.

"그래요, 〈오레〉 그 곡은 비교가 될 대상이 없는 곡이에요. 또 다른 세계였어요. 라일 메이스가 위대한 이유 중에 또 하나

---

37   *Au Lait*. Pat Metheny Group, *Offramp*, 1982.

는 기교를 절제한다는 점인데 그 〈오레〉에서 그게 느껴졌었어요. 절제미. 그의 연주를 듣다 보면 그런 곡들이 너무 많아요. 몇 년 전에 〈드림 오브 더 리턴〉[38]이란 곡을 공연 영상으로 본 적이 있어요. 그 곡에서 라일의 피아노 연주는 절대 일정한 톤을 넘지 않았어요. 자신을 드러내지 않는 모습이 느껴졌어요. 정말 인상적이었어요. 조금 더 앞으로 나아갈 수 있고 욕심낼 수도 있는데 그는 거기까지 가지 않았어요. 페드로 아스나[39]의 보컬과 팻의 기타를 최대한 배려한 거죠. 그의 그런 순수한, 겸손한 연주에 감동받은 적이 많아요. 그러면서도 그의 연주는 늘 아름다움을 잃지 않죠." 연미가 아린 감성으로 말했다. 현석, 고개를 끄덕거리며,

"이렇게까지 두 사람의 음악 취향이 통하니 기쁘오. 믿기 힘들기도 하고. 계속해 볼까요? 또 있소? 좋아하는 피아니스트?"

"네, 혹시 질송 페란제타[40] 아세요?"

"남미 재즈광인 내가 그를 모를 수 없죠. 브라질 출신 피아니스트."

---

38 *Dream Of The Return*. Pat Metheny Group, *The Letter From Home*, 1989.
39 Pedro Aznar. 아르헨티나의 기타리스트·작곡가·가수.
40 Gilson Peranzzetta. 브라질의 피아니스트·작곡가·편곡가.

"그럼, 혹시 오스카 카스트로 네베스[41]의 《브라질리언 스캔들스》[42] 앨범 들어본 적 있으세요?"

"그 앨범 소장하고 있어요. 질송이 세션으로 참여한 것도 알고 있고. 그 앨범, 남미 음악 앨범 중에 최고봉이라는 생각이 들어서 구했어요. 편곡, 연주, 녹음, 모두가 정점에 있어요."

연미의 입이 떡 벌어진다. 연미는 두 사람의 공통된 음악적 기호를 도저히 믿을 수가 없었다.

"그 앨범, 모든 곡이 좋지만, 전, 그 앨범 중에 〈펜산도 *Pensando*〉를 정말 좋아해요. 질송의 피아노가 놀라워요." 연미가 말했다.

"나도 그 곡 자주 들었어요. 펜산도 그 곡의 브리지 피아노는 정말 우아해요. 훌륭한 연주였어요. 아, 그 앨범 중에 〈슈가로프 스카이라이드 *Sugarloaf Skyride*〉를 좋아해요. 그 곡 들을 때마다 몸에 에너지가 충전되는 기분이었어요. 행복해졌고."

"네, 저도 그 곡 자주 들었어요. 그 곡을 들으면 기분이 너무 상쾌해졌어요. 현악 편곡, 관악기, 코러스, 녹음, 믹싱,[43] 흠잡을 데가 없어요."

---

41   Oscar Castro-Neves. 브라질의 기타리스트·작곡가·편곡가.
42   *Brazilian Scandals*, 1987.
43   Mixing. 각각의 채널로 나뉜 악기들의 음의 균형을 조절하는 작업.

"난, 그 앨범의 의미를 이렇게 생각해요. 백 퍼센트 아날로그 리얼 악기! 리얼 사운드!"

"네, 맞아요. 중요한 포인트죠. 바로 그게 음악인 거죠."

현석과 연미가 서로 마주 본다. 현석이 연미를 향해 한 손을 치켜들었다. 두 사람의 손바닥이 마주쳤다. 현석의 하이파이브 신청에 연미는 매우 기분이 좋아졌다. 그가 행복해하고 있는 것 같았기 때문이다. 연미는 음악 이야기, 재즈 이야기를 더 잇고 싶다.

"또 있어요? 좋아하는 재즈 피아니스트?" 연미가 물었다.

"조 샘플[44] 알아요?"

고개를 가로젓는 연미.

"더 크루세이더스[45] 알아요? 그 밴드의 피아니스트였는데."

"들어본 것도 같고 잘 모르겠어요."

"그럼, 그 곡은 알죠? 마이클 프랭스[46]의 〈안토니오스 송〉[47]?"

"네! 그 주옥같은 곡!"

"그 곡에서 피아노 연주한 사람이 바로 조 샘플이에요."

44　Joe Sample. 미국의 재즈 피아니스트·키보디스트·작곡가.
45　The Crusaders. 미국의 재즈 퓨전 밴드.
46　Michael Franks. 미국의 가수·작곡가·기타리스트.
47　*Antonio's Song(The Rainbow)*. *Sleeping Gypsy*, 1977.

"아! 그래요?"

"좋은 연주자였어요. 뭔가 다른 사람하고 판이한, 독특한 스타일의 건반 연주자였소. 그 〈안토니오스 송〉에서 그의 독특함이 묻어 나와요. 그의 독특함을 좋아해요."

"네, 그 곡 오랜만에 떠올려 보네요. 한때 자주 들었던 곡이에요. 마이클 프랭스 보컬도 좋았고 색소폰도 인상적이었고."

"그 색소폰 연주자가 누구인지 알아요?"

연미, 고개를 가로젓는다.

"데이비드 샌본[48]이에요. 그 유명한."

"어머! 그래요? 지금 생각하니 왠지 그의 느낌이 있네요."

"기타는 래리 칼튼[49]이 연주했고."

"근데 그걸 어떻게 다 알고 계시네요?"

"그 곡 처음 들었을 때 곡이 너무 좋아서 참여한 뮤지션들을 찾아봤었소."

"대단한 열정이셨네요."

"〈안토니오스 송〉 그 곡은 가사, 보컬, 퍼커션(타악기), 스트링(현악기), 색소폰, 녹음, 믹싱, 편곡, 모두가 완벽했어요. 그 중, 조 샘플의 건반은 그 곡을 완벽하게 만드는 데 큰 일조를

---

48 David Sanborn. 미국의 색소폰 연주자.
49 Larry Carlton. 미국의 재즈·퓨전·블루스·록 기타리스트.

했어요. 그 밖에도 좋아하는 피아니스트들 많이 있는데 이야기하다 보면 끝이 없을 것 같소."

"아직도 키스 자렛을 즐기시나요?" 연미가 물었다.

"왜 아니겠소? 듣기도 하고 연주하기도 하고. 2009년 베를린 버전,[50] 〈마이 송〉 들어본 적 있어요?"

연미, 고개를 가로젓자,

"그 버전을 좋아해요. 특히 인트로가 정말 인상적이오. 혹시 《도쿄 솔로》 〈파트 투디〉[51] 들어봤어요?"

"그럼요. 키스 자렛은 일본에 자주 왔어요. 그의 공연에서 직접 들어봤어요."

"그 곡, 즐겨 연주해요."

"해금으로요? 피아노로요?"

"둘 다."

"저도 가끔 그 곡을 연주했었어요. 해금으로 연주된 〈파트 투디〉는 어떨까 싶네요."

"이렇게까지 음악 이야기가 통하는 사람을 만나본 적이 없소. 당신이 처음이오." 현석이 연미의 두 눈을 지그시 쳐다보며 말했다.

---

50 *Solo Concert at The Philharmonie, Berlin on October 12, 2009*, 2009.
51 *Part 2d*, *Tokyo Solo*, 2002. (2006 Released)

두 사람 사이에 적막이 드리워진다. 그 적막은 오랫동안 이어졌다. 그들은 서로가 그 적막을 깨고 싶지 않았다.
"아, 듣기로 한, 〈나이트 버즈〉 들을까요?" 연미가 묻자, 현석, 고개 끄덕이며 말한다.
"저 언덕 오르면 주차장이 있어요. 호수도 보이고. 그곳에 주차하고 들읍시다."
연미의 차가 언덕 위로 오른다. 드넓은 호수 전경이 펼쳐졌다. 차를 주차 시키는 연미.
연미의 손이 플레이 버튼에 다가간다.

테이블 위에 커피 두 잔이 놓였다.
"아라비카 브라질!" 연미가 목소리 톤을 높여 소리쳤다.
현석, 무슨 말인가 싶다.
"기억 안 나세요?"
"……?"
"좋아하시던 커피 브랜드예요. 제가 아라비카 원두를 구해서 집 앞으로 가져간 적이 있는데 기억 안 나세요?"
"그래요. 기억나요. 악보 노트도 함께 갖고 왔었죠?"
"네, 아직 그 원두 즐기세요?"
현석, 잠시 답이 없다. 그는 커피 한 모금을 마신 뒤 커피잔을 탁자에 내려놓으며,

"이렇게 카페에서 커피를 마시는 일은 내게 생소한 일이에요. 아라비카 그 브랜드 잊고 있었어요. 사는 게 척박했소. 원두커피는 물론 커피 자체를 즐길 여유가 없었어요."

"……."

"내 인생은 당신과 함께했던 그때가 가장 찬란했던 때였어요."

현석이 눈에 웃음을 머금고 말했다. 하지만 연미의 눈에는 그의 웃음이 웃음으로 보이지 않았다. 일반적인 웃음의 범위를 초탈한 웃음이었고 무거운 웃음이었다. 분명 그의 표현은 감사하고 고마운 말이었다. 하지만 그의 말은 무척 슬프게 다가오는 말이기도 했다. 연미는 어떤 말로든 그의 말에 화답하고 싶다. 하지만 연미는 입을 열지 못한다. 마치 조각상처럼 미동도 없이 자신의 얼굴을 들여다보고 있는 현석의 얼굴 때문이었다.

연미가 현석의 눈을 피해 커피숍 창밖으로 시선 옮긴다. 현석의 눈이 그녀의 시선을 따라 창밖으로 향한다.

잠시 후 현석이 입을 연다.

"오늘 참 고맙소. 음악, 음악 이야기, 호수, 하늘, 커피……. 행복했소."

"……."

"이제 몸이 많이 아물고 회복됐어요. 퇴원 일정도 나왔고. 그동안 돌봐줘서 정말 고마웠어요. 이제 더 이상 내게 신경 쓰지 않아도 돼요. 우리 이제 서로, 각자의 일상으로 돌아갑시다."

"……."

"내게 전혀 부담 가질 것 없어요. 정수에게도. 과거는 과거일 뿐인 거요. 과거를 끄집어내 현재에 맞춰도 끼워지지 않아요. 많이 해봤소."

"……!"

현석, 다시 커피숍 창밖으로 얼굴을 가져간다.

연미가 입을 연다.

"여쭙고 싶은 게 있어요."

현석, 고개 돌려 연미를 본다.

"왜 그러셨어요?"

연미가 대뜸 묻자, 현석, 무슨 말인가 싶다.

"왜 세상을 등지시려고 그러셨어요?"

현석, 다시 창밖으로 시선 돌린다. 잠시 말이 없던 그가 얼굴에 냉소적인 눈빛과 미소를 품고 입을 연다.

"내가 그 질문에 어떻게 대답하면 좋겠소? '이러저러해서 죽으려고 했소'라고 설명하면 되겠소?"

"묻지 않으려고 했어요. 하지만 묻지 않는 내 모습을 내가 지켜볼 수가 없네요."

침묵을 지키던 현석, 길게 숨을 내쉰다.

"삶이 참 덧없다는 생각이 들었어요. 여태껏 나한텐 내가 없었어요. 사는 것, 죽는 것, 뭐가 다른 건지 알고 싶었소."

현석의 말은 연미를 아프게 했다. 그리고 많은 감정과 생각들을 일렁거리게 했다. 어떤 사연이, 어떤 절망이 그를 감싸고 있는지 알지 못하지만, 어렴풋이 느낌은 전해져 온다. 그러나 그에게 위로의 말을 건넬 수도, 삶의 가치를 강조할 수도, 그렇게 행동한 그를 탓할 수도 없다. 그에게 아무런 말도 할 수 없는 자신의 존재를 새삼 다시 확인하는 연미. 그러나 현석에게서 답을 듣고 아무런 말 없이 그대로 넘길 수는 없다. 어떤 말이 그를 위한 가장 적절한 말일지 연미는 생각해본다. 그러나 도무지 떠오르는 말이 없다. 연미가 그에게 건넬 말을 찾기 위해 계속해서 바둥거린다.

# 9 | 재즈 속으로

1982년 여름.

"예? 아니 해금 제작 보조금을 줄인다니요? 누가 그런 말을 해요?" 용주가 발끈하며 면장에게 물었다.

"그뿐만이 아니네. 해금 학교가 설 자리에 피아노 학교를 세운다는 얘기도 들리고 그걸 군수가 발 벗고 나서서 지원하고 있다는 얘기도 들려."

용주는 화가 치밀어 올랐다. 그가 거칠게 한숨을 토해내며,

"면장님, 해금 학교를 세우려고 오랫동안 공들여왔습니다. 해금 학교 건립은 군수가 직접 우리 군민들 앞에서 공약해 준 일입니다. 그래서 그를 위해 뛰어다녔고요. 정말 그렇게 되면 저 그 꼴 가만히 앉아서 보고만 있지 않을 겁니다."

"오늘 밤, 국악 선생하고 우리 집으로 좀 오게. 같이 의논 좀 해야겠네. 그리고 자네 내일 재즈 페스티벌에 갈 건가?"

용주, 고개를 떨군 채 말이 없다.

"내키지 않더라도 내일 그 자리엔 참석하세. 도道내 문화계 인사들도 오고 군수도 온다니까. 한번 분위기 좀 보자고."

*

  한 야외 공터에 목조와 알루미늄 재질로 조립된 무대가 보인다. 무대 앞 정중앙 위쪽에는 '축 강원연합 재즈 페스티벌'이라고 쓰여 있는 현수막이 걸려 있고 무대 양옆에는 비교적 규모가 큰 음향 장비들이 자리를 잡고 있었으며 무대 위 천장에는 다채로운 조명 장비들이 세팅되어 있다. 무대에는 무대 가운데에 놓인 피아노를 중심으로 피아노 뒤쪽에는 드럼과 타악기 주자, 왼쪽에는 일렉트릭 기타, 어쿠스틱 기타, 베이스 기타 주자, 그리고 오른쪽에는 콘트라베이스, 전자 키보드, 브라스 주자들이 자리하고 있다. 도내 행사로 열리는 페스티벌이었음에도 전반적인 무대 분위기는 여느 큰 규모의 페스티벌 공연과 견주어도 모자람이 없어 보인다.

  관람객들은 무대 바로 아래 즐비하게 놓여있는 축하 화환들을 시작으로 도, 군, 시의 행정 관련 귀빈들, 그 귀빈석 뒤로는 공연자들의 가족들, 그리고 그 뒤로는 초대받은 도내의 문화 관계자들, 그리고 문화 관계자들 뒤로는 일반 관람객들의 순서로 자리해 앉아있다.

  용주 가족의 모습이 보인다. 용주와 현민, 현석 모는 일반관람석 바로 앞, 도내 문화 관계자들 초대석에 앉아있다.

  무대 위에서 출연자들이 연주를 마치자, 객석에서 박수 소리가 인다. 그러나 주위의 박수 소리에도 현석 모와 현민은 무대를 향해 마음껏 박수를 보내지 못하고 용주의 눈치를 보는 모양새다. 그 이유는 공연 시작부터 용주가 모진 눈매로 박수 치는 주위 사람들을 흘겨보고 있었기 때문이다.

 사회자가 다음 연주자를 소개하기 위해 무대 위로 오른다. 추연미라는 이름이 호명되자 관객들의 우렁찬 박수 소리와 함께 한쪽 관람석에서 커다란 환호가 터져 나왔다. 피아노학원 수강생들이 연미에게 보내는 환호였다. 연미가 무대 옆에서 모습을 드러내자, 용주가 양미간을 찌푸리고 아랫입술을 삐쭉 내밀고는 애써 무대를 외면한다.

 박수 소리가 줄어들고 곧이어 연미의 연주가 시작되었다. 서정적으로 시작된 연미의 연주는 객석의 잔 소음들을 단번에 잠재웠다. 그녀의 연주가 전주를 지나 메인 멜로디에 이르면서 곡의 분위기가 반전된다. 그녀가 경쾌한 선율을 만들자, 기타와 드럼, 콘트라베이스의 음이 가미되며 그녀의 연주는 본궤도에 오른다. 관람객들은 연미가 현란하게 음을 뿌릴 때마다 브라보를 외치기도 하고 '오우!', '와!' 하는 탄성을 터트리며 두 손가락으로 휘파람 소리를 만들어내기도 한다. 용주가 소리치며 환호하는 관객들을 향해 한마디 내뱉는다.

 "미친 것들."

 용주는 무언가 가슴이 답답하다. 그는 연주되고 있는 음악을 이해하지 못했다. 그는 온몸에 짜증과 울분이 덕지덕지 솟아났다. 하늘만 쳐다보며 파이프 담배를 뻑뻑 피워대는 용주.

연미의 연주가 중간 간주에 이르렀다. 중간 간주는 연미의 피아노 독주로 이어졌다. 연미가 화려한 손가락 율동으로 중간 간주를 이어가자, 객석에서 다시 환호가 터져 나왔다. 잠시 후 그녀가 중간 간주를 마무리하자 악기 주자들이 다시 음을 뿌려대기 시작했다. 부드럽고 느릿한 박자로 반복되던 음악은 다시 빠른 비트로 바뀌었고 음악은 후렴구를 지나며 절정을 향해 치닫는다. 그때, 양용주의 앞자리에 앉아있던 여인 두 명이 자리에서 일어나 손뼉 치며 춤을 추기 시작한다. 그들은 몸에 딱 달라붙는, 가슴선이 훤히 드러난 원피스를 입고 있었다. 용주는 자리를 잡고 앉을 때부터 그들이 눈엣가시였다. 용주는 이때다 싶었는지 얼른 자리에서 일어나 여인들의 머리에 번갈아 담뱃대를 내리꽂는다.

"야 이것들아! 니들 눈엔 어르신들이 안 보여? 새파란 계집년들이 어디서 엉덩이를 흔들어 대고 난리야?"

여인들, 서로 마주 보고 어이없어하는 표정을 지으며 뒤돌아본다. 그들 중 한 여인이 한 손을 머리로 가져가 맞은 곳을 한번 어루만진 뒤 턱을 치켜들며 눈을 부릅뜬다.

"이봐, 당신 뭐야? 당신 지금 우릴 쳤어? 당신 뭔데? 왜 우릴 때리는 건데? 그리고 계집년이라니? 왜 욕을 해? 우리가 뭘 어쨌게?"

주저 없이 반말로 대드는 여인의 행동에 용주가 멈칫한다. 그러나 용주, 반말을 듣고 그냥 넘길 수가 없다.

"요것 봐라. 싹수가 없어도 보통 없는 게 아니네. 너, 지금 얻다 대고 반말해? 너, 어디 살아?"

"내가 어디 살던, 당신하고 무슨 상관인데?"

순간 현석 모가 현민에게서 귓속말을 전해 듣고 용주의 바지 깃을 다급하게 잡아당기며 용주 귀에 속삭인다.

"그만 하세요. 시장님 따님이래요."

용주, 순간 당황한다. 그는 헛기침을 한번 하더니 현민과 현석 모에게 버럭 큰소리로,

"둘 다 일어서! 내가 말이야, 끝까지 참고 앉아있으려고 했는데 이건 음악이 아니고 퇴폐야 퇴폐! 뭐해? 어서 일어서! 그리고 현민이 너, 가서 현석이 찾아와."

용주의 쩌렁쩌렁 울리는 목소리에 사람들 시선이 하나둘씩 용주에게로 향했고 연미도 연주를 이으며 용주가 있는 곳을 힐끔힐끔 쳐다본다. 객석 맨 앞자리에 앉아있던 군수는 뒤돌아 용주를 보며 얼굴을 찌푸렸고 군수 바로 옆에 자리한 면장은 용주를 향해 조용히 앉아있으라는 듯 손짓과 눈짓을 보낸다. 용주가 입맛을 다시며 다시 자리에 앉는다.

연미의 연주가 마무리됐다. 열렬한 박수 소리가 터져 나오

자, 연미, 객석을 향해 인사한다. 그사이, 사회자가 무대로 올라 연미와 같이 연주할 다음 연주자를 소개한다. 그가 소개하는 연주자 이름은 양현석이었다. 먼 산에 시선을 두고 담배 파이프를 빨아 대던 용주가 갑자기 캑캑거린다. 삼키던 담배 연기가 목에 걸려 버렸다. 용주는 믿기 힘들었다. 용주의 얼굴은 놀람과 당혹을 넘어 충격 그 자체였다. 현석 모와 현민도 소스라치게 놀란 표정으로 서로를 마주 본다.

현석이 해금을 손에 들고 무대 가운데로 걸어 나오자, 관람석에서 수군대는 소리가 들려온다. 현석이 무대 가운데에 서서 관객들에게 인사한 뒤 연주 채비를 하며 연미와 같이 음을 조율한다. 먼저 연미의 피아노로 연주가 시작되었다. 이어서 현석의 해금 연주가 시작된다. 들려오는 곡은 안토니오 카를로스 조빔의 〈하우 인센시티브〉[52]였다. 현석 모와 현민의 얼굴이 용주의 얼굴과 마주쳤다. 현민은 마치 큰 죄라도 지은 사람처럼 용주의 눈을 쳐다볼 수 없었고 현석 모는 다리가 후들후들 떨려왔다. 노기와 화기로 얼룩진 용주의 얼굴에 열꽃이 피어오른다. '전통악기를 이어가는 놈이 피아노로 재즈를 연주해도 경악스러울 판에 해금으로 재즈를 연주해? 그것도 지 애비를 박해하는 군수 앞에서?' 용주는 마치 사지가 마비된

---

52   *How Insensitive(Insensatez)*, The Composer Of Desafinado, *Plays*, 1963.

듯 잠시 몸을 가누지 못한다. 그 순간, 용주만큼 크게 충격받은 사람이 있었다. 그는 바로 용주 뒷자리에 앉아있는 국악 선생 효준이었다. 용주와 효준의 얼굴이 서로 마주쳤다. 효준의 눈빛은 절망으로 물들어 있었다. 그는 얼굴을 아예 땅바닥에 파묻어 버린다. 용주가 귀빈석에 시선을 가져간다. 그는 상상해 본다. 재즈 페스티벌에서 해금으로 양악을 연주하는 현석의 모습이 도내 유지들에게 어떻게 비추어질 것인지. 그리고 어떤 결과로 이어질 것인지. 그는 상상만으로도 두려웠다. 그 결과는 너무나도 자명하며 치명적이고 참혹할 거라는 생각이 들었기 때문이다.

 현석과 연미의 연주가 중반을 넘어섰다. 해금으로 양악이 연주되는 장면이 생소했기 때문일까? 관람석에서는 그다지 큰 호응이 일지 않았고 관객들은 현석과 연미의 연주에 감화되고 있는 표정도 아니다. 그러나 재즈를 이해하는 일부 관객들은 그들의 연주에 환호를 보내고 있다. 바로 그때, 반짝반짝 빛나는 눈망울로 마치 천지창조의 서막을 지켜보듯 현석에게서 한 치도 눈을 떼지 못하는 사람이 있었다. 그는 바로 추 선생이다. 추 선생은 재즈 페스티벌에서 해금으로 안토니오 카를로스 조빔의 〈하우 인센시티브〉를 연주하겠다는 현석의 이야기를 듣고 해금으로 그 곡의 감성을 표현할 수 있겠냐고 현석에게 물었었다. 그러자 현석은 바로 그 자리에서 그 곡을 해금으로 연주했다. 추 선생은 현석의 연주를 듣자마자 곧바로 현석의 재즈 페스티벌 참가를 결정해 주었다. 진행 순서와 출연자를 소개하는 프로그램 책자 인쇄가 이미 끝난 상황이었음에도 추 선생은 개의치 않았다. 그는 보사노바에 탱고를 가미한 현석의 편곡 능력과 해금의 연주 기교에 마음을 송두리째 빼앗겨 버리고 말았다. 추 선생은 현석의 연주를 듣고 생각했다. 리듬과 화음 악기만 보강되면 이번 페스티벌의 백미는 현석의 연주가 될 거라고. 그런 생각에 추 선생은 현석에게 백 밴드[53]를 제안했다. 그러나 현석은 추 선생의 제안을 거절했다. 그는 연미의 피아노 반주 하나만을 원했다. 하지만 추 선생은 생각을 굽히지 않았다. 그는 현석의 연주에 진정 날개를 달아주고 싶었다. 추 선생은 곡의 완성도를 높이기 위해 화음 위주만이라도 밴드 구성을 하면 어떻겠냐고 현석에게 거듭 물었다. 그러나 현석은 완강했다. 현석은 오직 연미만을 원했다. 결국 추 선생은 자신의 생각을 접는다. 그는 더 이상 현석과 부딪칠 수 없었다. 자신의 생각을 계속 관철시키려다가 재즈 페스티벌 출연을 하지 않겠다고 말할지도 모를 현석이 두려웠던 것이다. 결국 추 선생은 현석과 연미, 두 사람만의 연주를 승낙한다. 추 선생은 몹시 아쉬웠지만, 연미의 연주 기량

---

53 가수나 메인 연주자 뒤에서 반주를 넣는 밴드.

과 현석의 해금 역량으로 보아 그들 두 사람의 연주만으로도 감동을 전하기에 충분할 것이고 해금으로 재즈가 연주되는 이색異色의 의미를 전하는 자체만으로도 가치가 있을 거라고 자신을 위안했다. 그 후 연미와 현석이 페스티벌까지 달려온 시간은 단 일주일. 그렇게 짧은 시간 동안 호흡을 맞춘 연미와 현석의 하모니는 추 선생에게 놀라움으로 다가왔다. 추 선생의 우려와는 달리, 들려오고 있는 현석의 해금 연주는 현석이 추 선생의 집무실로 찾아와 연주했던 그 버전보다 더 아름답고 정교했고 화사했다.

 현석과 연미의 연주가 곡의 절정 부분을 지난다. 객석 여기저기서 탄성 소리가 터져 나오기 시작했다. 그때였다. 관람석에서 커다란 외침이 들렸다.

 "그만해! 연주 멈춰!"

 양용주의 목소리였다.

 아버지의 목소리를 인지한 현석은 가슴이 철렁 내려앉았고 숨이 턱 막혀왔다. 현석의 연주가 움찔거리자, 연미의 연주도 멈칫거렸다. 모두 용주를 향해 시선이 집중되는 찰나 용주가 벌떡 일어나 득달같이 무대로 돌진한다. 그가 순식간에 무대 위로 뛰어오르자, 연미와 현석의 연주음이 박자를 잃고 하느작거리다가 멈춰진다. 용주가 현석에게 달려들었다. 그는 현석의 멱살을 쥐고 그를 무대 아래로 끌어 내리려 한다. 모두가 경악했다. 추 선생과 면장, 그리고 사회자가 다급하게 무대 위로 뛰어올라 용주를 현석에게서 떼어낸다.

"아니, 지금 이게 무슨 짓입니까? 지금 연주 중입니다." 추 선생이 시뻘겋게 달아오른 얼굴로 소리쳐 말했다.

"짓? 당신 지금 나한테 짓이라고 그랬어? 당신 우리 아들 꾀내서 이런 개 쓰레기 같은 곡을 연주하게 하는 건 어떤 짓인데? 응? 전통악기가 천직인 애를 왜 꼬드겨? 응? 이게 할 짓이야? 그리고 이 바쁜 농번기에 젊은 사람들 일손이 모자라 난린데 여기 다 불러 놓고 시끌벅적대는 게 누군데 나한테 짓이라는 말을 써?"

"개 쓰레기? 지금 개 쓰레기라 그랬습니까?"

"그래, 개 쓰레기라 그랬다. 왜?"

용주가 두 팔의 옷깃을 걷는다. 그는 몹시 흥분했다. 그는 여차하면 추 선생에게 주먹이라도 날릴 기세다. 면장과 사회자가 용주를 무대 가로 밀어낸다. 그러나 두 사람의 힘으로는 용주를 감당해 내지 못한다. 용주가 면장과 사회자를 밀쳐내고 추 선생 앞으로 다가서며 모두 들으란 듯 큰 소리로 입을 연다.

"당신 내가 경고했지? 여기가 어떤 땅인지 알아? 수백 년 동안 우리 음악이 이어져 내려오는 고장이야. 그런데 이 땅에서 이런 딴따라 음악을 전파시켜?"

그때였다. 국악 선생 효준이 무대 위로 뛰어올랐다.
"여러분! 양용주 씨 말이 맞습니다. 우리 고장이 어떤 뎁니까? 우리 고장은 오랫동안 국악 마을로 불려 왔습니다. 이 자리는 우리 국악이 연주되어야 할 곳이지 서양 음악이 연주될 곳이 아닙니다."

효준이 객석을 바라보며 외쳤다. 하지만 그의 외침은 관객보다는 재즈 페스티벌을 지원해 준 군수를 향한 항변의 의미가 더 컸다.

"여러분!"

효준이 다시 객석을 향해 외쳤다. 그때 면장이 효준을 두 손으로 밀친다.

"이봐 국악 선생! 당신까지 왜 그래? 당신들 도대체 이게 뭐 하는 짓들이야? 당신들 위, 아래도 없어? 지금 어떤 분들이 와 계시는데 이런 개망나니짓들을 하고 있지? 아니, 어떻게 무대에서 사람이 연주하고 있는데 뛰어올라 연주자를 끌어내리려고 하지? 막 나가는 양아치들도 이런 짓들은 하지 않아. 도대체 당신들 뭐야? 그리고 아무리 국악 고장이라지만 국악 고장에선 국악만 연주해야 한다는 그런 억지가 어딨어?"

용주와 효준의 눈이 마주친다. 두 사람은 모름지기 면장이 자신들을 옹호해 줄 거라고 믿고 있었다.

면장이 효준과 용주를 무대 아래쪽으로 밀어낸다. 하지만 용주는 면장의 손을 뿌리치고 현석에게 다시 달려들어 그의 멱살을 잡고 그를 무대 밖으로 끌어 내리려 한다. 그 순간 군수가 자리에서 일어난다. 양용주와 군수의 눈이 마주쳤다. 군수가 매서운 눈매로 용주를 쳐다본다. 그러나 용주는 군수의 기에 밀리지 않는다. 눈을 부릅뜨고 군수를 노려보는 용주.

약, 3년 전, 군수는 군수 입후보자 자격으로 용주가 사는 마을에 찾아와 해금 학교를 지을 수 있게 해주겠다는 공약을 했다. 그 후 용주와 효준은 그의 당선을 위해 밤낮으로 뛰어다녔다. 그러나 군수는 당선된 후 해금 학교에 대해 무관심했으며 해금 학교 설립에 관련된 어떤 일도 그의 손에서 진행되지 않았다. 그 후 용주는 군수를 만나려 했지만, 군수는 용주를 외면했다. 용주는 군수의 무관심 속에 홀로 관가를 뛰어다니며 해금 학교를 세울 수 있는 부지를 얻어냈다. 비록 더 검토되어야 하고 추후 용도 허가를 받아야 하는 과정이 남아 있기는 했지만, 용주 개인에게 있어 그 결과는 커다란 도약이었고 결실이었다. 그러나 얼마 전부터 용주가 기약 받은 그 땅에 피아노 학교가 들어설 거라는 이야기가 용주 귀에 들려오기 시작했다. 그 일을 군수가 추진하고 있다는 말과 함께. 용주는 피가 거꾸로 솟아올랐다. 어쩌면 오늘 용주가 보인 행동은 현석보다 군수에 대한 앙금과 증오가 더 컸는지도 모른다.

계속해서 날이 선 눈빛으로 서로를 쳐다보는 군수와 용주.

군수가 비웃는 표정을 용주 앞에 흘리며 의자에 걸쳐놓은 상의 재킷을 집는다. 용주는 자신을 업신여기듯 조소를 보내는 군수에게 일종의 굴욕감을 느낀다. 무대 중앙에 서 있던 용주가 무대 가로 달려가며 군수를 향해 가래침을 냅다 내뱉는다. 용주의 침이 군수의 와이셔츠 소매 끝단에 붙어버렸다. 초청받은 귀빈들을 비롯해 군수 일행, 그리고 무대와 무대 주위의 모든 사람들이 놀란 표정을 지으며 용주를 쳐다본다. 군수의 얼굴이 붉게 타올랐다. 그는 화가 치밀어 올랐지만, 감정을 누르며 용주에게 가깝게 다가간다. 그가 무대 위에 서 있는 용주를 올려 보며 속삭이듯 나지막이 입을 연다.

"야! 양용주, 너 죽고 싶어? 어디 일개 하층 군민밖에 안 되는 새끼가 군수한테 겁대가리 없이 감히 이런 짓을 해? 너 옥살이하고 싶어? 그렇게 해줄까?"

용주, 당혹스럽다. 용주는 자신이 보인 행동이 떳떳하다고는 생각하지 않았다. 그는 군수로부터 어떤 말이 돌아와도 달게 받겠다는 마음이었다. 하지만 군수 입에서 튀어나온 일개 하층 군민이라는 말은 용주가 상상했던 범주의 말이 아니었다. 용주는 일개 하층 군민이라는 그의 말이 군민을 보살펴야 할 군수의 입에서 절대 튀어나올 수 없는 말이라고 생각했다. 자신의 잘잘못을 떠나서.

용주를 한참 동안 노려보던 군수가 뒤돌아 발걸음을 옮긴다. 군수 수행원들이 그를 뒤따랐고 초대받은 귀빈들도 자리에서 일어나기 시작한다. 추 선생은 난감함에 손바닥으로 얼굴을 쓸어내렸고 면장의 표정도 편치 않다. 면장이 무대에서 뛰어내려 공연장을 떠나는 군수 일행을 뒤따른다. 귀빈석에서 사람들이 빠져나가기 시작하자, 일반석에 자리했던 사람들도 한 명, 두 명, 자리에서 일어선다. 그때, 용주가 무대 가에 놓여있는 보조 의자를 두 손으로 번쩍 들고 무대를 가로지르며 달려간다. 군수를 향해 의자를 던져버리는 용주. 의자가 군수 일행 바로 옆 조명기구에 부딪힌 뒤 군수 일행 쪽으로 나뒹굴었다. 군수를 비롯해 군수 수행원들이 화들짝 놀라며 의자를 피한다. 용주를 쳐다보는 군수 일행. 용주가 무대 가운데에 놓인 보조 의자 하나를 다시 집어 들었다. 그러자 내달리듯 빠른 걸음으로 공연장을 벗어나는 군수 일행. 용주가 집어 들었던 의자를 무대 가운데에 던지듯 내려놓는다. 순간 의자의 다리 한쪽이 부러지며 부러진 다리 한쪽이 피아노를 향해 날아갔다. 부러진 의자 다리가 연미의 다리를 스치며 피아노에 부딪히자, 추 선생의 얼굴이 붉게 상기된다. 그는 인내가 소진되었다. 정장 웃옷을 벗어 던지고 와이셔츠 소매를 걷어 올리고는 바로 용주에게 달려드는 추 선생. 순식간에 뒤엉킨 용주와 추 선생. 현석과 사회자가 용주와 추 선생에게 달려가 그들을 말려 본다. 하지만 역부족이다. 연주자와 무대 스텝들이 우르르 달려가 현석과 사회자를 거든다. 그들이 간신히 추 선생과 용주를 떼어 놓았다. 하지만 이미 늦었다. 두 사람 사이에서는 그사이 여러 번 주먹이 오고 갔다. 추 선생의 입술은 터져버렸고 용주는 코에서 피가 흐른다. 헉헉대며 서로를 쏘아보는 추 선생과 양용주. 그때였다. 용주가 추 선생에게 가래침을 뱉는다. 용주가 뱉은 침은 추 선생의 한쪽 눈의 눈두덩에 붙어버렸다. 모든 사람의 입이 떡 벌어졌고 마주친 연미와 현석의 얼굴은 창백하다 못해 아예 사색이 되어버렸다.

10 | 별리別離

탁자 위에 빈 소주병과 막걸리 통이 즐비하게 늘어서 있다.
탁자를 사이에 두고 마주 앉은 용주와 국악 선생 효준.
"형님, 현석이 이 자식 어떻게 하죠? 작년에도 재즈에 미쳐 본선에 오르고도 상 하나 못 탄 것 아닙니까?"
효준, 말을 던지고 나니 갑자기 화가 더 치민다.
"아니 해금으로 재즈를 연주하다뇨? 형님, 이번 경연대회에서는 어떻게든 입상해야 합니다. 대상이나 금상은 아닐지라도 본상 하나만 떡하니 수상하면 해금 학교 세워달란 얘기도 힘을 받을 텐데 도대체 그놈 하나 때문에 지금 몇 사람이 맘고생을 하는 겁니까? 형님, 현석이, 정신 집중하게 주의를 줘야 합니다."
용주, 효준의 넋두리에 그저 연거푸 잔만 들이킨다. 용주, 옷소매로 야무지게 입가를 닦아 내고는,
"그 새끼 완전히 미쳤어. 적어도 군수 앞에서만큼은 그런 짓거리는 하지 말았어야지. 돌아가는 상황을 알면서도 지가 뭘 잘못했는지 몰라. 알아듣게 또 설명했는데도 이 새끼 하는 소리가 뭔지 알아? 피아노와 해금을 동시에 할 수 있으니 두 개

다 허락해 달래. 얼마나 열이 오르던지, 이제 다 커서 손 안 대려고 했는데, 이 새끼 흠씬 두들겨 맞고도 하는 소리가 뭔지 알아? 해금을 손에서 놓겠대. 미쳐도 보통 미친 게 아니야. 이게 가업인 줄 뻔히 알면서. 내일모레면 서른인데 아직도 정신 못 차리고 저러고 있어. 이 버러지 같은 새끼 또 한 번만 그딴 짓거릴 하면 그 새끼, 손가락을 다 잘라 버릴 거야."

*

현석, 피아노 앞에 앉아 건반을 두드리며 음표를 그리고 있다.

현석은 얼마 전, 지금까지 연미와 같이 지내온 길을 뒤 돌아봤다. 그는 그녀와 함께해온 시간을 돌아보며 문득 그녀에게 미안한 마음이 밀려들었었다. 지금까지 연미에게 많은 것들을 받아만 온 것이 아닌가 하는 생각이 들었기 때문이었다. 현석은 그 생각 이후, 그녀를 위해 무언가를 선물해야겠다고 마음먹었다. 그러면서 그는 그녀를 위한 최선의 선물이 무엇일지 고민했다. 그가 긴 사색 끝에 떠올린 건 악보였다. 그는 그동안 악상이 떠오를 때마다 기록해 두었던 편곡 이미지와 구성을 한 데 모아서 음표들을 자르고, 늘려보고, 첨가하고, 편집해 보며 악보를 그려보았었다. 완성된 악보는 아니었지만, 현석은 그렇게 작업한 곡이 마음에 들었다. 현석은 그 악보가 그 어떤 선물보다 그녀를 위한 선물로 가치가 있을 것 같은 생각이 들었다. 그래서 그는 기뻤다. 하지만 그의 가슴 어딘가에는 채워지지 않는 그 무엇이 있었다. 사실, 연미에게 받기만 해서 그녀에게 무언가를 주고 싶었다는 현석의 마음속 정체正體는 그의 진眞 내면이 아니었다. 그의 마음은 선의의 위선으로 포장되어 있었다. 현석은 재즈 페스티벌 사건 이후 거대한 폭풍이 자신에게 휘몰아 쳐올 것 같아 두려웠다. 작은 뗏목에 홀로 몸을 의지하고 거친 폭풍의 바다로 출항해야 할 것만 같은 느낌…… 그래서 어쩌면 연미를 더 이상 볼 수 없을지도 모른다는 일말의 공포감……. 현석은 그 폭풍을 두려워한 나머지, 그 폭풍에 대한 심리적 방어와 저항을 위한 도구를 만들고 싶었다. 그 도구가 바로 악보였고 그 악보는 미래에 다가올 아픔에 대한 포석이었다.

 현석이 오선지 위에 악보를 그려 넣으며 그녀가 그 악보를 사랑할 수 있으면 좋겠다는 바람을 마음속에 새기고 또 새겨 넣는다.

*

 군郡을 대표하는 해금 연주자들이 마을회관에 모여 해금을 연주하고 있다. 그들은 악보를 파트 별로 나누어 각자 부여받은 파트를 돌아가며 연주하고 있었다. 국악 선생 효준이 연주자들 각자의 파트가 바뀔 때마다 한 사람, 한 사람의 연주를 경청하고 있다.
 해금 주자들이 연주의 매듭을 지었다. 언짢은 표정을 지으며 의자에서 일어나는 효준. 그가 입을 연다.
 "그동안 개인 연습들이 없으셨군요? 농번기 일손이 바빠 연습할 시간이 충분치 못했던 건 사실입니다. 하지만 아무리 연습이 모자랐다고 해도 이런 실력으론 단체전 예선 통과조차도 확신할 수 없습니다. 해금 학교를 세워보겠다는 지역에서 본선에도 오르지 못하면 큰 망신 아닐까요?"
 모두가 효준에게서 눈을 피한다.
 "그리고 양현석!" 효준이 현석을 호명했다. 그가 곱지 않은 눈매로 현석을 보며,
 "어떻게 연주 중에 몇 번씩이나 음을 꺾어 먹을 수 있지?"
 "……."
 "마음이 딴 데 가 있는 것 아냐?"
 "……."

"새즈에?"

"!"

현석, 효준의 눈을 뚫어지게 쳐다본다.

"뭘 그렇게 봐? 내가 틀린 말 했어?"

현석, 욱하고 화가 치밀어 오른다. 현석은 효준의 비아냥거림이 지나치다고 생각했다. 그는 효준에게 무슨 말이라도 내던지며 대들고 싶었다. 하지만 그는 애써 감정을 삭이며,

"죄송합니다. 단체곡 연습을 소홀히 했습니다. 열심히 연습하겠습니다."

"얼마 안 남았는데 이제부터 열심히 해서 되겠어?"

현석, 다시 눈에 힘을 주고 효준을 쳐다본다.

효준, 그런 현석을 계속 쏘아보다가 그에게서 얼굴 거두며 해금 주자들을 향해 다시 말을 잇는다.

"오늘 시간이 좀 늦었지만 몇 번 더 연습하고 가겠습니다. 실전이라 생각하고 모두 집중해서 연주해 주십시오."

모두가 다시 활대를 손에 들었다. 그러나 현석, 바지 주머니에 양손을 넣고 창밖을 내다보고 있다. 효준이 그런 현석을 바라보다가 입을 연다.

"양현석! 너 연주 안 해?"

현석, 고개 돌려 효준을 본다.

"너, 연습 더 하고 가겠다는 말, 못 들었어?"

현석, 대답 없이 그저 효준을 처다보기만 한다.
"말 들었어? 못 들었어?"
"들었습니다."
"그런데 왜 연주 준비 안 해?"
현석, 대답 없이 다시 창가로 고개 돌린다.
"너 그래 가지고 교육감 앞에서 제대로 연주할 수 있겠어?"
"……."
"네 가족과 네 아버님을 생각해 임마!"
창밖으로 시선을 돌렸던 현석이 짓 부릅뜬 눈으로 다시 효준을 처다본다. 말없이 서로 마주 보는 두 사람. 두 사람의 팽팽한 긴장감은 연습실 분위기를 더욱 냉랭하게 만들었다.

효준, 코 한숨을 내쉬고 감정을 추스르며,
"자, 다시 한번 연습 가보겠습니다."

그때, 현석이 자리에서 일어선다. 그가 의자 옆에 놓인 해금 가방을 열고 가방 안에 해금을 넣는다. 해금 가방을 어깨에 둘러메고 출구를 향해 걷는 현석.

"건방진 새끼."

효준의 입에서 나지막이 욕이 튀어나오자, 출입문 문고리를 잡았던 현석이 뒤돌아서서 원망스러워하는 눈빛으로 효준을 쏘아본다.

"아니, 이 자식이? 너 지금 누굴 그렇게 처다봐?"

현석, 직금의 상황이 슬프다. 오랜 기간, 자신을 지도해 준 선생이었고 그를 따르던 자신 아니었던가.

현석과 효준. 두 사람은 처음부터 갈등을 겪던 사이는 아니었다. 현석은 효준의 해박한 국악 이론과 여러 전통악기 연주에 능통한 그를 공경했고 효준은 어떤 연주자와도 비견되지 않는, 현석만이 가지고 있는 해금의 소릿결을 사랑했다. 두 사람은 비록 나이 차이가 있었지만 누가 봐도 격식 없는 다정한 사제지간이었다. 그러나 효준이 국악 선생으로 부임해 온 지 3년째 되던 해, 현석이 피아노를 가깝게 하면서부터 두 사람 사이는 서먹해지기 시작했다. 그 후 어느 날, 현석은 도내 국악인들과 토론을 벌이는 자리에 참석해 한국 국악계가 다람쥐 쳇바퀴 돌듯 매너리즘에 빠져 있다는 의견을 피력한 적이 있다. 현석의 그런 발언은 지역신문에 보도되었고 그 일로 효준은 국악 관계자들로부터 항의와 압력에 시달렸다. 그때부터 효준과 현석의 서먹함은 갈등으로 이어졌다. 그 후 추 선생이 개원한 피아노학원에 현석이 등록하면서 두 사람 사이의 갈등은 한층 더 깊어졌고 시간이 지나면서 그 갈등의 골은 점점 더 심화되며 급기야 현석에 대한 효준의 핍박으로 이어졌다. 현석은 그런 선생이 야속했다. 하지만 현석은 효준이 그럴 때마다 그가 선생으로서 그렇게 할 수밖에 없었을 터이고 가족의 생계를 꾸려야 하는 그의 처지를 생각해보며 그를 이해하려 했다. 그러면서 현석은 그에게 이른바 연민도 느꼈다. 그러나 자신에 대한 효준의 멸시와 박해가 끊임없이 이어지자, 현석은 그가 선생으로서의 그릇이 되지 못하는 옹졸한 인간이라고 그를 규정해 버렸다. 그 후 현석은 효준이 언어적으로, 심리적으로 자신을 가해할 때마다 그에게 격한 표현을 쏟아내고 싶은 충동을 느꼈다. 하지만 현석은 그에 대한 존중의 끈을 끝까지 놓지 않았다. 그리고 그에게 모든 말들을 에둘러 표현해 왔다. 하지만 재즈 페스티벌 직후, 효준으로부터 심한 언어폭력을 당해온 현석은 자신이 인내할 수 있는 선을 그가 넘어버렸다고 판단했다. 현석은 오늘만큼은 그냥 지나칠 수가 없었다.

"선생님, 이 세상엔 많은 장르의 음악들이 있습니다. 그 모든 장르의 음악들은 그저 다 같은 음악입니다. 자꾸 제게 이러지 마십시오. 왜 국악을 하는 사람이 양악을 연주하면 안 되는 거죠? 왜 죄의식을 가져야 하죠? 음악이 무슨 이데올로기입니까? 이런 그지 같은 경우가 어딨습니까? 예?"

"······!"

"하나만 여쭙겠습니다. 왜 선생님은 존 디콘[54]을 신봉하시죠? 왜 틈만 나시면 베이스기타를 들고 퀸의 히트곡들을 연주

---

54 John Deacon. 영국의 록그룹 Queen의 베이스기타 연주자.

하시죠?"

"……."

"예전, 선생님께서 〈어나더 원 바이츠 더 더스트〉[55]를 연주하셨을 때, 전, 마음속으로 선생님을 응원했습니다. 연주하신 그 리프[56]가 정말 아름다웠습니다. 그리고 언젠가 선생님이 〈스프레드 유어 윙스〉[57]를 연주하시는 걸 들은 적이 있습니다. 베이스라인이 화려하지도 않고 빅 히트곡도 아닌데 그 곡의 베이스 연주에 심취해 계신 걸 보고 전, 선생님이 베이스기타에 있어 진정성이 있는 분이라고 생각했습니다. 그런 선생님과 제가 도대체 뭐가 다르죠? 네?"

"……."

"대답해 보십시오? 대체 뭐가 다릅니까? 예?"

"……."

현석을 쳐다보는 효준의 눈이 가야 할 방향을 잃었다. 효준, 문밖으로 사라지는 현석을 그저 바라만 본다.

---

55 *Another One Bites The Dust*. Queen, *The Game*, 1980.
56 Riff. 반복 음절.
57 *Spread Your Wings*. Queen, *News Of The World*, 1977.

*

 현석, 현석 모, 그리고 용주가 집 앞마당에 앉아 해금을 만들고 있다. 울림통 속을 다듬고, 활대를 만들고, 면面을 다듬고, 구멍을 뚫고, 불에 달구어 펴고, 칠을 하고. 그렇게 모두 제작에 여념이 없을 때 현민이 대문 밖에서 한 여인과 함께 모습을 드러낸다. 식구들 얼굴이 모두 대문 가로 향한다. 여인은 수줍었는지 현민의 등 뒤에서 현민의 부모님을 직시하지 못하고 용주의 집을 향해 서 있는 것도 아닌, 그렇다고 집을 등지고 돌아서 있는 것도 아닌, 어정쩡한 방향으로 서서 시선을 땅에 두고 있다.
 현석 모가 일손을 내려놓고 흔연스럽게 만면에 미소를 그리며 입을 연다.
 "아가 어서 와라. 현민아 너 뭐하냐? 어서 아가 데리고 들어오지 않고?"
 현민과 여인이 집 마당으로 들어온다.
 "인사드려." 현민이 주희에게 말했다.
 여인, 손에 들고 있던 포장된 선물 세트를 대문 옆 장독대 위에 올려놓고 가지런히 두 손을 앞으로 모으고는 가족들에게 차례로 눈길 건네며 고개 숙여 인사한다.
 "안녕하세요. 서주휩니다."

용주가 주희를 아래위로 훑어본다. 그는 주희가 탐탁지 않은 듯 유난히 굵은 아랫입술을 앞으로 내밀고는 퉁명스럽게,
"그래, 내 이전부터 얘긴 들었다. 우리 현민이하고 결혼하겠다고?"
용주 말에 모두가 뜨악했다. 주희가 현민을 한번 쳐다보고는 고개를 숙여 내린다.
"그런데 너 옷과 신발이 왜 그 모양이냐?"
용주가 주희의 짧은 치마 정장과 굽이 높은 뾰족구두를 보면서 물었다.
주희, 고갤 들어 용주를 본 뒤 현민을 잠깐 보고는 다시 고개 숙여 내린다. 주희는 당황하는 표정이 역력했고 현민, 현석, 그리고 현석 모는 용주의 언사에 마음이 편치 않다. 주희를 계속 아래위로 살피던 용주가 주희에게 다시 무언가 말하려 하자, 현석 모가 용주의 등 뒤로 다가가 그의 옆구리를 힘주어 꼬집는다. 용주가 현석 모와 두 아들의 표정을 살피다가 입을 닫는다. 집 뒷마당 쪽으로 향하는 용주. 주희가 대문 옆 장독대로 다가간다. 그녀가 장독대에 내려놓은 선물 세트를 가지러 간 사이, 현석 모가 현민에게 다가가 속삭인다.
"지난번에 내가 말해줬지? 네 아버질 봐서 집에 인사하러 올 땐 될 수 있는 대로 한복 입혀서 오라고?"
현민, 주희의 눈치를 보며 현석 모에게 속삭인다.

"못 전했어요."
"왜?"
"그 말, 차마 입에서 안 떨어졌어요."

형과 어머니의 대화를 엿듣던 현석이 해금에 옻을 칠하기 위해 들고 있던 붓을 바닥에 던지듯 내려놓는다. 한숨을 내쉬고 입맛을 다시는 현석.

용주가 뒷마당, 집 모퉁이에서 모습을 보인다. 그는 바퀴 달린 이동식 운반 도구에 커다란 적색 고무 대야 두 개를 싣고 식구들 앞으로 다가오고 있었다.

마당 한가운데에 고무 대야를 내려놓는 용주. 고무 대야 하나에는 도마, 칼, 고무장갑, 채칼, 고추, 마늘, 생강, 양파, 대파, 잣, 소금, 설탕, 밤, 등이 보였고 또 하나의 고무 대하 안에는 배추, 무, 알타리, 열무, 오이, 쪽파, 고춧가루 등이 보인다. 현석, 갑자기 이게 무슨 일인가 싶고 주희도 현민도 무슨 상황인지 궁금하다. 용주가 입을 연다.

"아가, 너 이리 좀 와 봐라. 내가 너 온다 해서 준비한 거다."

주희, 주춤거리다가 용주 앞으로 향한다.

"여기 이것들 김치 만드는 재료다. 이 재료들로 김치 다섯 가지만 만들어 봐라. 모자라거나 필요한 게 있으면 내 더 갖다 주마."

현석과 현민의 눈이 동시에 마주쳤고 현석 모는 차마 두 형제의 눈을 쳐다볼 수가 없다. 그녀는 엄마이기에 앞서 그런 남편의 아내인 것이 자식들에게 미안했고 창피했다. 현석은 고갤 숙이고 땅이 꺼질 듯 숨을 내쉬었고 현민은 원망 섞인 눈빛으로 용주를 쳐다보다가 잠시 먼 하늘을 쳐다본다. 현민이 한숨을 푹 내쉰 뒤 입을 연다.

"저, 아버지, 주희는 오늘 처음 인사드리러 왔어요. 김치 만들 준비가 전혀 안 되어,"

"현민 씨, 아니에요. 해볼게요." 주희가 현민의 말을 자르며 말했다.

주희, 용주를 또렷이 보며 당차게 말을 잇는다.

"만들어 보겠습니다."

주희, 정장 윗도리를 벗어 현민에게 건네고는 셔츠의 소매를 걷어 올린다.

"저, 어머니, 바꿔 신을 신발이 혹시 있을까요? 슬리퍼나,"

현석, 현민, 현석 모가 서로 얼굴을 마주 본다. 그들은 주희의 그런 모습을 전혀 상상하지 못했다. 현석은 주희의 어감과 행동에서 그녀의 아량과 인내와 용기와 배짱과 희생과 긍정을 읽는다. 현석 가족의 얼굴빛이 다소 환해졌다. 현석 모가 수돗가에 있는 고무신을 냉큼 집어 와 주희에게 건네자, 주희가 구두를 벗고 고무신으로 갈아신은 뒤 고무 대야 하나를 두 손으로 잡고 수돗가로 끌고 간다. 그러자 현민이 또 다른 고무

대하를 들고 수돗가로 가져가 내려놓는다. 현석이 자신이 사용하던 접이식 의자를 들고 주희 앞으로 다가갔다. 그는 햇볕이 내리쬐이는 양지 자리에 놓인 고무 대하를 음지 자리로 잡아당긴 뒤 주희를 위해 의자를 펼쳐 놓는다. 주희가 현석에게 미소로 고맙다는 인사를 한다.

주희가 김치를 만들기 시작한다.

현석이 그런 주희를 지켜본다. 현석은 주희에게, 그리고 형에게 깊은 연민을 느낀다. 현석은 지금 벌어지고 있는 이 상황이 형의 일로만 비추어지지 않았다. 언젠가 현석은 연미를 용주 앞에 소개하는 상상을 했던 적이 있다. 그러나 이 순간, 그는 그 상상이 도저히 엄두가 나지 않는다.

여러 종류의 김치가 테이블 위에 놓였다. 깍두기, 배추김치, 나박김치, 파김치, 오이소박이, 총각김치, 그리고 하나 더. 총 일곱 개.

용주가 주희에게 묻는다.

"다섯 가지를 만들라 했는데 왜 일곱 개냐?"

"네, 말씀하신 대로 다섯 종류의 김치를 만들었습니다. 그 다섯 개는 정통 김치들이고 시원한 물김치가 필요할 듯해서 나박김치를 추가했습니다. 그리고 남은 재료들 버리기가 아까워서 양념과 액젓으로 그것들을 버무려 봤습니다."

"그래? 너 보기보다 야물고 알뜰한 것 같구나. 김치 맛도 좋으면 좋으련만."

용주, 각각의 김치에 손을 가져가 맛을 본다. 잠시 후 용주가 마지막 일곱 번째 김치를 입에 넣는다. 모두 긴장하는.

용주, 고개를 끄덕이더니 현석 모를 보며,

"거 찬밥 남은 거 좀 있어? 아주 맛있네. 몽땅 다 맛있어."

현민과 현석이 안도의 숨을 내쉰다. 현석 모가 주희에게 다가가 그녀의 등을 토닥여 준다.

11 | 행복한 여인

　담배를 피우는 사람 중 많은 사람은 중독과 습관에 의해 담배를 피운다. 정신적으로 스트레스가 가중될 때는 피고 싶은 욕구가 더욱 심해져 더 많은 담배를 입에 물기도 한다. 그런데 담배는 묘하게도 마음이 편해질 때, 행복에 겨워 기뻐할 때도 피고 싶은 충동이 생긴다. 성재는 최근 들어 담배가 잦아졌다. 그는 얼마 전, 연미로부터 옛사랑을 우연히 다시 만났다는 이야기를 전해 들었다. 오랜 시간 친구이자 연인으로 지내오며 항상 변함없는 신뢰를 보여줬던 연미였기에 성재는 옛사랑에 대한 그녀의 언급이 그녀와의 관계에 있어 어떤 영향을 끼칠 것으로 전혀 생각하지 않았다. 그러나 최근, 성재는 연미와의 사이에서 변화의 기류를 감지했다. 가족 친척과 약속했던 만남을 연기한 그녀였고 하루가 멀다고 주고받던 전화는 부분적으로 단절되어 버렸고 주중에도 한두 번씩 그녀를 만나러 가는 루틴은 깨져버렸으며 그녀와 함께하던 재능기부 일정들은 모두 취소되었다. 성재는 당황스러웠다. 얼마나 사랑했던 사이였을까? 아직도 그를 사랑하는 것일까? 그 사람과 만난 사실을 왜 굳이 털어놓았을까? 계속 만나겠다는 걸 넌지시 알리고 싶은 마음에서였을까? 두 사람 사이에 어떤 비밀이라도 있는 것은 아닐까? 성재는 생각이 많아진 만큼 상상도 많아졌다. 성재는 그 남자에 대해 어떤 말이라도 듣고 싶었다. 그러나 그 남자를 보러 병원에 간다는 말 외에는 그 남자에 관해 어떤 말도 들을 수가 없었다. 성재는 답답했고 시간이 흐를수록 자신의 숨통이 가늘어지는 느낌이 들었다. 성재는 그 남자의 등장이 그저 가볍게 쓸려버린 상처가 될 것으로만 알았다. 하지만 성재의 그 쓸린 상처는 어느새 곪아 버렸고 그 곪은 상처는 홀로 여밀 수도, 치유할 수도 없는 깊은 상처가 되어버렸다. 그런데 성재는 그 곪은 상처 외에 또 하나의 상처가 생겨나고 있는 걸 뒤늦게 알았다. 그건 질투라는 이름의 상처였다. 성재는 그 상처의 이름이 질투라는 이름으로 자신의 마음속에 명명된 게 민망했던 나머지 그 질투라는 이름을 다른 언어로 대체해 보려 했다. 그러나 그는 질투라는 단어를 대신할 수 있는 적절한 단어를 찾아낼 수가 없었다. 그런 시간 속에서, 오늘, 연미로부터 걸려 전화 한 통화. 그 전화는 성재에게 구원이 되었다. 연미는 옛 연인의 상처가 많이 아물고 몸 상태가 호전되었기에 그 옛 연인을 만나러 가는 일은 곧 정리될 거라고 성재에게 말했다. 성재에게는 정말 크디큰 뉴스였다. 그는 깊은 안도감이 밀려오는 것을 느꼈고 그녀의 말을 듣고 너무 기쁜 나머지 차의 창문을 열고 거리를 오고 가는 사람들을 향해 '나는 행복해!'라고 크게 소리칠 뻔했다. 성재가 운전석에 홀로 앉아 마음속으로 중얼거린다. '진정한 사랑의 행로는 평탄할 수 없다. 누구나 한 번쯤은 그 아픔의 길목을 지날 수밖에 없지'라고. 성재는 고통 속에서 헤어 나오게 해준 연미가 고마웠고 앞으로 연미와의 사랑이 잘 진행될 거라는 믿음과 희망을 품는다. 그리고 그녀에게 더 나은 남자가 될 수 있기를 깊게 다짐한다. 또, 최근 연미를 생각하며 좁디좁아졌던 자신을 반성하고 그동안 가졌던 질투심, 알량함, 의구심과 같은 질환들을 말끔히 완치시켜 버리겠다고 마음먹는다. 이 모든 긍정의 마음이 그를 감싸 안은 지금, 그는 그 환희를 가슴속에 새겨놓고 또 새겨 넣는다. 무척 상쾌해진 성재. 아마도 지금 그가 입에 물고 있는 담배는 그가 피워본 담배 중 최고의 맛일지도 모른다.

성재 차가 병원 현관 앞에 멈춰 선다.
"데려다줘서 고마워요." 연미가 말했다.
"시간이 늦었는데 기다렸다가 집까지 바래드릴까요?"
"아니에요. 전 택시 타고 집에 갈게요."
"알겠어요. 안전하게 귀가해요."
"네."
"그분 잘 치료된 거요?"

"네, 좋아지셨어요."

"다행이에요."

"저, 성재 씨, 그동안 성재 씨 친척분들께 폐 끼쳐 죄송해요. 이해하실지 모르겠지만 그분을 보살피면서 성재 씨 가족을 만난다는 게 부담됐어요."

"네, 그랬을 거로 생각했었어요. 이해해요. 왕 이모님도, 친척분들도 다시 약속 잡고 만나 뵈면 돼요. 지난번에 어머님이 제게 그러셨어요. 연미 씨가 갑자기 내가 싫어졌고 우리 집안이 마음에 안 들어 결혼할 마음이 바뀌었다 해도 일방적으로 예의 없이 약속을 연기할 사람은 아니니 약속 취소한 일로 연미 씨를 언짢게 대하지 말라고요. 뭔가 사정이 있었을 거라고."

차창 밖을 바라보고 있던 연미가 성재를 본다. 연미의 눈에 수분이 어른거린다. 연미는 성재 어머니의 말이 고마웠다. 그녀는 성재 어머니에 대한 고마움을 성재를 바라보는 눈으로 대신했다.

연미가 현석의 병실 입구에 선다. 병실 침대 옆, 한쪽 구석에 앉아 해금을 수리하고 있는 현석. 연미, 한참 동안 현석의 모습을 지켜보다 입을 뗀다.

"저 왔어요."

현석, 놀란 얼굴로 연미를 본다.

"어! 어쩐 일이에요? 이 시간에?"

현석, 벽에 걸린 시계를 보며 물었다. 시간은 밤 열 시를 넘긴. 연미가 대답 없이 생글생글 미소만 짓는다. 그녀의 미소는 맑디맑았지만, 어딘가 그녀는 슬퍼 보인다.

"오늘 화요일인데? 목요일에 온다고 하지 않았소?"

현석은 병실을 찾은 연미가 반갑기 그지없다. 하지만 그는 그런 마음을 감추고 담담한 어감으로 물었다. 연미가 대답 없이 현석에게 그저 미소만 보낸다. 현석은 그녀가 왜 이틀이나 빨리, 그것도 이리 늦은 시간에 불쑥 왔는지 궁금하다. 분명 현석은 이틀이나 빨리 그녀를 볼 수 있어서 기뻤다. 하지만 한편으로 그는 일말의 두려움을 느낀다. 연미의 미소 뒤에 숨어 있는 어떤 느낌을 감지했기 때문이다. 그 느낌은 애틋함이었다. 혹시 오늘이 그녀가 자신을 만나러 오는 마지막 날이 아닐까? 현석이 얼마 전 연미로부터 들었던 말을 떠올린다. '제게 부담 느끼실 필요 없어요. 계속 이어질 부담은 아닐 테니까요.' 그녀의 그 말은 현석의 마음속에 선연鮮然하게 남아 있었다.

연미가 침대 옆에 놓여있는 현석의 가방을 보며 묻는다.

"퇴원까지 아직 며칠 남았는데 왜 벌써 짐을 싸셨어요?"

"딱히 할 일이 없었어요. 근데, 목요일에 온다더니 이 밤에

웬일이오?"

"······ 목요일, 그날······ 못 뵐 것 같아요. 오늘이 마지막으로 뵙는 날일 것 같아요. 인사드리러 왔어요."

현석, 연미를 쳐다보다가 그녀로부터 얼굴을 돌린다. 연미의 눈이 빨개져 왔기 때문이다. 현석은 연미의 말이 결코 슬프지는 않다. 이렇게 되어버릴 상황을 위해 마음의 준비를 해왔던 그였기 때문이다. 하지만, 슬프지는 않지만, 늘 아물거리는 그녀와의 상황이, 늘 메마르고 각박한 그녀와의 사랑이 야속하다. 현석이 마음속으로 입을 연다.

'그저 퇴원하는 날 못 뵐 것 같아요. 라고 해도 알아들을 터인데 마지막이라는 말을 일부러 강조하고 있는 그녀. 알겠다. 남아 있는 정과 일련의 감정들을 도려내려는 것이다. 그래, 두 사람의 운명은 늘 이별이라는 것, 받아들이겠다. 그렇지만 알고는 싶다. 그 운명의 이유가 무언지······. 하지만 그 이유를 알게 된들 무엇을 극복할 수 있으랴? 오늘 아침까지도 용솟던 양기陽氣의 감정들이 지금 그녀의 한마디 말에 급속도로 고갈된다. 그리고 외로움이 급습한다. 마지막일지도 모를 그날까지 이틀씩이나 남아 있어 행복했었다. 2년과도 같았던 소중한 이틀이었다. 그런데 그 이틀이 사라져버렸다. 갑자기 온 육신이 피폐해져 온다. 뒷머리가 당겨오고 풍이 손목에 진동을 엮고 몸 전체에 냉기가 돌며 하체가 무뎌진다. 마지막일지 모를 그날, 지난 삼십여 년 동안 단 하루도 추연미라는 여인을 잊지 않고 살았단 말을 해주고 싶었다. 당신과의 추억을 빠짐없이 기억에 담아두고 있다는 말도 해주고 싶었다. 그래서 차가운 현실을 살며 무덤덤하게 지내다가도 당신과의 추억을 생각하면 세상이 아름다워졌고 그런 당신을 잊지 못해 당신 이외의 어떤 여자와도 손끝 하나 스치지 않았다는 말을 해주고 싶었다. 그리고 당신을 다시 만났기에 죽음의 의무 앞에서 숨통이 트일 만하고 병을 벗어버리면 미각과 후각이 새로워지듯 당신의 등장이 찌든 인생 말미에 조물주가 보내준 배려라 생각했고 그래서 다시 가슴이 방망이질 치고 있다고 말하며 정말 마지막이어야 하냐고 또다시 한갓 물거품으로 남아버리게 되는 거냐고 묻고 싶었다. 그런데 왜 갑자기 그렇게 묻고 싶던 내 마음이 지금, 이 순간, 백지 위의 작은 점 하나만큼도 안 되어 보이는 걸까. 왜 하염없이 보잘것없는 존재로만 생각되는 걸까.'

현석이 엷고 긴 한숨을 토해낸다. 그는 연미처럼 빨갛게 달궈진 눈동자를 연미에게 보이고 싶지 않다. 현석이 창가로 얼굴을 돌린다.

어둡고 긴 침묵이었다. 현석이 먼저 그 어두운 침묵을 비틀어 깨운다. 침대 위, 베개 밑에서 봉투를 꺼내 드는 현석.

"그동안 치료비와 입원비를 전부 지급해 놨더군요. 치료비든 입원비든 당신이 부담할 금액이 아니오. 치료비는 건강 공단에서 보험 적용을 받아 나중에 돌려받을 수 있어요. 그리고 이 입원실, 그동안 편하게 지냈소. 이 입원실 비용도 당신이 부담할 돈이 아니오."

현석, 연미에게 다가가 봉투를 내민다.

"지급해 준 금액을 채우지는 못했어요. 부족해요. 나머진 어떻게든 갚고 싶소."

연미, 현석을 잠시 쳐다보다가 봉투를 받는다. 그리고는, 현석의 침대로 다가가 봉투를 현석의 베개 밑에 넣는다.

"입원실은 제가 잡은 거예요. 당신이 부담할 돈이 아니에요. 입원비는 제가 지급하는 게 맞아요. 그리고 치료비는 건강 공단에서 받을 수 있다 해도 본인 부담금이 있어서 전부 돌려받지는 못하세요. 치료비, 돕고 싶어요. 그냥 넣어 두시면 좋겠어요."

연미의 말이 끝나자마자 현석, 단호하게 고개를 가로저으며 침대 베개 밑에서 봉투를 다시 꺼낸 뒤 병실 문가 의자 위에 놓여있는 연미의 핸드백 안에 봉투를 넣는다……. 깊은 정적이 두 사람을 둘러싼다.

"계속 춘천에서 살 거요?" 현석이 물었다.

"잘 모르겠어요."

"춘천에 산다면 언젠가 당신을 또 볼 날이 있겠구나, 하는 생각을 가져봐요."

"……."

"참 기적 같소. 이렇게 다시 만난 게."

"…… 네, 그래요. 정말 기적 같은 일이었어요."

두 사람, 다시 말이 없다. 병실 바닥에 시선을 둔 채 손가락을 꼼지락거리던 연미가 입을 연다.

"각자의 일상으로 돌아가자던 지난번 말씀, 곰곰이 생각해봤어요. 아무리 생각해봐도 그 각자의 길 외에는 갈 길이 없어요."

현석, 고개 끄덕인다. 연미가 다시 말을 잇는다.

"마음에 걸리는 게 있어요. 이래도 되나 싶고요. 아드님이요."

"…… 우리 거기까지는 인연을 더 잇지 맙시다."

"……!"

"여기서 다시 만난 인연까지만 서로 기억합시다. 과거를 오르고, 추스른다고 다시 시작될 수 있는 그런 인연은 서로 아닌 것 같아요."

현석, 연미에게 다가간다. 그리고 그녀에게 한 손을 내민다.

"우리 악수나 한번 하고 헤어집시다."

'오래전 그녀를 느꼈던 그 감정은 그대로 살아있다. 변한 게 없다. 하지만 사랑한다고 그 사랑을 영유할 수 있는 것은 아니다. 사람들은 사랑으로 모든 걸 얻고 극복할 수 있다고 믿는다. 그러나 그 말은 진실한 사랑을 해보지 못한 사람들이나 하는 생각이다. 사랑은 사랑 하나만으로 사랑의 아픔과 고통을 극복하질 못한다. 난 지금, 그녀의 치맛자락이라도 잡을 어리석음이 내게 존재하길 바라고 그녀를 일방적으로 내 울타리에 가둬둘 이기심이 존재한다면 좋겠다는 생각을 한다. 지금 내 생각이 너무 바르고 정상이며 그녀에 대한 사랑이 조금도 변한 게 없는 이 현실이 너무 밉다. 사랑을 이해하지 못하는 그런 모자란 나였다면 지금 그녀를 보내고 싶지 않았을 텐데. 어리석고 이기적이고 부끄러운 생각이지만 이런 상상도 해본다. 지금 내 삶이 향유享有로 가득 채워진 인생이며 그녀의 삶이 지치고 찌들고 짓눌려진 인생이었었더라면 하고 말이다. 그래, 그랬더라면 어떻게든 그녀를 잡으려 용기를 내볼 수도 있을 텐데.'

연미, 현석이 건넨 손을 바라본다. 그러나 연미는 현석의 손을 받지 않는다. 현석이 내밀었던 손을 거두고 만다. 결국 두 사람은 손을 잡지 못했다. 연미가 병실 문가 쪽으로 몇 발짝 내디딘다. 핸드백을 손에 들고 핸드백에서 손수건을 꺼내 눈가에 번진 눈물을 닦아 내며 입을 여는 연미.

"손을 잡지 못했어요. 그 손을 잡으면 왠지 우리 사이에 있었던 모든 일들이 없었던 일로 되어버릴 것만 같았어요."

현석, 고개를 끄덕인다.

"저, 갈게요. 건강하셔야 해요."

현석이 어설픈 미소를 만들어 보였고 연미는 현석을 바라보며 천천히 병실 문가를 향해 뒷걸음친다. 그때, 문가에 다다른 연미가 핸드백에서 현석이 핸드백에 집어넣었던 돈봉투를 꺼내 문가 소파 의자에 봉투를 내려놓는다.

"아니에요. 봉투 가져가요!" 현석이 외쳤다.

연미, 아랑곳하지 않고 현석에게 깊게 고개 숙여 인사한다. 그리고는, 뒤돌아서서 현석의 시야에서 사라진다.

병실을 등지고 돌아서자마자 연미의 눈에서는 눈물이 왈칵 흘러내린다.

눈가에 번진 마스카라를 손수건으로 닦아 내며 병원 복도를 걷는 연미.

연미는 현석과 이별해야 하는 상황을 결정하기까지 생각의 생각을 거듭했다. 그리고 그 결정을 내리기까지 수많은 경우의 수를 생각해야 했고 수많은 고통과 싸워야만 했다. 그 고통 중, 연미에게 가장 크게 다가온 고통은 바로 정수였다. 단 한 번도 엄마가 되어주지 못한. 그리고 앞으로도 엄마가 되어주지 못할……. 그녀는 정수와 같이 가는 그림도 그려보았다. 하지만 그 그림은 현실 속에서 너무나도 거리가 멀었다. 엉켜버린 수많은 줄을 풀고 또 풀고 또다시 이어야만 하는. 그렇게 되면 성재는? 연미는 성재를 잃고 싶지 않았다. 연미는 현석을 다시 만난 뒤 자신이 진정으로 성재를 사랑하고 있는지 자신에게 묻고 또 물었었다. 그때마다 그녀는 자신으로부터 성재를 사랑하고 있다는 답을 들었다. 연미는 지금의 이 결정이 최고의 선택이었다고 자신을 위안한다.

연미가 병원 현관을 막 나서려 할 때 한 여인의 목소리가 들린다.

"추 여사님, 추 여사님!"

뒤돌아보는 연미. 한 간호사가 총총걸음으로 연미에게 다가온다. 그녀는 추 선생의 담당 간호사 중 한 명이었다.

"안녕하세요? 아직 퇴근 안 하셨네요?"

"네, 오늘 야근입니다. 잘 지내셨죠? 오늘 오후에 전화드렸는데 통화 안 되시더라고요?"

"아, 그래요? 죄송해요. 오후에 전화 받기가 좀 그랬어요. 근데, 무슨 일로? 아버님 검사 결과 벌써 나왔나요?"

"아니에요, 추 회장님 결과는 다음 주에 나와요. 회장님 일 때문에 연락드린 건 아니고 칠백육 호 환자분 때문이에요."

"?"

"정 박사님께서 추 여사님을 뵙길 원하셔요."

"양현석 씨 담당 의사님요?"

"네."

*

정수가 딸과 부인과 함께 식탁에 앉아있다.
"오늘도 소식 없으셨어?" 정수가 부인에게 물었다.
"네."
"아무리 멀리 계셔도 당신 생일날을 늘 챙기셨는데…… 이상하네. 이번 주까지만 기다려 보자고. 도대체 연주 유랑을 누구랑 가신 거지? 같이 유랑하시던 분들 모두 집에 계시던데. 뭔가 좀 그래. 지난번 발신자 번호 제한으로 전화하신 것도 그렇고. 이렇게까지 연락 없으신 적이 없었는데. 아니 도대체 왜 핸드폰을 집에 두고 가셔서 애타게 만드시지? 이번 주까지 연락 없으시면 휴가계 내고 춘천에 좀 가 봐야겠어."
정수 부인, 천천히 젓가락을 식탁에 내려놓는다. 그리고 정수를 쳐다본다. 정수, 그런 그녀를 가만히 바라본다.
"왜 그래?"
"여보, 실은 아버님께서 편지 한 통 보내셨어요."
"뭐? 언제?"
"잘 지낸다고 전화 주셨던 날, 당신에게 편지 보낸 게 있는데 받는지 물어보셨어요. 아직 편지 안 왔다고 말씀드렸더니 술김에 쓰셨던 편지여서 쑥스러우니 편지 받으면 열지도 읽지도 말고 없애버리라고 그러셨어요. 당신한테 절대 편지

이야기하지 말라고 하셨고요. 거듭 부탁하셔서 당신에게 말 안 하려고 했는데 계속 연락 없으신 게 혹시 편지 내용하고 연관이 있나 싶어서……."
"아니, 왜 이제서야 그 얘기를 해요?"
"아버님께서 신신당부하셨어요."
정수, 숟가락을 내려놓는다.
"그래서 편지 왔어?"
"네."
"내용 봤어?"
"안 열어봤죠."
"편지 가져와요."
정수 부인이 일어선다.

12 | 진격의 사랑

1982년 여름.

연미가 보자기를 풀자, 찬합이 보인다. 층층이 쌓여있는 찬합 그릇을 하나하나 현석 앞에 내려놓는 연미.

"뭐야 이거?" 현석이 물었다.

"오빠, 이번 주 토요일 무슨 날인 줄 아세요?"

"……."

"오빠 생일이에요."

"……!"

"알고 있었어요?"

태엽 풀린 인형처럼 현석의 동작이 멈춰진다.

"주말에 제가 서울 다녀와야 해요. 오빠 못 만날 것 같아서 오늘로 날 잡았던 거예요. 엄마 눈 피해 별가別家에서 음식을 만들어 오느라고 늦었어요. 미안해요. 점심이 저녁이 되어버렸네. 배고프죠?"

연미는 강한 바람을 뚫고 산등성을 넘어왔다. 부스스한 머리카락부터 단장할 생각은 하지 않고 비밀 연습실에 들어서자마자 들고 온 찬합부터 챙기고 있는 연미. 육 단짜리 찬합이었다.

산해진미山海珍味 고량진미膏粱珍味.

"와! 이게 다 뭐야? 이 음식들을 어떻게 다 준비했어?"

"삼 일 준비했고 만드는 데 이틀 걸렸어요. 물론 저 혼자 만든 건 아니어요. 아주머님이 도와주셨어요. 그래도 제 손, 많이 갔어요. 그 점, 꼭 기억해 주세요. 매우 중요해요." 연미가 눈가에 애교 띤 미소를 머금고 말했다.

찬합 그릇들 옆에 국그릇을 내려놓고 보온병의 뚜껑을 열어 국을 따른 뒤 숟가락과 젓가락을 내려놓는 연미.

"자, 이제 드시면 돼요."

연미, 한쪽 벽에 걸린 거울 앞으로 다가가 바람에 헝클어진 머리를 매만진다. 연미를 빤히 쳐다보는 현석.

"왜 그렇게 절 봐요? 고마워서?"

연미가 빙긋 웃으며 물었다.

"같이 먹어야지?"

"아니에요. 오직, 오빨 위한 정찬. 전, 음식 담으면서 좀 먹었어요. 어서 드셔요."

머리를 단장한 연미가 피아노 옆, 탁자 위에 놓인 커피포트의 전원 스위치를 누른다. 그때 피아노 보면대에 놓여있는 노란색 종이가 연미의 눈에 들어온다.

"악보네요? 곡을 만들고 있어요?"

"응."

연미, 악보에 얼굴 가깝게 가져간다.

"〈재즈 러버스 Part I〉? '재즈 러버스'가 제목인가?"

연미, 악보의 페이지를 넘겨 살펴보다가,

"음, 곡이 제목만큼 행복해 보이지는 않네. 슬프네. 아, 아니에요. 슬프지만은 않네. 가만, 와! 탱고도 있고 보사노바도 있네?"

연미, 피아노 위 선반에 놓인 또 다른 묶음의 악보를 보며,

"〈Part II〉?" 그녀가 〈Part II〉의 페이지를 넘긴다.

"〈Part II〉는 곡 구성이 독특하네. 어머! 록이네? 재즈와 록? 한번 연주해 봐도 돼요?"

"미안, 아직은 안 돼. 완성된 뒤에."

"궁금하네. 완성되면 바로 보여주기. 아빠가 오빠 편곡 능력이 천재적이라고 하셨는데 기대되네요."

"그렇게 말씀하셨어?"

"네, 재즈 페스티벌에서 연주했던 곡 들으시고."

"그렇게까지 표현해 주셨다니 너무 감사하네. 근데 부담된다. 더욱 잘 써 봐야겠네."

"아빠한테 보여주려고?"

현석, 고개 끄덕이며,

"물론 연미 주려고 만들고 있는 곡이지만 만들면 연미 아버

님께 꼭 보여드리고 들려 드리고 싶어. 따님을 사랑한다고 직접 만나서 말씀드리는 것 보다 그 악보가 더 클 것 같아. 만약, 만약에 말이야. 추 선생님께서 우릴 허락하시면 둘이 같이 연주해 드리고 싶다. 난 해금, 연미는 피아노. 피아노 버전 완성되면 해금과 피아노 버전도 만들 거야."

연미, 잠시 현석을 바라보다가 현석 옆에 다가가 앉는다. 연미는 마음이 아렸다. 만약, 만약에, 라는 현석의 말이 연미의 마음을 그렇게 만들었다.

연미, 현석의 손에 숟가락을 쥐여주며,

"국 식어요. 어서 드세요."

현석, 연미가 건넨 수저를 받는다. 하지만 현석은 받은 수저를 다시 내려놓는다. 양팔을 목 뒤에 깍지 끼고 허공을 바라보는 현석. 연미가 그런 현석의 모습을 읽으려 한다. 언젠가 연미는 현석에게 어떤 계절을 좋아하냐고 물은 적이 있다. 현석은 여름이라고 대답했다. 연미가 물었다. 왜 여름이 좋냐고. 현석은 이렇게 답했다. 가을에 가장 가까운 계절이기 때문이라고. 현석은 가을을 좋아한 것이다. 그러면서 그는 기다림의 미학에 관해 설명했다. 행복은 그 행복이 다가왔을 때보다 기다릴 때가 더 행복하며 그 행복을 기다릴 때의 고요함과 진지함은 아름답다고. 연미는 그때부터 현석의 성격, 나아가 그의 자아, 그리고 삶을 대하는 그의 심미적 가치관을 조금씩 이해하기 시작했다. 그래서 지금, 수저를 내려놓고 두 손을 목 뒤에 깍지 낀 채 허공을 가로지르는 우수에 찬 그의 눈빛이 그리 부담스럽지 않다. 무언가를 기다리는 모습이니까. 그래서 그는 지금 행복한 거니까.

현석이 식사를 마치자, 연미, 남은 반찬과 찬합을 정리해 보자기에 싼 뒤 문가에 내려놓는다. 그리고 연습실로 들어설 때 문가에 내려놓았던 쇼핑 백 안에서 포장된 물건을 꺼내 들고 현석에게 다가온다. 현석 앞에 물건을 내려놓는 연미.
"뭐야? 이건 또?" 현석이 물었다.
"생일선물."
현석, 연미를 잠시 바라보다가 물건의 포장을 푼다. 투명 유리 안에 반짝거리는 무언가가 보이기 시작했다. 미니어처 오토바이였다.
"할리데이비슨?" 현석이 나지막이 외치며 물었다.
"얼마 전에 일본 음악 잡지를 봤어요. 그 잡지에 재즈를 사랑하는 사람들의 공통점이 나열되어 있었는데 거기에 할리데이비슨이 있었어요. 오빠 생각이 나서 한국에 오시는 지인분께 부탁했어요."
현석, 유리를 열어 할리데이비슨을 꺼내 든다.
"이쁘죠?" 연미가 물었다.

"응, 아주 정교하게 만들었네."

"이게, 비록 모형이긴 한데, 봐봐요."

현석의 손에 들린 오토바이에 손을 가져가 전원 스위치를 누르는 연미. 할리 특유의 배기음 소리가 우렁차게 울려 퍼진다.

고맙고 고마웠다. 현석, 한 손으로 연미의 한 손을 잡는다. 찰나 갑자기 창가에 섬광이 일며 천둥소리와 함께 빗소리가 들린다. 현석의 손이 연미의 손에서 빠져나왔다. 현석, 창가로 다가가며,

"음, 갑자기 웬 비지?"

후드득 소리를 내던 비가 요란한 소리를 내며 쏟아지기 시작한다.

창밖을 살피던 현석, 가방을 들고 소지품들을 챙기기 시작한다. 연미가 들고 온 물건들도 주섬주섬 챙기는 현석.

"왜 짐을 챙겨요? 지금 갈려고요?" 연미가 물었다.

"비가 제법 내릴 것 같아."

"그냥 지나가는 소나기 아닐까?"

현석, 다시 창가로 다가가 밖을 보고는,

"소나기일 수도 있지만, 호우일 수도 있어. 하늘이 온통 다 시꺼메."

현석, 다시 가방을 꾸린다. 하지만 연미는 연습실을 나설 의

지가 없어 보인다.

"이 찬합, 오늘 꼭 가져가야 해?"

고개를 가로젓는 연미.

"비가 오면 바윗길이 미끄러워. 최대한 가볍게 해서 내려가야 해."

"오빠, 그냥 비 그치면 가는 게 어때요?"

현석, 손에 든 우의雨衣를 연미에게 건네려다가 다시 창가로 다가가 밖을 본다.

"아니야, 많이 올 비 같아. 우리 위쪽은 완전 먹구름이야. 위쪽엔 비가 이미 내리고 있을지도 몰라. 그걸 가정해야 해. 계곡물이 불어나면 고립될 수도 있어. 집에 못 가."

현석, 연미에게 우의를 입히고 자신도 우의를 입는다. 그는 앞에 챙이 있는 모자를 그녀 머리에 씌워 주고 그 모자 위에 그녀의 우의에 달린 모자를 씌우고는 어깨에 가방을 메고 우산을 한 손에 든다.

연미와 현석이 연습실을 나선다.

빗줄기는 간간이 잦아들었다가 억세게 쏟아지기를 반복한다. 비닐우산 하나에 몸을 의지한 채 빗속을 달리는 두 사람. 현석 손에 쥐어진 파란색 비닐우산이 바람에 의해 뒤집혀 버렸다. 현석, 다시 우산을 펴보려 하지만 나무로 된 우산살들이 부러져 우산은 펴지지 않는다. 현석이 우산을 말아 접는다. 그리고는, 우의 허리에 조여 맨 해금 줄을 풀어낸 뒤 해금 줄로 우산을 동여맨다. 그는 미끄러운 바윗길에서 우산을 지팡이로 쓸 요량이었다.

비가 잔잔해졌다. 현석과 연미가 계곡에 이른다. 계곡에는 돌다리가 보여야 했다. 하지만 불어난 물로 돌다리는 보이지 않는다. 현석, 계곡 옆에 벌목되어 쌓여있는 통나무들을 바라본다. 계곡 폭이 가장 좁은 곳에 통나무로 다리를 놓는 현석. 하지만 통나무들은 거친 물살을 버텨내지 못했다. 현석이 벌목된 나무들 사이에서 지름이 넓고 길이가 긴 나무들을 골라낸다. 다시 다리 놓을 자리를 살피는 현석. 그는 바위와 바위 사이, 물발이 제자리에서 회전하는 곳을 택했다.

다시 다리가 놓였다. 현석이 먼저 통나무 다리에 올라서서 통나무의 부력과 균형을 점검한 뒤 연미와 함께 통나무 위로 올라선다. 조심스럽게 발을 앞으로 내딛는 현석과 연미. 그러나 몇 발짝 채 내딛지도 못하고 연미가 미끄러지며 중심을 잃는다. 물에 빠지고 마는 두 사람. 현석, 허우적거리는 연미를 한 손으로 붙잡아 안는다. 다행히도 수심은 그들의 키를 넘지 않았다. 하지만 드세게 회전하는 물살에서 빠져나오기가 쉽지 않다. 거센 물살과 함께 빙빙 회전하는 두 사람. 연미는 겁에 질린 표정이고 현석은 생각보다 거센 물살에 당황한 얼굴이다. 그때 현석이 손에 쥐고 있던 우산을 바위와 바위 사이에

찔러 넣는다. 그러자 그들의 회전이 멈춰졌다. 우산을 지렛대 삼아 천천히 얕은 물가로 빠져나오는 현석과 연미. 두 사람이 물에서 빠져나오자마자 주춤했던 비가 다시 쏟아져 내린다. 현석은 통나무 다리를 다시 건널 엄두가 나지 않는다. 그들은 선택의 여지가 없었다.

비밀 연습실 문이 열린다. 다시 연습실로 돌아온 현석과 연미.
두 사람의 옷은 흠뻑 젖어 바닥에 물이 고여 흐를 정도였다. 오들오들 떨고 있는 연미의 모습이 현석의 눈에 들어왔다. 현석이 분주하게 움직인다. 그는 우의를 벗어 던지고 옷장에서 여러 장의 수건을 꺼내 연미에게 건넨 뒤 연습실 한쪽 구석에 놓인 석유 난로를 연미 앞으로 가져와 불을 지핀다. 연미가 우의를 벗어 내고 수건으로 머리 물기를 닦아 낸 뒤 벽을 향해 몸을 돌리고 카디건 상의를 벗는다. 그러나 카디건은 면으로 된 폴라 티에 달라붙어 잘 벗겨지지 않는다. 여러 번 시도해 보지만 쉽지 않다. 그런 연미의 모습을 지켜보고 있는 현석. 연미, 뒤돌아서서 현석을 바라본다. 도움을 청하는 눈빛. 현석이 연미에게 다가가 그녀의 카디건, 한쪽 소매 끝단을 두 손으로 잡고 잡아당긴다. 그녀의 한쪽 팔이 빠져나왔다. 다른 한쪽도 현석의 도움을 받는 연미. 그녀의 카디건이 벗겨졌다. 순간 현석이 연미에게서 얼굴을 돌린다. 몸에 달라붙어 있는 그녀의 폴라 티 위로 부풀어 오른 그녀의 유두가 적나라하게 보였기 때문이다. 브래지어를 착용하지 않은 연미. 연미가 양손을 마주 잡고 비비며 온몸을 부들부들 떤다. 현석, 주위를 살핀다. 습기를 차단하기 위해 벽에 붙여놓은 가마니들이 현석의 눈에 들어왔다. 현석이 가마니 하나를 떼어내 들고 연미 앞에 다가서며,

"난로 화력이 세서 금방 따뜻해질 거야. 일단 상의 벗어서 물 짜내고 다시 입어."

현석이 그녀의 목선까지 가마니를 치켜들자, 연미가 폴라티를 벗어 물을 짜낸다. 그녀의 눈과 입가에 엷은 미소가 피어올랐다. '뒤돌아 있을 테니 짜내고 다시 입으라고 해도 될 텐데 가마니까지 들고 오셨네요?' 두 손으로 가마니를 들고 서 있는 현석의 모습은 연미에게 있어 품고 싶은 순수함이고, 기대고 싶은 희망이고, 사랑하는 실체였다. 연미가 현석을 째려보며 가마니를 위로 더 올리라는 듯 현석을 향해 턱을 추켜올린다. 그리 낮은 높이로 들고 있지 않았지만, 연미는 부러 그렇게 했다. 현석은 그저 진지하기만 하다. 가마니를 빠르게 추켜올리는 현석. 순간 섬광이 번뜩이며 천둥소리가 울린다. 거센 바람에 집 안팎에서 달그락 소리가 들려온다. 그때 갑자기 열려버리는 연습실 문. 연미가 화들짝 놀라며 두 팔로 상체를 가

리고 현석에게 바짝 다가선다. 현석, 가마니를 연미의 두 손에 쥐여주고 문가로 향한다. 그는 열린 문을 닫고 문에 달린 문고리를 문 옆 벽면의 못에 건다. 그러나 바람은 문고리를 무색하게 했다. 문고리가 뜯겨 나가면서 문이 또 열렸다. 현석이 문가에 놓여 있는 물통 두 개를 양손에 하나씩 들고 어깨로 열린 문을 밀어 닫고는 물통을 문 앞에 내려놓는다. 그는 물통의 무게가 미덥지 않았다. 두리번거리는 현석. 역기봉에 끼워져있는 원판형 쇠들이 현석의 눈에 들어왔다. 원판 쇠들을 역기봉에서 빼낸 뒤 물통 위에 올려놓는 현석. 바람이 다시 세차게 불어댄다. 하지만 문은 더 이상 열리지 않는다. 현석, 손바닥을 털어내며 뒤돌아선다. 그 순간 현석, 연미를 보며 깜짝 놀란다. 연미가 가마니를 손에서 떨구고 실오라기 하나 걸치지 않은 상체를 드러내 놓고 현석을 바라보며 서 있었다. 현석, 연미로부터 눈을 돌린다. 그러나 연미의 눈은 도망치는 현석의 눈을 쫓는다.

추연미. 그녀는 피아노학원에서 현석을 처음 보았을 때 현석의 수려한 외모에 호감을 느꼈다. 그 후 현석의 반듯한 매너와 한결같고 지극한 품성을 접하면서 그 호감은 이성적 관심으로 이어졌고, 그의 까닭 모를 쓸쓸함과 공허한 눈빛에 그 관심은 연민의 정으로 이어졌다. 시간이 지나면서 연미는 현석의 주위 환경을 이해하게 되었고 그의 황폐한 삶을 응원해 주고 달래줄 사람이 아무도 없다는 것을 알게 되면서 현석을 향해 연정을 품기 시작했다. 그리고 그 연정은 마침내 사랑으로 번져버렸다. 사랑을 확신한 연미는 그 순간부터 현석에게 마음을 건네기 시작했다. 하지만 현석의 텅 빈 마음은 어떤 내면으로 똘똘 뭉쳐있었는지, 무너질 듯 무너질 듯하면서도 다시 서 오르는 난공불락의 요새였다. 함락되지 않는 그의 자아 때문에 늘 황망했던 연미. 비록 두 사람이 이루어지기에는 넘을 벽이 태산만큼 높고 커 보였지만, 풋사랑이 아닌 진정한 사랑이라 확신한 연미는 그와 더 가까워지기를 소망했다. 그러던 어느 날, 연미는 현석이 더 이상 두 사람의 관계를 발전시키려 하지 않는다는 것을 인지하기 시작했다. 급기야 두 집안 사이에 존재하는 환경의 차이가 두 사람의 사랑에 있어 큰 난적이라는 말을 현석에게 듣고 난 뒤부터 그녀는 초조해졌고 자신을 향한 현석의 사랑이 어디론가 사라져버릴지도 모를 신기루 같은 존재로 보이기 시작했다. 그 후 재즈 페스티벌 사건으로 양쪽 집안이 원수 사이가 되어버리면서 현석과 만나는 횟수가 줄어들게 되자 연미의 초조함은 더욱 커졌고 급기야 그 초조함에 조바심까지 더해졌다.

 연미와 현석이 서로 얼굴을 마주 보며 눈싸움을 벌인다. 잠시 후 현석이 연미에게 다가가 한 손으로 바닥에 놓인 가마니를 주워 연미의 상체를 가린 뒤 다른 한 손으로 연미의 옷가지들을 주워 연미에게 건넨다. 그러나 연미는 현석이 건네는 옷을 받지 않는다. 그저 현석을 쳐다보기만 할 뿐.
"오빠한테 이런 모습 보이는 거 오늘이 세 번째예요."
"……."
"오늘도 '아직 이럴 사이가 아니야'라고만 할 건가요?"
"……."
"아까 뭐라 그랬죠? 저 악보?"
"……."
"누굴 보여주기 위해 저 곡을 쓰고 있다고요? 사랑한다고 직접 만나서 말씀드리는 것 보다 저 악보가 더 클 것 같다는 그 말을 제가 어떻게 받아들여야 하죠?"
"……."
"그리고 지난번, 형님이 데리고 오신 형수 되실 분 얘길 하면서 제게 물었죠?"
"……?"
"김치 담글 줄 아냐고요? 그건 왜 물었죠?"
"……."
"전, 그 말, 그냥 흘려듣지 않았어요. 배추김치, 깍두기, 파김치, 총각김치, 물김치, 오이소박이, 다 담가 봤어요."
"……!"

13 | 형제의 난難

현석 식구들이 집 마당에 제각기 흩어져 앉아 여느 때와 다를 바 없이 해금 만드는 작업에 열중하고 있다. 현석은 전기톱으로 대나무를 자르고 있고 현민은 손도끼와 끌의 날을 갈고 있고 현석 모는 사포로 대나무 표면을 갈아내고 있다. 그리고 용주는 집 안쪽에서 완성된 해금의 조율 작업을 하고 있다.
"수고들 많아요."
면장이 집 대문을 열고 들어오자, 현석 모가 일손을 놓고 일어난다.
"어서 오세요. 면장님."
"용주는 어디 갔어요?"
용주가 미닫이 방문을 연다. 그는 면장을 빤히 쳐다만 본다. 용주는 그가 탐탁지 않았다. 재즈 페스티벌에서 등을 져 놓고 갑자기 낯간지럽게 무슨 염치로 찾아왔나 싶다. 하지만 썰렁하게 그 마음을 직설적으로 내비칠 수는 없었다.
"어쩐 일이세요? 들어오세요."
면장이 대청마루에 오르며 마당에서 작업 중인 현석에게 잠시 눈길을 돌린다. 그는 헛기침을 한 번 하며 용주의 방으로 들어간다.

"이보게 용주, 좀 안 좋은 소식이네. 군수가 다음 주에 피아노 학교 건축시공 일정에 도장을 찍는다네."

용주의 고개가 떨구어진다.

"나도 들은 애긴데, 얼마 전에 추 선생이 군청에다가 장학금을 기부했나 보네. 제법 금액이 컸던 모양이야. 그 기부금에 피아노 학교 진행 건이 급물살을 탔어."

용주, 고개를 들어 면장을 바라본다.

"결국은 지난주 발의된 국악인들 의견은 묵살된 거네요. 아니, 도대체 이해가 안 됩니다. 해금 학교 자리에 피아노 학교를 짓는다니 이게 있을 수 있는 일입니까?"

면장, 용주의 얼굴을 똑바로 바라보지 못한다.

"미안하네. 내가 도움이 안 돼서. 그나마 믿었던 마을 이장들도 피아노 학교에 손을 들어주는 분위기로 바뀌고 있어."

"……."

이장들 이야기에 용주의 표정이 이지러진다. 그는 침울함을 넘어 참담하기까지 하다. 잠시 두 사람 말이 없다. 면장이 말을 잇는다.

"피아노 학교만 세워 주면 아이들에게 피아노를 무료로 가르쳐 주겠다는 추 선생의 말이 결정타였어. 그 말에 군청 교육부장이 피아노 학교를 택했고 학부모 대표들은 다음 주에 의견을 모아 알려주겠다는데 피아노 학교를 택할 것 같네."
 "면장님, 제가 보기엔 그 추 선생이란 사람, 결국은 돈을 벌자는 속셈일 겁니다. 교육비는 무료라고 떠들고 다니는데 거짓말일 겁니다. 나중엔 모두 후회하게 될 겁니다."
 용주, 비교적 담담하게 말하고 있다. 하지만 그의 속은 까맣게 타들어 간다.
 "이보게 용주, 국악 선생한텐 자네가 잘 얘기 좀 해주게. 아마 자네만큼 실망이 클 걸세."
 면장의 입에서 한숨 소리가 인다. 그러나 용주 귀에는 면장의 한숨 소리가 진심 어린 한숨 소리로 들려오지 않는다. 그저 영혼 없는 소리로 들려왔다. 해금 학교와 피아노 학교 설립 안건이 대두되면서부터 말과 행동이 이율배반적이었던 면장. 용주는 그가 그럴 때마다 같은 배를 타고 가는 사람이 아니다 싶어 그를 확 내쳐버리고 싶은 마음이 일었었다. 하지만 용주는 국악 선생 효준의 만류에 그 마음을 접고 또 접었었다. 그러나 오늘, 면장이 찾아와 보여주고 있는 태도에 용주는 마음을 굳힌다. 그를 완전히 내쳐버리겠다고. 면의 장으로서, 국악 고장의 대표로서, 만약 그가 조금이라도 해금 학교에 진정성이 있었다면 적어도 오늘 시점에서만큼은 향후 계획과 대처 방안에 대한 언급이 있어야만 했다고 용주는 생각한다. 용주는 자신을 만나러 온 면장의 진정성이 의심스럽다. 결국 찾아와 전한 말이라곤 그저 속 뒤집히라고 싸지르고 퍼질러 놓은 말밖에 없다. 용주는 화가 치밀어 올랐다. 그와 마지막이라는 생각에 그는 면장에게 대놓고 목청 높여 묻고 싶다. 그래서 면장님은 그런 결정이 내려질 때 군수 앞에서, 군청 관계자들 앞에서 어떤 뜻을 표명했었습니까? 해금 학교를 위해 뭐 의견이라도 하나 내셨습니까? 라고. 그러나 용주는 그런 충동을 접는다. 그는 부질없는 짓이라 생각했다.

면장이 용주 앞에서 무언가 말을 꺼내려 한다. 하지만 그는 선뜻 입을 열지 못하고 있다.

"또 뭐 다른 할 말이 있으신가요?"

"이거 원."

"?"

면장이 방문 바깥쪽으로 시선 가져가며 입을 연다.

"현석이 얘길세. 아마도 자네 몰래 또 그랬나 본데,"

용주, 침을 꼴깍 삼킨다.

"추 선생 피아노학원 말일세, 현석이가 말이야,"

면장, 망설인다.

"현석이가 왜요? 어쨌게요?"

"엊그제 내가 그 피아노학원 새 등록자 명단을 봤는데 그 명단에 현석이 이름이 있었어."

"!"

용주의 양미간이 첩첩이 일그러진다. 면장이 계속 말을 잇는다.

"아니, 해금 가업을 잇는 집안의 자식 놈이, 그것도 도내 손가락 안에 드는 해금 실력을 갖춘 놈이, 다른 때도 아니고 양악 학교니, 해금 학교니 하는 이 어수선한 때에, 그리고 곧 국악 경연대회에 참가할 놈이 양악과 피아노에 빠져 있으면 자식 놈들 해금 시키려는 부모들이 어떻게 생각하겠나? 지난해에도 피아노에 정신 팔려 본선에서 입상 못 한 것 아닌가? 그런데 이번에도 또 일을 그르치려고 그래? 안되네. 현석이를 우리 군내에서 해금 일인자로 키워낸 건 물론 자네지만 자네만 현석을 키운 게 아닐세. 우리 마을도 현석이를 키웠네. 이번에도 현석이가 입상 못 하면 자네 집에 더 이상 지원금을 주기도 어렵고 피아노 학교로 바뀐 해금 학교 판세를 뒤집을 수도 없어."

면장, 흥분한 감정을 누르며 넋두리하듯 말한다.

"아이고, 이젠 우리 고장도 장인정신이고 뭐고 이어져 내릴 게 없어. 도통 젊은 놈들이 우리 것들은 등한시하니 말일세."

용주, 다시 고개 숙인다. 그는 억장이 무너진다.

"이만 가보겠네."

용주, 방을 나서는 면장에게 눈길조차 건네지 않는다. 고개를 숙인 채 그저 현석에 대한 분을 삭이지 못하는 용주. 면장이 조용히 방문을 열고 나간다.
 대청마루를 걸어 나가며 현석에게 곱지 않은 시선을 보내는 면장. 그가 신발을 신고 헛기침을 해대며 집을 빠져나간다.
 면장이 대문에서 사라지자마자, 용주가 방문을 세차게 열며 나온다. 핏발선 눈빛. 그는 쿵쿵대며 마루를 질러간 뒤 신발도 신지 않은 채 마당으로 뛰어내려 현석에게 달려간다. 주저 없이 주먹과 발로 현석에게 폭행을 가하는 용주. 순식간에 벌어진 상황에 현석 모는 놀란 나머지 입에서 말이 떨어지지 않았다. 현민이 급하게 용주에게 달려들어 용주의 상체를 붙잡는다. 하지만 현민은 용주가 휘두른 손에 얼굴을 맞고 휘청대며 중심을 잃는다.
 분노와 서글픔이 밴 용주의 목소리가 울려 퍼진다.
 "이 새끼, 네가 그럴 수 있어? 네 놈이 그럴 수 있어? 뭐? 피아노학원에 등록을 또 해?"
 용주가 창고 앞으로 뛰어가 창고 외벽에 세워진 각목을 손에 쥔다. 현석 모가 용주를 향해 달음질친다. 죽기 살기로 용주의 한쪽 다리를 두 손으로 붙잡는 현석 모.
 "여보! 몽둥이는 안 돼요. 그 몽둥인 안 돼요."
 현석 부가 현석 모를 거칠게 뿌리치고 현석에게 달려간다. 그는 이성을 잃었다. 땅바닥에 쓰러진 채 엎드려 있는 현석의 등과 허리, 다리를 각목으로 내리치는 용주. 현석 모가 비명을 지르며 다시 용주에게 달려들어 그의 허벅지를 두 팔로 붙잡았고 현민도 용주에게 달려들어 용주의 팔을 붙잡는다. 현민이 용주에게서 각목을 빼앗으려 안간힘을 써보지만 역부족이다. 현민과 용주가 서로 힘을 쓰는 사이, 현석 모가 마당을 가로질러 대문 밖으로 달려나가며 옆집 담 너머로 소리친다.

"응덕이 아버지, 응덕 아버지, 도와주세요. 응덕 아버지, 우리 현석이 좀 살려 주세요."

한 남자가 급하게 방문을 열며 달려 나온다. 그는 마루에 서서 현석의 집 마당에서 벌어지는 상황을 목도 하다가 마루에서 뛰어 내려 신발도 신지 않고 마당을 내달린 뒤 집 담장을 넘는다. 응덕 아범이 용주에게 달려들어 용주의 손에서 각목을 빼앗는다. 그는 각목을 집 담장 밖으로 던져버린 뒤 용주의 상체를 두 팔로 안아 잡는다. 용주가 응덕 아버지의 양팔에 상체를 붙잡힌 채 숨을 헐떡거린다.

"이 새끼, 네가 이 애비를 이렇게 짓뭉개? 응? 내가 널 어떻게 키웠는지 알아? 이 없는 집안에서 널 최고로 만들기 위해 밤낮으로 날품팔이를 했어. 이 쌍놈의 새끼야. 너, 네 애비가 네 앞에 무릎이라도 꿇으랴?! 응? 그렇게 얘기했는데, 피아노학원에 등록을 또 해?"

용주, 분을 못 이기며 응덕 아버지의 팔을 뿌리치고 현석에게 다시 달려든다. 응덕 아버지가 용주의 상체를 필사적으로 붙잡고 늘어진다. 계속해서 옥신각신 실랑이를 벌이는 용주와 응덕 아버지. 그 순간 현민의 목소리가 크게 울려 퍼진다.
"그만! 그만 하세요!"
난데없이 터져 나온 현민의 낙뢰 같은 외침에 용주의 동작이 멈춰진다. 현석 모두 현민의 이성을 벗어 던진 외침에 아연 실색했다.
"제발 그만 하세요! 이제 자식새끼들 다 컸어요! 더 이상 자식들한테 이런 행동 보이시면 안 됩니다!" 현민이 다시 소리쳤다.
용주가 순간 움찔대며 현민에게,
"넌 뭐야 새끼야!"
용주, 두 아들을 번갈아 보며,
"이놈의 새끼들이?"
현민, 용주에게 더욱 큰 목소리로,
"씨, 욕하지 마세요!"
"……!"
'씨' 자가 붙은 현민의 외침. 용주는 갑자기 발산된 현민의 기세에 압도당했다. 당황하는 용주. 용주는 현민의 반항하는 모습을 단 한 번도 본 적이 없었다. 용주는 '씨' 자까지 내뱉는 현민의 모습을 상상도 할 수 없었다. 현민이 다시 소리 내어 외친다.

"현석이 피아노학원 등록, 현서이에게 뭐라 하지 마세요. 현석이 모르는 일이에요. 그 등록, 제가 했어요."

"……!"

용주와 현석 모의 얼굴이 마주쳤고 땅바닥에 쓰러져 있던 현석이 고개를 돌려 현민을 본다.

가업이라는 이유만으로 자아가 채 익지도 않은 어린 시절부터 해금 제작과 해금 연주를 강요받으며 성장해 온 현석과 현민. 용주는 두 아들이 최고의 해금 연주자, 제작자로 성장해 주길 바랐다. 그러나 두 형제가 사춘기에 접어들 즈음, 그들에게 다가온 서양 문화는 그들을 해금에만 머물 수 없게 했다. 영화와 음악을 비롯해 TV 드라마 등, 한국에서 퍼져나간 여러 형태의 서구문화가 두 형제의 마음을 앗아 간 것이다. 그 서구문화 중 두 형제의 마음을 송두리째 빼앗아 간 건 단연 미국과 영국의 팝 뮤직이었다. 두 형제는 용주의 눈을 피해 수많은 팝 음악 서적들을 구해 읽었으며 매주 발표되는 빌보드 핫 100[58] 차트 결과에 온갖 관심을 기울였고 매일, AFKN[59]에서 흘러나오는 팝 음악을 청취하면서 빌보드 차트 상위에 기

---

58 Billboard Hot 100. 미국 내의 음반 판매 및 방송 횟수 등을 집계하여 인기 순위를 발표하는 차트.

59 American Forces Korean Network. 주한미군방송.

록된 곡들의 음반 수집에 몰두했다. 하지만 그들의 그런 팝 뮤직에 대한 열정은 지속되지 못했다. 용주의 눈과 귀를 오랫동안 피할 수가 없었기 때문이다. 결국, 참혹한 결과를 맞게 되는 두 형제. 그들은 서양 문화를 흠모했다는 이유 하나만으로 아버지로부터 모진 가해를 받는다. 그런 아버지의 핍박 속에서 현민은 스트레스를 견디지 못하고 결국 해금을 손에서 놓게 된다. 그리고 해금 제작자로서의 길을 걷는다. 그러나 해금 제작자의 길을 걷겠다는 현민의 선택은 현민이 진정 가고자 했던 길이 아니었다. 그는 해금이 아닌, 다른 분야에서 자신의 꿈을 펼치고 싶었지만, 용주를 위해, 아버지를 위해, 꿈을 접고 해금 제작의 길로 나선 것이었다. 그 후 용주는 어떻게 해서든 현석을 최고의 해금 연주자로 키워내겠다는 일념으로 현석을 교육시킨다. 그러던 어느 날, 현석은 용주가 휘두른 몽둥이에 맞아, 한쪽 무릎의 연골이 파손된다. 결국, 수술을 받게 된 현석은 한쪽 다리를 영구적으로 절게 되었고 그 이후 현석은 가업의 대물림이란 형체와 해금 그 자체에 반감을 갖게 되며 해금을 멀리하고 다시 팝 뮤직에 심취하게 된다. 트랜지스터라디오와 이어폰을 항상 휴대해 다니던 현석은 어느 날, 라디오에서 스코틀랜드 출신의 가수 알 스튜어트[60]가 부른 〈이어 오브 더 캣〉[61]을 듣고 그 곡의 연주, 편곡, 가사, 사운드와 녹음 기술에 충격받는다. 그는 특히 스트링 악기의 화성과 정교하고 단아한 베이스기타, 기승전결이 있는 드라마 같은 악기의 배열과 구성에 감동받는다. 한순간에 그 곡에 빠져버린 현석은 그 곡을 수없이 반복해 들었고 그 곡 속에서 전해져오는 피아노의 기능과 역할, 그리고 감성에 찬사를 보내며 피아노라는 악기가 이렇게도 아름답고 지적인 악기였던가? 어떻게 한 곡을 이렇게 완벽하게 지배할 수 있을까? 하고 혼잣말을 토해내기까지 한다. 급기야 그 곡을 피아노로 연주해 보고 싶은 충동을 느낀 현석. 결국, 그는 그 곡과의 만남으로 피아노의 세계로 빠져든다. 그 후 팝 뮤직보다 드넓은 재즈 속의 피아노 세상을 접하면서 그는 재즈의 세계에 이끌렸다. 그 후 추 선생과 연미가 마을로 이주해 오면서부터 재즈에 대한 현석의 이상理想은 날개를 달게 되었고 피아노에 대한 목마름도 해소된다. 그런 어느 날, 무심코 해금으로 양악을 연주하던 현석은 전통 음악에서 느끼지 못했던, 해금 속에 숨어 숨 쉬던 또 다른 힘을 발견한다. 그때부터 현석은 국악과 양악, 피아노와 해금을 동시에 섭렵하고 싶었지만 늘 아버지란 존재가 벽이 되었다. 현석은 그럴 때마다 한때 아픔과 외로움을 함께했던 형, 현민에게 위로받고 의지하고 싶었다. 하지만

60 　Al Stewart. 영국의 기타·보컬리스트.
61 　*Year Of The Cat*. *Year Of The Cat*, 1976.

현민은 용주와 현석 사이에서 언제나 용주 편에 서 있었다. 현석은 그런 형이 늘 야속했다. 그런데, 늘 그래왔던 형이었는데 피아노학원에 자신의 이름을 등록하다니? 믿어지지 않는다. 현석의 마음속에 큰 파문이 인다.

현민, 용주를 향해 계속 말을 잇는다.

"이제 말씀드리지만, 가업이란 거, 대물림이란 거, 그게 얼마나 중요한지 저흰 잘 몰라요. 아버지! 이 일들, 가업이기 때문에 저희가 하는 것처럼 보이세요? 아니에요. 가업이기에 그 가업을 이으려는 게 아니고 저희 아버지이시기 때문에 하는 겁니다. 우리들의 아버지시니까, 오직 아버지를 위해서요."

현민의 쉰 목소리가 서글프다. 그가 다시 말을 잇는다.

"그게 무슨 의미인지 아세요? 이제 자식들 다 크고도 또 컸어요. 이젠 이 가업 속에 저희를 가두지 마시고 우리가 아버지를 위해 지금까지 살아왔던 것처럼 자식으로서 저희를 대해 주세요."

용주가 발아래로 시선 떨군다. 현석 모도 현민 앞에 고개를 숙여 내린다. 현민, 다시 말을 잇는다.

"얼마 전에 현석이가 저한테 그랬어요. 세상을 살며 가장 힘든 것 중 하나가 뭔지 아냐고요? 사랑하지 않으면서 사랑하는 척하는 거라고 그랬어요. 우리 전통 음악이 그렇대요. 그런데 사랑하지 않으면서 사랑하는 척하는 것보다 더 어려운 게 있다고 했어요. 그건 사랑하면서도 그 사랑에 가깝게 다가갈 수 없는 거라고 그랬어요. 피아노와 재즈가 그렇다고. 전 그 말을 듣고 더 이상 제 마음을 현석이한테 숨길 수가 없었어요. 현석일 이해하면서도 그 마음을 여태 숨겨왔던 나 자신이 너무 부끄러웠어요. 현석이에게 왜 저를 숨겨왔는지 아시겠어요? 오직 아버지를 위해서 제 마음을 숨겨왔던 겁니다. 하지만 이젠 아닙니다. 더 이상 이대로, 이런 식으로는 앞으로 나갈 수가 없어요."

현민을 바라보는 현석의 눈이 충혈되어 온다.

"아버지, 현석이 저 자식 불쌍하지도 않으세요? 그깟 해금만 아니었으면, 현석이 다리, 저렇게까진 되지 않았을 거예요. 그렇게 두들겨 맞으면서도 현석인 내 앞에서 단 한 번도 아버질 원망한 적이 없어요. 가업이란 게 도대체 뭐죠? 이게 뭡니까? 예? 어떻게 맨날 허구한 날 다 큰 자식을 이렇게 두드려 팹니까? 제가 만약 아버지라면, 제가 자식을 낳고 길렀다면 절대 이럴 수 없어요. 어떤 부모가 이렇게 이기적입니까? 예? 어떤 부모가 자식을 희생시키며 부모의 이상만 생각합니까?"

용주의 얼굴이 벌겋게 달아올랐다. 양팔을 부들부들 떠는 용주.

"이 새끼가?"

용주가 현민에게 달려들려 하자 응덕 아버지가 용주를 다시 붙잡는다. 용주, 거친 숨을 들이쉬고는 한 손으로 현석을 가리킨다.

"너, 어떤 이유가 있어도 해금을 손에서 놓을 순 없어."

용주, 한 손으로 현민을 가리키며,

"그리고 너, 어떤 이유가 있어도 해금 만드는 일을 손에서 놓을 순 없어."

용주, 다시 현석을 향해 목청을 높인다.

"너 만약, 다시 내 앞에서 피아노를 연주하거나 해금으로 양악을 연주하면 나, 네 꼴 못 봐." 용주, 다시 현민에게,

"그리고 너, 지금 당장 가서 그 등록 취소해."

"싫습니다."

"다시 말한다. 지금 당장 가서 그 등록취소 해."

"싫습니다."

용주, 얼굴이 다시 시뻘겋게 달아오른다. 용주가 두 손으로 응덕 아버지의 양팔을 뿌리치며 폐기용으로 마당에 쌓아둔 부러진 해금을 손에 집어 들고 현민에게 달려든다. 용주가 현민을 내려치기 위해 해금 대를 들어 올리는 순간 응덕 아범이 용주에게 달려들어 그의 팔을 붙잡는다. 부러진 해금 대를 뺏고 뺏기지 않으려 힘을 겨루는 두 사람. 그때 갑자기 용주의 동작이 멈춰진다. 마치 강장동물처럼 하체가 흐물거리는가 싶더니 기우뚱거리다가 쓰러지는 용주. 응덕 아버지가 당황

하며 현민과 현석 모를 번갈아 쳐다본다. 현민과 현석 모가 용주에게 달려들어 용주의 얼굴과 몸을 흔들어 본다. 의식을 잃은 용주.

14 | 실타래

  며칠 전, 연미는 현석과의 이별에 마음 아파하지 않겠다고 다짐했다. 지금까지 현석이 살아온 인생에 대해 더 많은 걸 묻고 싶고 더 많은 걸 알고 싶었지만, 그와의 이별에 정을 흘리며 미련을 갖는다면 그와 자신의 마음에 풀 수 없는 실타래가 생겨버릴 것이라고 그녀는 생각했다. 그리고 그 실타래가 엉켜버리면 두 사람은 더욱더 깊은 혼돈의 골로 빠져들어 헤어나지 못할 거라고 판단했다. 그런 이유로 연미는 현석의 퇴원이 이틀이나 남아 있었음에도 자신의 마음이 혹시 변덕을 부리지는 않을까 싶어 약속했던 날보다 먼저 현석의 병실을 찾아갔던 것이다. 그러나 연미의 그런 굳은 다짐은 하루를 넘기지 못하고 퇴색되어 버리고 말았다. 현석이 직장암을 앓고 있다는 말을 현석의 담당 의사로부터 전해 들었기 때문이다. 연미는 의사로부터 그 말을 듣고 밤새 아픔과 씨름했다. 왜 현석이 삶을 포기하려 했었는지? 왜 칠흑빛 어둠이 그의 몸과 마음을 둘러싸고 있는지, 이제야 연미는 그 실체를 알게 되었다. 그녀가 마음먹고 행했던 현석과의 이별. 결국, 그 이별은 이별이 되지 않았다.

연미가 현석의 병실 문 앞에 선다. 반쯤 열린 병실 문틈 사이로 현석의 모습이 보인다. 그는 병실 침대 위에서 마치 땅으로 파묻히려는 듯 침대 매트리스에 머리를 깊게 박고 엎드려 있다.

연미가 입원실 문을 열고 병실로 들어서며 까칠한 어투로 말한다.

"저 왔어요."

현석, 깜짝 놀라며 벌떡 몸을 일으켜 세워 연미를 본다.

"말하고 싶은 게 있어서 다시 왔어요. 왜 그렇게 바보 같죠? 왜 제 눈엔 앞에 계신 분이 어리석게 보이죠?"

상기된 표정으로, 냉랭한 어투로 그녀가 대뜸 말했다. 현석은 갑자기 이게 무슨 상황인지, 무슨 말인지 싶다.

연미가 다시 말을 잇는다.

"사는 게 고달프고 암이라는 병마가 몸을 감싸고 있다 해도, 어떻게 그럴 수 있죠? 네?"

현석, 고개를 가로 비켜 내린다.

"생존율이 낮은 암도 아니고 말기도 아니고 수술도 쉬운 암이고 방사선, 화학요법만 제대로 하면 완치될 수도 있는데 방치하고 계셨던 이유가 뭐죠? 네?"

"……."

현석, 계속 고개를 떨구고만 있을 뿐 아무 말이 없다.
"그렇게 삶에 대해 무책임한 사람이었어요? 네?"
"……."
두 사람 사이에 얼음장처럼 차가운 침묵이 놓인다.
잠시 후 연미가 다시 현석을 몰아붙이기 위해 입을 열려는 찰나,
"할아버지!"
불현듯 울려 퍼진 목소리에 현석과 연미의 얼굴이 동시에 병실 문가로 향한다. 정수, 정수의 부인, 정수 딸이 병실 입구에 서 있다. 현석과 연미가 몹시 당황한 얼굴로 잠시 서로를 마주 봤다. 연미가 현석에게 쏟아내려 했던 말들을 급히 목구멍 아래로 밀어 넣는다. 현석의 며느리가 근심 가득한, 서러움이 북받친 표정으로 울먹거리며 현석에게 다가간다.
"아버님! 괜찮으세요?"
현석, 며느리의 눈을 애써 외면한다.
정수가 문가에 서서 연미에게 시선을 한번 가져간 뒤 현석 앞으로 다가가 선다. 자조 섞인 표정으로 한숨을 내쉬는 정수. 정수와 현석의 눈이 마주친다. 하지만 두 사람의 눈맞음은 오래가지 못했다. 정수가 다시 긴 한숨을 내쉰다. 병실 내 분위기는 무겁기 그지없다. 하지만 병실의 어두운 분위기와 어우러지지 않게 초롱초롱 맑게 빛나는 눈동자가 있었다. 바로

정수를 바라보는 연미의 눈동자였다. 그러나 그녀의 그런 청아한 눈동자는 잠시뿐이었다. 연미의 호흡이 가빠져 온다. 그리고 심장이 요동친다. 연미는 갑자기 무엇을 해야 할지 어떻게 이 상황에 대처해야 할지 아무런 생각이 떠오르지 않았다. 머릿속이 하얗게 바래진 연미. 하지만 연미는 곧바로 호흡을 가다듬고 최대한 차분함을 유지하기 위해 정신을 가누었다. 지금, 현석의 병실에 그려진 그림을 보니 함수를 꼭 수학에만 비할 일이 아닌 듯하다. 더할 수도 없고 나누어지지도 않으며 빼지지도 않는다. 서로가 얼기설기 얽혀, 각기 각색의 이유로 대응과 대칭을 이루고 있는.

정수의 시선이 다시 연미에게로 간다. 정수는 궁금했다. 누굴까? 그때, 현석이 입을 연다. 그는 연미에게 머문 정수의 시선을 쳐내려는 듯,

"내가 여기 있는지 어떻게들 알고 왔어?"

정수, 연미로부터 고개를 돌려 현석을 본다.

순간 연미가 입을 연다.

"양 선생님, 오늘 뵙게 되어서 반가웠습니다. 나중에 더 말씀 나누시죠. 가족분들과 좋은 시간 보내세요."

연미가 핸드백을 들고 현석에게 고개 숙여 인사한 뒤 가족들에게 가볍게 눈인사를 건넨다.

"네, 그리합시다. 다시 연락합시다." 연미에게 고개 숙여 인

사하는 현석.
　연미, 병실을 나선다.
　연미가 사라진 뒤 현석 가족은 서로 말이 없다. 병실에는 그저 어두운 정적만이 감돈다.

15 | 나를 찾아서

1982년 가을 문턱.
"십이 번, 양현석!"
시험장 안에서 목소리가 울려 퍼지자, 현석이 시험장 문을 열고 들어간다.
시험장 정중앙에는 의자가 하나 놓여있고 그 의자 앞쪽에는 네 명의 심사위원이 앉아있다. 한 사람은 국악 교육감, 그리고 나머지 세 사람은 국악 교육감을 보조하는 심사위원들이다. 현석이 문가에 서서 심사위원들에게 고개 숙여 인사한 뒤 시험장 가운데 놓인 의자에 앉는다. 연주 채비를 하는 현석.
연주 준비를 끝낸 현석이 일어선다.
"십이 번, 양현석입니다."
"그래요, 오늘 연주할 지정곡은 뭔가요?" 비교적 나이가 젊어 보이는 심사위원이 물었다.
"〈비타지곡〉입니다."
지정 곡명을 질문했던 심사위원이 고개를 끄덕인다.
현석의 연주가 시작된다.
현석의 연주가 두 소절 정도 지날 즈음, 보조 심사위원들이 잔 행동들을 멈추고 자세를 고쳐잡는다. 심사위원들 모두가 현석의 연주에 집중한다. 잠시 후 현석의 연주가 난도 높은 1장의 절정 부분을 지나자, 심사위원들이 서로의 얼굴을 마주 보며 맑디맑은 얼굴빛을 주고받는다. 그들은 현석의 연주에 한껏 고무된 모습이다. 하지만 그들의 고양된 분위기는 오래 지속되지 않았다. 현석의 연주가 1장을 끝내고 2장으로 넘어가면서 심사위원들의 안색이 변하기 시작한다. 그들의 표정은 의아함으로 바뀌는가 싶더니 이내 탐탁지 않은 표정으로 이어졌고 급기야 불쾌한 표정으로 바뀌어 버렸다. 연륜 있어 보이는 한 보조 심사위원이 날카로운 눈매로 현석을 보다가 국악 교육감을 바라본다. 국악 교육감 역시 의아해하는 표정이다. 현석이 연주하는 〈비타지곡〉은 정통 국악이었다. 하지만 현석은 연주의 2장부터 정석에서 벗어난 변형된 리듬과 멜로디를 가미하고 있었다. 시험장 밖, 복도 끝에 앉아있던 국악 선생 효준이 황급히 일어선다. 그는 당황한 얼굴로 시험장 앞으로 내달린 뒤 시험장 안을 들여다본다.

"지금 뭐 하는 건가요?"

젊은 보조 심사위원이 현석에게 물었다. 하지만 현석, 개의치 않고 연주를 이어간다.

"양현석 군! 연주가 왜 그런가요?"

나이가 지긋해 보이는 보조 심사위원이 소리치며 물었다.

하지만 현식은 그저 눈을 감고 연주에 몰두하고 있을 뿐이다.

"이봐 양현석 군! 연주 멈춰!"

현석의 연주가 멈칫거렸다. 나이가 지긋해 보이는 보조 심사위원이 다시 소리친다.

"이봐, 자네 지금 뭐 하는 거야? 연주 그만하라고!"

현석이 연주를 멈춘다. 젊어 보이는 심사위원이 마땅찮은 말투로 묻는다.

"자네 지금 무슨 곡을 연주하고 있는 건가?"

"〈비타지곡〉입니다."

그가 책망하는 어조로 다시 묻는다.

"〈비타지곡〉인데 왜 그런 식으로 연주하나?"

"〈비타지곡〉은 응용이 자유로운 곡으로 알고 있습니다." 현석이 답했다.

나이가 지긋해 보이는 보조 심사위원이 입을 연다.

"그래, 응용이 자유로운 건 알겠는데 왜 2장부터는 전통 음악이 아니고 양악인가?"

"양악이면 안 된다는 규정은 없는 걸로 알고 있습니다." 현석이 당차게 대답했다.

젊은 심사위원이 목소리 억양을 높이며,

"지금 자네 이 자리가 어떤 자린 줄 아나? 보아하니 연주감이 꽤 좋은데 왜 그런 객기를 부리고 있나?"

잠시 말없이 심사위원들을 바라보던 현석,

"객기는 아닙니다. 저는 이십 년이 넘게 해금을 연주해 왔습니다. 해금은 공명음을 내는 악기 중에서 가장 뛰어난 소리를 내는 악기라고 생각합니다. 전, 이 위대한 악기로 우리의 소리만 연주하는 게 너무 안타까웠습니다. 해금 안에 숨어 있는 소리 들려 드리기 위해 우리 전통에 양악, 재즈를 가미해서 연주해 본 겁니다."

보조 심사위원들이 국악 교육감을 쳐다본다. 보조 심사위원들은 이 상황을 어떻게 해야 하나 하는 눈치다.

나이가 지긋해 보이는 보조 심사위원이 다시 현석에게 묻는다.

"자네 작년엔 이런 짓을 하지 않았네. 왜 갑자기 오늘, 이런 행동을 보이는 건가?"

"작년에 이 자리에서 양악을 연주하고 싶었지만, 준비가 안 됐었습니다."

국악 교육감이 입을 연다.

"그런 걸 보여줄 기회는 이 자리가 아니라도 가능할 텐데 왜 하필 오늘, 이 자린가? 평균 점수 이하를 받게 되면 본선에 오를 수도 없고 경연대회 참가 기회를 영영 잃게 될 텐데 어리석은 짓이라고 생각 안 하나?"

"제가 해금을 켜는 이유는 경연대회에 참가해 상을 받기 위한 목적이 아닙니다. 물론 상을 받으면 영광이겠지만 저는 상을 수여 받는 연주자가 되기에 앞서 예술을 구현하는 해금 연주자가 되고 싶습니다. 예술은 전통과 장르에 국한되어선 안 된다고 생각합니다. 저는 해금으로 장르를 초월하고 싶고 그게 가능하다는 걸 증명하고 싶습니다. 그리고 해금의 소리 영역이 무한하다는 걸 알리고 싶습니다. 앞에 계신 경험 많으신 선구자분들이 아니라면 누가 저의 이런 의도를 이해해주시겠습니까?"

심사위원들의 얼굴이 서로 마주친다. 시험장 안에 고요한 적막이 감돈다.

국악 교육감이 말을 잇는다.

"그래, 자유곡은 뭐로 정했나?"

"〈플라이 미 투 더 문 *Fly Me to the Moon*〉입니다."

국악 교육감과 보조 심사위원들이 서로 마주 본다.

국악 교육감이 묻는다.

"그건 무슨 곡인가?"

"미국 작곡가, 바트 하워드 Bart Howard가 만든 곡입니다. 여러 재즈 장르를 합쳐 저만의 스타일로 편곡했습니다."

보조 심사위원들의 얼굴빛이 심드렁해진다.

국악 교육감이 다시 묻는다.

"자유곡도 양악이라고?"

"네, 만약, 원하지 않으신다면 퇴장하겠습니다."

국악 교육감이 보조 심사위원들을 쳐다본다. 현석의 퇴장이란 말에 보조 심사위원들은 쓴웃음을 지었고 국악 교육감도 몹시 못마땅해하는 눈치다. 국악 교육감은 현석의 무모한 행동까지는 이해하려 했다. 하지만 원하지 않으면 퇴장하겠다는 말은 심사위원들의 권위를 훼손시키는 말이라고 생각되어 순간 현석에게 나가라고 소리치고 싶었다. 하지만 국악 교육감은 그렇게 할 수 없었다. 그를 퇴장시키는 것도 뭔가 개운치 않았기 때문이다. 망설이는 국악 교육감. 보조 심사위원들은 모두 국악 교육감을 주시하며 그의 결정을 기다리고 있다. 국악 교육감이 입을 연다.

"연주해 보게."

현석, 국악 교육감에게 가볍게 고개 숙여 인사하고 눈을 감고 심호흡한다. 음을 조율해 보는 현석. 현석의 연주가 시작된다. 현석의 연주가 역동적으로 울려 퍼지자, 실기 시험장 밖 복도에서 술렁거리는 소음이 일었다. 지원자들과 진행 관계자들이 창문을 통해 시험장 안을 들여다보기 시작한다. 그 얼굴 중에는 효준의 핏발 선 얼굴도 있다.

현석의 자유곡은 지정곡에 비해 현저하게 다른 분위기였다. 〈비타지곡〉은 비교적 느린 곡이었던 반면 자유곡은 빠르고 경쾌했다.

약, 일 년 전, 현석은 라디오에서 웨스 몽고메리[62]의 〈플라이 미 투 더 문〉[63]을 듣고 곧바로 그 곡을 채보해 해금으로 응용해 본 뒤 해금 연주용 악보를 만들었다. 오래전부터 알고 있던 곡이기는 했지만 웨스 몽고메리의 버전은 그에게 깊은 영감을 주었다. 현석은 사람들의 눈과 귀가 닿지 않는 곳이면 어디서든 그 곡을 연습했다. 그는 그 곡을 각근히 사랑했고 그 곡은 그가 가장 아끼는 해금 연주곡이 되어버렸다.

현석의 연주가 1절을 지나 중간 간주에 이른다. 잠시 느릿했던 멜로디가 다시 빠르게 바뀌는 순간 심사위원들의 눈이 갑자기 휘둥그레진다. 현석이 리듬에 맞춰 코와 입으로 허밍을 넣기 시작한 것이다. 그들은 해금 연주자가 해금을 연주하며 민요병창을 부르는 것은 본 적이 있지만, 허밍 음을 내는 광경은 그 어디서도 본 적이 없었다. 그것뿐만이 아니었다. 현석은 허밍으로 음을 내며 줄(말총)이 매어져 있지 않은 활대를 가방에서 꺼내 해금의 공명통을 두드린다. 현석은 심지어 활대로 발밑 바닥과 자신이 앉아있는 의자의 다리와 해금 가방을 리듬에 맞춰 두드리기까지 한다. 현석의 그런 모습은 심사위원들에게 경악 그 자체였다. 그 순간 심사위원들만큼 충격을 받은 또 한 사람, 바로 국악 선생 효준이다. 지정곡을 양악

---

[62] Wes Montgomery. 미국의 재즈 기타리스트.
[63] *Fly Me To The Moon*. *Road Song*, 1968.

으로 연주한 충격이 채 가시기도 전, 자유곡을 양악으로 선곡하고 심지어 해괴한 방법으로 연주하는 현석 앞에 그는 절망했다. 효준이 두 손을 머리 뒤로 가져가 깍지 끼고 고개를 숙여 내린다. 그는 모든 걸 체념한 듯하다.

현석의 연주가 절정 부분을 지나 후렴 멜로디를 반복한 뒤, 마무리로 접어든다. 빠른 비트의 연주는 점점 느려지기 시작했고 그의 상체 율동도 잔잔해진다. 다시 그의 입에서 허밍이 들려온다. 그의 잔잔한 허밍 화음이 해금 음과 하모니를 이루며 음은 끝을 맺는다.

현석의 연주가 끝나자, 국악 교육감과 심사위원들은 한동안 아무 말도 꺼내지 않는다. 그들에겐 두 가지의 표정이 있다. 하나는, '이거 미친놈 아냐?' 다른 하나는 '정신 나간 놈이긴 한데 연주 기교 하나는 대단하군!' 하는. 하지만 두 번째 기색을 내비칠 수는 없는 노릇. 국악 교육감이 입을 연다.

"연주 잘 들었네. 그만 나가보게."

현석, 해금 가방에 해금을 넣는다. 그가 심사위원들에게 고개 숙여 인사하고 시험장 출구를 막 나서려 할 때, 국악 교육감이 입을 연다.

"양현석 군! 하나 궁금한 게 있네. 대부분 사람은 활대를 잡을 때 다섯 손가락으로 잡는데 자넨 왜 오로지 네 손가락만 사용하나?"

"네 개의 손가락으로만 연주하면 힘의 분산이 줄어들 수 있고 활대의 무게를 더 잘 느낄 수 있어 더 좋은 소리를 낼 수 있다고 아버님께서 가르쳐 주셨습니다."

현석의 대답이 끝나자, 국악 교육감이 잠시 현석의 지원서를 살피다가 묻는다.

"혹시 아버님 존함이 양용주 씨인가?"

현석, 잠시 머뭇거리다가,

"네."

국악 교육감, 고개를 끄덕이며,

"알겠네. 나가보게."

현석, 실기 시험실에서 나와 퇴장 안내 방향을 따라 복도를 걷는다. 그가 복도 모퉁이를 막 돌아섰을 때 효준의 손바닥이 현석의 뺨으로 날아들었다.

"잠시 휴식하고 시작하겠습니다."

지원자들을 향한 진행 위원의 안내 목소리가 복도에서 울려 퍼졌다. 이어서 국악 교육감과 심사위원들이 실기 시험실 문을 열고 나온다. 현석에게 다시 날아들던 효준의 손이 허공에서 멈춰버린다. 그저 분을 삭이는 효준.

현석, 홀로 길을 걷고 있다. 그는 시험장을 빠져나와 버스를 타고 마을로 올 때까지 계속 용주를 떠올렸다. 현석은 심장질

환으로 고통받고 있는 아버지에게 미안한 마음을 갖는다. 하지만 피해 갈 수 없었다. 자신에게 비굴할 수 없었고 자신과 타협할 수도 없었다. 현석은 자신이 처한 현실이 너무 얄궂다고 생각한다. 형체 없는 서글픈 마음에 눈물이 핑 돌기까지 한다. 현석은 자신의 신념과 소신이 결국 옳았던 거라고 되새김하며 마음속으로 그 새김을 계속 곱씹어 각인시킨다. 그러나, 그러했음에도 불구하고 오늘 일로 인해 아버지가 어떤 언행을 보일지, 그는 일말의 두려움을 떨쳐버리기가 힘들었다.

현석, 공터에 세워놓았던 자전거에 올라탄다. 그는 자전거에 올라탔지만 어디로 가야 할지 몰랐다. 그는 집으로 향하지 못했다. 그는 목적지 없이 어디론가 가야만 했다.

같은 날, 늦은 오후.
현석의 자전거가 집에 가까워진다. 대문가에 나와 안절부절 어쩔 줄 몰라 하며 서성거리는 어머니의 모습이 멀리서 눈에 들어오자, 현석이 갑자기 자전거의 진행 방향을 바꾼다. 그는 집 앞, 작은 야산으로 향했다.

산등성이에 올라 집을 굽어보는 현석. 대문 앞에 쭈그리고 앉아있는 현석 모, 대청마루에 걸터앉아 술을 마시고 있는 용주, 용주 옆에 놓여있는 각목, 그리고 장독대에 앉아 침울한 모습으로 고개를 숙이고 있는 현민. 모두 현석이 예측했던 그림이었다. 그런데 집 마당엔 생각지 못했던 사람이 한 명 더 있었다. 바로 형수가 될 여인이다. 현석은 궁금했다. 왜 형수 될 여인이 와 있는 걸까? 하지만 그 의문은 쉽게 풀렸다. 현석은 형이 의도적으로 형수와 동행했음을 알아차렸다. 아버지의 폭력을 최소한으로 막아보기 위한 형의 고육책일 거라고 현석은 생각했다. 아버지가 그녀를 얼마나 의식할지 예측할 수 없지만 어쨌든 현석은 형이 고마웠다. 어차피 아버지와의 부딪힘을 각오했던 일이었기에 현석은 당장이라도 집으로 가서 용주에게 집행을 받고 싶다. 하지만 현석은 형수 될 여인이 떠날 때까지 기다리기로 마음먹는다. 현석은 그녀가 충격받는 것을 원하지 않았다. 현석은 그녀를 보호하고 싶었다.

  같은 날, 늦은 밤.
  현석이 몹시 취한 채 비틀거리며 집 대문을 열고 집 마당으로 들어선다. 그 찰나, 소스라치게 놀라는 현석. 오후에 야산에 올라 보았던, 각목과 술병을 옆에 두고 마루에 걸터앉아있던 아버지의 모습이 그대로였다. 더욱 놀라운 건, 시간이 밤 열한 시에 가까워지고 있었음에도 어머니와 형 현민, 그리고 주희가 마당에 앉아있다는 사실이었다.
  현석, 가족들을 등지고 뒤 돌아 걷는다. 그 순간 용주 목소리가 들려온다.

"잠깐 거기 서라."

현석, 멈춰 선다.

"너 많이 마신 모양이구나? 너 그렇게 술 마신 거, 이 애비, 여태 본적 없다. 술 마시면 거짓을 말할 확률이 줄어든다는데 그거 누구보다 내가 잘 안다. 우리 이참에 서로 얘기 한번 해 보자."

현석, 뒤돌아서서 용주를 본다. 용주, 다시 말을 잇는다.

"내 한번 묻자. 네가 작년에 본선에서 입상 못 한 건 연습을 게을리해서 그랬던 거라 치자. 그래서 일 년을 더 연습했던 게 아니겠냐? 그런데 지난 일 년 동안 그렇게 연습해 놓고 양악을 연주한 이유가 뭐냐? 양악을 연주하면 평균 점수 이상을 받을 수 없고 대회 참가 기회를 영영 잃게 되는데 그걸 뻔히 알면서 그렇게 한 이유가 뭐냐?"

"……."

"반항심이냐?"

"……."

"난 네가 반항심만으로 그런 어리석은 행동을 했을 거라 생각 안 한다. 한번 얘기 좀 해봐라."

현석, 계속 대답 없다.

"얘기 좀 해 봐라."

"……."

"너 우리 음악이 그렇게도 싫으냐?"

"……."

현석, 대답 없이 그저 고개를 숙이고 서 있다.

"그래, 네가 그렇게도 싫어한다면 더 이상 강요 안 하마. 다시 묻겠다. 해금이 싫은 게냐? 우리 음악이 싫은 게냐?"

현석이 내내 숙이고 있던 고갤 들어 용주를 본다.

"해금이 싫지는 않습니다. 해금을 사랑합니다. 하지만 해금으로 우리 전통곡만 연주하고 싶지는 않습니다."

현석이 혀 꼬부라진 발음으로 말했다.

"전통곡만 연주하고 싶지 않은 이유가 뭐냐?"

"…… 아무리 전통이라 하지만 소리가 너무 옛것에만 국한되어 있습니다. 전통이라 할지라도 다양한 창작이 이루어져야 하고 편곡도 다채롭게 이루어져야 한다고 생각합니다. 늘 똑같은 소리만 반복해 대고 있는 우리 음악이 싫습니다. 보존되어야 할 전통이 있고, 진화되어야 할 전통이 있다고 생각합니다. 음역과 음정은 보존의 가치에 머무르는 존재가 아니라고 생각합니다."

"……."

"아버지, 항상 제게 그러셨죠? 해금을 연주할 때 가슴으로 연주하라고요. 전 그 가슴으로 연주하는 게 어떤 건지 잘 몰랐습니다. 양악, 재즈를 알기 전까지는요. 해금을 연주하면서 뭔가 아름답고 슬프고 기쁘고 행복하고 뿌듯하고 그런 걸 느끼고 싶은데 우리 음악으로는 그런 걸 느껴본 적이 거의 없습니다. 하지만 재즈는 그렇지 않았어요. 단 한 마디 연주에도, 단 한 소절의 상상에도 눈물이 나고 가슴이 두근거리고 누군갈 사랑하고 싶고 이 세상에서 숨을 쉬고 사는 게 얼마나 행복한 건지, 재즈는 그런 걸 알게 해 줬습니다. 죄송합니다. 듣고 싶어 하시던 말이 아니어서."

현석, 용주를 향해 고개를 깊게 숙여 내린다.

용주, 잠시 현석을 바라보다가,

"이리 내 앞으로 와라."

현석, 망설인다.

"이리 오라니깐?"

현석, 용주 앞으로 천천히 움직인다.

"여기 와서 앉아라. 한잔하자."

난생처음 듣는 말이었다. 한잔하자는 말. '진정 저 말이 아버지가 건넨 말인가?'

현석이 마루에 올라 용주 앞에 무릎 꿇고 앉는다. 용주가 현석에게 잔을 건넨다. 현석 모, 현민, 주희가 그들 부자를 지켜본다. 술잔을 주고받는 현석과 용주의 모습을 한동안 지켜보던 현민과 주희가 소리 없이 일어나 대문 밖으로 사라졌고 현석 모는 부엌 안으로 사라진다. 잠시 후 부엌에서 주안상을 차녀 들고나오는 현석 모.

 먼동이 터 올 때쯤 잠에서 깬 현석. 그는 눈을 뜨자마자 주위를 두리번거린다. 방안에 놓인 술상과 술병들 그리고 빈 잔들. 현석은 보이는 잔들과 술병들이 정말 아버지란 존재와 독대하며 남겨진 흔적들인지 기억을 더듬는다. 어젯밤, 아버지와 잔을 기울이며 아버지에게 건넸던 말들이 또렷이 떠오른다. 재즈와 피아노를 포기할 수 없으며 해금으로 양악을 계속 연주하고 싶다는. 게다가, 타성에 젖어 틀에 박힌 관념으로 물들어 있는 한국의 전통 음악과 전통 음악인들을 비판하기까지 했던. 그런데도 이렇게 멀쩡히 살아있다니?!
 어제 이후, 현석에게는 아버지란 이름의 커다란 폭풍이 휩쓸고 지나갔어야만 했다. 그 아버지란 이름의 폭풍은 실로 위력이 대단해서 매번 현석의 육신과 정신의 마디마디, 구석구석을 초토화시켜 버렸다. 이제 현석은 더 이상 그 폭풍을 배겨낼 자신이 없었다. 그 폭풍을 참고 이겨내야 할 에너지가 완전히 소진되었고 고갈되어 버린 것이다. 현석은 다가올 폭풍이 지금까지 경험하지 못한, 가장 강력한 폭풍이 될 것으로 생각했었다. 그래서 그는 가슴을 단단히 동여맸고 다른 때와 달리 그 폭풍을 견뎌내기 위해 소신과 진실이라는 이름으로 방어막을 넓고 깊게 쳐 놓았었다. 그런데 이게 도대체 어찌 된 영문인가? 폭풍전야의 고요함일까? 아니다. 그건 아니었다. 여느 때와는 다른 종자였다. 그 거대하리라 예측됐던 폭풍은 소멸해 버린 듯 바람 한 점 없는 파란 하늘이 되어버렸다. 현석은 믿기 어려웠다. 언제 다시 경천동지할 난행이 펼쳐질지 몰라도 분명 지금 그에게는 만년설을 녹여 내릴 듯한 따뜻한 햇살만이 비춰 내리고 있다. 현석은 자꾸자꾸 오늘 아침이 새롭다.

현석이 소양호 호수길을 따라 걷는다. 그는 비밀 연습실로 향하는 중이다. 그는 그 어느 때보다 발걸음이 가볍다. 피아노와 재즈가 더 이상 자신을 짓누르는 무거운 짐이 아닐 것 같아 그는 지금 날 듯이 기쁘다. 길을 걷는 내내 그는 자유와 행복이란 두 단어를 떠 올린다. 그리고 그는 그 두 단어에 감사해 한다.

현석은 이른 아침부터 해가 서산에 걸쳐질 때까지 오직 비밀 연습실 안에만 머물렀다. 오선 위에 음표를 그리며 건반을 두드리는 그의 손가락 움직임은 여느 때보다 가벼웠으며 들려오는 피아노 음은 영롱했고 아름다웠다.

비밀 연습실 주위에 어둠이 내리기 시작한다. 그가 연습실에서 떠날 준비를 하고 있을 때 누군가가 비밀 연습실 문을 두드린다. 창문으로 밖을 살피는 현석. 연미였다. 처음이었다.

온다는 말도 없이 날이 저물 무렵 갑자기 그녀가 모습을 보인 것은.

현석, 문을 열자, 연미, 미소 짓는다. 그러나 그녀의 미소는 바로 사그라져버렸다.

"어, 연미야, 어쩐 일이야? 말도 없이? 이 시간에?"

연미, 대답 없이 현석에게 다가선 뒤 그의 가슴에 얼굴을 묻는다.

"왜 그래? 무슨 일 있어?"

"……."

현석은 오늘처럼 기운이 쭉 빠져 보이는 연미 모습을 본 적이 없다.

"연미야, 무슨 일이야? 왜 그래?"

연미, 현석에게서 얼굴을 떼고는, 가뭇한 먼 산을 바라보다가 현석을 보며,

"오빠, 저, 임신한 것 같아요."

16 | 여심女心

"왜 또 연기하자는 거요?" 성재가 물었다.
잠시 답이 없던 연미가 힘들게 입을 연다.
"그 사람 곁에…… 좀 더 있어 줘야 할 것 같아요."
"……!"
성재의 가족들과 만남을 연기하고 현석 곁에 더 있어 줘야 할 것 같다는 연미의 말. 그 말은 성재에게 재앙이었다. 성재는 도로 위의 신호등 불빛이 전혀 눈에 들어오지 않았다. 그는 적색 신호등과 녹색 신호등의 기능을 순간적으로 망각했다. 성재가 주차장 푯말을 보고 주차장 쪽으로 운전대를 급하게 돌린다.
차를 주차 시킨 성재가 운전석 문을 열어젖히고 넥타이를 풀어헤치고는 셔츠의 목 단추를 푼다.
"대체 어쩌자는 거요? 그 사람을 더 이상 만나지 않을 거라고 스스로 말했고 가족에게 인사할 날짜도 직접 손꼽아 줬잖소? 그 날짜를 또 연기하자는 거요?"
"……."
"그분을 다시 만나야 하는 이유가 뭔가요?"

"……."

연미, 답이 없다. 성재가 다시 묻는다.

"좋아요. 그럼, 우리 가족 친척 만나는 걸 연기해야 하는 이유는 뭔가요?"

"……."

"그를 만나면서 우리 가족과 만나는 게 부담된다는 말은 지난번에 들었소. 그렇게 대답하지는 말아요. 그 말을 존중하려 했고 이해하려 했어요. 하지만 완전히 수긍할 수는 없었어요. 지금까지 우리 두 사람, 신뢰와 사랑으로 여기까지 왔다고 생각해요. 솔직하게 말해 봅시다. 그분에게 아직 감정이 남아 있는 거요? 그래서 이러는 겁니까?"

"……."

"만약 그게 아니라면 그분 일은 그분 일이고 우리 일은 우리 일 아닌가요?"

"……."

"그렇지 않아요?"

"……."

"성재 씨, 성재 씨께 말씀드리지 못한 게 있어요."

"……."

연미, 쉽게 말을 꺼내지 못한다.

"성재 씨, 저, 저한테 아들이 있어요."

성재가 눈썹을 치켜세우고 연미를 본다.

"숨기려고 숨겼던 건 아니에요…. 어떻게 생겼는지 얼굴도 모르던 아들이에요. 낳고도 얼굴을 본 적이 없어요."

"……!"

연미, 순간 감정이 북받쳐 왔다. 말을 더 잇지 못하는.

"그 사람 사이에서요?"

연미, 고개를 끄덕인다.

성재, 코로 긴 숨을 내쉬며 연미에게서 고개를 돌려 차 앞쪽에 시선 둔다. 다시 말을 잇는 연미.

"병원에서 아들이란 사람을 봤어요. 서로가 태어나서 처음 본 거죠. 그 아들이란 사람과 마주치지 않았다면 이런 마음까지 왔을까 싶기도 하네요. 막상 그를 보고 나니 편하지 않아요. 뭔가, 뭔가 이대로 그냥 지나칠 수 없는 것 같아요."

연미의 감정이 다시 북받쳐 온다.

"성재 씨, 그분, 병원에 계신 분, 병이 있네요. 좋지 않은 병이에요. 그 사람, 가족에게 짐이 되는 게 싫어서 세상을 떠나려고 했었어요. 그 이유를 알고 나니, 또 그 자식이라는 사람의 휑한 모습을 보니 그들을 그냥 그렇게 놔두고 돌아설 수가 없네요. 성재 씨, 수술을 원하지 않던 사람이 수술받겠다고 약속했어요. 성재 씨, 저, 거기까지만 그 사람 옆에 같이 있어 주면 안 될까요? 수술 끝날 때까지만요."

"……."

"꼭 그 사람을 위해 그렇게 해주고 싶은 것만은 아니에요. 아들이라는 사람 때문이라도 그렇게 해주고 싶은 마음이에요."

눈물이 그렁그렁 고인 연미의 눈. 성재는 그런 연미의 눈을 계속 쳐다보기가 힘들다. 성재, 갑갑하고 애가 탄다. 연미에게 어떤 답을 해야 할까? 성재는 더 이상 그 사람 옆에 머물러서도 안 되고 상견례 날짜를 더 이상 연기할 수도 없다고 연미에게 말하고 싶다. 그렇게 하고 싶은 마음이 너무나도 강했다. 하지만 성재는 그렇게 해서는 안 될 것만 같았다. 성재는 자폐를 앓고 있는 연미의 딸을 떠올린다. 그런 딸을 키우고 시집보낸 그녀의 힘들었던 삶만큼 이 아들이란 존재도 그녀의 인생에 무겁게 녹아있을지 모른다고 그는 생각한다.

성재가 긴 한숨을 내쉬며 차에서 내린다.

담배 한 개비를 입에 무는 성재.

17 | 비애悲哀

현석이 침대에 실려 수술실로 들어간다. 현석이 수술실 안으로 사라지자, 그가 사라진 수술실 문을 공허하게 바라보는 표정들이 있다. 정수, 정수 부인, 정수 딸, 그리고 그들로부터 몇 발짝 떨어져 있는 연미. 연미는 정수 가족과 마주치는 것을 원하지 않았다. 정수 가족이 병원에 도착하기 전, 연미는 수술비 지불보증 절차를 마무리하고 병원을 떠나고 싶었다. 하지만 그녀가 원하는 시간 내에 그 일은 진행되지 않았다. 결국 정수 가족과 마주치게 된 연미. 연미는 현석이 수술실 안으로 사라지자마자 서둘러 정수 가족 곁을 벗어나면 정수 가족에게 자연스럽게 보이지 않을 것 같은 생각에 잠시 그들 곁에서 서성거린다. 그때 정수가 연미에게 다가가며,

"저, 잠시 말씀 좀 나눠도 되겠습니까?"

"네."

"일단 먼저 감사부터 드리겠습니다. 지난번에 병원 원무과 장님한테 얘기 들었습니다. 아버님이 병원에 실려 오실 때부터 보호자 역할을 해주셨고 저희 아버님 치료비와 입원비를 납부해 주셨다고요. 일찍이 만나 뵙고 인사드렸어야 했는데

만나 뵐 기회가 없었습니다. 아버님 도와주신 일, 모두 제가 해야 했던 일들인데 정말 감사합니다. 그리고 수술비 보증을 서주셨다는 이야길 들었는데 수술비 지급보증도 뭐라 감사드려야 할지 모르겠습니다. 하지만 그 보증은 제가 해야만 하는 일입니다. 아버님께서 병을 앓고 계신 사실을 얼마 전에서야 알았습니다. 그리고 수술하신다는 이야기도 갑작스럽게 전해 들었습니다. 지급해 주신 치료비와 입원비는 제가 빠르게 준비해서 돌려드리겠습니다. 그리고 수술비 보증은 제 이름으로 바꾸겠습니다."

처음 보았을 때, 삶에 찌들대로 찌들어 세상과 단절된 채 최소한의 소통만 하기로 마음먹은 사람처럼 보였었는데 아니다. 연미는 정수의 반듯한 태도와 단아한 말투에 환희를 느낀다.

"저, 그리고 하나 여쭙겠습니다. 지난번에 제가 아버님께 사모님이 왜 아버님을 돕고 계신 지, 어떤 관계이신지, 한번 여쭌 적이 있습니다. 사모님 아버님과 잘 아는 사이라고만 말씀하시고 다른 말씀은 없으셨습니다. 궁금합니다. 저희 아버님하고 어떤 인연이 되셔서 이렇게 아버님을 돕고 계시는 건지요? 그리고,"

연미, 다부지게 정수의 말을 자르며,

"죄송합니다. 말씀드릴 기회가 없었네요. 오래전, 저희 아버님께서 양현석 선생님으로부터 은혜를 입으셨어요. 양 선생님이 병원에 계시니 찾아뵙고 도와드리라고 저희 아버님께서 말씀 주셔서 제가 이렇게 나서게 됐습니다. 그리고 치료비와 입원비는 부담 느끼시지 않으셔도 됩니다. 제 아버님께서 그 정도의 도움은 기꺼이 해드려야 한다고 말씀하셨어요. 그리고 수술비 보증도 부담스러워하지 마세요. 양 선생님과 함께 알아보니 양 선생님께서는 건강 공단에서 수술비 일부를 보조받으실 수 있고 나라에서도 지원금을 받으실 수 있네요. 수술 끝나시면 수술비와 입원비를 바로 병원에 먼저 납부하셔야 하는데 전액을 지원받는 게 아니고 바로 지급받는 것도 아니어서 혹시 부담되실까 싶어 일단 제가 보증을 서 드린 겁니다."

"…… 네, 말씀 잘 알겠습니다. 하지만 제 아버님과 사모님 아버님 관계가 그렇다 하더라도 치료비, 입원비, 수술비 지급 보증, 모두 다 신세 질 일이 아닌 것 같습니다."

"네, 잘 알겠습니다. 하지만 수술비는 그렇게 하시더라도 치료비와 입원비는 저의 아버님을 생각하셔서 받아주시면 감사하겠습니다. 아, 그리고 아버님 지난번 다치셔서 입원하셨을 때 아드님께 연락드리고 싶었는데 아버님께서 완강하게 반대하셔서 연락 못 드렸습니다. 아드님께 연락도 없이 보호자 역할을 하게 됐네요. 죄송합니다."

전혀 어색함이 없었다. 너무나도 자연스러웠다. 어쩌면 연미는 정수가 물어올 걸 대비해 답변을 미리 준비해 놓고 있었는지도 모른다. 만약 그렇다면 완벽하게 준비해서 실행에 옮긴 대사와 연기였을 텐데 왜 그녀의 표정은 그렇게도 허전해 보일까? 연미가 정수와 정수 부인에게 가볍게 눈인사를 건넨 뒤 그들로부터 뒤돌아선다. 뒤돌아선 직후, 연미는 속이 답답하고 울렁거렸다. 그리고 먹먹한 감정이 휘몰아쳐 왔다. 주체할 수 없을 만큼. 연미는 서둘러 그들의 시선에서 벗어나고 싶다. 하지만 마주 보이는 복도 끝이 너무 멀기만 하다.

연미가 복도 끝에서 방향을 돌려 그들의 시선에서 벗어난다. 꽉 막혀있던 숨을 길게 내쉬며 호흡을 가다듬는 연미. 연미는 첫 대면한 자식을 코앞에 두고 처음으로 건넨 말들이 온통 거짓으로 꾸며진 말이었다는 것에 대해 설움과 비애를 느낀다.

18 | 종이 파이프

1982년 초가을.

"형님. 이제, 농사나 지어야 하는 거 아닌지 모르겠습니다. 더 이상 우리 마을을 국악 고장으로 불러줄 사람도 없고 우리 걸 지키겠다고 발버둥 치고 있는 형님하고 저를 인정해 줄 사람도 없고 해금 학교 꿈도 끝나버렸고 이젠 바랄 희망이 없네요. 현석이 그놈 하나만 믿었었는데……. 형님, 죄송합니다. 제가 현석일 잘못 가르쳤어요."

효준의 넋두리에 용주는 대답 대신 잔을 건넨다.

"형님, 이제 현석일 어떻게 하죠?"

"효준이, 내가 오늘 보자 한 건, 오늘 아침에 온 편지 때문이야. 국악 교육감이 편지를 보내왔어."

효준, 갑자기 무슨 소리인가 싶다.

용주, 술상 아래 놓아둔 편지를 집어 효준에게 건넨다.

"국악 교육감이 현석에게 평균 점수 이상을 준 모양이야. 이번에 본선에는 올릴 수 없고 내년에 다시 응시할 기회를 주겠다네. 모든 게 끝났다고 생각했는데."

"형님, 무슨 말입니까? 양악을 연주한 응시자에게 평균 이

상의 점수를 주다뇨?"

효준, 믿지 못하겠단 표정이다.

"정말 교육감이 그렇게 써서 보내왔다고요?"

용주, 읽어보라는 듯 턱으로 편지를 가리키고는 피식거리며 쓴 미소를 짓는다. 잔을 들이키는 용주.

효준, 편지를 훑어 읽어 내리고는 놀란 나머지 잠시 말을 잇지 못한다. 그는 마음속으로 편지 내용을 곰곰이 읊조리다 입을 연다.

"형님, 이게 진짜 무슨 일입니까? 교육감이 대회 지원자 부모에게 편지를 보내오다뇨? 양악을 연주했는데 어찌 이게 가능하죠? 이거, 가만 생각하니 아쉽네요. 형님, 이렇게 편지를 보내왔다는 건 국악 교육감이 현석이 연주 하나만큼은 인정한 겁니다."

효준 얼굴에 아쉬움이 가득하다. 용주도 아쉬운 눈빛이다.

"형님, 그날, 시험 본 날이요. 현석이가 연주 끝내고 나올 때 국악 교육감이 현석이 한테 묻더구먼요. 왜 네 손가락으로만 활대를 잡냐고? 그랬더니 현석이가 뭐라 답한 줄 아세요?"

용주, 고개 들어 효준을 본다.

"활대 무게를 더욱 잘 활용하기 위한 아버님의 가르침이라고 답을 하더라고요. 그때 제 마음이 좀 짠했습니다. 아버지에게 그렇게 배운 것에 대한 자부심이 꽤 커 보였어요."

"……!"

"저, 형님, 제 생각인데요. 음, 뭐랄까, 이젠 현석을 유하게 다독거리는 게 방법이 아닐까 싶은데 형님은 어떻게 생각하세요? 그동안 현석이를 너무 몰아붙인 게 아닌가 해요. 저나 형님이나요. 본인은 해금 소리를 알리려 했다고 하지만 반항심에 양악을 연주하지 않았나 싶기도 합니다. 앞으로 구속하지 말고 최대한 자율에 맡기면서 아량도 베풀고 좀 너그럽게 대하면 어떨까요? 국악 교육감한테 이런 편지를 받은 상황이라면, 현석일 잘 구슬려서 내년에 양악 연주 못 하게만 하면 현석이 입상 가능성, 충분히 있어 보입니다. 형님, 그래야 형님하고 제가 숨통이 좀 트입니다."

용주, 효준을 빤히 본다. 그러던 용주, 고개 돌려 돌담 넘어 먼 산에 시선 둔다.

*

피아노 학교는 일사천리로 공사가 진행되었다. 토목공사는 가假 설계 단계에서 이미 끝나 있었고 바닥 기초 공사와 건물의 토대 공사 또한 마무리되었으며 골조 공사가 한창이었다. 건축 인부들이 차량에서 외장재들을 내리고 있는 모습으로 보아 골조 공사도 머지않아 완성될 듯하다.

　건설 현장에 임시로 설치된 컨테이너 앞에 사람들이 모여 건축 도면을 보며 대화를 나누고 있다. 그들은 시공 관계자, 군청 관계자, 그리고 추 선생과 군수였다. 그때 공사장으로부터 멀리 떨어진 야적장 한 귀퉁이에 몸을 숨긴 채 피아노 학교 건축 현장을 살피는 사람이 있었다. 양용주였다.

　용주는 사람들로부터 피아노 학교 건축의 첫 삽이 떠졌다는 이야기를 전해 듣고 화병이 돋아 식음을 전폐하고 오랫동안 끙끙 앓아누웠었다. 그 후 그는 피아노 학교의 건축 진행 상황을 사람들로부터 전해 들을 때마다 혈압이 올라 약으로 몸을 다스려야만 했고 결국 만성 스트레스 장애 진단을 받고 병원 신세를 져야만 했다. 하지만 약물도, 입원도 그의 정신장애를 치유해 주지는 못했다.

　용주는 피아노 학교의 건축시공이 시작된 이후 처음으로 현장을 찾아왔다. 비록 조건부 승인이었었지만 해금 학교 용지用地로 지정된 뒤 애지중지하며 정을 붙여 왔던 땅이었었기에 진즉에 와보고 싶은 땅이었다. 하지만 그는 발걸음이 떨어지질 않았다. 해금 학교에서 피아노 학교 용지로 둔갑한 그 땅을 보며 얼마만큼 마음의 상처를 더 입게 될지 가늠할 수 없었고 얼마만큼의 증오와 분노가 더 분출될지 자기 자신을 통제할 확신이 안 들었었기 때문이다. 그러던 용주가 오늘은 큰 맘 먹고 현장으로 달려왔다. 그 이유는 군수와 추 선생이 건설 현장에 함께 있다는 소식을 전해 들었기 때문이었다. 용주는 단 한 번의 대꾸도 저항도 해보지 못하고 그냥 물러앉아 있을 수만은 없다고 생각했다.

추 선생과 군수, 그리고 군수 수행원들이 피아노 학교 시공 현장에서 빠져나와 주차장으로 향한다. 주차장으로 가기 위해 논두렁길로 접어드는 군수 일행과 추 선생. 그때 군수 수행원 중 한 명이 논두렁길 맞은 편 멀리서 걸어오고 있는 사람을 쳐다본다.
"군수님, 양용주 씨인 것 같습니다."
수행원의 말에 군수 일행의 걸음걸이가 느려졌다. 양용주를 쳐다보는 군수 일행. 군수 일행 중 젊어 보이는 수행원이 입을 연다.
"저, 군수님, 길을 돌아가는 게 좋을 것 같습니다. 저분 술 좀 드신 것 같네요. 손에 뭔가 들고 있는데 쇠 파이프인 것 같습니다."
"……!"
군수와 추 선생의 걸음이 급작스럽게 멈춰졌다. 그러자 나머지 일행들도 걸음을 멈춘다.
군수 일행을 향해 다가오던 용주가 갑자기 두 손으로 쇠 파이프를 치켜든다. 그는 마치 장검을 휘두르듯 좌우로 쇠 파이프를 휘저으며 군수 일행과의 거리를 좁힌다. 군수 일행과 어느 정도 거리가 가까워지자, 용주가 쇠 파이프 끝부분을 추 선생과 군수에게 번갈아 겨눈다.

나이가 지긋해 보이는 수행원이 입을 연다.

"군수님, 워낙 다혈질이라 피해 가는 게 좋을 것 같습니다."

군수가 갈등한다. 뒤돌아가자니 자존심이 상한다.

"그러시죠. 무슨 짓이든 할 수 있는 사람입니다." 추 선생이 군수에게 말했다. 추 선생의 말에 군수가 고개를 끄덕이며 뒤돌아선다. 군수가 뒤돌아서자, 추 선생과 군수 일행이 뒤돌아서서 서둘러 발걸음을 재촉한다. 그 순간 용주가 군수 일행을 향해 뛰어오기 시작한다. 용주의 뛰어오는 모습을 본 군수 수행원들이 군수 앞에 일자로 포진해 선다. 내달려 온 용주가 군수 수행원들 앞에 멈춰 서며 숨을 헐떡거린다. 용주가 입을 연다.

"이보슈, 군수 양반, 그리 도망치듯 가면 내게 지은 죄가 사라지나? 죄가 안 보이게 돼? 응?"

그때 나이가 지긋해 보이는 군수 수행원이 빈정거리는 어투로,

"어이구, 양용주 선생님, 오늘도 걸쭉하게 한잔하셨네? 어디 마실 가시나?"

"음, 마실 가고 있지. 내 지금 피아노 학교로 마실 가는 중이야. 학교가 세워지고 있다는데 얼마나 잘들 짓고 있는지 가서 좀 보려고."

"네, 잘 짓고 있습니다. 염려 놓으세요." 나이 지긋한 수행원이 답을 하자 용주가 말을 받는다.

"그래? 건축 자재들은 정품으로 잘 갖다 쓰고 있는 건가? 어, 근데 이 자리에 건축 부장이 없네? 그 친구가 있으면 한마디 해주려고 했는데 아쉽군. 여기 계신 분들은 군郡내 마을회관 사건들 잘 알고 계시지? 존경하는 우리 군수님도 물론 잘 아실 테고?"

"……."

"왜 다들 말똥말똥 날 쳐다만 보시나? 모르시나들? 재작년, 마을회관 지을 때 예산 빼돌리고 싸구려 자재들 가져다 써서 일 년도 안 된 마을회관 건물에 금이 가고 비가 새서 사용도 못 하고 있는데 다들 모르시나? 피아노 학교 지으면서 건축 부장이 또 그런 짓을 방관할까 싶어 지금 현장에 확인 좀 해보러 가는 길이야. 그 마을회관들, 앞에 계신 우리 존경하는 군수님께서 건축 부장에게 직접 사인해 주신 거 아니었나? 저 피아노 학교도 앞에 계신 우리 군수님께서 건축 부장에게 사인하신 걸로 알고 있는데 그럼, 또 그 꼴이 날 수 있지 않겠어? 군민들 돈으로 짓는 거니 군민인 내가 직접 가서 점검 좀 해봐야겠어. 이 쇠 파이프로 기둥도 두드려 보고 벽도 두드려 보고 자재들도 두드려 보면 금방 알 수 있지. 이 쇠 파이프는 진실의 파이프거든."

군수, 곤혹스럽고 곤욕스럽다. 군수가 굳은 얼굴로 용주를 노려보다가 입을 연다.

"양용주! 당신 이러다가 제명대로 못 산다."

"하하, 이젠 아예 대놓고 협박질이시네? 어이 군수 양반아, 내가 제명까지 못살면 당신은 제명까지 살 것 같아? 왜? 선거 때 끌고 다닌 그 볼품없는 똘마니 양아치들을 나한테 보내시려고? 보내보쇼. 내가 끔쩍할 것 같소? 아니면 지금이라도 날 어떻게 해보시지? 왜? 겁이 나시나? 이 쇠 파이프가?"

용주, 쇠 파이프를 머리 위로 치켜들고 힘껏 휘두른다. 움찔하며 뒤로 물러나는 군수 일행과 추 선생. 용주가 쇠 파이프를 휘두르며 한 발짝씩 추 선생과 군수 일행 앞으로 다가간다. 그리고 큰 목소리로,

"이봐! 군수! 내 지금까지 당신 하는 짓 보며 참을 만큼 참아 왔는데 이제 더 이상 사탕발림으로 사람들 꼬셔낸 뒤 토사구팽시키는 그 만행, 저지르지 마. 날 끝으로. 만약, 이 고장에서 또다시 그런 짓 하는 게 내 눈에 보이면 절대 참지 않아. 만약 또 그러면, 내, 서울 중앙 부처에 가서 당신이 싸질러 놓은 모든 비리를 까발릴 거야."

군수, 얼굴이 벌겋게 달아오른다. 뒷걸음치며 용주를 노려보던 군수가 거침없이 다가오는 용주의 기세에 뒤돌아서서 잰걸음으로 걷기 시작한다. 그 찰나, 용주가 군수에게 가래침을 내뱉는다. 가래침은 군수의 바짓자락에 묻어버렸다. 순간 군수 수행원 중 한 명이 눈에 쌍심지를 켜고 용주에게 달려들려 하자 용주가 쇠 파이프를 치켜세운다. 용주에게 쉽게 달려들지 못하는 군수 수행원. 군수가 떨떠름한 미소를 지으며 용주 앞으로 달려들려던 수행원에게 빨리 벗어나자는 듯 눈짓한다. 추 선생과 군수 일행이 용주를 등지고 다시 뒤돌아섰다. 그때였다. 이번에는 용주가 추 선생을 향해 침을 뱉는다. 용주가 뱉은 가래침이 추 선생의 정수리에 붙어버렸다. 군수 일행 중 꽤 나이가 젊어 보이는 수행원이 용주를 향해 입을 연다.

"이봐요, 어르신, 어르신은 술 드시니 사람 같지 않으시네요. 감히 누구 앞에서 이런 추잡한 짓을 하시는 겁니까? 그 두 아드님, 당신께서 낳고 기른 자식이 정말 맞습니까? 그 수준으로 두 아드님 그렇게 키운 게 참 용하십니다. 하긴 지들 스스로가 컸겠지! 해금 학교가 안 지어진 게 정말 다행입니다. 그 수준이면 학교 말아먹기 십상이었을 겁니다."

용주의 두 눈에 핏발이 선다. 용주, 큰 목소리로,

"이놈의 새끼가? 너 양구에 사는 박석종이 아들이지? 뭐가 어째? 이런 개 잡놈의 새끼 봤나? 너 내가 누군지 알아? 네 놈

코흘리개 때, 내 부친 노름에 미쳐 집안 다 거덜 내고 새끼들 먹인다고 손 벌리고 다닐 때 감자에 옥수수에 쌀까지 퍼서 가져다준 사람이 나다 이놈아. 어디 머리에 피도 안 마른 놈이 싸가지 없게 씨부려?"

용주가 젊은 군수 수행원에게 달려들어 발로 그의 배를 내리찍었다. 순식간이었다. 뒤로 자빠지는 수행원. 용주가 쓰러진 수행원을 다시 발로 걷어차려 하자 수행원 두 명이 용주에게 달려들었다. 그들은 먼저 용주가 들고 있는 쇠 파이프부터 뺏어야만 했다. 수행원 한 명이 용주의 왼팔을 붙잡았고 또 다른 한 명은 쇠 파이프가 들린 그의 오른쪽 손목을 붙잡았다. 하지만 두 사람의 힘으로도 용주의 손에 들린 쇠 파이프를 낚아채기는 쉽지 않다. 그때 쓰러졌던 수행원이 용주에게 달려들어 쇠 파이프가 들린 용주의 팔을 용주의 등 뒤로 꺾고는 그의 손에서 쇠 파이프를 낚아챈다. 그 순간 쇠 파이프가 틱, 하고 힘없는 소리를 내며 구부러져 버린다. 파이프의 구부러진 틈 사이에서 흘러내리는 모래. 용주가 손에 쥐고 있던 파이프는 쇠 파이프가 아닌 한지에 풀을 먹여 딱딱하게 만든 원통형의 종이 파이프였다. 용주는 그 종이 파이프 표면에 갈색 사포를 감아 붙이고 종이 원통 안에 모래를 채워 넣어 마치 쇠 파이프처럼 보이게 했다. 군수와 수행원들, 그리고 추 선생이 서로 얼굴을 마주 본다. 어이없어하는 표정들. 용주가 껄껄 웃으며 말을 잇는다.

"하하, 나라를 관리한답시고 나라의 녹을 먹고 사는 인간들이 사기질과 꼼수에만 능하지. 하하. 겉과 속이 다른 이 종이 파이프가 바로 너희들의 자화상이고 거울이다. 이놈들아. 하하. 종이 파이프에 겁먹은 꼴들이 아주 가관이었어. 가관. 찌질이들."

군수의 얼굴이 다시 붉게 물들었다. 수행원 중 한 명이 군수의 일그러진 얼굴을 바라보다가 용주에게 달려들어 그를 논길 옆 수로로 밀어버린다. 수로에 빠진 용주가 허우적거린다. 수로의 물 깊이는 용주의 허리춤까지였다. 그러나 용주는 수로에서 제대로 중심을 잡지 못하고 계속 허우적거린다. 나이 지긋한 수행원이 용주를 향해 비아냥거린다.

"술 좀 깨시겠네. 수로 바닥이 개흙이여. 미끄럽단 얘기지. 어쩌나? 수로 안에 거머리가 득실대는데."

용주, 수로에서 빠져나오려 애를 써본다. 그러나 그는 계속 미끄러지기만 할 뿐이다.

추 선생이 잡풀을 한 움큼 뜯어 정수리에 붙은 침을 닦아 내며 용주를 향해,

"침을 사용하는 기술이 참 좋소이다. 아드님들한테 해금을 전수할 게 아니라 그 침 뱉는 기술을 전수해서 가족이 침 뱉는 쇼를 하면 엿이나 번데기 정도는 팔 수 있을 것 같소. 그럼, 생

계는 이을 수 있겠네."
 용주, 추 선생을 향해 눈을 부릅뜨며 수로에서 빠져나오려고 안간힘을 쓴다. 그러나 그는 계속 미끄러지며 넘어질 뿐이다. 옷매무시를 가다듬으며 자리를 뜨는 추 선생과 군수 일행.

19 | 사랑이었는데 바람이었다

 현석 모가 노크도 없이 현석의 방문을 열고 들어온다. 현석 모의 얼굴엔 핏기가 없다. 현석은 이제껏 어머니의 그런 표정을 본 적이 없다.
 "얘, 현석아, 마을에서 이상한 소릴 들었다."
 "?"
 "너, 피아노학원 원장님 딸하고 무슨 사이냐?"
 "……!"
 "너하고 학원 원장님 딸이 산부인과에서 같이 나오는 걸 본 사람들이 있다는데 도대체 그게 무슨 말이냐?"
 "……!"
 "누, 누가 그런 말을 해요?"
 현석 모는 현석의 반응에서 석연치 않은 감응을 느꼈다. 현석 모가 목소리를 높인다.
 "학원 원장 딸이 네 애길 임신했다고 말하고 다니는 사람이 있어. 도대체 그게 무슨 소리냐?"
 순간 현석의 몸이 돌처럼 굳어버렸다. 모친의 눈을 직시하지 못하는 현석. 그는 그런 소문이 돌고 있다는 것을 받아들일 수가 없다. 현석이 연미와 같이 갔었던 산부인과는 그들이 살고 있는 곳으로부터 삼백여 킬로미터 넘게 떨어진 타 도시에 있었다.

*

추 선생이 손바닥으로 연미의 뺨을 세차게 때렸다. 방바닥으로 쓰러지는 연미. 추 선생은 쓰러진 연미의 멱살을 잡고 그녀를 다시 일으켜 세우고는 또다시 그녀의 얼굴을 후려친다. 다시 쓰러지는 연미. 연미 방, 밖에서는 연미 모가 연미 방의 문손잡이를 잡고 흔들어 대며 소리치고 있다.

"여보! 여보! 문 좀 여세요! 문 좀 열어요! 여보!"

추 선생은 이성을 잃은 듯 보인다. 연미 모의 외침에도 그는 전혀 아랑곳하지 않는다. 추 선생이 방바닥에 축 늘어진 채 엎어져 있는 연미의 머리끄덩이를 한 손으로 잡고 그녀의 상체를 일으켜 세운다. 그리고는, 그녀의 복부를 방바닥에 부딪히게 할 의도로 다른 한 손으로 그녀의 등을 떠밀어 내동댕이친다.

"너, 내가 널 그렇게 가르쳤냐? 아직 채 익지도 않은 년이 어디 함부로 몸을 놀리고 다녀?"

집이 무너져 내릴 듯한 추 선생의 목소리에 이어 굉음이 들려왔다. 어디서 그런 힘이 나왔는지 연미 모가 거실에 놓여있던 바퀴 달린 피아노를 밀고 연미 방으로 돌진해 들어왔다. 그 충격에 연미 방의 미닫이 방문은 밖에서 안으로 쓰러져버렸고 문은 방바닥에 부딪히며 두 동강이 나버렸다. 연미 모가 방바닥에 쓰러져있는 연미에게 달려가 그녀를 부둥켜안는다. 연미 얼굴에 피가 낭자하다. 연미 모가 침대 위에 있는 이불 홑청을 잡아당겨 출혈이 일고 있는 연미의 찢긴 입술을 눌러 지혈시킨다. 연미 모는 어찌 이런 일이 벌어질 수 있냐는 듯 입을 다물지 못하며 추 선생을 쳐다본다. 연미 모는 추 선생을 향해 경망스러운 언어들을 쏟아내고 싶다. 하지만 그녀는 감정을 삭였다. 연미의 아이가 현석의 아이라는 말을 듣고 연미 모가 받은 충격은 추 선생이 받은 충격만큼 컸다.

대문 열리는 소리가 들린다. 용주였다. 초저녁이었음에도 그는 술기운이 가득하다. 대문을 들어서자마자 수돗가로 향한 용주가 바가지로 물을 받아 들이킨다. 방 문틈 사이로 용주를 지켜보던 현석이 방문을 열고 뛰쳐나온다. 그는 마루를 내달린 뒤 신발도 신지 않고 마당으로 뛰어내려 수돗가로 달려갔다. 용주 앞에 무릎을 조아리는 현석. 용주가 무릎을 조아린 현석을 바라보다가 방에서 나오는 현석 모를 쳐다본다. 현석 모가 용주의 눈을 직시하지 못하고 고개를 가로 비켜 내린다.

"너 뭐 하는 거냐?"

용주가 물었다.

현석, 머리를 조아린 채 답이 없자, 용주, 현석 모를 보며 묻는다.

"얘, 왜 이래?"

용주가 현석 모를 쳐다보는 사이, 현석과 현석 모의 눈이 짧게 마주쳤다. 현석과 현석 모는 용주가 마을에 퍼진 소문을 듣고 귀가할지도 모른다는 생각에 마음을 졸이고 있었다.

용주가 현석에게 재차 묻는다.

"너 도대체 왜 이러고 있냐?"

"아버지, 드릴 말씀이 있습니다."

"뭐냐?"

"아버지, 양악을 허락하지 않으시면 해금을 손에서 놓겠다는 말, 제가 너무 생각이 짧았습니다. 어떤 경우에도 해금을 손에서 놓지 않겠습니다. 그리고 전통 음악을 멀리하고 싶다는 말, 마음에 없던 말이었습니다. 해금으로 열심히 전통 음악을 켜서 아버님께서 원하시는 결과를 꼭 이뤄내겠습니다."

"……?"

"그리고 해금 만드는 가업도 멀리하지 않겠습니다."

용주, 의아해하는 표정으로 다시 현석 모를 쳐다본다.

"그리고 피아노는 완전히 손에서 놓겠습니다. 그리고 더 이상 해금으로 양악을 연주하지 않겠습니다. 앞으로 아버지의 모든 말씀, 다 따르겠습니다."

"너 갑자기 왜 그러냐? 그 말들 믿어도 되겠냐?"

"네, 아버지."

"그래. 그렇게 하면 내가 오죽 좋겠냐?"

"아버지, 꼭 그렇게 할 테니 제 소망 하나만 들어주십시오. 저, 장가가겠습니다."

"……!"

용주, 다시 현석 모를 쳐다본다. 현석 모는 아예 얼굴을 마룻바닥에 묻어버렸다.

"너 갑자기 그게 무슨 말이냐? 장가를 가겠다니?"

"저, 추 원장님 따님을 사랑하고 있습니다."

"뭐라고? 누굴 사랑한다고? 추 원장이라니?"

"피아노학원 추 선생님 따님을 사랑하고 있습니다."

갑자기 용주의 표정이 싸늘하게 바뀌는가 싶더니 그의 눈가에 경련이 인다. 용주의 양어깨가 부르르 떨린다.

"이런, 이 미친 새끼."

불같은 격노와 함께 용주의 오른손바닥이 현석의 얼굴로 날아들었다. 용주가 소매 깃을 걷어 올리며 마당을 가로지른다.

"이 새끼가 피아노에만 미친 게 아니고 연애질에도 미쳤던 거구만."

용주는 무어라도 눈에 보이면 집어 들고 현석에게 달려갈 기세다. 창고 입구에 세워져 있는 곡괭이 자루와 삽자루가 용주의 눈에 들어왔다. 용주가 달려가 삽자루를 손아귀에 싸잡자, 현석 모가 비명을 지르며 옆집 담장으로 달려간다. 소리쳐 응덕 아버지를 부르는 현석 모. 그러나 옆집에서는 인기척이 없다. 현석 모가 용주에게 달려가 냅다 몸을 날리며 필사적으로 용주의 한쪽 다리를 부둥켜안는다.

"그만 하세요! 추 선생님 딸이 현석이 아이를 가졌어요."

현석을 향하던 용주의 움직임이 급작스럽게 멈춰졌다. 용주가 고개를 돌려 현석 모의 얼굴을 본다.

연미의 얼굴은 피로 얼룩지고 부어올라 그녀가 그녀인지 분간이 가지 않는다. 연미는 흐느끼고 있었고 연미 모는 연미 옆에 앉아 가슴을 쥐어 잡고 있다. 추 선생은 숨을 헐떡거리며 그들 모녀로부터 거리를 두고 앉아있었다. 그는 이성을 되찾은 모습이다.

추 선생, 긴 한숨을 내쉰 뒤,

"네년이 우리 가문에 멍을 남겼다. 떠나라. 일본으로. 여기서 애 지우고."

"싫어요. 오빨 사랑해요."

연미가 옹골진 목소리로 힘주어 말했다.

갑자기 홍조기로 얼룩지는 추 선생의 얼굴. 그가 벌떡 일어나 연미를 쏴본다. 추 선생의 숨이 다시 가빠져 온다.

여느 때의 상황과는 사뭇 달랐다. 능지처참시키듯 현석을 향해 삽자루를 내리꽂아야 했을 용주였지만 연미가 현석의 아이를 가졌다는 현석 모의 외침 한마디는 용주의 난행을 멈추게 했다. 삽자루를 땅에 내 던지고 수돗가로 다가가 돌 위에 걸터앉는 용주. 현석은 그런 아버지의 모습이 너무나도 생소하다.

"도대체 추 선생 딸과 무슨 일이 있었다는 건지 설명해 봐라." 용주가 현석과 현석 모를 번갈아 보며 말했다.

현석 모, 우물 쭈물거리다가,

"피아노학원 원장님 딸과 현석이가 그동안 만나왔었나 봐요. 둘이 사귄 지가 오래됐다네요. 그러다 둘 사이에 애가 생긴 거고요."

용주, 머리를 조아리고 있는 현석을 쳐다보다가 수돗가에 놓인 바가지에 수돗물을 한가득 받아 벌컥벌컥 들이켠다.

"아버지, 죄송합니다." 현석, 이마가 땅바닥에 닿을 정도로 고개를 조아리며 말했다.

용주, 현석을 계속 바라보다가 아무 말 없이 일어선다. 대문을 향해 걷는 용주. 용주가 대문을 나서다가 잠시 멈춰 선 뒤 뒤돌아 현석을 보고는 지그시 입술을 깨물며 뒤돌아 걷는다.
대문가에서 사라져 버리는 용주.

20 | 본능

지난밤, 용주는 잠을 이루지 못했다. 그는 원수지간이 되어버린 집안과 혈연이 닿아버린 이 일을 어디서부터 어떻게 풀어야 할지 밤새도록 고민했고 고뇌했다. 용주는 여명이 밝아올 때 집을 나섰다. 그가 정처 없이 마을 이곳저곳을 헤매다가 도착한 곳은 마을 뒷산에 있는 사찰이었다. 불자佛者가 아니었음에도 그는 사찰에 가고 싶었다. 경건한 곳으로 몸을 옮겨 마음을 가다듬고 싶었기 때문이다. 그는 오랜 시간 사찰에 머무르며 공양을 올렸다. 그리고 공양을 올리며 마음속으로 많은 것들을 빌고 희망했다.

용주가 사찰을 나선다.

바람이 스산하게 불어온다.

제방 길을 걷던 용주가 바람에 서로 부딪혀 소리를 내는 억새 무리를 쳐다본다. 그는 억새 무리에 다가가 한 억새의 가지를 구부려 꺾은 뒤 잘린 억새 가지를 들고 땅바닥에 앉는다. 억새를 땅에 그어대며 언어도 아닌 그림도 아닌 그 무엇을 그리는 용주. 그런 그의 모습은 환갑을 훌쩍 넘긴 모습이라기보다, 깊이도 넓이도 알 수 없는 외로움과 혼돈에 빠져 흔들리고 있는 사춘기 소년과도 같다.

　용주가 땅에 그어대던 억새를 입에 물고 두 팔로 베개를 한 채 풀밭에 드러누워 하늘을 본다. 그는 지금까지 현석과 함께 했던 시간을 떠올려본다. 그가 떠올린 기억들은 파란 하늘이 스크린이 되어 하늘 위에 펼쳐진다……. 하늘에 영사된 자신과 현석, 두 남자의 이야기를 진중하게 지켜보는 용주. 그는 그 영상을 보며 양용주라는 인물이 자신의 야욕만을 위해 살아온 사람이었으며 아들의 현실과 미래에 대해 어떤 그림도 그려주지 못한, 자신의 기준에만 잣대를 둔 혹독하고 모진 아버지였다는 것을 깨닫는다. 그리고 영상 속에 옴니버스로 구성된 두 남자의 에피소드들을 지켜보며 그 에피소드 이야기들의 결말이 단 한 편의 예외도 없이 모두 비극이었다는 사실을 비로소 깨닫는다. 용주의 귓불이 시뻘겋게 붉어져 왔다.

　옴니버스로 이뤄진 에피소드 영상들이 끝을 맺고 영상은 세월을 거슬러 현석의 어린 시절을 비춘다. 현석의 어린 시절을 보여주는 그 시퀀스[64]는 용주가 어린 현석을 앉혀두고 매질을 가하는 신Scene으로 시작되었다. 용주는 비정하면서도 매정한 모습으로 비추어지는 양용주라는 인물을 더 이상 지켜보기가 힘이 들었는지 두 눈을 감아버린다……. 잠시 후 용

64　Sequence. 영상에서 하나의 이야기가 시작되고 끝나는 범위.

주가 두 눈을 뜬다. 그가 두 눈을 떴을 때, 하늘에 영사됐던 그 두 남자의 이야기는 어느새 막을 내렸다.

구름 한 점 없는 파란 하늘 위에 브이V 자로 무리를 지어 날아가는 새들의 모습이 용주 눈에 들어온다. 용주가 새들의 무리 중 맨 앞에 앞장서서 날아가는 새를 물끄러미 쳐다본다…….

용주가 손목에 찬 시계를 본다. 용주는 갑자기 현석이 보고 싶어졌다. 그리고 어떤 말이든 그와 이야기를 나누고 싶은 마음이 물밀듯 밀려왔다. 용주가 옷에 들러붙은 잔풀들을 털어내며 일어선다.

용주가 대문을 열며 집으로 들어선다. 그가 빨래를 널고 있는 현석 모를 향해,
"오늘 현석이 점심 먹으러 집에 와요?"
"…… 네." 현석 모가 대답했다.
"점심 식사 준비했어요?"
"이제 해야죠."
"나하고 현석이 건 준비하지 말아요. 현석이 오면 둘이 같이 읍내에 나가서 점심 식사하고 오겠소. 혼자 점심 들어요."
"……! 무슨 일이래요?"
그때였다. 국악 선생 효준이 헐레벌떡 집 마당으로 뛰어 들

어온다. 용주가 그런 효준을 보며,
 "왜 그래? 왜 이렇게 호들갑이야?"
 효준, 차오르는 숨을 가누지 못하고 헉헉대다가 숨을 고르며,
 "형님, 이상한 일이 벌어졌어요."
 "뭔 이상한 일?"
 "지금 빨리 지서로 가보세요. 허 경위가 현석일 잡아갔어요."
 "……?"

 용주가 지서 안으로 들어서서 두리번거리다가 소리친다.
 "허 경위 어딨어? 허 경위 어딨어?"
 경찰들 시선이 모두 용주에게로 향했다. 그 순간 용주가 취조실 문을 열고 나오는 한 경찰을 향해 삿대질하며 다가간다.
 "야, 너 왜 우리 앨 잡아갔어?"
 허 경위, 용주를 쳐다보다가 얼굴을 가로 돌려 떨떠름한 표정을 짓고는 퉁명스럽게 말한다.
 "여기 앉으십시오."
 용주, 허 경위가 내준 의자를 손으로 내치며 소리친다.
 "앉긴 뭘 앉아? 현석이 어딨어?"
 "소리치지 마세요! 여기가 어르신네 안방인가요? 왜 여기 오실 때마다 그렇게 소릴 치세요?" 허 경위가 큰 목소리로 맞받아쳤다.

용주, 잠시 움찔한다.
허 경위가 다시 말을 잇는다.
"추태진 선생께서 현석일 신고하셨어요."
"추태진? 피아노학원?"
"네."
"뭐 때문에 그 사람이 현석이를 신고해?"
"……."
허 경위 대답하지 못한다. 허 경위는 어떤 말로 그다음 말을 이어야 할지 망설인다. 잠시 머뭇거리는 허 경위. 그 사이, 자신을 향한 경찰들의 시선이 곱지 않게 다가오고 있는 것을 의식한 용주가 다소 누그러진 목소리로 허 경위에게 묻는다.
"현석이가 왜? 뭘 어쨌게?"
허 경위, 손바닥으로 안면을 쓸어내린다. 허 경위는 현석이 성폭행 혐의로 신고당했다고 용주에게 대놓고 말하지 못하고 있다. 그는 같은 동네, 같은 학교 선배인 용주를 냉정하게 피의자의 가족으로만 대할 수가 없었다. 그때 한 경찰이 허 경위의 의중을 헤아리며 외친다.
"어르신, 양현석 씨가 추태진 씨 따님한테 몹쓸 짓을 했나 봐요. 성폭행이요."
용주가 순간 멈칫하며 눈을 깜빡였고 효준도 놀란 표정이다. 허 경위, 용주에게 다시 의자를 권하며,

"여기 앉으세요. 상황을 말씀드리겠습니다."

"거기 앉으나 여기 서 있으나 얘기가 달라질 건 없어. 말할 게 있으면 해. 그리고 우리 현석인 그런 짓을 할 사람이 아냐. 절대. 그리고 너희들, 신고하나 받았다고 사람을 바로 잡아 와? 이 새끼들, 너희들 정말 이래도 되는 거야? 이건 아닌 거 알지?"

용주의 기세가 거세다. 허 경위, 목소리를 높인다.

"이리 와서 앉으세요!"

"아니 이놈이 누구한테 큰소리로 이래라 저래라야? 내가 묻는 말에 답부터 해! 어서!"

"에이씨."

"에이씨?"

용주, 눈을 부라리며,

"너 지금 에이씨라고 그랬어? 너 그게 나한테 할 소리야?"

허 경위, 경찰의 본분으로 돌아가기로 마음먹는다.

"양용주 씨, 알고 계시죠? 추태진 씨 따님이 양현석 씨의 아이 임신한 거? 양현석 씨의 상습적인 성폭행에 의한 임신이랍니다."

용주와 효준의 얼굴이 잠시 마주쳤다.

용주가 입을 연다.

"상습적인 성폭행? 너 그 말 책임질 수 있어? 무력이라는 증거라도 있어? 그리고 상대가 고소라도 했어? 너희들 일방적인 주장 하나만으로 절차도 없이 이렇게 사람을 잡아 올 수 있는 거야?"

"양용주 씨, 우리 경찰, 대충 일하지 않습니다. 신고받고 출동했고 양현석 씨에게 사실관계를 물었어요. 그런데, 양현석 씨가 혐의에 대해 모든 걸 자백했어요. 강제로 그렇게 한 게 맞다고 모든 걸 인정했단 말입니다. 성폭행은 중범죕니다. 도주 우려가 없다고 볼 수 없는 그 상황에선 일단 연행부터 해야 하는 게 우리 경찰의 의무입니다. 됐습니까?"

허 경위 입에서 자백이라는 말이 튀어나오자, 용주 얼굴에 핏기가 가신다. 침을 꼴깍 삼키는 용주. 용주가 주저 없이 지서 안쪽 복도 끝에 있는 유치장 쪽으로 향한다. 그는 그 길이 익숙했다. 복도 입구에 앉아있던 경찰 한 명이 접견 신청이 없이는 면회가 안된다는 규정을 말하며 용주를 가로막는다. 그러자 용주, 제지하는 경찰의 가슴을 손바닥으로 밀쳐내고 유치장 쪽으로 다가간다. 유치장 안, 한쪽 구석에 앉아있는 현석의 모습이 용주 눈에 들어왔다. 용주의 인기척에 숙이고 있던 고개를 드는 현석. 용주와 현석의 얼굴이 마주쳤다. 두 사람은 말없이 눈빛만 오간다. 현석이 바닥으로 고개를 떨군다.

"허 경위 말이 무슨 말이냐?" 용주가 물었다.

"……."

"허 경위 말이 무슨 말이냐고? 자백이라니?"
"…… 아버지, 죄송합니다."
"뭐가 죄송하다는 거냐?"
"……."

그때였다. 일순간에 경찰관들의 시선이 지서 입구로 향한다. 챙이 긴 모자에 마스크를 착용한 여인이 지서 입구에 서서, 지서 내를 두리번거리며 살핀다. 퉁퉁 부어오른 얼굴, 그리고 목과 얼굴에 붙은 거즈와 반창고. 그런 그녀의 흉물스러운 모습은 지서 내의 모든 잔 소음을 잠재웠다.

"저, 어떻게 오셨어요?"

한 경찰관이 그녀에게 다가가 물었다.

"혹시, 여기, 양현석 씨가 계실까요? 저는 추태진 씨 딸, 추연미라고 합니다."

유치장 쪽 복도 입구에 서 있던 효준이 여인을 쳐다보고 있다가 깜짝 놀란다. 효준은 연미를 한눈에 알아보지 못했다. 효준이 유치장 앞에 서 있는 용주를 향해 이리 와 보란 듯 손짓한다. 유치장 앞에서는 연미의 모습이 보이지 않았다. 용주가 천천히 걸음을 옮긴다. 곧이어 용주의 눈에 연미의 모습이 들어왔다. 걸음을 멈춰 세우는 용주. 연미와 용주의 눈이 마주쳤다. 용주를 향해 고개 숙여 인사하는 연미. 용주는 그녀의 인사를 받지 못했다. 만신창이가 된 그녀의 모습에 용주는 놀란 표정으로 그저 그녀를 바라만 본다. 그때 효준이 용주에게 다가와 그녀가 현석을 찾으러 왔다고 속삭였다. 그러자 용주가 잠시 생각하더니 연미와 유치장 쪽을 번갈아 본다. 그의 그런 행동은 현석이 있는 곳을 연미에게 알려주는 의미였다. 용주는 연미가 현석을 만나러 온 상황이 현석에게 결코 불리하게 작용하지 않을 거라고 순간 판단했다. 연미가 유치장 쪽으로 얼굴을 두는 용주의 의미를 알아차렸다. 유치장이 있는 복도 입구로 발걸음을 옮기는 연미. 유치장 쪽 복도 입구에 서 있던 경찰이 허 경위를 바라본다. 그는 그녀를 제지해야 할지, 말아야 할지, 묻는 표정이다. 허 경위, 순간적으로 판단하지 못한다. 그 사이 연미가 복도 입구를 지나 유치장 쪽으로 향한다. 갑자기 지서 안이 고요해진 것을 의아하게 생각한 현석이 떨구고 있던 고개를 든다. 창살 앞에 서 있던 용주가 사라지고 없자, 현석이 의아해하며 자리에서 일어나 유치장 창살 앞으로 다가가 경찰들의 집무 공간 쪽으로 얼굴을 둔다. 그때 유치장 창살 사이로 얼굴을 내비친 현석의 모습이 연미의 눈에 들어왔다. 현석이 자신을 향해 걸어오는 여인을 바라본다. 그는 연미가 유치장에 가까워지자, 그때에서야 연미를 알아본다.

"연미야!"

"오빠!"

연미가 울컥대며 현석을 불렀다. 현석은 연미를 보고 충격

받았는지 잠시 말을 못 잇는다.

"연미야, 왜 그래? 괜찮아?"

연미, 현석에게 고개를 끄덕이고는 뒤돌아 경찰관들을 향해 걷는다.

연미, 경찰관들을 두루두루 바라본다.

"저, 뭔가 잘못된 것 같습니다. 저희 아버님께서 양현석 씨를 신고하신 걸로 알고 있습니다. 양현석 씨는 제게 어떤 폭력도 가한 적이 없습니다. 그걸 분명하게 말씀드리기 위해서 여기 왔습니다."

연미 입에서 말이 떨어지자마자 용주가 지서 내의 집기들을 닥치는 대로 걷어차며 추 선생이 일방적으로 진술한 말만으로 현석을 유치장에 잡아 넣었다고 소리친다. 경찰들이 용주에게 달려들어 그를 붙잡아 보지만 용주는 소란을 멈추지 않는다. 그때였다. 추 선생이 지서 입구에서 모습을 드러낸다. 지서 입구에 서서, 지서 안을 살피던 추 선생이 연미를 보고 빠른 걸음으로 그녀에게 다가간다. 추 선생은 당황한 기색이 역력했다. 그 순간 용주가 자신을 붙잡고 있는 경찰관의 손을 뿌리치고 세찬 기세로 추 선생에게 달려든다. 그는 추 선생에게 주먹이라도 던질 기세다. 경찰들이 우르르 달려들어 용주를 다시 붙잡는다. 바동거리는 용주.

추 선생, 연미의 한쪽 손목을 잡아챈다.

"너 여기 왜 왔어? 가자."

추 선생이 지서 출입문 쪽으로 그녀를 끌어당긴다. 하지만 연미는 추 선생에게 끌리지 않았다. 연미가 계속 발을 떼지 않자, 연미의 겨드랑이 사이에 두 팔을 넣어 그녀를 뒤에서 안듯이 붙잡고 지서 출구로 향하는 추 선생. 그 모습을 보고 있던 용주, 추 선생을 향해 입을 연다.

"이봐 추 씨! 당신, 우리 아들을 죄인 취급해 놓고 그렇게 그냥 가면 돼?"

추 선생, 걸음을 멈추고 고개를 돌려 용주를 본다. 용주, 추 선생을 향해 다시 입을 연다.

"당신, 힘 좀 있다고 일방적으로 몰아붙일 속셈이었나 본데 그게 가능하다고 생각해? 돈을 이용해 부당하게 피아노 학교를 얻고 나니 눈에 보이는 게 없어? 이봐, 이미 당신 딸이 모두 털어놨어. 여기 경찰들이 다 들었고."

추 선생, 두 팔을 연미 겨드랑이에서 빼내고는 용주 앞으로 다가가 선다. 그러자 허 경위가 경찰 두 명에게 눈으로 신호를 보낸다. 경찰 두 명이 추 선생 옆으로 다가붙으며 추 선생을 호위한다.

추 선생, 날 선 눈빛으로 용주를 쏘아본다.

"이봐, 내 딸이 여기 와서 무슨 말을 했는지 모르겠지만 그 말로 이 일이 마무리될 것으로 생각해? 당신, 자네 아들이 다

자백했다는 얘기 못 들었어? 그런데도 이 일이, 이 작은 지서에서 '그랬습니다, 안 그랬습니다'라는 말로 해결될 거라고 생각해? 순진하긴. 혹, 내 딸이 여기서 아니라고 말했다 치자, 자네 아들이 우리 딸을 협박했기에 우리 딸이 여기 와서 그런 말을 했을 거라는 생각은 안 해? 난 이 일을 절대 그냥 넘길 수가 없어. 꼭 대가를 치르게 할 거야. 내 딸은 절대 쌍것들에게 마음을 열 아이가 아니야. 이 일은 개만도 못한 인간이 눈이 뒤집혀 저지른 일이야."

용주의 얼굴이 노기로 달아오른다. 용주가 다시 추 선생에게 달려든다. 하지만 경찰들을 뿌리치기에는 역부족이다. 연미를 두 팔로 부둥켜 끌어안고 지서를 빠져나가는 추 선생.

다음 날.
효준이 용주의 집을 찾는다. 용주는 효준으로부터 연미 이름으로 현석에 대한 고소장이 접수됐다는 소식을 전해 듣는다. 어떤 폭력 행위도 없었다고 연미가 지서에서 진술했었음에도 고소까지 이어진 상황에 용주는 당혹스럽다. 용주는 어디서부터 어떻게 이 일에 대응해야 할지 생각을 거듭해 본다. 용주는 먼저 허 경위를 다시 만나 연미가 진술했던 내용을 재차 강조하고 상기시켜야 하는 게 급선무라고 생각하고 지서로 향한다. 그러나 허 경위에게서 돌아온 답은 용주의 호흡을 가빠지게 했다. 허 경위는 피해자의 고소장이 접수되었기 때문에 고소 취하가 없는 한, 조사를 진행해야만 하고 현석은 경찰서로 호송될 예정이며 사건의 위중함으로 보아 구속영장이 발급되어 구속 수사가 될 가능성이 크다고 설명했다. 용주는 허 경위와의 대화에서 두려움을 느꼈다. 무언가 보이지 않는 힘이 자신과 현석에게 불리하게 작용하고 있는 것 같은 생각이 들었기 때문이었다. 창백한 얼굴로 지서를 나서는 용주. 그는 지서를 나서자마자 자신이 내쳤던 면장을 찾아가 이번 일이 힘 있는 자의 횡포라며 추 선생의 부당함에 맞서 아들 일에 도움을 달라고 자존심을 내던지고 부탁해 본다. 하지만 그는 용주를 도울 의지가 전혀 없었다. 그는 완전히 군수와 추 선생의 사람이 되어있었다. 면장은 현석이 성폭행을 자백했는데 무슨 이유가 있겠냐며 좋은 변호사를 고용하라고 충고 아닌 충고의 말만 용주에게 전했다. 용주는 현석의 자백이 어떤 압력이나 말 못 할 사정에 의한 자백일 거라 호소하며 도와달라고 재차 부탁해 본다. 그러나 면장은 현석에 관한 용주의 언급에 대해 일언반구도 없이 군수가 추 선생을 돕기 위해 여기저기 전화를 걸어 놓은 것 같으니 꼭 비싸고 유능한 변호사를 선임하라는 말만 덧붙였다. 면장의 집을 나선 용주, 그는 하늘이 노랗게 보였다. 그리고 땅이 자신을 집어삼킬 것만 같았다. 이러다 정말 현석이 잘못되는 게 아닐까? 용주의 가슴에 추 선생과 군수에 대한 분노가 휘몰아쳐 온다.

다음 날.
해가 중천에 떴음에도 전날 마신 술 때문에 곤드레만드레 파김치가 되어 몸을 가누지 못하고 누워있던 용주가 효준이 안방 문을 열며 외친 말에 번쩍 눈을 뜨며 상체를 일으켰다. 효준이 외친 말은 이러했다. '형님, 추태진 씨 딸이 지서에서 했던 말을 뒤집었답니다. 진술서에 성폭행이 맞다고 써냈다네요.'

*

용주는 이틀 내내 많은 사람을 만나러 다녔다. 용주가 만난 사람들은 주로 해금과 국악에 관련된 인사들과 학자들, 그리고 용주가 해금 학교 설립 건으로 고군분투할 때 박수와 격려를 보내준 지역 유지들이었다. 용주는 그들에게 해금 학교가 피아노 학교로 바뀌어 버린 배경과 현석에게 벌어지고 있는 상황을 전하며 억울함을 호소했고 도움을 청했다. 하지만 용주가 달려가 만난 사람들은 같은 군내에서 군郡의 녹을 먹고 살아가는 사람들이었다. 그들 대부분은 군수의 영향력 아래

있거나 군수와 친분이 돈독했다. 순진하게도 용주는 그들의 도움을 받을 수 있으리라 생각하고 달려간 것이다. 용주는 자신을 향한 그들의 문전박대와 차가운 낯빛에 충격받는다. 선뜻 도와주겠다는 사람이 단 한 명도 없는 현실에 용주는 좌절을 느낀다. 용주는 지금까지 그들이 자신에게 보내왔던 응원이 위선과 가식으로 포장되어 있었음을 어렴풋이 깨닫는다. 그리고 세상이 힘으로 지배되고 있는 것을 새삼 인지한다. 하지만 용주는 거기서 멈출 수 없었다. 그는 조금이라도 인연이 스쳤던 사람이다 싶으면 일단 그들에게 달려갔다. 그러나 그 어느 곳에서도 용주를 반기는 사람은 없었다. 용주는 그 후 내리 사흘을 방에서 홀로 지냈다. 그는 사흘 내내 현석에게 어떤 도움도 건네지 못하는 자신의 처지에 자괴감을 느끼며 자학했다. 멈출 줄 모르던 용주의 자학. 그 자학은 그가 하나의 생각을 떠올리면서 비로소 멈춰졌다. 용주가 다다른 자학의 마지막 종착역은 맞불이었다.

21 | 음악의 힘

　용주가 집 창고에서 제법 크기가 큰 플라스틱 통 두 개를 양손에 하나씩 들고나온다. 플라스틱 통 안에서는 액체가 출렁거리고 있다. 그 액체는 용주가 몸의 중심을 가누지 못할 정도로 많은 양이었다. 플라스틱 통을 자전거 안장 뒤의 짐받이에 올려놓은 뒤 투박하게 생긴 검정 고무 재질의 끈으로 플라스틱 통을 짐받이에 묶어 고정한 그가 다시 집 창고로 향한다.
　창고에서 여러 종류의 물건을 가져 나오는 용주. 그는 다시 자전거로 다가가 플라스틱 통 옆, 짐받이 위에 물건들을 올려놓은 뒤 끈으로 묶는다.

　어둠 속에서 용주의 자전거가 멈춰 선다. 용주가 도착한 곳은 피아노 학교 건축 현장이었다. 주위에는 가로등 불빛조차 보이지 않았지만, 만월에 이른 달빛은 피아노 학교의 기둥과 벽을 훤히 비추고 있다. 건평이 300평 남짓 될까? 피아노 학교는 제법 큰 평수의 2층 목조건물이었다. 건물은 골조 공사가 끝나 있었고 지붕 공사도 마무리 단계였다. 건물 한가운데에 내장재들이 쌓여있는 것으로 보아 완공이 머지않아 보인다.

용주가 자전거에 싣고 온 물건들을 땅바닥에 내려놓는다. 그는 허리춤에 차고 있던 기역 자 모양으로 구부러진 손전등을 손에 들고 건물 전경을 비춰 살핀 뒤 건물 외부 벽면을 살핀다.

용주가 철탑 앞에 멈춰 선다. 그 철탑은 피아노 학교 건물의 한쪽 벽면 모서리 옆에 세워진 통신 탑이었다. 용주가 피아노 학교 옥상 지붕 높이와 가깝게 맞닿은 통신 탑의 구조를 살핀 뒤, 통신 탑의 녹슨 계단을 두 손으로 힘껏 흔들어 고정 상태를 확인하고는 다시 자전거가 있는 곳으로 돌아간다. 그는 바닥에 늘어놓은 물건 중에 동그랗게 감아 놓은 밧줄을 다시 자전거 짐칸에 올려놓는다. 그는 밧줄에 플라스틱 통을 묶은 뒤 플라스틱 통을 건물벽 아래에 내려놓고 밧줄만 들고 통신 철탑에 올라 피아노 학교 옥상으로 뛰어내린 뒤 옥상에서 밧줄을 잡아당겨 플라스틱 통을 옥상으로 끌어 올릴 생각이었다. 그러나 피아노 학교 건물 구조상, 1층과 2층 경계선 사이에 튀어나와 있는 처마 때문에 밧줄로 플라스틱 통을 들어올리는 건 불가능했다. 용주가 바닥에 놓인 물건 중, 짚으로 만든 끈을 집어 들고 액체가 담긴 플라스틱 통 두 개 중 한 통의 손잡이에 끈을 묶는다. 그리고는, 그 플라스틱 통을 들고 통신 탑으로 향한 뒤, 플라스틱 통을 들고 통신 탑의 사다리를 오르기 시작한다. 그가 통신 탑의 중간쯤에 이르자 피아노 학교의 옥상 지붕이 그의 눈 아래로 펼쳐졌다. 용주는 액체가 담긴 플라스틱 통을 피아노 학교 지붕 위에 올려놓기를 원했다. 통신 탑과 피아노 학교 지붕 사이에는 1미터 남짓한 공간이 있었다. 뛰어 건너기에 먼 거리는 아니었지만, 지면에서 높은 위치였기에 그는 무거운 플라스틱 용기를 들고 뛰어내릴 수 없었다. 용주가 통신 탑 계단에 서서 상체를 계단에 기대며 몸의 중심을 잡는다. 그리고 두 손으로 플라스틱 통 손잡이에 묶인 끈을 잡고 플라스틱 통을 천천히 아래로 내린다. 플라스틱 통이 피아노 학교 지붕 위 높이에 이르자 그가 줄을 푸는 동작을 멈춘다. 플라스틱 통이 통신 탑과 피아노 학교 사이의 허공에서 멈춰 섰다. 그는 잠시 이마의 땀을 닦아 낸 뒤 플라스틱 통을 천천히 좌우로 움직이게 한다. 시계추처럼. 그러면서 끈을 천천히 아래로 풀어 내린다. 플라스틱 통이 좌우로 왔다 갔다 움직일 때마다 플라스틱 통은 원심력에 의해 피아노 학교 지붕에 점점 더 가까워진다. 플라스틱 통이 피아노 학교 지붕 위에 완전하게 이르자, 용주가 끈을 손에서 살포시 놓는다. 플라스틱 통이 피아노 학교 지붕 위에 가볍게 안착했다. 통신 탑 계단을 타고 몇 걸음 내려와 폴짝 피아노 학교 지붕 위로 뛰어내리는 용주. 그가 손전등으로 지붕의 이곳저곳을 살핀다. 다시 플라스틱 통이 놓인 곳으로 돌아온 그가 플라스틱 통의 뚜껑을 열고 미리 살펴 둔 이곳, 저곳에 액체를 뿌리기 시작한다. 그는 건물 기둥과 지붕이 만나는 곳에 더 많은 액체를 쏟아붓는다. 플라스틱 통 안에 든 액체는 인화성 액체였다.

용주가 통신 탑에서 서둘러 내려왔다. 그는 내려오자마자 또 다른 플라스틱 통의 뚜껑을 열고 건설 현장 옆에 쌓여있는 외부 덱Deck 자재에 액체를 뿌린다. 그리고 지면에 세워진, 건물을 지탱하고 있는 여러 개의 목조기둥에 액체를 붓는다. 그런 뒤 4면의 벽기둥을 따라가며 액체를 뿌린다. 건물을 한 바퀴 돌아 다시 제자리에 선 용주. 그가 플라스틱 통을 흔들어 본다. 통에 액체가 남아 있는 것을 확인한 그는 건물 내부로 들어가 건물 한가운데에 쌓여있는 건축물의 인테리어 내장재에 남은 액체를 붓는다. 건물 밖으로 나온 그가 힘에 겨웠는지 빈 플라스틱 통을 땅에 내려놓고 거친 숨소리를 토해내며 맨 땅바닥에 털썩 주저앉는다. 밤하늘을 올려 보는 용주. 그가 눈을 지그시 감았다가 뜨고는 심호흡을 한번 길게 한 뒤 주머니에서 무언가를 꺼낸다. 휴대용 성냥갑이었다. 그가 허리에 차고 있던 비닐을 풀러 비닐을 벗긴다. 비닐 안에 들어있는 물건은 기다란 심지와 어른 팔뚝만 한 크기의 한지韓紙였다. 그는 그 한지의 앞부분에 심지를 찔러 넣은 뒤 한지를 돌돌 말아 호리호리하게 구긴다. 그런 뒤 금속 재질로 된 길고 둥근 봉을 자전거 짐칸에서 빼내 봉의 구멍에 한지를 끼워 넣고 성냥으로 심지에 불을 붙인다. 한지는 뚝심 좋은 불꽃을 만들어내며 활활 타올랐다. 용주는 한지에 미리 기름을 먹여 놓았었다. 용주가 금속 봉을 들고 건물 주위를 돌며 인화성 액체를 부어 놓았던 곳곳에 불을 붙인다. 건물 여기저기서 불길이 일었고 순식간에 시뻘건 불기둥이 솟는다. 공교롭게도 그가 불을 붙이자마자 바람은 그가 원하는 방향으로 불어오기 시작했다.

다음 날 새벽. 피아노 학교가 전소됐다는 소식은 산에서 내려오는 새벽 안개보다 빠르게 퍼졌다. 전소된 피아노 학교로 마을 사람들이 모여들었다. 마을 사람들은 화재 현장에 도착하자마자 화재가 누군가의 방화로 인해 일어난 것임을 알아차렸다. 화재 현장에는 인화성 액체 통과 불을 붙였던 심지가 놓여있었고 자전거 한 대가 세워져 있었다. 사람들이 자전거 앞으로 몰려들어 자전거에 랜턴을 비추며 살핀다. 그때 그들 중 한 사람이 외친다.
"이 자전거 현민이 아범 자전거 같은데."
모두의 얼굴이 마주쳤다. 그 순간 먼동이 터 오면서 화재 현장 옆, 돌담 근처에서 사람의 움직임이 일었다.
"누구야?"
마을 사람 한 명이 인기척이 들리는 곳을 향해 소리쳤다. 그러나 대답이 없다. 몇몇 마을 사람들이 인기척이 있던 곳으로 천천히 다가 걷는다. 그 사이 먼동이 더 밝아졌다. 돌담에 걸터앉아있는 한 남자의 모습이 보이기 시작한다. 그는 용주였다. 그는 온통 불에 그을린 모습으로 돌담에 걸터앉아 소주병을 들고 비틀거리고 있다. 소스라치게 놀라는 마을 사람들. 용주의 그런 모습은 마을 사람들에게 시퍼런 서슬 같은 공포의 광경으로 다가왔다.

  돌담에 앉아있던 용주가 소주를 병째로 들이킨 뒤 일어선다. 몹시 취해 비틀거리는 용주. 용주 주위에는 아직 꺼지지 않은 불덩이들이 연기를 뿜어대며 나뒹굴고 있다. 그 불덩이들 사이로 비틀거리며 걷는 그가 위태로워 보인다. 누군가의 도움을 받지 않으면 안 될 것만 같은. 하지만 마을 사람 중, 그 누구도 용주에게 가깝게 다가가지 못했다. 용주의 눈에 돌고 있는 살기 때문이었다.

  용주가 자신의 자전거 앞에 멈춰 선다.

  그가 안장 뒤 짐칸에서 무언가를 빼낸다. 깃발, 나이론 끈, 그리고 쇠톱. 용주가 나이론 끈을 허리에 차고 한 손에 깃발을 들고 다른 한 손에는 쇠톱을 들고 어디론가 향해 간다. 그가 다다른 곳은 통신 탑 앞이었다. 용주가 한 손에 들린 쇠톱을 입에 물고 한 손으로는 깃발을, 한 손으로 철계단을 붙잡고 통신 탑을 오르기 시작한다.

  잠시 후, 통신 탑 상부에서 하얀 깃발이 나부끼기 시작한다. 그 깃발에 쓰여있는 글은 이러했다.

'내 아들 현석은 억울하다. 가진 자의 힘과 음모에 희생당하고 있다.'

*

용주가 현민과 현석 모의 부축을 받으며 의원醫院을 나선다. 용주의 한쪽 손과 한쪽 발의 정강이에는 붕대가 감겨 있고 그의 옷과 얼굴은 검게 얼룩져 있다. 화상으로 인한 것인지, 아직 술에서 덜 깨어난 이유 때문인지, 용주는 비틀거리며 몸을 가누지 못하고 있다.

용주가 의원 앞, 계단을 내려선다. 그때 의원 앞에 주차해 있던 승합차에서 경찰복과 사복을 입은 사람들이 내려 용주 가족에게 다가가 현민과 현석 모를 밀쳐내고 용주의 두 손을 뒤로 낚아챈 뒤 그의 손목에 수갑을 채운다. 현민과 현석 모가 용주의 몸이 짐짝처럼 승합차의 뒷좌석에 내 던져지는 모습을 지켜본다. 용주를 실은 차가 사라지자, 현석 모가 아스팔트 바닥에 털썩 주저앉는다. 그녀는 연미의 임신, 아들의 투옥, 그리고 남편의 방화까지 연이어 벌어진 일들의 충격을 도저히 감당해 낼 수 없었다. 상체를 곧게 세우고 있을 힘도 없었는지 그녀는 도로 위에 엎어지고 만다.

용주의 방화 사건은 많은 사람에게 놀라움을 안겼다. 마을 사람들은 물론이거니와 군수, 면장, 추 선생, 지역 내 국악인들, 그리고 도내 유지들에게 충격과 불편함을 건넸다. 그들 중 누구보다 커다란 충격을 받은 사람은 추 선생이었다. 추 선생은 피아노 학교가 전소되던 날 밤, 현석과 연미 사이에 벌어진 일에 대하여 자신을 돌아봤다. 그는 감정만을 앞세워 현석을 너무 일방적으로 몰아붙였던 게 아닌가 생각했고 성폭행이 맞다고 자백한 현석의 의중을 현석의 입장에서 곰곰이 헤아려 보았다. 또한, 연미의 입장에서도 깊이 생각해보았다. 현석의 아이는 절대 인정할 수 없고 절대 받아들일 수도 없는, 그건 너무나도 명백한 현실이었지만 그럼에도 추 선생은 옳고 그름의 기준과 윤리와 도덕의 경계선 앞에서 갈등의 밤을 지새웠다. 하지만 그런 추 선생의 갈등은 겨를도 없이 사라졌다. 새벽녘, 용주가 피아노 학교를 불태웠다는 소식에 그의 내면에서 꿈틀대던 현석에 대한 일말의 양심들은 물거품처럼 사그라지고 말았다. 추 선생은 분개했고 그 분노의 마음은 그의 정신과 육체를 달구었다. 그러나 용주의 방화 소식에 이어 전해져 온 소식에 추 선생은 다시 깊은 시름과 갈등에 빠져들고 말았다. 용주는 깃발이 불에 탈지도 모른다는 생각에 피아노 학교가 전소된 뒤에 통신 탑에 올라 깃발을 달았다. 그 시간차에 의해 깃발에 쓰인 내용은 추 선생에게 뒤늦게 전해졌다. 추 선생은 깃발에 쓰인 글의 내용을 전해 듣고 더 많은 사람의 입에서 딸아이와 현석의 이야기가 오르내릴 것이고 자칫하면 인맥과 지연地緣을 등에 업고 현석을 일방적으로 몰아붙인 행동이 문제가 될 수도 있지 않을까 우려했다. 용주의 그 글은 추 선생의 생각을 복잡하게 만들었고 그에게 고통을 안겼다. 용주의 바람대로. 결국 추 선생은 그 글로 인한 심리적 압박에 못 이겨 사람을 시켜 그 깃발을 떼어내게 했다. 하지만 깃발을 떼어 낼 수가 없었다. 용주가 깃발을 달고 내려오며 통신 탑 중간 부분의 계단을 모조리 쇠톱으로 잘라 버리고 내려왔기 때문이다.

  화재 현장을 찾은 추 선생은 숯덩이로 변한 피아노 학교를 보며 오래전부터 준비해 온 자신의 공든 탑이 하루아침에 사라져 버린 것에 억장이 무너졌으며 피아노 학교 건물 외에 내부에 쌓아둔 내장재와 건물 밖에 쌓아둔 외장재들까지 모조리 불태워 버린 용주의 행태에 치를 떤다. 추 선생은 잠시 번민에 사로잡혔던 자신을 내리 탓하며 두 부자를 감옥에 가두어 그 안에서 썩게 만들겠다고 다짐한다. 그리고 어떻게든 피해를 보상받겠다는 마음을 다진다.

＊

　추 선생이 대문 가에 서서 누군가를 기다리고 있다. 잠시 후 오토바이 한 대가 달려와 추 선생의 집 앞에 멈춰 선다. 그는 허 경위였다. 오토바이에서 내려 추 선생에게 깍듯이 고개 숙여 인사하는 허 경위. 추 선생이 허 경위에게 다가가 손에든 서류봉투를 건넨다.
　"말 한대로 딸아이 진단서네. 이 진단서면, 서면 진술이 가능하단 얘기지?"
　"네, 그렇습니다."
　"더 준비해야 할 일은 없는 거고?"
　"네 없습니다."
　"알았네. 잘 마무리해 주길 바라네."
　"네, 알겠습니다."
　"근데 허 경위, 혹시 말이야, 양현석이 자백을 번복하면 어찌 되지?"
　"그 점은 신경 안 쓰셔도 될 것 같습니다. 강압이었다는 걸 깨끗하게 인정하고 있고 진술 내용이 상당히 구체적이어서 그럴 리는 없을 것 같습니다."
　"구체적?"
　"네, 그런 일을 저질렀던 날짜도 진술했고 장소도 진술했답니다."

"장소?"

"네, 일이 있었던 곳은 소양호에 있는 일령산인데 그 산속에 무슨 음악 연습실이 있다고 하네요."

"......!"

"증거가 될 만한 것이 있는지 현장을 확인해보라는 지시가 내려왔는데 날이 곧 어두워질 것 같아서 내일 아침 일찍 올라가 볼까 합니다. 너무 염려하지 마십시오. 제가 잘 마무리 짓겠습니다. 그리고 오늘 오후에 사건이 검찰로 송치됐을 겁니다. 이 진단서가 넘어가는 사이에 검찰에서 따님에게 출두 연락이 갈지도 모르겠습니다. 형식적인 거니까 신경 쓰지 마셔요. 하나 부탁드릴 건, 지난번 따님께서 혼자 지서에 오셨던 것처럼, 따님께서 혼자 검찰에 가는 일만큼은 없게 해주세요."

"알겠네."

"저 그럼 이만 가보겠습니다."

허 경위가 오토바이에 올라탄다. 그가 막 출발하려 할 때, 추 선생이 입을 연다,

"허 경위, 그 연습실이라는 곳, 위치가 일령산 어디쯤이래?"

추 선생이 랜턴을 손에 들고 어둠 속을 더듬고 있다. 그가 집 내부의 한쪽 벽면을 비추자, 오토바이 사진들과 유명 재즈

연주자들의 사진이 보인다. 그가 또 다른 벽면을 비추자, 스테레오 전축, 레코드 음반들, 해금과 해금 도구들, 그리고 재즈에 관련된 서적들이 보인다. 서적들 옆, 비닐 재질로 된 옷장이 추 선생 눈에 든다. 그는 잠시 그 옷장을 쳐다보다가 옷장의 지퍼를 내리고 옷장 안쪽에 랜턴을 비춘다. 옷장 안에는 여러 벌의 옷들이 걸려 있었다. 남녀의 옷들이었다. 옷걸이에 걸린 옷들을 하나씩 들추던 추 선생이 두벌의 옷을 꺼내 랜턴으로 가깝게 비추어 본다. 하나는 리본이 달린 셔츠였으며 하나는 분홍색 카디건이었다. 갑자기 추 선생이 그 두 옷을 바닥에 내팽개친다. 그는 그 셔츠와 카디건이 연미의 것이라 확신했다. 그가 옷장 옆 탁자에 전등을 비춘다. 탁자 위에는 빗과 거울, 그리고 플라스틱 용기들이 보인다. 그 용기들에 인쇄되어 있는 글자가 추 선생 눈에 들어왔다. 시세이도SHISEIDO. 여성용 화장품이었다. 그 여성용 화장품은 추 선생의 이성을 헤집어 놓았다. 화장품이 놓여있는 탁자를 발로 내리찍는 추 선생. 탁자 한쪽이 우지직 소리를 내며 주저앉았다. 추 선생이 방향을 바꿔 다른 벽면에 랜턴을 가져간다. 그때 추 선생의 머리에 무언가가 닿는다. 천장에 매달려 아래로 늘어져 있는 물건이었다. 추 선생이 그 물건에 랜턴을 비춘다. 백열전등이다. 그가 일자로 된 백열전등의 전원 스위치를 비튼다. 집 내부가 환하게 밝아졌다. 랜턴 전원을 끄고 연습실을 둘러보는 추 선생. 그의 눈에 피아노가 가장 먼저 들어왔다. 그는 피아노가 뜻밖이었다. 피아노 앞으로 다가가는 추 선생. 보면대에 놓인 노란색 종이에 오선과 음표들이 보였다. 그가 종이에 얼굴을 가깝게 가져간다. 제목이 보였다. 〈재즈 러버스 Part I: Jazz Ballad, Bossa, and Tango〉. 제목 옆에는 연필로 피아노 버전이라는 메모가 되어있고 아라비아 숫자로 날짜가 표기되어 있다. 그리고 '사랑하는 연미에게'라고 쓰여 있다. 잠시 머뭇거리던 추 선생이 악보의 첫 페이지를 살핀 뒤 다음 페이지를 넘기며 읽는다. 추 선생이 피아노 덮개를 들어 올릴까 말까 갈등한다. 결국 피아노 덮개를 들어 올리는 추 선생. 그가 오른손을 건반에 올리고 왼손으로 악보의 페이지를 넘기며 악보의 이곳저곳을 한두 마디, 한 소절씩 연주해 본다. 그는 그리 적극적으로 연주에 임하는 자세는 아니다. 그저 악보의 감성을 느껴보려는 듯. 그러나 그런 추 선생의 소극적인 움직임은 오래가지 못했다. 그의 왼손이 건반 위에 올려졌다. 양손으로 악보의 이곳, 저곳을 연주해 보는 추 선생. 갑자기 추 선생이 연주를 멈추고 주위를 두리번거린다. 그는 앉을 의자가 필요했다. 창가에 놓인 의자가 눈에 들어오자, 그가 의자를 덥석 집어 들고 와 피아노 앞에 의자를 내려놓는다. 다시 연주를 잇는 추 선생. 그는 〈Part I〉 전체를 머리와 손에 익혀보려는 듯 스케치하듯 연주해 본다. 그리고 다시 악보를 맨 처음 페이지로 넘긴다. 그의 연주가 시작되었다.

 6~7분여의 시간이 지났을까? 〈Part I〉의 마지막 음을 찍은 추 선생이 움직이지 않는다. 잠시 후 그는 연주했던 〈Part I〉의 부분, 부분을 다시 연주해 본 뒤 그저 악보를 멍하니 바라만 본다. 추 선생의 가슴에 파문이 일었다. 그가 혼잣말한다. '어떻게 이런 구성이 가능하지? 화성和聲이 드러날 곳과 빠져야 할 곳의 밸런스까지 치밀하게 계산됐다. 장르를 합쳤는데 이런 배분이 어떻게 가능하지? 감성까지 살리면서? 음악이 음악이기에 앞서 수학인 것을, 이 친구는 이해하고 있다.' 추 선생이 벌떡 일어섰다. 연습실 안, 이곳저곳을 살피기 시작하는 추 선생. 그는 다른 파트의 악보가 필요했다. 아니 그에겐 다른 파트의 악보가 있어야만 했다. 연습실을 처음 들어설 때 보였던 그의 경직된 모습은 더 이상 찾아볼 수가 없다. 화장품이 놓인 탁자를 발로 내리찍던 폭군 같은 모습도 찾아볼 수가 없다. 마치 유적을 발굴하러 온 고고학자랄까? 그는 종이로 보이는 것이면 일단 그 앞에 발걸음을 멈춰 세운다. 음표가 그려진 종이를 발굴이라도 하면 그는 얼굴을 그 종이에 파묻는다. 마침내, 그는 찾아냈다. 〈Part I〉처럼 노란색 종이 위에 그려진 두 개의 악보였다. 각각의 악보에는 〈재즈 러버스 Part II: Fusion Jazz〉, 〈재즈 러버스 Part III: Classic and Jazz〉라고 제목이 쓰여 있었다. 그리고 〈Part I〉과 마찬가지로 피아노 버전

이라고 제목 옆에 연필로 쓰여 있었다. 그가 〈Part II〉 악보의 페이지를 넘기며 살피더니 다시 악보의 페이지를 앞으로 넘겼다가 뒤로 넘기기를 반복한다. 〈Part II〉에는 피아노 버전 외, 악보 바로 위 백지에 록과 메탈 버전이라 메모가 된 악보가 연필로 따로 그려져 있었다. 부분적으로. 그가 악보를 보며 혼잣말한다. '재즈에 메탈? 헤비메탈?'

추 선생이 보면대 위에 〈Part II〉 악보를 올려놓고 의자에 앉는다. 〈Part II〉의 악보를 다시 한참 동안 살펴본 뒤 〈Part II〉를 연주하기 시작하는 추 선생. 연주를 잇던 그가 연주 중간에 여러 번 연주를 멈춘다. 익숙하지 않은 주선율과 보조 선율 그리고 흐릿한 음표 때문이었다. 하지만 연주를 멈춘 이유는 그 이유가 전부는 아니었다. 그는 곡의 느낌에 감탄한 나머지 연주를 계속 이어나갈 수가 없었다. 그는 여러 번 연주를 멈칫거리면서도 〈Part II〉에 몰두했다. 〈Part II〉는 감성과 힘이 충만한 불길 같은 정열의 퓨전 재즈[65]였다.

추 선생은 〈Part I〉처럼 〈Part II〉에서 빠져나오기까지 오랜 시간이 걸렸다. 그는 〈Part II〉의 연주를 끝낸 뒤 〈Part II〉의 피아노 버전 악보 바로 위에 연필로 그려진 록과 헤비메탈의 악기별 편곡라인을 보며 눈을 감고 상상의 음을 그려본다. 그

---

65 Fusion Jazz. 순수재즈에 록이나 펑크, 클래식 등이 합쳐진 장르.

음을 그리던 추 선생의 마음속에 갑자기 양현석이라는 이름의 젊은이에 대한 경외감이 싹터 올랐다. 만약, 추 선생의 그 마음이 진실이었다면, 음악 하나가 황폐와 고갈로 점철된 한 인간의 자아를 이렇게 순수로 귀환시킬 수 있는 것일까?

추 선생이 피아노 위에 올려놓았던 〈Part III〉 악보를 손에 집는다. 악보의 첫 페이지를 펼치는 추 선생. 악보를 살피던 그가 〈Part III〉 악보를 보면대 위에 올려놓는다. 순간 그에게 생각이 몰려온다. 왠지 〈Part III〉를 연주해서는 안 될 것만 같은. 그는 〈Part III〉까지 연주한다면 현석의 마음속 비밀을 모두 통째로 훔쳐내는 게 아닐까 싶었다. 추 선생이 악보를 바라보며 연주를 해봐야 할지 말아야 할지 갈등한다. 추 선생이 오른손을 건반 위로 올려 〈Part III〉의 도입부를 천천히 연주해본다.

'아름답다.' 그렇게 혼잣말을 던진 추 선생이 연주를 이을지 말지 계속 갈등한다. 그의 갈등은 오랜 시간 동안 이어졌다. 결국 추 선생은 〈Part III〉를 연주하지 못했다. 악보를 덮어 버리는 추 선생. 그리고 그는 피아노의 덮개도 닫아버린다.

연습실을 나선 추 선생이 랜턴으로 연습실 외부를 비춰본다. 추 선생은 연습실 주위를 쉽게 벗어나지 못했다. 그는 한참 동안 연습실 주위를 맴돌았다.

다음 날. 이른 아침.

추 선생이 지방검찰청으로 향한다. 연미의 대리인 자격으로.

추 선생이 검찰청에 다녀온 그다음 날, 현석은 풀려났다. 그가 풀려난 이유는 단순했다. 그에 대한 고소가 취하되었기 때문이다.

22 | 갈등

 수술은 잘 끝났지만, 절제 후에 남아 있는 암세포는 재발 확률이 높으니 지속해서 예후 관리가 필요하고 재발 방지를 위해서는 항암 치료와 방사선 치료가 필요하다는 의사의 말. 현석과의 인연을 더 이을 수도, 그를 더 안을 수도 없는 연미는 의사의 그 말에 가슴이 먹먹했다. 연미가 오래전, 현석과 어떤 사랑을 했었는지 떠올려본다. 의심의 여지 없이 진정한 사랑이었고 처절하게 아픈 사랑이었으며 깊디깊은 사랑이었다. 그리고 강렬했던 사랑이었다. 하지만 이젠 그 열정의 사랑이 아련한 기억으로만 남아버렸다. 그런데 이 큰 가슴앓이는 어디에서 오는 걸까?
 "제가 어떻게 해야 할까요?"
 연미가 현석의 병실 화장실에 앉아 화장실 벽에 걸린 거울 속의 여인을 바라보며 물었다.
 연미를 한참 동안 쳐다보던 거울 속의 여인이 연미에게 입을 연다.
 "추연미 씨, 양현석 씨와 여기서 끝을 내면 안 돼요. 양현석 씨는 삼십 년이 넘는 동안 당신 하나만을 그리워하며 살아왔어요. 당신이 유성재 씨를 아무리 사랑하고 있어도 양현석 씨를 저버릴 순 없지요. 당신은 당신 어머니가 양현석 씨와 그의 아들, 아니 당신의 아들 양정수 씨에게 저지른 일을 생각해야 해요. 미안하지 않나요? 양현석 씨는 분명 그 일을 궁금해하고 있을 거예요. 그런데 양현석 씨는 당신에게 그 일을 묻지 않고 있어요. 지금까지도. 그 이유가 뭘까요? 당신이 아파하고 괴로워할까 싶어 묻지 않고 있는 거예요. 당신을 사랑하니까요. 그렇게 오랜 세월이 흘렀는데도 양현석 씨는 당신에 대해 단 하나도 변한 게 없네요. 한번 생각해보세요. 얼마나 많이 화가 났을까요? 얼마나 당황했었을까요? 양현석 씨 입장으로 깊게 한번 생각해 본 적 있나요? 당신은 그를 위로해 주셔야 해요. 그리고 당신 어머니가 행한 일에 대해 당신 어머니를 대신해 양현석 씨에게 사과해야만 해요. 당신은 양정수 씨를 낳은 후, 양현석 씨에게 갔었어야만 했어요. 당신은 나쁜 여자예요. 나쁜 엄마고요."

거울 속 여인이 말을 매듭지었다. 연미는 차마 거울 속 여인의 얼굴을 똑바로 바라볼 수가 없다. 연미가 거울 속의 여인 앞에 고개를 떨군다.

현석이 눈을 뜬다. 그는 잠에서 깨어났다. 연미는 눈을 뜬 현석의 모습이 반가웠다. 잠든 사이, 가위에 눌린 듯 연거푸

헛소리를 토해냈던 현석이었기 때문이다.
"일어나셨어요?"
현석, 눈을 게슴츠레 뜨고 주위를 살피다가 연미를 쳐다보며 나지막이 입을 연다.
"또 왔구려."
"……."
"우린, 결국 못 헤어진 건가요? 미안하오. 내 수술이 당신 발목을 잡았나 보오."
"……."
연미, 수술이 당신의 발목을 잡은 것 같다는 말에 답을 건네고 싶다. 하지만 적절하고도 알맞은 답을 찾을 수가 없다. 긍정의 답도, 부정할 답도. 연미, 그저 현석을 바라만 보다가,
"수술은 잘 끝났어요. 수술받길 잘하셨어요. 절제할 곳이 많지 않았고 다른 장기로 전이도 안 됐다네요. 정말 다행이에요."
"가만있자, 내가 언제 수술이 끝났더라?"
"아직 잠에서 덜 깨셨네요. 수술은 삼 일 전에 하셨어요. 어제 오후부터 잠드셨다는데 오래 주무셨네요. 잘하셨어요."
"다시 태어난 것 같소. 몸이 아주 개운해요. 근데 우리 애들은?"
"손녀분 학교 가야 해서 며느님과 손녀분은 어제 떠나셨고

아드님은 오늘 새벽에 떠나셨다네요. 좀 전에 간호사로부터 전해 들었어요."

현석, 고개 끄덕인다.

"더 일찍 와서 뵙고 싶었는데 가족분들이 와 계셔서."

"아니오. 바쁠 텐데 이렇게 또 와줘서 고맙소. 다시 말하지만 이젠 나한테 신경 거두고 당신 일만 해요. 날 도울 의무도 책임도 없어요. 지금까지 보살펴준 그 마음 정말 따뜻하게 생각하오. 그리고 정수에게 부담 느끼지 말아요. 지금까지 살아온 서로의 그 길, 그대로 각자 걸어갑시다."

"……."

"아, 그리고 수술 전날 건강 공단에 문의해 봤는데 당신에게 전하질 못했어요. 당신이 말해준 대로 공단에서 수술비 받을 수 있고 또 나라에서 주는 지원금을 받을 수가 있네요. 본인 부담 비용이 있다는데 큰 금액은 아닐 듯해요. 다행이오. 당신의 수술비 지급보증이 부담이었는데."

"아, 아드님께서 수술비 지급보증은 절대 받아들일 수 없다면서 지급보증인을 아드님 이름으로 바꿨어요."

"…… 정수와 대화 나눴나요?"

"네, 아드님께서 저와의 관계를 물어보시길래 오래전, 제 아버님이 양현석 씨에게 은혜를 입으셨다고 말해드렸어요. 제 아버님과 잘 아는 사이라고 아드님께 말씀하셨다는 말을 아드님으로부터 전해 들어서 그렇게 말했어요. 그래서 돕고 있다고. 그렇게 잘 설명해주세요."

"…… 그러겠소."

"저…… 말씀 나누고 싶은 게 있어요. 아니, 부탁드리고 싶은 게 하나 있어요."

"……?"

"의사 선생님께서 수술은 잘 끝났지만, 재발 위험이 있는 부위여서 항암 치료와 방사선 치료를 권하셔요. 여기저기 알아보니 그것도 치료비를 지원받을 수 있지만 충분한 금액은 아닐 것 같네요. 제가 항암, 방사선 치료비를 도와드리고 싶어요. 아드님께 말씀하지 마시고요."

"아니요. 당치도 않은 소리 하지 말아요. 그건 내가 알아서 할 일이에요. 정말 고맙지만 거기까지는 아니요. 당신에게 많이 받았소. 더 이상 받을 게 없고 받아서도 안 됩니다."

"……."

"이번엔 내가 부탁 하나 합시다. 내 컨디션이 회복되고 혹 여건이 되면 둘이 연주 한번 합시다. 〈재즈 러버스〉."

"……."

"꼭 같이 연주해 보고 싶었소."

"……."

"그렇게 그날이 마지막이 될 줄 정말 몰랐소."

"…… 그게 끝은 아니었어요. 이렇게 다시 만났잖아요."

23 | 슬픈 이별

1982년 가을.
 연미와 현석은 이제 더 이상 숨어서 만나야 할 필요가 없었다. 허락받지 못한, 축복받지 못한, 애달픈 사랑이지만 이제 두 사람은 어둠 속에 숨는 고통을 거둘 수가 있었다.
 현석과 연미는 약속 시간을 밝은 오후로 정했다. 그리고 약속 장소는 춘천 시내로 정했다. 시내 한복판, 사람들이 붐비는 주말로.
 현석은 사람들에게 묻고 물어 춘천 시내에서 가장 유명한 커피 전문점을 알아냈다. 그는 그곳을 약속 장소로 정하고 연미에게 그 장소를 알려주었다. 하지만 현석은 아차 싶었다. 태아와 커피의 상관관계를 미처 생각하지 못한 것이다. 현석은 연미를 다시 만나러 부랴부랴 왔던 길을 되돌아갔다. 연미에게 달려가는 동안 세심하지 못했던 자신을 자책한 그는 연미에게 가는 도중 공중전화 부스에 들려 전화번호부로 춘천 시내에 있는 생과일주스 가게를 알아냈다. 그는 연미를 다시 만난 뒤 약속 장소를 커피숍에서 생과일주스로 바꾸겠다고 말하며 생과일 가게의 이름과 위치를 연미에게 알려주었다. 그때 연미가 미소 지으며 현석에게 말했다. 장소를 굳이 다른 곳으로 변경할 필요가 없다고. 만나기로 약속한 그 커피점은 커피만 팔지 않고 맛있는 생과일 음료도 팔고 있다고.

*

일주일 뒤. 토요일 오후.

현석이 커피숍 매장 안으로 들어선다. 현석의 모습이 평소와 사뭇 다르다. 그는 연미와의 만남을 위해 오랜만에 이발소에 들러 머리를 손질했으며 오랜만에 캐주얼 정장을 꺼내 입었다. 그리고 오랫동안 보관해 두었던 새 신발을 꺼내 신었다. 그는 매장 안에 들어서자마자 커피 외의 음료 메뉴를 훑는다. 그의 눈에 메뉴 하나가 들어왔다.

레몬즙 앤 체리 트위스트.

현석은 그 메뉴가 연미를 위한 메뉴로 더할 나위 없이 좋아 보였다.

"레몬즙 앤 체리 트위스트는 생과일인가요?" 현석이 점원에게 물었다.

"네."

"주문되죠?"

"네, 주문 가능해요. 시간이 좀 걸립니다."

"네, 알겠습니다. 먼저 커피 한 잔 주문하겠고요. 레몬즙 앤 체리는 일행이 오면 주문하겠습니다."

"커피는 어떤 걸로 하시겠어요?"

"비엔나커피[66] 주세요. 혹시 진한 블랙 위에 크림을 얹혀 주실 수 있으세요?"

"네, 그렇게 해 드릴게요."

커피가 테이블 위에 놓였다.

현석, 생크림을 일부 걷어내고 커피향을 음미한 뒤 한 모금 마셔보고는 입가에 그윽한 미소를 그린다.

현석, 커피숍 창문 밖으로 시선 가져간다. 거리를 지나는 연인들의 모습이 그의 눈에 들어왔다. 한참 동안 연인들의 모습을 지켜보는 현석. 현석은 그 연인들을 보며 그들처럼 연미와 손을 잡고 길을 거닐 상상을 해본다. 그의 마음속에 설렘이 뭉글뭉글 피어오른다.

현석, 매장의 한쪽 벽에 걸린 시계를 본다. 약속 시간에서 삼십 분이 지난 시간. 현석이 가방에서 무언가를 꺼낸다. 노란색 종이 뭉치들. 악보였다. 〈재즈 러버스〉. 현석은 자신의 모

---

66 커피 위에 생크림을 올린, 1980년대 한국에서 유행한 커피.

든 음악적 역량과 열정을 하얗게 불태워 마침내 〈재즈 러버스〉를 완성했다. 그가 악보의 페이지를 넘기며 살핀다. 〈Part I〉, 〈Part II〉, 그리고 〈Part III〉. 그는 연미에게 완성된 악보를 건네줄 생각을 하니 가슴이 두근거렸다. 현석의 마음속에 행복한 기운들이 소록소록 내려앉는다.

현석, 매장 벽에 걸린 시계를 다시 본다. 약속 시간보다 한 시간이 훌쩍 넘어버렸다…….

그리고 또 삼십 분이 지났다. 그럼에도 연미는 나타나지 않는다.

약속 시간 두 시간이 지날 무렵, 현석이 자리에서 일어나 매장 출입문 밖으로 나가 주위를 두리번거린다.

결국 연미는 약속 시간에서 두 시간 삼십 분이 지날 때까지도 나타나지 않았다.

축 늘어진 어깨로 커피숍에 앉아 창밖을 바라보는 현석.

현석, 테이블 위에 놓여있는 악보 철들을 가방에 넣는다.

커피숍을 빠져나가는 현석.

어느새 거리는 어둠이 스멀스멀 내려앉고 있다.

현석이 도착한 곳은 추 선생의 집이었다. 해가 저물었음에도 추 선생의 집에서는 전등 불빛 하나조차도 새어 나오지 않았다. 칠흑 같은 어둠만이 놓여있을 뿐. 멀리서 추 선생의 집을 살피던 현석이 추 선생의 집 대문 앞으로 가깝게 다가간다. 대문 문고리에 걸린 커다란 자물쇠가 그의 눈에 들어왔다. 그는 자물쇠를 보는 순간 가슴이 덜컹 내려앉았다. 빠른 걸음으로 어디론가 향하는 현석.

현석이 달려간 곳은 피아노학원이다. 그가 창문 너머로 교실 안을 살핀다. 피아노 연습에 열중하고 있는 수강생들. 추 선생이 서 있어야 할 교실에는 보조 선생이 추 선생 대신 자리하고 있고 연미가 자리해야 할 기초반 교실에는 다른 피아노 선생이 연미 대신 자리하고 있었다. 현석은 학원 어디에서도 연미의 모습을 볼 수 없었다. 그때,
"현석 오빠!"
현석, 목소리가 들려온 곳을 향해 몸을 휙 돌린다. 한 여인이 서 있었다. 그 여인은 추 선생에게 교습받고 있는 연미의 후배였다.
"혹시 연미 언니 찾고 계세요?"
황급히 고개를 끄덕이는 현석.
"소식 못 들으셨어요?"
"소식?"
"추 원장님 가족이 마을을 떠나셨대요."
"……! 그게 무슨 소리야?"

"아까 피아노학원 운영 문제 때문에 면징님이 오셨었어요. 같이 오신 분들과 대화 나누는 걸 들었는데 그냥 잠시 떠나신 게 아닌 것 같아요. 집을 팔고 떠나셨대요."

현석 얼굴에 핏기가 가신다.

"연미 언니, 일본에 가신 건 아시죠?"

"응, 알아."

"연미 언니, 어제 한국에 못 왔어요. 이제 더 이상 피아노학원에 안 나올 거래요."

"……! 누, 누가 그래?"

"오늘 새로 오신 선생님께서 그러셨어요."

현석의 표정이 당혹감을 넘어 괴기스럽다.

"추 선생 그 사람, 나도 놀랐네. 그 비싼 주택을 헐값에 넘겨버리고 떠났어. 피아노학원도 권리금 없이 싸게 넘겨버렸고."

면장이 실의에 찬 표정과 낙담한 어감으로 말했다.

"저, 면장님, 아주, 떠나간 게 맞습니까? 돌아온다던가 그런 말은 못 들으셨고요?"

"아무 얘기도 못 들었네. 비밀리에 다 팔아 버리고 떠나버렸어."

"……"

"…… 아니, 근데 그걸 왜 나한테 묻나? 추 선생 따님한테

들은 이야기 없어?"

"……."

"자네, 추 선생 따님에게서 아무 이야기도 못 들은 거구먼?"

"……."

"그것참 안됐네. 상황을 보니, 추 선생 따님도 추 선생이 떠날 때까지 아무것도 몰랐을 수 있겠구먼."

현석, 고개를 숙여 내린다. 방바닥이 꺼질 듯 긴 한숨을 내뿜는 현석. 그의 입이 순식간에 바싹바싹 타들어 간다.

면장의 집을 나서는 현석. 잠시 길을 걷던 그가 키 작은 돌담 위에 털썩 주저앉는다. 그가 밤하늘을 올려 본다. 그의 눈망울에 수분이 어른거린다.

'떠나버렸다니? 웅크렸던 사랑이 이제 둔탁한 대지를 뚫고 나와 기지개를 켜고 있는데 떠나버렸다니? 떠나버린 이유가 나였다면 그 모든 걸 저버리면서까지 떠나가야 할 정도로 나와 그녀와의 인연이 추 선생에겐 가당치도 않았던 것일까? 이제 내 가슴은 이렇게 넓고 깊기만 한데.'

현석은 무엇보다 연미에게 미안했다. 그는 이런 상황에 이를 가능성을 예측하지 못하고 그녀를 지켜주고 보호해 주지 못한, 자신의 알량한 사랑을 원망하고 질타한다.

현석이 자리에서 일어선다. 그는 연미를 향한 사랑이 한낱 봄날에 피어오르는 아지랑이 같은 사랑이 될 수는 없다고 생각한다. 다시 추 선생의 집으로 향하는 현석. 그는 어딘가에 연미가 자신을 위해 흔적을 남겨두었을지도 모른다고 생각했다. 그러나 그는 그 어디에서도 연미가 남긴 흔적을 찾을 수 없었다.

*

늦은 밤, 면장이 현석의 집 대문을 급히 열며 집 마당으로 뛰어 들어온다. 다급한 목소리로 소리치는 면장.
"현석이, 현민이, 집에 있어?"
면장이 현석 집, 대청마루의 미닫이문을 연다. 대청마루 위에 어지러이 놓인 술병들. 면장이 마루에 올라 술병들 사이에 누워 잠든 현석을 급히 흔들어 깨운다. 현석, 상체를 일으켜 세우지만, 그는 몹시 취해있다. 방문이 열린다. 현민이었다. 그는 이제 막 잠에서 깬 얼굴로 면장을 쳐다본다.
"어르신 무슨 일이죠?"
"현민이, 구치소에서 연락이 왔어. 자네 아버님께서 위독하신가 봐. 병원으로 실려 가셨데."
현석 모가 방문을 열고 저고리를 여미는 둥 마는 둥 하며 방에서 뛰쳐나온다.

가족 중 그 누구도 용주의 임종을 보지 못했다.

현민과 현석 모가 병원에 도착했을 때, 양용주는 이미 숨을 거뒀다.

경찰 한 명과 교도관, 그리고 의사의 대화 소리가 들린다. 그들은 용주의 사인에 관해 대화를 주고받고 있다. 심장에서 혈액의 이완, 수축 기능이 제대로 이뤄지지 않는 질환에 의해 심정지로 사망했으며 평소에 앓고 있었던 병이라고 설명하는 의사.

현석 모와 현민이 응급실 입구로 들어서자, 교도관과 대화를 나누던 의사가 현석 모와 현민을 쳐다본다. 의사가 현석 모에게 다가가 용주의 사망 소식을 알리자, 현석 모, 한 손을 이마에 가져간다. 그녀가 몸에 중심을 잃고 비틀거리자, 현민이 그녀를 두 팔로 붙잡는다. 응급실 바닥에 주저앉는 현석 모. 잠시 멍한 표정으로 앉아있던 그녀가 일어서서 용주가 누워있는 침대를 향해 걷는다. 그녀가 용주의 몸에 두 손을 얹는다. 그리고 흐느끼기 시작한다. 현민이 두 눈을 지그시 감고 용주에게 고개를 숙여 내린다.

24 | 재즈 러버스

"이 옷들로 갈아입으세요."

연미가 쇼핑백과 신발 가방에서 상표도 채 떼어내지 않은 의상들과 신발을 탁자 위에 내려놓으며 말했다. 청바지, 흰색 티셔츠, 검정 가죽 잠바, 긴 양말, 머플러, 그리고 롱부츠. 연미는 탁자 위에 내려놓은 것들과 똑같은 디자인, 똑같은 색상의 옷과 신발을 착용하고 있다.

"그것들 다 뭐예요?"

현석이 탁자 위에 올려진 것들을 보며 묻자, 연미, 대답 없이 생글생글 미소만 짓는다.

"그리고 오늘 입은 옷차림, 왜 그런가요?" 현석이 물었다.

"커플룩이에요."

현석, 연미 대답에 씩 미소 지으며,

"커플룩이요? 거 젊은이들이나 하는 것 아니오?"

"젊던, 늙던, 하면 되는 거죠."

"보니, 오토바이 라이더들이 입는 옷 같은데 허허, 오늘 꼭 이 옷들을 입고 외출해야 하나요?"

"할리 오토바이를 좋아하셔서 제가 고민 끝에 생각해 낸 코

던데 마음에 안 드세요?"

"아니, 뭐 꼭 그런 건 아닌데, 좀 뜬금없소."

"마음에 안 드셔도 어쩔 수 없어요. 엎질러졌으니." 연미, 부러 토라진 어투로 말했다.

연미가 현석에게 투약되고 있는 드립 링거 주사액을 쳐다본다. 그리고는, 링거주사 병 앞으로 다가서며,

"거의 다 투약되었네요. 지금 빼도 괜찮을 것 같아요."

연미, 현석의 팔에서 드립 바늘을 제거 해내고는 침대 옆 보조 탁자에 놓인 알코올 솜을 집어 현석 팔의 바늘이 빠진 곳을 눌러 지혈한다. 현석은 그녀의 거침없는 행동이 새롭다.

"이 알코올 솜, 조금 더 누르고 계시다가 지혈 확인되면 저 옷들로 갈아입으세요. 전 나가 있을게요."

연미가 병실 밖으로 사라지자, 현석, 침대에서 내려와 탁자 위에 놓인 의상들을 살핀다. 병실 한쪽 벽에 놓인 세면대로 다가가 가볍게 세안을 한 뒤 연미가 가져온 옷들을 주섬주섬 손에 들고 갈아입기 시작하는 현석.

노크 소리가 들렸다.

"네, 들어오세요."

연미가 살며시 병실 문을 연다. 현석, 어색한 듯 쭈뼛거리며 연미를 본다. 병실 문을 활짝 열고 병실로 들어서는 연미. 그녀의 눈가에 웃음이 번졌고 입꼬리가 위로 향한다.

"보기 좋네요. 아주 잘 어울리셔요. 사이즈도 적당하고."

연미는 현석이 갈아입은 복장이 마음에 들었다. 그녀는 연신 입가에 미소를 그리며 마냥 즐거워한다. 그런 연미의 모습은 마치 틴에이저 소녀와도 같다. 연미가 쇼핑백에서 가위, 고무줄, 빗, 그리고 헤어젤을 꺼내 든다. 그녀는 현석의 옷과 신발에 붙은 상표를 잘라낸 뒤 그의 긴 머리를 두 손으로 잡고 한번 동인 뒤에 머리를 말아 올려 고무줄로 묶는다. 그리고는, 손바닥에 젤을 듬뿍 짜내어 그의 머리를 위로, 뒤로 뻗게 치장한다. 현석은 양해도 구하지 않고 자신 머리에 덥석 손을 대는 연미의 행동에 야릇함을 느꼈다. 그때 한 간호사가 병실 문을 노크하며 병실 안으로 들어선다. 간호사는 현석과 연미의 차림새를 보고 고개를 갸우뚱거리더니 병실을 잘못 찾아 들어온 양, 뒤돌아 병실 문의 호수를 확인한다. 호수를 확인한 간호사가 병실 안을 살핀다. 탁자 위에 벗어 놓은 환자복, 침대 머리맡에 걸쳐놓은 드립 주사기 바늘, 그리고 흰 티셔츠에 가죽 잠바, 청바지를 입고 긴 롱부츠를 신고 있고 환자. 게다가 환자의 머리 모양은 펑크스타일. 간호사의 갈색 눈동자가 잘 자란 거봉 포도알의 크기보다 더 커 보인다.

"됐어요. 멋있어요. 이제 가요." 연미가 해맑은 목소리로 현석에게 말했다.

병실 문가 쪽으로 현석의 등을 살포시 미는 연미. 하지만 현석은 발걸음을 쉽게 떼지 못한다. 그는 아무래도 차림새가 어색했다. 그러자 연미가 병실 문가로 현석의 등을 힘차게 떼민다.

"저, 어디를 가시는 거죠?"

간호사가 연미를 쳐다보며 물었다. 연미가 답한다.

"염려 마세요. 제가 잘 돌봐 드리겠습니다. 어두워지기 전엔 돌아올 거예요."

"혹시 외출 신청하셨나요?" 간호사가 현석을 쳐다보며 물었다.

"네, 좀 전에 원무과에 제출했어요." 연미가 말했다.

"외출하시는 거, 정 박사님 알고 계세요?" 간호사가 묻자, 연미,

"그럼요. 반나절 허락받았습니다."

연미와 현석이 병실에서 나와 엘리베이터로 향한다. 병원 복도에서 스치는 사람들 모두가 현석과 연미를 쳐다본다. 현석은 사람들의 시선이 따가웠다. 그러나 연미는 그런 뭇시선에 아랑곳하지 않는다.

병원 현관문을 나선 현석과 연미가 병원 건물 벽을 따라 걷는다.

"이쪽은 주차장이 아니지 않소?" 현석이 물었다.

"아, 이쪽에 경차 세워 두는 주차장이 있어요. 오늘은 두 사

람만이 탈 수 있는 작은 차를 가져왔어요."

병원 건물 벽을 따라 계속 걷는 현석과 연미.

그들이 병원 건물 벽의 모퉁이에 이르렀다.

"한번 눈 감아 보시겠어요?" 연미가 현석에게 말했다.

갑자기 눈을 감아 보라는 말에 현석은 영문을 몰랐지만, 이유는 묻지 않는다. 현석이 눈을 감았다. 그러자 연미가 현석의 한쪽 팔을 잡고 건물 벽의 모퉁이를 돈다.

"됐어요. 눈 떠보세요."

현석, 눈을 뜬다. 그는 눈을 뜨자마자 놀란 표정을 지으며 연미를 바라본다. 현석 바로 앞에는 오토바이 한 대가 서 있었다. 할리데이비슨, 스트리트 글라이드 Street Glide 모델.

연미, 현석의 어투를 흉내 내며,

"'연미야, 가장 좋아하는 소리 두 개를 고르라면 난 피아노와 할리데이비슨 배기음을 꼽고 싶어. 피아노 외에 할리 오토바이 배기음처럼 내 맘을 자극한 소리는 없는 것 같아. 그냥 단순한 오토바이 소리가 아냐. 이 오토바이를 사랑하지 않을 수가 없어.' 아마도 이런 내용이었었던 것 같아요. 비밀 연습실에서 그렇게 말했던 거 기억나세요?"

"……!"

연미가 오토바이 안장에 놓여있는 헬멧 두 개 중 한 개를 현석에게 건넨다. 그리고는, 어깨에 메고 있던 가방에서 선글라

스를 꺼내 현석의 손에 쥐여준 뒤 안장에 놓인 자신의 헬멧을 머리에 쓰며,

"오늘 이걸 타고 저하고 데이트하시는 거예요."

"……!"

현석, 당황한다. 그가 고개를 가로저으며,

"나, 오토바이 몰아 본 적 없어요."

"제가 몰 거예요."

연미가 허리에 찬 안경집에서 선글라스를 꺼내 착용하며 말했다.

"……! 이 큰 걸 몬다구요?"

연미, 고개 끄덕인다.

"이건 아무것도 아녜요. 이보다 더 육중한 모델도 몰아 봤어요."

현석이 헬멧과 선글라스를 들고 그저 서 있기만 하자 연미, 현석의 헬멧을 그의 머리에 씌운다.

"됐네요. 선글라스도 끼시고요."

현석, 선글라스를 착용한다.

"와, 안경 너무 잘 어울려요. 멋있어요. 자, 그럼, 제가 뒷좌석에 앉는 방법 설명드릴게요. 먼저 여기를 딛고 여기를 잡고 이렇게 올라타시면 돼요. 절 보세요. 이렇게. 그다음에 제가 요 앞에 앉을 거예요."

연미가 오토바이에서 내려오자, 현석, 연미가 시범 보였던 대로 뒷좌석에 오른다. 절룩거리는 그의 다리를 뒤늦게 의식한 연미가 그를 거든다. 현석이 안장 뒤쪽에 올라앉자, 연미, 현석 앞으로 능숙하게 올라탄다.
 "정말 몰 수 있겠어요?" 현석이 물었다.
 연미가 입가에 미소를 머금고 시동을 걸었다. 배기음 소리가 우렁차게 울려 퍼진다.
 "제가 오토바이 운전이 좀 거칠어요. 뒤에 등받이 있으니, 순간순간 몸이 뒤로 젖혀져도 뒤는 신경 쓰지 마시고 회전할 때만 중심 잘 잡으세요. 제 허리 잡으세요."
 현석, 연미의 허리에 두 손을 가져간다.
 "더 꽉 잡아요. 그렇게 잡으면 안 돼요. 꽉 껴안으세요. 서로 한 몸이 돼야 해요."

 연미와 현석이 탄 오토바이가 특유의 엔진 배기음을 뿜어내며 춘천 시내를 누빈다……. 시내 중심가에 오토바이를 주차시키는 연미. 두 사람, 시내 번화가를 거닌다.
 그들의 시내 투어는 분식집을 시작으로 커피숍, 아이스크림 가게, 오락실, 그리고 의암호 호수가 까지 이어졌다.
 그들의 오토바이가 시내를 빠져나와 일반 국도로 접어들었다. 광활하게 펼쳐진 호수가 그들 시야에 들어왔다. 호수 너머로 보이는 산과 숲의 단풍잎은 붉게 물들어 있고 도로 양옆, 노란 은행나무 잎들은 호수에서 반사된 햇살을 먹고 영롱한 빛을 뿌려대고 있다.

"길이 이뻐요." 연미가 오토바이를 몰며 외쳤다.

"그래요. 한국 가을의 힘이오."

"음악 들으실래요?" 연미가 물었다.

"음악이오?"

"네, 이 오토바이 사운드 시스템이 아주 좋아요."

"그래요. 들읍시다. 누구 곡이오?"

"넬슨 콜[67] 아세요?"

"못 들어봤어요."

"그러실 거예요. 발표한 음반이 별로 없어요. 잘 알려지지 않은 연주자예요. 근데 저한테는 유명해요. 단 한 장의 음반으로 제 맘을 사로잡았어요."

"들어봅시다."

연미, 음악을 플레이시킨다. 피아노 음이 들려온다.

"느낌이 좋네요. 제목이 뭐요?" 현석이 물었다.

"〈위 아 파트너스 나우〉."[68]

---

67 Nelson Kole. 미국의 재즈 피아니스트·키보디스트.
68 *We're Partners Now*. *Up!*, 1989 ; Tattoo, 2004.

지그시 음악을 듣던 현석,

"이 곡 쓴 사람, 수줍음이 많은 사람인 것 같네요."

"?"

"하고 싶은 말을 말로 전하지 못해 음악으로 말을 대신하고 있는 것 같네요."

"그게 느껴지세요?"

"그렇소."

"뭐라고 말하고 있나요?"

"지금 당신과 둘이 함께 있어 행복하다네요. 하늘을 날 수 있을 것 같은 기분이라고."

"……!"

그들의 오토바이가 호반에 자리한 한 카페에 멈춰 선다. 야외무대가 놓여있는 규모가 큰 카페였다. 무대 위에선 감미로운 퓨전 재즈곡이 라이브로 들려오고 있었다.

연미와 현석이 오토바이를 주차 시키고 카페 입구에 이르자, 무대 위에서 한 연주자가 연미를 향해 반갑게 손을 흔든다. 연미가 그를 향해 손을 흔든다.

웨이터 한 명이 연미와 현석을 자리로 안내한다. 연미와 현석, 무대가 정면으로 보이는 객석 정중앙 자리를 안내받는다.

"예약 안 했으면 앉지 못할뻔했네요."

연미가 자리에 앉으며 현석에게 말했다.

"그러게요. 사람이 참 많소."

"컨디션 괜찮으세요?" 연미가 묻자, 고개 끄덕이는 현석.

"리 릿나워[69] 곡이군." 현석이 무대를 쳐다보며 말했다.

"저 곡 아셔요?"

"〈어 리틀 범핀〉,[70] 자주 듣던 곡이에요. 기타가 너무 좋아서."

연미, 미소지으며,

"많은 곡을 꿰고 계시네요."

현석, 무대에서 눈을 떼지 못한다. 무대를 지켜보던 그가 입을 연다.

"밴드 연주 실력이 참 좋네요. 오리지널 곡 감성이 그대로 전해져 오네."

무대를 바라보는 현석의 얼굴에 생기가 돈다. 병원에서 볼 수 없었던 모습이다. 연미가 그의 그런 얼굴을 물끄러미 쳐다본다.

연주자들이 연주를 마무리했다. 연주자들을 향한 박수 소리가 울려 퍼졌고 현석도 연주자들을 향해 아낌없는 박수를 보

---

69   Lee Ritenour. 미국의 재즈 기타리스트·작곡자·프로듀서.
70   *A Little Bumpin'*, *Wes Bound*, 1993.

낸다.

한 여인이 무대 위로 오른다. 연미가 무대 위로 오르는 여인을 바라보며 말한다.

"조금만 늦게 왔어도 안 될뻔했네요."

"해금 아니오?" 현석이 무대 위에 오른 여인을 보며 말했다. 그녀의 손에는 해금이 들려 있다.

"네, 해금 주자예요. 저 여학생 연주 한번 들어보세요. 지난번, 저 학생 연주 듣고 깜짝 놀랐어요."

그때 웨이터가 주문을 받기 위해 테이블 옆으로 다가와 선다. 연미는 주문받으러 온 웨이터에게 눈길도 건네지 않은 채 한 곡 듣고 주문하겠다는 말을 허공에 뿌린다. 현석은 그런 연미의 행동이 그녀답지 않다고 생각했다. 현석은 오늘 그녀의 행동에 유난히도 큰 생소함을 느낀다. 현석, 웨이터에게 눈을 맞추고 나중에 주문하겠다고 정중하게 이야기한다.

밴드 연주자들의 연주에 이어 여인의 해금 연주가 시작되었다. 들려오는 곡은 양악이었다. 재즈였다. 순간, 현석과 연미의 눈이 서로 마주친다.

여인의 연주는 잠든 현석의 영혼을 깨웠다. 해금으로 재즈가 연주되고 있는 그 사실 하나만으로 현석의 가슴은 뛰기 시작했다. 현석은 그녀의 연주가 시작되자마자 그녀가 뛰어난 해금 연주자라는 것을 바로 알아차렸다. 해금으로 좋은 양악

소리를 내기 위해서는 조성調性의 선택과 응용의 범위를 적절한 음역대로 한정시켜 놓는 것이 중요하다는 것을 누구보다 잘 알고 있는 현석은 그녀가 그것을 잘 이해하고 있다고 생각했다. 현석은 연주 경험이 많지 않을 젊은 나이임에도 그녀가 그것을 이해하고 있는 것 같아 그녀가 기특하다는 생각이 들었다. 현석은 그런 그녀가 고마웠다.

 익어가는 그녀의 연주 선율에 현석의 감수성이 크게 일렁이기 시작한다. 현석은 해금 연주를 들으며 오랜만에 큰 행복과 환희를 느낀다. 현석은 그녀의 연주에서 발산되는 양질의 음감 때문에 무대 위의 여인에게 소리쳐 환호를 보내고 싶다. 하지만 그는 치솟는 감성을 눌러 내리고 쓸어 모아 그저 가슴에 묻는다. 그러나, 그런 그의 절제된 마음은 바로 무너져 버렸다. 여인의 독주 연주에 이어 리듬 악기와 브라스 악기가 소리를 내자 현석의 심장 고동은 빨라졌고 트롬본이 목가적인 분위기로 솔로 연주를 잇고 그 위에 다시 해금 연주가 얹히자, 그는 두 눈을 반짝거리며 무대 쪽으로 얼굴을 더욱 가깝게 가져간다. 그리고 소리친다.

 "와우!"

 연미가 느닷없는 현석의 외침에 깜짝 놀라며 현석을 바라본다.

 음이 반전을 이루며 빠른 템포로 이어졌다. 현석이 무대 위의 여인과 밴드가 웅숭하게 차려놓은 음에 도취되어 눈을 감고 리듬에 맞춰 어깨를 움직인다…….

마침내 여인이 끝 음을 맺었다. 그녀의 연주가 끝나자마자, 현석이 자리를 박차고 일어나 무대를 향해 우렁찬 박수를 보낸다. 연미가 현석의 얼굴에 피어오른 미소를 본다. 그녀는 현석의 미소를 보며 오늘의 이 자리에 감사의 마음을 갖는다.

현석이 여인을 향해 환호를 보낸 뒤 자리에 앉자, 연미, 현석의 귓가에 얼굴을 가깝게 가져가며,

"저 학생, 재즈 뮤지션들 사이에서 아주 잘 알려져 있어요. 국악 신동이었는데 고교 시절부터 재즈에 빠져 재즈 연주자들과 잼[71]을 하고 다닌다네요. 제가 한번 물어봤어요. 왜 해금으로 재즈를 연주하냐고. 그랬더니 하는 말이, 아름다움의 폭이 넓고 깊기 때문이라고……."

연미가 갑자기 울컥하며 말을 못 잇는다. 연미의 눈에 순식간에 눈물이 고인다. 연미가 말을 잇는다.

"그 말 듣고 마음이 찡했어요. 이제 겨우 스물셋인데, 그 나이에 재즈를 이해하고 있는 그녀가 너무나도 대견하고 고마웠어요."

현석, 고개를 끄덕거린다. 그는 연미가 갖는 감정을 공감했

71　Jam. Jam Session. 뮤지션들이 모여 즉흥으로 하는 연주.

다. 연미의 눈처럼 현석의 눈에도 수분이 맺혀온다.

"정말 잘 봤소. 믿기지 않는 연주였어요. 저 여인이 날 행복하게 했소."

현석이 연미를 향해 한 손을 들어 올리며 말했다. 하이파이브하는 현석과 연미. 연미가 현석과 손바닥을 마주치며 현석의 미소를 본다. 연미는 그를 다시 만난 뒤 단 한 번도 치아를 드러낸 그의 미소를 본 적이 없었다. 오늘 현석이 보인 미소는 그녀가 오래전 현석에게서 보았던 바로 그 미소였다.

연미가 웨이터를 찾는다. 다소곳이 손짓만 해도 다가올 웨이터인데 그녀는 그득하게 밀려오는 기쁨에 신이 났는지 '웨이터 아저씨, 여기요' 하고 맑게 외치며 손을 흔든다.

연미가 웨이터에게 주문하는 사이, 한 남자가 연미 옆으로 다가와 선다. 그는 웨이터가 사라지자, 현석에게 고개 숙여 실례의 양해를 구한 뒤 연미 귀에 뭐라 속삭인다. 그는 연미와 현석이 카페로 들어설 때 무대 위에서 연미에게 손을 흔들던 기타 연주자였다.

"아, 오늘은 안 돼요." 연미가 난색을 보이며 기타리스트에게 말했다.

기타리스트가 다시 연미의 귀에 무어라 속삭인다. 그러자 다시 연미가 고개를 가로저으며,

"아니에요, 오늘은 복장도 그렇고 연주할 준비가 전혀 안 돼

있어요."

기타 주자, 난처해하며,

"이 카페 사장님이 오늘 이 자리에 가족하고 와 있어요. 특별한 날인 가봐요. 사장이 모처럼 신청한 곡인데 연줄 안 해줄 수가 없어요."

기타 주자는 거듭 현석에게 죄송하다는 말로 양해를 구한 뒤 연미에게 사정한다.

"오늘 한 번 만 좀 부탁해요. 아시잖아요? 그 곡 피아노 없이는 안되는 거."

"아니, 건반 연주자는 오늘 왜 안 왔대요?"

연미의 빈정대는 말투. 현석은 연미의 오늘 행동이 평상시의 그녀와 사뭇 다르다는 것을 다시 또 느낀다. 현석이 연미를 바라보며 한 손으로 무대를 가리킨다. 그녀에게 연주를 고취하고 성원하는 눈빛을 보내는 현석. 갈등하는 연미.

"음, 좋아요. 그럼 딱 한 곡만이에요."

기타 주자가 연미에게 엄지손가락을 치켜세운 뒤 무대를 향해 엄지와 검지로 동그라미를 만들어 그녀가 연주에 응했음을 알린다.

연미가 무대 위로 오른다.

무대 위의 연주자들에게 눈인사를 건네며 피아노 앞에 앉는 연미. 그녀는 건반을 가볍게 두드려 보며 연주자들과 같이 호흡한다. 곡은 연미의 연주로 먼저 시작되었다. 그녀가 전주를 이으며 고개를 움직여 밴드 단원들에게 신호를 보내자, 밴드 단원들의 연주가 시작된다. 연미의 연주로 메인 멜로디가 들려오기 시작한다. 들려오는 곡은 〈아이 윌 웨이트 휘 유〉였다.

얼마 전, 현석은 병실에서 연미와 지난 추억을 이야기하며 이런 말을 한 적이 있다. '당신과 그 곡을 같이 편곡했던 그때, 참 행복했소. 당신이 떠나고 난 뒤 그 곡을 자주 연주했는데, 그런데 언제부턴가 그 곡을 떠올리면 당신이 너무 그리워져서 그 곡을 한때 멀리하기도 했소.'

현석은 무대 위에서 〈아이 윌 웨이트 휘 유〉가 들려오자, 카페 대표의 신청곡이려니 생각했다. 그러나 곡이 진행되면 진행될수록 현석은 이상한 기분이 들었다. 그 이유는 들려오는 곡의 편곡라인이 32년 전, 비밀 연습실에서 연미와 함께 만들었던 바로 그 편곡라인이었기 때문이다. 연미가 무대 위에서 연주를 이으며 현석에게 미소 짓는다. 그리고 밴드 연주자들도 현석을 보며 미소를 그린다. 현석의 얼굴에 홍조가 돋아났고 파릇한 감성이 피어올랐다. 그리고 그의 가슴은 뭉클해졌다. 현석은 지금 벌어지고 있는 이 모든 상황이 연미가 자신을 위해 짜놓은 각본임을 알아차린다. 어느 사이, 해금을 연주했던 여학생이 해금을 손에 들고 현석 앞으로 다가와 두 손으로 현석에게 해금을 건네고 있다. 카페 내에 자리한 사람들의 시선이 일제히 현석에게로 향한다. 갑작스럽게 벌이진 상황에 현석은 어찌할 바를 몰랐다. 망설이는 현석. 현석 주위의 테이블에서 박수 소리가 일기 시작했다. 그 박수는 1층에 자리한 모든 사람에게 번져나갔고 카페 2층에 자리 잡은 손님들에게까지 옮겨갔다. 연미와 현석의 눈이 다시 마주쳤다. 현석을 향해 고개를 끄덕이는 연미. 현석, 마침내 여학생이 건네고 있는 해금을 받아 쥐고 자리에서 일어난다. 무대로 향하는 현석.

현석이 무대에 올라 밴드 단원들에게 일일이 눈인사를 건넨 뒤 해금 연주자가 앉았던, 무대 가운데에 놓인 의자에 앉는다. 밴드 연주자들과 연미가 연주 채비를 하는 현석을 위해 같은 소절을 반복해 연주를 잇는다. 잠시 후 채비를 마친 현석이 그들이 잇는 연주음에 맞춰 해금을 조율한다.

조율을 마친 현석이 연미와 밴드 연주자들에게 고개를 끄덕이며 신호를 보낸다. 그러자 연주자들이 해금 연주가 시작될 수 있게 흐르는 음의 선율에 호흡을 만든다. 현석의 연주가 시작되었다. 순간 현석을 지켜보던 사람들의 동작이 일제히 멈췄고 밴드 단원들은 서로 얼굴을 마주 본다. 그들은 연주를 시작하자마자 폭발적인 연주 율동을 보이는 현석의 힘에 압도당했다. 마치 꼽추 춤을 추듯 머리를 수그리고 상체를 웅크린 채 넓적다리를 밀착시키고 종아리를 꽈배기처럼 꼬고 연주하는 현석. 사람들은 현석의 독특한 연주 동작과 몰입하는 모습에서 눈을 떼지 못한다…….

부드럽던 곡의 분위기가 빠른 템포로 이어진다. 현석의 움직임이 빨라졌다. 일부 관객들은 앉은자리에서 어깨로 리듬을 타기 시작했고 몇몇 테이블에서는 연주되고 있는 곡의 그루브에 강약이 있을 때마다 자리를 박차고 일어나 손뼉 치며 환호를 보내기도 한다. 테이블 사이를 오가며 음식을 나르는 웨이터와 웨이트리스들도 잠시 일을 멈춰 세우고 현석의 해금 연주를 지켜본다. 현석의 연주가 시작된 지 얼마 지나지 않았지만, 카페는 열기로 뒤덮였다.

스탠다드 발라드 재즈로 시작했던 그들의 연주는 보사노바를 거쳐, 스윙,[72] 그리고 탱고로 이어졌다. 그들의 연주가 탱고 리듬과 비트로 이어지자, 객석에서 환호가 일었다. 탱고 연주에 객석은 물론 연미와 현석, 그리고 밴드 단원들의 안면에는 희색이 만발했고 그들의 연주 율동에는 생기가 더해졌다. 일종의 도파민이자 엔도르핀이었다. 탱고만이 만들어낼 수 있는 관능과 낭만의.

탱고 비트 속에서 연미의 피아노 솔로 연주가 이어졌다. 탱고 특유의 짧게 끊어치는 연주였다. 그리고 그녀의 피아노 독주에 현석의 해금 독주가 포개어진다. 역시 짧게 끊어 켜는 스

---

72 Swing. Swing Jazz. 비트와 율동이 강한 빅밴드 스타일의 경쾌한 재즈.

타카토 연주였다. 현석과 연미가 듀엣으로 음을 주고받자, 객석에서 다시 환호가 일었다. 연미와 현석의 연주 비트에 맞춰 박수 치는 관객들. 객석의 환호와 대화하듯 주고받는 연미와 현석의 이중주는 〈아이 윌 웨이트 휘 유〉의 절정의 나래였다.

연미의 손이 어쿠스틱 피아노에서 전자 키보드로 옮겨 갔다. 연미와 현석이 탱고에서 빠져나와 재즈 펑크[73]의 빠른 비트로 분위기를 바꾼다······. 그리고 잠시 후 두 사람은 웨스트 코스트 재즈[74] 장르의 발라드 스타일로 다시 분위기를 바꾼다. 자리에서 일어나 환호하던 사람들이 부드러운 재즈 음에 두 손을 하늘로 치켜들고 천천히 좌우로 손을 흔들기 시작한다. 그들의 그런 율동은 객석 전체로 퍼져 나갔다. 카페에 앉아있는 모두가 두 손을 들어 올리고 음을 탄다. 잠시 후 연미와 현석의 이중주가 마무리되자, 밴드 단원들의 악기 소리가 하나둘씩 들려오기 시작했다. 곧이어 음은 다시 빠른 비트의 보사노바로 이어졌다. 양손을 추켜올리고 나릿나릿 리듬을 탔던 사람들이 손을 내리고 고개로, 상체로 다시 보사노바 리듬에 맞춰 음을 탄다. 밴드와 연미, 그리고 현석의 연주가

---

73 Jazz Funk. 재즈에 Funk, Soul, R&B, Disco 등의 장르가 전자 사운드 비트와 합쳐진 음악.

74 West Coast Jazz. 미국 캘리포니아에서 번성한 모던 재즈. 부드럽고 차분한 분위기.

음의 절정을 향해 달린다. 잠시 후 현석의 솔로 연주를 끝으로 〈아이 윌 웨이트 휘 유〉는 끝을 맺는다.

큰 환호 소리가 들려왔다. 사람들이 자리에서 일어나 현석을 향해 열정적인 박수를 보냈고 연미도 의자에서 일어나 현석을 향해 박수를 보낸다. 현석이 객석과 무대 위의 연주자들을 향해 허리 숙여 인사한 뒤 해금을 의자 위에 내려놓고 퇴장하기 위해 무대를 가로지르며 걷는다. 그러나 사람들의 박수와 환호 소리가 멈출 기미를 보이지 않는다. 일정한 박자로 계속 박수를 치는 사람들. 무대 계단을 내려오던 현석이 다시 무대 위로 올라 객석을 향해 고개 숙여 인사한 뒤 다시 무대를 내려온다. 그러나 박수 소리는 멈춰지지 않았다. 급기야 박수 소리에 외침이 더해졌다. 앙코르 외침이었다. 연미가 현석에게 다가간다. 이런 환호와 앙코르 요청은 예정에 없었다고 겸연쩍게 웃으며 말하는 연미. 그녀는 현석의 컨디션을 물었고 괜찮다는 현석의 대답을 듣고 앙코르 연주에 대한 그의 의향을 물었다. 현석은 연주를 더 할 수는 있지만, 밴드와 같이 호흡해 본 곡이 없으니 앙코르 연주는 서로가 부담되지 않겠냐고 말하며 연미의 의견을 물었다. 그러자 연미가 기타 주자를 한번 쳐다보더니 입가에 미소를 그린다. 그녀는 밴드에게도, 자신에게도, 현석에게도 부담되지 않는 앙코르곡이 있다면서 앙코르곡으로 한 곡을 제안했다. 현석은 그녀가 제안한 곡의 제목을 듣고 깜짝 놀란다. 그녀가 제안한 앙코르곡은 〈재즈 러버스 Part II〉였다.

　삼십이 년 전, 현석은 연미와 작별을 나눌 기회가 없었다. 그는 〈재즈 러버스〉의 악보를 완성했지만 결국 연미에게 전하지 못했다. 연미가 사라지고 난 훗날, 현석은 〈재즈 러버스〉를 연미의 어머니를 통해 연미에게 전할 기회를 얻게 된다. 하지만 현석은 그 후로 〈재즈 러버스〉 악보가 연미에게 전달되었는지 확인할 방법이 없었다. 얼마 전, 현석은 병실에서 연미에게 기회가 되면 〈재즈 러버스〉를 같이 한번 연주해 보자고 말한 적이 있다. 현석은 그 말을 꺼내면서 연미로부터 악보 잘 받았다는 답변이 있기를 기대했었다. 그러나 연미는 현석의 말에 일체 아무런 답도 하지 않았다. 현석은 그 순간 연미에게 묻고 싶었다. 오래전 어머님을 통해 악보를 전했는데 잘 받았느냐고. 하지만 현석은 묻지 않았다. 왜냐면 그는 그녀를 당황하게 혹은 아프게 만들고 싶지 않았다. 만약 그녀의 어머니가 악보를 연미에게 전하지 않았다면 분명 연미는 그 질문을 받는 그 순간부터 고통스러워했을 테니까. 사실 악보가 연미에게 전달되지 않았을 경우 당황하고 아파해야 할 사람은 연미보다 현석이었다. 그러나 그는 전혀 자신의 관점에서 생각하지 않았다. 늘 그녀에게 그래왔듯, 삼십여 년이 흘렀지만, 현석은 그녀에 대해 아무것도 변한 게 없었다. 그는 늘 그녀가 우선이었다.

　〈재즈 러버스 Part II〉의 앙코르 제안에 놀란 현석은 마음을 쉽게 진정시킬 수 없었다. 하지만 그녀가 〈재즈 러버스〉를 전달받은 사실에 대한 기쁨의 만끽은 지금 현석에게 있어 최우선 순위가 아니었다. 〈Part II〉는 연주 시간이 긴 곡이고 충분한 연습 없이는 소화해 내기 어려운 곡이어서 현석은 우려가 앞섰다. 현석이 밴드 연주자들의 표정을 살핀다. 밴드 단원들 모두가 현석을 보며 활짝 미소 짓고 있다. 현석과 눈이 마주친 기타리스트가 현석의 우려 섞인 표정을 읽고 현석에게 자신 있다는 듯 고개를 끄덕였다. 밴드 단원들은 모든 게 다 준비되어있는 듯했다. 현석은 가슴이 벅차올랐다. 현석은 그 곡을 앙코르곡으로 받아들였다. 현석이 의자로 돌아가 내려놓았던 해금을 다시 손에 쥐었고 연미가 피아노 앞으로 다가가자, 객석에서 환호가 일었다. 연미가 음의 조율을 위해 피아노로 음을 만들자, 객석에서 일순간에 소음이 줄어든다. 해금을 조율하는 현석.

　현석, 연주자들을 쳐다보면서 고개를 끄덕여 신호를 보낸다. 앙코르곡이 시작된다.

　〈Part II〉는 재즈에 록 특유의 힘이 혼합된 퓨전 재즈곡이었다. 첫 곡 연주에 감성이 달구어진 상태였기 때문이었을까. 일반적인 재즈곡들과는 달리 프로그레시브 록[75]과 파워 메탈[76] 요소가 스며있는 실험적인 곡이었음에도 사람들은 거리감을 느끼지 않고 연주자들의 음의 피치[77] 하나하나에도 반응한다. 특히 연미의 피아노와 현석의 해금 앙상블에 사람들은 열정적으로 환호를 보낸다. 〈Part II〉는 독특한 후크[78] 구성으로 세팅된 곡이었다. 일반적으로 후크는 음악의 1절 후반 또는 곡의 후반에 놓이지만, 〈Part II〉는 그 상식을 깨버렸다. 주 멜로디를 들려주는 해금과 피아노, 리듬을 이어주는 기타와 베이스, 그리고 화음을 들려주는 트롬본과 트럼펫 등의 관악기들이 곡의 도입부에서 각각 악기별로 그 곡의 후크 부분을 연주했다. 그런 후크의 구성 때문에 객석에서는 곡이 시작되자마자 큰 반응이 일었다. 그런 악기들의 컬래버레이션 Collaboration 구성은 1절과 1절 후렴까지도 반복됐으며 결국 그런 후크의 반복 구성은 〈Part II〉의 백미가 되었고 연주를 지켜보는 사람들에게 신명을 안겼다.

악기들의 컬래버가 끝나고 연미의 피아노 독주가 이어진다. 가늘고도 여린 감성적 연주였다. 카페 1층의 야외 테이블 손

---

75 Progressive Rock. 기존 록의 한계에서 진보된 실험성이 강한 록.
76 Power Metal. 정통 메탈보다 빠르고 심포니적 요소가 가미되기도 하는 메탈 장르.
77 Pitch. 음정. 음의 추상적, 물리적 파동.
78 Hook. 음악에서 강조되는 부분.

님들은 물론, 2층 테라스에 나와 있던 사람들이 연미의 피아노 음에 맞춰 상체로 리듬을 탄다. 잠시 후 연미의 피아노에 현석의 해금이 더해졌다. 〈아이 윌 웨이트 훠 유〉에서 들려질 때와는 완전히 다른 해금 소리였다. 전통 음악에 국한되고 정형화된 해금 소리에만 익숙했었기 때문일까? 사람들은 해금에서 상상도 하지 못한 감성을 느꼈는지 현석의 연주에 탄성을 내지른다. 연미와 현석의 이중주를 지켜보던 밴드 단원들이 서로 얼굴을 마주 본다. 그들의 표정은 놀라움을 넘어 무겁기까지 하다. 그들은 현석의 연주에서 전율을 느꼈다. 그 순간 밴드 연주자들만큼 넋을 잃고 현석의 연주를 바라보는 또 한 사람이 있었다. 바로 해금을 연주했던 여학생이었다. 그녀는 감동받았는지 두 손으로 입을 막고 울먹거리며 현석의 연주를 지켜보고 있다.

　현석과 연미가 중간 간주를 마무리했다. 어느새 현석의 이마에는 땀이 송송 맺혔고 연미도 목둘레로 흐르는 땀에 목에 두른 스카프를 풀어버린다. 곧이어 곡은 2절로 향한다. 2절은 완전한 메탈이었다. 1절과는 사뭇 다르게 빠른 비트의 파워 메탈. 그들의 연주 템포는 일반적인 헤비메탈 장르보다도 더 빨랐다. 객석에서 다시 큰 환호가 일기 시작했다. 몇몇 손님들은 의자 위에 올라서서 한 팔을 하늘로 쭉쭉 뻗으며 격정적인 반응을 보인다. 연미가 잠시 연주를 멈추고 가죽 잠바를 벗어 피아노 위에 던져버리고는 다시 연주를 잇는다. 그녀의 등은 온통 땀으로 젖어있었다. 연주가 파워 메탈로 이어지면서 〈아이 윌 웨이트 휘 유〉의 몰입 부분에서 그랬던 것처럼 현석이 고개를 숙이고 특유의 꽈배기 형태로 몸을 만든다. 온 힘을 기울여 연주에 열정을 쏟아붓는 현석. 순간, 현석의 역동적인 연주 율동에 그의 머리에 묶여 있던 고무줄이 풀려 버렸고 그의 긴 머리가 그의 얼굴 앞으로 흘러내렸다. 그러나 그는 개의치 않고 연주를 계속 이어나간다. 머리카락이 그의 시야를 가렸지만, 그의 연주 음정은 전혀 흐트러지지 않는다.

〈Part II〉가 곡의 클라이맥스를 향해 달려간다. 그 절정 부분에서는 리드 기타, 세컨드 기타, 베이스, 피아노, 타악기, 드럼, 해금, 트롬본, 트럼펫, 색소폰 등의 악기가 투티[79]로 음을 뿜어댔다. 그때 관객들이 갑자기 큰 환성을 내지른다. 그 이유는 현석이 해금을 연주하며 헤드뱅잉[80]을 시작했기 때문이다. 연주자들도 놀랐고 연미도 놀랐다. 연미는 현석의 그런 모습을 상상조차 할 수 없었다. 연미가 연주를 이으며 객석을 굽어본다. 열광의 도가니! 관람객들은 현석과 연미 그리고 밴드 단원들이 만들어놓은 이 희열의 향연을 손에 꽉 쥐고 놓지 않

---

79 Tutti. 모든 악기가 다 함께 연주되는 것.
80 강렬한 음악 비트에 맞춰 머리를 흔드는 행동.

으려는 듯 보인다. 객석을 주시하던 연미가 우려 섞인 눈으로 현석을 바라본다. 객석의 열기가 과열 양상으로 치닫고 있었기 때문이다. 땀에 젖은 현석의 머리카락이 연미의 눈에 들어왔다. 그녀는 현석의 컨디션을 생각하지 않을 수가 없었다. 연미는 현석의 움직임 하나하나, 그리고 그의 심호흡까지도 갈퀴질하듯 눈에 쓸어 담는다. 청중들에게서 발산되고 있는 에너지를 더 이상 받아내서는 안 될 것 같다고 생각한 연미가 리드 기타 주자에게 눈으로 신호를 보냈다. 그는 연미의 마음을 바로 헤아렸고 그와 연미는 서둘러 연주를 마무리하기 위해 음의 코드를 바꾼다. 연주에 집중해 있던 현석이 갑자기 바뀐 코드에 연미와 기타 연주자를 쳐다본다. 현석은 연미의 눈을 보며 그녀가 무엇을 원하고 있는지 알아차렸다. 잠시 후 연미의 바람대로 그들의 연주는 곡의 끝부분, 몇몇 소절들을 생략하고 마지막 소절로 넘어갔다. 마침내 그들의 연주가 끝을 맺는다.

  커다란 환성 소리와 박수가 울려 퍼졌다. 연미와 밴드 주자, 현석이 객석 청중들을 향해 인사한다. 연미는 현석과의 연주를 마무리하려는 요량으로 피아노 위에 놓인 가죽 재킷을 집어 들고 피아노로부터 거리를 두고 청중들에게 손을 흔들며 무대 출구 쪽으로 걸어간다. 그녀의 그런 행동에 기타 주자가 어깨에 메고 있던 기타를 풀어 내렸다. 그러자 나머지 연주자들도 각자의 악기를 손에서 내려놓는다. 그러나 환호와 박수 소리는 좀처럼 줄어들지 않았다. 관람객들이 또다시 앙코르를 외치기 시작했다. 앙코르곡을 요청하는 청중들의 열기는 첫 곡 연주가 끝났을 때보다 더 뜨거웠다. 연미와 기타 주자의 눈이 마주친다. 두 사람은 전혀 예측하지 못한 이 상황에 당황한다. 연미와 기타 주자는 〈Part II〉 연주 뒤에 앙코르 요청이 있게 되면 〈Part III〉 또는 〈Part I〉을 앙코르곡으로 연주할 예정이었다. 하지만 연미는 두려웠다. 예정된 앙코르곡을 연주하면 과열된 객석 분위기가 계속 지속될 것 같았고 현석은 남아 있는 에너지를 다 쏟아낼 게 분명했기 때문이다. 그렇게 될 현석을 그려보니 연미는 마음이 편치 않다. 연미는 객석을 진정시킬 수 있는, 차분하면서도 조용한 곡을 앙코르로 연주해야만 한다고 생각했다. 연미와 현석, 그리고 기타 주자가 함께 머리를 맞댔다. 대화를 나누는 그들. 그들은 조용한 재즈 발라드로 앙코르곡을 연주하자는 연미의 의견을 받아들였고 앙코르곡으로 연주할 곡을 논의했다. 마침내 그들은 앙코르곡을 선정했다. 그들이 연주하기로 한 앙코르곡은 〈스마일〉[81]이었다.

그들의 앙코르 연주가 연미의 부드러운 피아노 터치로 시작

81　*Smile*. Charlie Chaplin, 1936.

되었다. 연미의 바람대로 모든 게 차분해졌다. 일어서 있던 청중들은 의자에 앉았고 무대 앞까지 다가와 서 있던 관객들은 각자의 테이블로 돌아가 앉았고 또다시 일손을 놓고 무대를 바라보고 서 있던 웨이터와 웨이트리스들이 분주하게 움직이기 시작했으며 어느새 주방에서 나와 무대를 지켜보던 머리에 하얀 모자를 쓴 요리사들도 자신들의 위치로 돌아간다. 일부 사람들은 무대 아래에 머물며 연미와 현석, 그리고 밴드가 연주하는 〈스마일〉에 맞춰 고개로 리듬을 타며 남겨진 여운을 붙잡고 있다.

연미와 밴드의 연주에 잠시 호흡을 가다듬은 현석이 밴드와 연미의 연주에 맞춰 부드럽게 해금 연주를 가미한다. 현석이 해금 연주를 이으면서 연주자들과 연미를 바라본다. 밴드 단원들, 한 사람, 한 사람에게 직접 눈을 맞추며 깊게 허리 숙여 인사하는 현석. 현석은 상상해 본다. 〈아이 윌 웨이트 훠 유〉와 〈재즈 러버스 Part II〉를 연주하기 위해 이들이 얼마나 많은 시간을 들여 연습했었을지를.

25 | 환희, 절망, 그리고 열정

현석이 가지런히 접은 청바지, 가죽 잠바, 하얀 티셔츠, 선글라스, 머플러, 그리고 부츠를 손에 들고 병실 안을 두리번거린다. 그는 연미가 가져왔던 쇼핑백과 신발 가방을 찾고 있다. 그것들은 병실 창가 옆에 놓여있었다. 그가 쇼핑백 안에 옷들을 넣고 부츠를 부츠 가방 안에 넣는다.

노크 소리와 함께 연미 목소리가 들려온다.

"다 갈아입으셨어요?"

"네, 들어와요."

연미, 병실 문을 살며시 열며 병실 안으로 들어선다. 그녀도 옷을 갈아입었다. 평상복으로 갈아입은 두 사람. 그들은 갑자기 서먹했다.

"오늘 있었던 일이 마치 먼 과거 속 일이었었던 것 같네요." 현석이 말했다.

현석, 할리 의상이 담긴 쇼핑백과 부츠 가방을 탁자 위에 내려놓으며,

"옷, 잘 입었소. 내가 이런 옷을 입어 보게 될 줄 상상도 못했소."

"보관하고 계세요. 가지고 계시면서 서로 오늘을 기억하기로 해요."

"……."

연미, 벽에 걸린 시계를 한번 쳐다본 뒤 현석을 본다.

현석이 입을 연다.

"오늘 정말 고마웠소. 오늘처럼 해금을 연주했던 날은 기억에 없는 것 같아요."

"저도 오늘처럼 피아노를 연주한 날은 없었어요."

그렇게 말을 던진 두 사람은 더 이상 말이 없다. 현석은 연미를 보내기가 아쉬웠고 연미는 현석의 병실에서 막상 나가려니 허전했다.

"할리는 언제 배웠나요?" 현석이 물었다.

"일본에 살 때, 집 앞 거리에 할리가 자주 지나다녔어요. 그 때마다 한 남자가 생각났어요. 이렇게 소리가 시끄럽기만 한데 왜 좋아하는 걸까 했지요. 그런데 어느 날부터 할리 소리가 시끄럽다는 생각이 안 들었어요. 어느 때부턴가는 친근하게 들려오기 시작했고 언제부턴가는 소리를 들을 때마다 머리가 상쾌해지고 기분이 좋아졌어요. 무슨 이유였는지 모르지만, 오토바이 소리에 속이 시원해지기도 했고요. 일본에 사시는 사촌 오빠가 할리 마니아예요. 오빠한테 배웠어요. 한 번 배우고 난 뒤 벗어날 수가 없었네요. 일본에 한 대 가지고 있어요."

현석은 입가에 미소가 절로 났다.

"놀랍소. 한 대 가지고도 있다니. 할리를 잘 느끼고 있네요. 예전에 할리 오토바이에 대한 글을 읽은 적이 있는데 그 글을 쓴 사람이 그랬소. 옆에서 배기음을 듣고 있기만 해도 마음이 치유되고 물리적으로 몸도 치료되는 것 같다고. 그 말, 경험하지 못해 잘 모르지만, 공감은 갔었는데 그 글쓴이와 똑같이 말하고 있네요."

연미의 입가에 미소가 피어올랐다.

"오늘, 모든 게 너무도 감사하고 고마웠소. 준비가 쉽지 않았을 텐데……. 감동이었어요. 당신이 내 인생 최고의 날을 만들어 줬어요." 현석이 말했다.

"그렇게 생각해 줘서 고마워요. 저도 제 인생에 있어 잊을 수 없는 하루가 될 것 같아요."

두 사람, 또다시 말이 없다.

연미가 정적을 깨며,

"하나 여쭤봐도 돼요?"

현석, 고개 끄덕인다.

"지난번에 그러셨죠? 저와 헤어지고 나서 지금까지 절 하루도 잊은 적이 없다고?"

현석, 물끄러미 연미를 쳐다본다. 무슨 질문일까 싶다.

"왜 그러셨어요?"

"?"

"어떻게 삼십여 년 동안 한 여자만을 생각하며 살아올 수 있죠?"

"……!"

"어떻게 삼십여 년 동안 홀로 지내면서 여인의 손을 단 한 번도 잡아보지 않을 수 있죠? 그 말을 믿으라고 제게 말씀하셨나요?"

"……."

현석, 갑작스러운 질문에 당황한다. 그러나 그녀의 입가에 미소가 사르르 번지자, 현석의 당혹감은 넌지시 녹아내렸다. 현석, 그녀의 옛 모습을 잠시 떠올린다. 늘 엉뚱함이나 짓궂음으로 자신의 황망한 마음을 달래주려 했었던 그 모습. 그녀의 그런 행동 뒤에는 늘 지금 같은 미소가 있었다. 현석은 연미의 얄궂은 질문 뒤에 따라붙은 흐드러진 미소의 의미를 헤아린다. 난데없이 그녀가 질문을 꺼낸 이유는 아마도 병실을 나서기 전, 어두워진 두 사람의 분위기를 찬란했던 오늘의 절정 속으로 다시 되돌리려는 의도가 아니었을까? 하고 현석은 생각한다. 현석이 그런 그녀의 의중을 받아 유쾌한 낯빛으로 입을 연다.

"아니, 뭘 그리 질문 같지도 않은 질문을 해요? 평생 단 하루도 재즈를 잊지 못한 접니다. 사람이 아닌 음악에 대해서도 그리했었는데 어떻게 사람을, 그것도 사랑했던 단 하나의 사람을 하루씩이나 거를 수 있소?"

 현석을 다시 만난 이후, 그에게서 단 한 번도 느끼지 못했던 색조의 말이었다. 나름 농弄을 섞을 만큼 섞은 대답이었지만 현석의 답은 연미에게 농으로 들려오지 않았다. 순수하게 들려왔다. 그리고 그가 진정 그랬을 것 같은 생각이 든다. 연미는 현석의 답변에 같은 질량, 같은 부피의 답을 선사하고 싶다. 하지만 시간이 허락하지 않는다. 연미는 병원 밖 주차장에서 시계를 내려 보며 자신을 기다리고 있을 성재의 모습을 그려본다. 벽에 걸린 시계에 다시 시선을 가져간 연미가 여린 한숨을 내쉬고는,

 "가봐야 할 것 같아요."

 "……"

 연미, 병실 문을 향해 발걸음을 뗀다.

 "또 언제 올 건가요?" 현석이 물었다.

 분명 현석의 질문은 '또 언제 올 건가요?'였다. 그러나 연미에게는 그 질문이 질문 그대로의 의미로 들려오지 않았다. 연미에게는 그 질문이 '다시 또 올 수 있기는 한 건가요?'의 의미로 들려왔다.

 연미, 머뭇거리다가 말한다.

 "퇴원하시기 전에 몇 번 더 뵐 수 있을 거예요."

연미는 얼마 전, 현석 앞에서 두 사람이 더 이상 시간을 같이 나눌 수 없는 운명인 것을 묵시적으로 암시했었다. 그 후 현석은 그녀와 함께하는 하루하루가 그녀와 함께하는 마지막 날일지도 모른다고 생각했다. 현석은 카페에서 연주를 마치고 연미와 함께 병원으로 돌아오면서 그 마지막 날이 혹시 오늘이 아닐까? 하고 생각했다. 그 생각에 현석은 갑자기 겁이 덜컥 났었다. 그래서 그는 병원으로 돌아와서 계속 마음을 졸이고 있었다. 그러나 오늘은 아니었다. 그건 축복이었다. 몇 번 더, 라는 그녀의 말은 그녀가 그에게 건네는 크나큰 선물이었다. 맥없이 공허해 보였던 현석의 눈동자가 반짝인다.

연미가 문가에 서서 "저 가요"라는 말을 던지고는 머뭇거리다가 문가에 놓인 할리 의상 가방을 들고 사라진다. 그녀가 사라진 뒤 현석은 오늘 그녀와 함께했던 하루를 뒤돌아본다. 그는 오늘의 여운을 음미하고 또 음미해 본다.

현석이 오토바이 의상이 든 쇼핑백과 부츠 가방을 옷장 선반 위에 내려놓는다. 순간 멈칫하는 현석. 그는 잊은 게 있었다. 현석이 빠른 걸음으로 침대를 향해 달려가 침대 밑에서 무언가를 끄집어낸다. 꽃이었다. 장미 다발. 그리고 또 다른 하나, 포장된 선물 상자. 오늘은 그가 기억하는 연미의 생일이었다. 그는 꽃과 상자를 내려 보며 까맣게 잊고 있던 자신을 힐책하고 꾸짖는다. 그가 침대 위에 놓인 점퍼를 걸치고 꽃다발과 선물 상자를 들고 서둘러 병실을 나선다.

 복도를 내 달려 엘리베이터 앞에 서는 현석. 엘리베이터의 위치를 알리는 층수 표시등을 쳐다보는 현석. 하나는 'B4', 다른 하나는 'B1' 또 다른 하나는 '1'. 현석의 병실은 7층이었다. 기다릴 수가 없다. 그가 엘리베이터 옆 비상구로 향한다. 비상구 계단을 타고 내려가는 현석. 어디서 그런 민첩함이 나오는지 그는 절뚝거리는 다리로 한걸음에 계단을 두 칸씩 뛰어 내려간다.

 로비의 비상구 문을 연 현석이 주위를 살핀다. 로비 현관에서 병원 밖으로 나서고 있는 연미의 뒤 모습이 현석의 눈에 들어왔다. 그가 현관을 향해 내달린다.

 현석이 병원 현관문의 손잡이를 밀치며 연미를 막 부르려는 찰나, 연미 앞으로 자동차 한 대가 다가와 멈춰 선다. 성재의 차였다. 운전석에서 내린 성재가 동승석으로 다가와 연미의 손에 들린 가방을 받아 자동차 뒷좌석 문을 열고 가방을 넣은 뒤 동승석 문을 연다. 현석이 병원 현관문 옆 기둥에 몸을 숨기며 그들을 본다. 연미가 성재 차의 동승석에 올라탔다. 순간 연미의 치마 끝자락이 차 밖으로 흘러내리자, 성재, 연미의 치맛자락을 잡고 살포시 차 안으로 밀어 넣는다. 성재를 향해 미소짓는 연미. 동승석 문이 닫히고 곧이어 성재 차가 현석의 시야에서 사라진다. 고급 승용차, 넉넉한 이마에 올백으로 잘 빗어 넘긴 머리, 뚜렷한 이목구비, 훤칠한 키에 흐트러짐 없는 정장 차림. 현석은 성재의 차가 사라진 뒤에도 현관문 옆 기둥에 선 채 움직이지 않는다. '유성재, 음대 교수, 재즈 피아니스트, TV 음악 방송 진행자.' 현석의 머릿속에 성재의 프로필 이미지들이 스쳐 지나간다.

현석, 병원의 한 야외벤치에 앉아있다. 무표정한 얼굴로 정면을 응시하고 있는 현석. 그가 옆자리에 내려놓은 꽃다발과 선물 상자를 하릴없이 바라본다. 그리고는, 잠시 후, 먼 산에 시선 가져간다. 산 중턱에 걸려 있는 석양이 새빨갛다. 잠시 후 석양은 뉘엿뉘엿 산 아래로 떨어지는가 싶더니 순식간에 산 아래로 사라져 버린다.

현석 주위가 어두워졌다.

시간이 흐르고 어둠은 계속 깊어져만 간다. 그러나 그는 벤치에서 일어서지 않는다. 땅바닥 한 곳에 시선을 둔 채 미동도 없이 앉아있는 현석. 깊이를 알 수 없는 절망감이 그를 감싸온다.

성재의 차가 춘천 시내를 달리고 있다.

"저녁 식사 괜찮았어요? 입에 안 맞았는데 맛있었다고 한 건 아녜요?" 성재가 연미에게 물었다.

"아니에요. 맛있었어요. 식당 분위기도 좋았고요."

"매운 닭요리 먹으러 갈까도 생각했는데 생일날 매운 닭 메뉴가 좀 그래서 양식을 골랐는데 너무 느끼했던 것 아녜요?"

연미가 배시시 눈에 미소를 그린다. 성재, 그런 연미를 바라보며 묻는다.

"느끼했었던 거군요?"

연미, 대답 없이 계속 미소만 짓는다.

"다음 주에 생일 저녁 한 번 더 합시다. 얼큰 칼국수에 매콤한 닭볶음."

"네, 얼큰, 매콤 말씀하시니 먹고 싶네요."

"지금 날짜 정할까요?"

"아니에요. 천천히. 다음 달 초쯤에 가기로 해요."

"생일 저녁을 다시 먹는 건데 다음 달 초는 너무 멀지 않나요? 3주 된데?"

"그때가 좀 여유 있을 듯해요."

"그래도 너무 멉니다."

"아버님 병원 일도 있고 재즈밴드 연주 모임도 있고 딸아이 행정 일도 처리해 줘야 하고 할 일이 많네요. 저, 그리고 성재 씨, 말씀드리고 싶은 게 있어요. 성재 씨 가족분들 만나 뵙는 얘긴데 식사할 때 말씀드리려다 못 드렸어요. 왕 이모님이 외국에서 언제 오신다고 그러셨죠?"

"2주 뒤에 오셔요. 그렇지 않아도 그 얘기 하려고 했어요. 저도 식사 중에 이야기를 꺼낼까 하다 말 못 했는데 먼저 말해 줘서 고마워요. 어제 어머님과 통화했어요. 어머님 말씀은 왕 이모님만 따로 뵐 게 아니라 외가, 친가 식구 모두 모여 한 번에 인사 끝내자고 말씀하셨어요. 왕 이모님 오신, 그 주, 주말 에요."

"……."

"미안해요. 과정이 복잡해서."

"아니에요. 미안해하지 마세요. 성재 씨 가족 분위기 익히 잘 알고 있고 충분히 이해해요. 그런 집안 분위기, 존중해요. 그런데, 신경 쓰이는 게 있어요. 저희 아버님, 약속한 날에 못 나가실 수도 있어요. 요즘 많이 안 좋아지셨고 날마다 컨디션 이 다르세요. 그리고 이젠 하반신 거의 못 쓰셔서 휠체어 타고 나가셔야 하고 구강 신경이 마비되셔서 말을 못 하셔요. 눈도 잘 안 보이시고요."

"그걸 이해 못 할 우리 식구는 없어요. 전혀 신경 안 쓰셔도 돼요. 아버님 컨디션은 식구들에게 미리 말씀드려 놓을게요. 그 말이 다예요?"

연미, 성재의 물음에 대답이 없다. 그런 연미를 물끄러미 바라보던 성재,

"다른 할 말 있는 건 아니에요?"

"저, 성재 씨."

연미, 쉽게 입을 열지 못한다.

"성재 씨, 제가요, 시간이 좀 더 필요해요."

"!"

"저, 그분과 조금만 더 시간을 보냈으면 해요. 그분에게 해주고 싶은 게 있어요. 잠시만 더 저를 기다려 주실 수 있겠어요?"

"……."

갑자기 성재의 표정이 굳는다. 그가 급히 핸들을 꺾어 도로 갓길에 차를 세운다. 성재는 눈을 부릅뜨고 연미에게 '조금만 더 시간을 같이 보내고 싶다고요? 잠시만 더 기다려 달라고요? 어떻게 그런 말들이 그렇게도 쉽게 떨어지죠? 한 번도 아니고 두 번을 연기했어요. 제 입장도 생각해 줘야 하는 거 아니에요? 분명 그분 수술 끝날 때까지만이라고 했죠? 그 말 기억 못 해요?'라고 소리쳐 묻고 싶었다. 하지만 그는 그렇게 말을 던지지 못했다. 운전석 창문을 내리는 성재. 그가 자동차 콘솔박스에서 담뱃갑을 꺼내 담배 한 대를 꺼낸다. 그는 담배를 입에 물지는 않았다. 꺼내든 담배를 손가락으로 돌돌 말아 돌리며 차창 밖을 본다. 연미가 성재의 옆모습을 쳐다본다. 연미는 성재의 가슴이 숯덩이처럼 새하얗게 타들어 가고 있을 거라는 걸 안다.

성재가 차의 시동을 건다.

"다 왔어요." 성재가 연미 집 앞에 차를 세우며 퉁명스럽게 말했다. '다 왔어요.'라는 말은 성재의 차가 갓길에서 출발한 이후 연미의 집에 도착할 때까지 그들 사이에 오고 간 유일한 말이다. 그들을 감싼 공기가 차갑기 그지없다.

연미가 차에서 내릴 움직임을 보이지 않자,

"집에 다 왔어요. 내려요." 성재가 싸늘한 어감으로 말했다.

"이렇게 그냥 내려서 들어가라고요?" 연미가 대뜸 화를 내며 말했다.

"!"

성재, 버럭 화를 낸 연미를 바라보며 당황한다. 말없이 서로 마주 보는 두 사람. 성재는 그녀가 화를 낼 상황이 아닌, 그녀가 자신의 화를 받아줘야 하는 상황이 아닌가 하고 생각한다. 계속 대화 없이 눈을 맞대고 있는 두 사람. 잠시 후 성재가 그녀의 눈에 새겨진 글자를 읽는다. 그가 본 연미 눈에 새겨진 글자는 '미안'이라는 글자였다. 하지만 성재는 그녀의 눈에 새겨진 '미안'이라는 글자의 정체를 완전하게 해독할 수가 없다. 병원의 그 남자에게 남은 정 또는 남은 사랑 때문에 '미안'이라는 글자를 새긴 건지? 아니면 자신 가족과 만남을 계속 미루는 이유에서 미안함을 그린 건지? 아니면 자신을 향한 마음에 변화가 생겨, 거기서 파생된 미안함인지? 성재는 답답하다. 아무리 객관적으로 생각해봐도 그 사람 혹은 그 아들이란 존재가 연미와 자신 사이에 커다란 벽으로 와 닿을 거라고는 생각되지 않는다. 하지만 지금 성재는 객관이 아닌 그녀의 주관이 두렵다. 사랑에 있어 주관은 때때로 목숨을 담보로 삼으면서까지 굽히지 않는 존재니까. 지금, 연미의 주관은 과연 어떤 것일까? 혹, 지척에 있는 사랑을 멀리한 채 아득히 멀리 있는 사랑을 잡으러 가는 주관은 아닐까? 혹, 남녀 간의 사랑을 저버린 혈육에 얽매인 아가페적 사랑의 주관은 아닐까? 그래서 그녀의 사랑이 아지랑이처럼 아물거리는 사랑으로 변해버린 걸까? 생각할수록 성재는 불안하기만 하다. 그리고 그 불안함은 두려움으로 다가온다. 그리고 그 두려움은 공포로 다가온다. 하지만 그는 그녀를 믿고 싶다. 그는 지금 그녀를 향한 자신의 책망들이 한 줌에 사라질 좁디좁은 외곬의 마음이기를 바라고 그저 허공에 세워진 누각이기를 바란다. 짧지 않은 시간 동안 서로에게 충실했고 헌신했던 두 사람이었다. 서로의 우정과 사랑이 이 정도의 이유로 흔들려서는 안 된다고 그는 생각한다. 그리고 어떤 사랑도 위기에 직면하며 또 도전받을 수 있고 심판대에 오를 수 있는 것이며 지금이 바로 그 순간일 수 있고 그렇다면 일단 뒤로 한발 물러나 좀 더 넓게 냉철하게 현실을 바라보고 그녀를 더 이해해 줄 부분이 없는지 헤아려 보는 게 여자를 사랑하는 남자의 도리와 의무가 아닐까? 하고 생각해본다. 그러면서 그는 가슴 쓸린 어떠한 고통 속에서도 그녀에게 편안한 안식을 주고 따뜻한 마음으로 그녀를 감싸주겠다고 다짐도 해본다. 그게 그의 결론이었다. 그가 찢긴 마음을 다시 보듬어 붙잡는다. 하지만 성재는 다짐한 마음만큼 자신의 외면을 통제하지는 못했다.

성재가 차갑게 다시 말을 던졌다. "다 왔으니, 내려요!"라고. 순간, 연미의 눈에 눈물이 고인다. 그녀의 촉촉한 눈시울을 감지한 성재지만 그는 계속해서 냉랭한 낯으로 차의 앞쪽만 보고 있다. 연미가 서서히 움직인다. 그녀가 동승석에서 자동차 밖으로 나가기까지 무척 오랜 시간이 걸렸다. 연미가 차에서 내리자마자 성재가 차를 급출발시킨다.

현석은 사람들의 인적이 끊어진 늦은 시간까지 병원 벤치에 앉아있었다. 찬바람에 떠밀려 결국 벤치에서 일어난 그였지만 그는 벤치에서 일어선 뒤에 병실로 향하지 않았다. 그는 그저 하염없이 병원 주위를 거닐었다.

현석이 병실로 들어선다. 손에 들고 있는 장미꽃과 선물 상자를 침대 옆 테이블에 내려놓고 옷장 앞으로 향하는 현석. 그가 옷장에서 부직포로 된 슈트케이스를 꺼내 슈트케이스의 지퍼를 연다. 양복 정장 한 벌, 넥타이, 허리띠, 그리고 와이셔츠.

현석이 정장을 입고 거울 앞에 섰다. 그는 거울에 자신을 비취보다가 서울 옆 선반에 놓인 헤어 젤을 손바닥에 듬뿍 짜내어 머리에 바른 뒤 선반에 놓여있는 머리빗을 집어 머리카락을 올백으로 넘겨 빗어 내린다. 그리고 머리 끝단을 말아 올린 뒤 두툼한 고무줄로 머리를 묶고 침대 옆에 내려놓은 장미 꽃다발과 선물 상자를 들고 다시 거울 앞에 선다. 현석은 깔끔했고 반듯해 보였으며 세련돼 보였다. 성재처럼, 성재만큼.
"할아버지!"
현석, 뒤돌아보니 병실 문가에 정수와 며느리 그리고 손녀가 서 있다. 정수와 정수 부인은 안부 인사에 앞서 의아스럽다. 암 수술을 끝내고 회복을 위해 입원해 계신 아버지의 모습이 아니다. 현석, 쑥스럽고 민망했는지 손에 든 장미 꽃다발과 선물 상자를 서둘러 거울 옆 선반에 내려놓으며 머리를 헝클어트리고 넥타이를 푼다.
"아버님, 양복, 잘 어울리셔요. 사이즈가 잘 맞을까 걱정했었는데 좋으세요. 퇴원하실 때 꼭 그 양복 입으셔요." 정수 부인이 말했다.
"어쩐 일로 왔냐? 이리 늦은 시간에?"
"네, 아버님, 음식 좀 만들어 왔어요."
정수 부인이 대답했다.
"낼모레면 퇴원할 텐데 뭔 음식을 준비했냐?"
현석, 손주에게 다가가 손주의 머리를 쓰다듬는다.

"아이고 우리 이 귀염둥이, 고사이 키가 많이 컸구나."
현석, 손주를 한번 껴안은 뒤 두 팔을 그녀에게 펼친다.
"오랜만에 할아버지와 바이킹 할까?"
말이 끝나기가 무섭게 현석의 두 팔에 안기는 손주.
정수가 병실을 둘러본다. 열려있는 옷장 문 사이로 보이는 쇼핑백과 신발 가방, 거울 옆 선반에 놓인 장미 꽃다발과 선물 상자, 침대 머리맡에 놓여있는 과일 바구니, 그리고 침대 위에 잘 포개져 놓여있는 속옷과 양말들. 정수는 아버지의 병실에서 타인의 손길을 감지한다. 무심코 연미를 떠올리는 정수. 그는 갑자기 연미에 대해 알고 싶은 충동이 일었다.

연미가 거실 소파에 앉아 한 곳에 시선을 두고 꼼짝하지 않고 있다. 그녀가 바라보고 있는 건 벽이었다. 그저 페인트가 하얗게 칠해진, 페인트 외에는 아무것도 보이지 않는. 그녀가 성재의 차에서 내려 집으로 들어온 지 제법 긴 시간이 지났건만 그녀의 핸드백은 아직 그녀의 팔에 걸려 있다.
이윽고 그녀가 움직인다.
세안을 끝내고 욕실에서 나온 연미가 책장 앞에 선다. 책장에 딸린 서랍에서 서적 형태의 파일 함을 꺼내는 연미. 그녀가 파일의 페이지를 넘긴다. 그녀의 손이 어느 한 페이지에 멈춰졌다. 비닐로 된 파일 안에 검정 노끈으로 바인딩이 된 색바랜 노란색 종이들이 보였다. 악보였다. 〈재즈 러버스〉. 그녀가 그것들을 꺼내 책장 옆, 책상 위에 올려놓는다. 세 개의 묶음이었다. 피아노 버전, 해금과 피아노 버전, 그리고 올 인스트루멘탈All Instrumental 버전. 세 묶음의 악보를 차례로 살피던 연미가 피아노 버전을 손에 들고 피아노 앞으로 향한다. 보면대 위에 악보를 올려놓는 연미.

연미 집 앞에 성재의 차가 멈춰 선다. 그는 연미를 내려주고 떠난 뒤, 차를 돌려 다시 연미 집으로 되돌아왔다.
성재가 연미 집 담장 옆에 차를 주차시킨 뒤, 연미 집의 대문을 향해 걷는다. 그때 연미의 집 창가에서 피아노 소리가 들려오기 시작한다. 성재의 발걸음이 천천히 멈춰진다. 성재가 대문을 등지고 뒤돌아서서 음악이 들려오는 창가 쪽을 향해 걷는다. 들려오는 연주에 귀를 기울이는 성재…….
성재가 연미 집 대문의 초인종을 누른다. 연미의 목소리가 들려왔다.
"누구세요?"
성재, 머뭇거리다가,
"저예요."
'저예요'라는 답에 연미의 목소리는 들려오지 않았다. 대문 앞에서 서성이는 성재. 한참 만에 집 안쪽에서 인기척이 들렸고 대문이 열렸다. 연미는 그사이, 치장을 했다. 잠옷 차림은 실내복으로 바뀌었으며 머리는 단정하게 묶여 있었고 지워졌던 립스틱은 다시 발라져 있었다. 대문을 열고 그저 자신을 쳐다보고 있는 연미를 보며 성재가 말한다.

"그렇게 그냥 가버린 거 미안해요. 마음이 안정되지 않아서 다시 왔어요. 우리, 뭔가, 대화가 필요한 것 같아요."

"들어오세요."

거실에 두 사람이 마주 앉았다. 그들은 서로 얼굴을 마주 보지 못하고 말없이 각기 다른 곳을 보고 있다. 성재가 차분한 어감으로 운을 뗀다.

"내가 언제까지 더 기다려야 할까요? 우리 확실하게 정하고 갑시다."

"……."

"사랑에 있어 약속은 그 사랑의 깊이와 척도라고 생각해요. 분명 수술이 끝날 때까지만이라고 했죠?"

"……."

"좋아요. 그 약속은 어길 수도 있다고 쳐요. 그리고 오래전 사귀었던 사람에 대해 남아 있는 감정도 내 이해해요. 그리고 그 사이에서 태어난 아드님 때문에 생각이 많아졌다는 것도 이해했고요. 자, 그럼 내 끝은 어디죠? 전 어딜 바라보고 가야죠? 내 일과 계획은 생각해 봤어요? 날 차치하고라도 상견례 약속이 두 번씩이나 연기된 제 부모님의 마음을 한번 생각해 봤어요?"

"……."

"이런 말 안 하려고 했는데, 지난번에 약속을 또 연기했을 때 늘 당신을 이해하시려고 했던 어머님이 제게 이렇게 물으셨어요. 내가 연미 씨를 혼자 짝사랑하고 있는 게 아니냐고."

고개를 떨구고 있던 연미가 고개를 들어 성재를 본다. 연미가 다시 고개를 떨군다. 성재, 자리에서 일어선다. 침묵으로 일관하는 연미 앞에서 그는 답답했다. 성재는 무언가 확인하고 싶지만, 그 확인을 위해 그가 벗어 던질 이성은 이제 더 이상 없다. 그래서 그는 더욱 갑갑했다. 그가 긴 한숨을 내쉰다.

"지난번 제게 그랬죠? 결혼은 두 사람만의 것이 아니라고? 맞아요. 우리 두 사람의 약속은 두 사람 가족과도 약속하는 겁니다. 이 세상 모든 사랑하는 연인들의 약속은 그들 가족과의 약속이기도 해요. 그렇게 말했던 거 기억나요?"

연미, 계속 고개를 숙인 채 답이 없다.

"말 좀 해봐요."

이윽고 연미가 입을 연다.

"성재 씨, 지금 답답해하시는 마음 알고 또 이해해요……. 성재 씨, 가끔은 살면서 말로 설명할 수 없는 것들이 있어요. 성재 씨에 관한 생각, 아무것도 변한 게 없어요."

"우리 결혼도 변한 게 없나요?"

잠시 멈칫하는 연미, 고개를 들어 성재를 바라본다.

"예. 변하지 않았어요. 그런데 왜 제가 이러고 있는지 저도 지금 저를 잘 모르겠어요."

"……."

"성재 씨, 제게 편치 않은 마음이 있어요. 이해하실 수 있을지 모르지만, 도리와 도의에서 오는 편치 않은 마음이에요. 성재 씨한테나, 그분한테나요. 한때였지만, 만약 제가 그 사람을 사랑하지 않았다면 전, 성재 씨 식구분들을 아무 거리낌 없이 만나 뵀었을 거예요. 그리고 만약, 제가 성재 씨에 대한 사랑이 깊지 않다면 전 어쩌면 성재 씨에게 그 사람에 관한 일들을 털어놓지 못했을지도 몰라요. 그리고 성재 씨와의 사이에서 제가 조금이라도 변한 게 있다면 이렇게 당당하게, 당돌하게 기다려 달란 말을 할 수 없었을 거예요."

"……."

"성재 씨, 길지 않아요. 그 사람에게 몇 가지 해주고 싶은 게 있어요. 만약 그 사람이 오래 못 살 수도 있다는 말을 의사로부터 듣지 못했다면 그저 아쉬움으로 그쳤을지도 몰라요."

"……."

"성재 씨, 이루어지지 않은 사랑 해본 적 있어요? 희망도 없고 절망뿐인데 사랑이었던 사랑, 해 본 적 있으세요?"

"……."

"전 지금까지, 가장 아픈 사랑은 사랑하는 사람에게 사랑받지 못한 사랑일 것으로 생각해 왔어요."

"……."

"근데 그게 아니라는 걸 알았어요. 가장 아픈 사랑은 나를 사랑해 준 사람에게 주지 못한 사랑이에요."

"……."

연미가 순간 울컥한다. 말을 못 잇는 연미. 그녀의 눈에서 눈물이 솟는다. 연미의 눈물이 두 사람에게 다시 침묵을 던졌다.

연미가 흐르는 눈물을 손 등과 손바닥으로 훔쳐낸다.

연미의 두 손, 손목, 목, 그리고 그녀의 양팔이 성재의 눈에 들어왔다. 성재는 길게 드러난 그녀의 목선이 예전보다 더 여위어졌다는 생각이 들었다. 그리고 그녀의 손과 팔은 예전보다도 더 마르고 수척해 보였다. 투병 중이신 아버지, 자폐를 앓고 있는 딸, 딸의 원만치 않은 결혼 생활, 옛 연인과의 재회, 그리고 얼굴도 모르던 아들과의 만남……. 갑자기 성재에게 생각이 밀려든다. 그녀가 겪는 고통의 깊이를 헤아리지 못하고 그녀를 너무 몰아세우고 있는 걸까? 하는. 그는 눈물샘이 터져버린 그녀가 측은해 보였고 안쓰러워졌다. 성재가 코로 무거운 숨을 내쉰 뒤 갈팡질팡 흐트러진 자신의 마음을 쓸어 모아 추스른다. 성재는 지금의 이 상황을 일단 정리하고 싶다. 그는 우선 그녀를 안식의 품으로 밀어 넣어야 한다고 생각했다. 그렇게 하기 위해 어떤 식으로, 어떤 말을 그녀에게 건네야 할지 거실에서 서성거리며 생각해보는 성재. 그때 피아노 보면대에 놓여있는 악보가 성재의 눈에 들어왔다. 제목이 보였다. 〈재즈 러버스 Part I: Jazz Ballad, Bossa, and Tango〉. 그리고 제목 옆에 쓰여진 글씨. '사랑하는 연미에게.'

성재가 연미를 힐긋 쳐다본 뒤 〈Part I〉의 악보를 살핀다. 그리고 〈Part II〉, 〈Part III〉 악보에도 시선을 둔다. 잠시 악보들을 살피던 그가 건반에 한 손을 올리고 〈Part I〉을 가볍게 연주해 본다. 연미가 고개 들어 성재를 본다.

"이 악보 잠깐 연주해 봐도 될까요?"

성재가 〈Part I〉을 쳐다보며 물었다. 그리고 연미를 바라보는 성재. 연미, 그를 잠시 쳐다보다가 고개 끄덕인다.

성재, 다시 한 손을 건반 위로 올린다. 〈Part I〉의 페이지를 넘겨 가며 악보의 부분 부분을 연주해 보는 성재. 잠시 후 그가 연미를 보며,

"계속 연주해 봐도 되겠어요?"

연미, 고개 끄덕인다.

성재, 피아노 의자에 앉는다. 두 손을 건반 위로 가져가는 성재. 그의 연주가 시작됐다. 익숙하지 않은 악보였기에 그의 연주는 매끄럽지 못했다. 중간중간 연주를 멈추는 성재. 그는

연주가 멈춰지면 다시 전前 소절로 돌아가 연주를 잇는다. 손에 익지 않은 악보를 연주하는 것 치고 그의 연주 기교와 표현은 특별한 것이었다.

연주를 잇던 성재, 잠시 연주를 멈추고 연미를 향해,

"장르를 합쳤는데 신기하게도 복잡하지 않은 느낌이네요. 오묘해요. 무엇보다도 곡이 아름답네요."

성재가 다시 연주를 잇는다.

그의 연주가 〈Part I〉의 절정 부분에 이른다. 그는 연주를 하면서 느껴져 오는 감흥을 연미 앞에서 감추지 않는다. 몸짓과 표정으로 〈Part I〉의 음형을 마음껏 표출시키는 성재.

성재가 〈Part I〉의 끝 음을 찍었다. 그는 연주를 끝낸 뒤 한동안 악보에서 눈을 떼 내지 못한다. 그의 눈이 보면대 오른쪽에 놓여있는 〈Part II〉 악보로 향한다. 〈Part II〉에 얼굴을 가깝게 가져가 살피다가 연미를 바라보는 성재. 두 사람의 눈이 마주쳤다. 연미가 성재의 눈빛에 고개를 끄덕인다. 연미가 고개를 끄덕이자마자 성재가 〈Part II〉를 보면대 가운데로 옮긴다. 다시 성재의 연주가 시작되었다. 현석이 표시해 놓은 악보 속의 기호들이 성재의 눈에 쉽게 들어오지 않았다. 연주 중에 그의 손이 갈 길을 잃고 헤매기도 한다. 그럴 때마다 성재는 〈Part I〉에서 그랬던 것처럼 악보 앞부분으로 돌아가 다시 연주를 잇는다. 잠시 후 연주에 집중하던 성재가 갑자기 연주를 멈추고 연미를 보며 말한다.
"이런 곡 처음이네요. 록과 재즈를 합쳤는데 록이 재즈인 것 같고 재즈가 록인 것 같네요. 두 장르가 이질감이 전혀 없어요. 짜임새도 너무 좋고 감성도 훌륭하고. 이 곡 작곡자가 누군가요?"
"……."
대답 없이 그저 성재를 바라만 보는 연미.
성재가 〈Part II〉의 첫 소절부터 다시 연주를 잇는다…….
중간 간주를 지나 음의 비트와 템포가 빠르게 넘어가자, 그는 음에 맞춰 머리를 가볍게 흔든다. 〈Part II〉를 연주하는 그의 모습은 진지함을 넘어 심오해 보이기까지 한다.
성재가 〈Part II〉 연주를 마무리한다.
"〈Part III〉도 연주해 봐도 될까요?"
연미가 고개를 끄덕이자, 그는 곧바로 〈Part III〉의 첫 페이지를 열고 연주를 시작한다. 잠시 후 연주를 잇던 성재가 또다시 연주를 멈춘다. 그는 누가 이 곡을 작곡했는지 궁금했다. 악보를 들춰보는 성재. 그러나 그는 작곡자의 이름을 찾을 수가 없었다. 현석은 악보를 완성한 뒤, 세 가지 버전 중, 올 인스트루멘탈 버전에 자신의 이름을 적어 놓았다.
'사랑하는 연미에게'라고 쓰여 있는 글귀가 성재의 눈에 다시 들어왔다. 순간 성재는 '곡의 작곡자가 병원에 있는 그 사람이 아닐까' 하고 생각했다. 하지만 성재는 그 생각을 바로 지워버린다. 그는 해금을 켜는 국악인이라는 말을 연미로부터 들은 적이 있었기 때문이다.

악보를 계속 살펴보는 성재. ⟨Part I⟩의 첫 페이지에 작은 글씨로 쓰인 숫자가 그의 눈에 들어왔다. 년도, 달, 날짜 표시였다. 성재는 1982라는 숫자를 보고 의아해한다. '분명 작곡된 날짜를 표기한 숫자일 텐데?', 성재는 그 숫자가 악보를 완성한 연도표기가 맞는 것인지 의심한다. 그는 지금으로서도 음계와 코드 진행, 그리고 파격적인 구성의 이 곡이 30여 년 전에 만들어졌을 거라고 생각하지 않았다. 이제 성재의 관심사는 '당신을 사랑하는 내 희망의 끝은 어디요?' '얼마나 당신을 더 기다려야 하나요?' 가 아니다. 그는 차를 돌려 연미의 집으로 온 목적을 까마득히 잊었다. 성재가 ⟨Part III⟩ 연주를 다시 잇는다. 그는 연주를 잇는 사이사이, 연미를 보며 때로는 심각하게, 때로는 한껏 고무된, 때로는 얼이 빠진, 때로는 못 믿겠다는 듯한 표정을 짓는다. 성재가 곡의 마지막 절정을 위해 달려간다. 포마드로 고정되어있던 그의 머리카락이 이마 앞으로 흘러내려 그의 연주 율동과 어우러지며 박자를 탄다. 그가 넥타이를 풀어헤쳤다. 그의 연주가 곡의 클라이맥스를 지난다. 마침내 ⟨Part III⟩의 마지막 음을 두드리는 성재······. 그가 잠시 숨을 가다듬은 뒤 연미를 쳐다본다.

"곡이 정말 놀랍네요. 팻 매시니 그룹의 〈더 퍼스트 서클〉[82] 이 떠올라요. 감성, 기교, 독창성, 모두가 먼 미래에 가 있는 곡인 것 같네요. 여기 쓰인 이 아라비아 숫자, 이 숫자는 이 악보가 만들어진 년도 표시를 의미하는 것 같은데, 이 숫자, 정말 이 악보가 만들어진 연도 표시가 맞는 걸까요? 지금 시대에도 이런 구성으로 곡 쓰기 힘들어요. 특히 이 부분은,"

성재가 손가락으로 〈Part III〉 악보의 한 부분을 가리키며,

"바로 여기 이 부분이요. 〈퍼스트 서클〉에서 라일 메이스의 솔로 파트처럼, 음 뭐랄까, 경이로워요. 빠른 템포에서 서정과 아름다움을 표현하는 건 정말 쉽지 않은데 이 작곡자는 그걸 의도하고 그게 가능하게 음들을 조합해 놨어요. 음의 균형을 유지하면서 이렇게 다양하게, 조화롭게 만들어진 화음은 처음 봅니다. 완성 전에 설계를 완벽하게 한 곡이에요. 이 곡, 대체 누가 쓴 거요?"

"……."

---

82 *The First Circle*. *First Circle*. 1984.

26 | 축복

1983년 봄.

맑게 비추는 햇살 아래서 해금 제작에 여념이 없는 현석의 가족. 여느 때와 크게 다를 바 없는 그들의 모습이지만 변화가 있다면 주희가 용주의 빈자리를 채우고 있다는 것.

현석의 집은 새로 단장되어 있었다. 색바랜 싸리나무로 얼기설기 둘려져 있던 집 담장은 푸르른 관목들로 메워졌고 싱그럽게 잎을 피운 넝쿨은 대문을 지탱하기 위해 올망졸망 쌓아 놓은 돌들 사이에서 뻗어 올라 푸르른 자태를 뽐내고 있다. 흑색 기와는 파란 기와로 교체되었고 삭고 닳아 갈라진 창고 벽과 사랑채 외벽은 빨간색 벽돌로 산뜻하게 바뀌었으며 대청마루를 받치고 있던 썩은 나무 기둥은 새 원목 기둥으로 교체되었고 대청마루 바닥도 새 원목으로 바뀌었다. 하지만 현석의 외모는 바뀐 집의 분위기와 비교해 볼 때 위배違背감이 느껴진다. 치렁치렁 늘어트린 긴 머리에 길게 자라있는 수염, 검게 그을려 거칠어 보이는 얼굴, 그리고 우수가 깊게 드리워진 눈동자. 한마디로 그의 외모에서는 공허와 속절없는 삶, 그런 느낌이 절로 난다. 온갖 그리움과 열정으로 채워져 있던 연미의 그림자를 가슴속에서 도려낸 흔적의 산물일까? 하지만 그런 현석의 외면과는 달리 지금 그의 내면에서는 보옥처럼 빛나는 불이 지펴지고 있다. 비록 확신 없는 희망이며 산들바람에도 꺼져버릴 작은 불씨일지 모르지만 말이다. 며칠 전, 현석에게 편지 한 장이 날아들었다. 보내온 사람의 주소는 적혀 있지 않은, 일본우체국 직인만 찍혀 있는 편지였다. 바로 그 편지가 지금 현석의 가슴에 불을 놓고 있다. 그 편지는 짧은 내용이었고 내용 중 마지막 부분은 이러했다.

"…… 내 딸 연미가 자네 아길 낳을 때가 됐네. 하지만 앞길이 창창해서 자네 아길 키울 수가 없네. 출산한 뒤 자네에게 그 아기를 건네주러 갈 테니 그리 알게. 출생신고에 필요한 서류 목록을 보내네. 준비해 주게. 사람이 갈 걸세."

분명 그 편지는 현석의 마음을 아프게 할 내용이었다. 하지만 현석은 그렇게 생각하지 않았다. 연미와 추 선생이 마을을 떠난 이후, 현석은 연미가 부모의 강요로 아이를 지워버릴 거라고 생각했다. 그렇게 되면 그녀와 모든 게 끝나버릴 수 있기에 현석은 연미가 자신의 아이를 낳아주기를 간절히 소망해 왔었다. 그래서 그는 추 선생이 보내온 편지가 되레 고맙기까지 했고 전혀 기대하지 않은 축복으로 받아들였다. 그럼, 아기를 누가 데려올 것인가? 아이를 낳게까지 허락한 추 선생이라면 연미가 직접 올 수 있지도 않을까? 그는 희망을 넘어 꿈을 새기고 품는다.

*

 현석이 해금 연주를 끝내자, 국악 교육감의 입가에는 화사한 미소가 번졌고 보조 심사위원들도 흡족해하는 눈치다. 현석의 연주를 심사하는 사람들은 바로 지난해, 실기 예선에서 현석의 연주를 지켜봤던 바로 그 심사위원들이다.
 "연주 잘 들었네." 국악 교육감이 현석에게 말했다.
 해금과 해금 가방을 챙기며 퇴장 준비를 하던 현석이 국악 교육감의 말에 고개 숙여 인사한다. 국악 교육감이 다시 입을 연다.
 "난, 자네가 작년처럼 또 양악을 연주하면 어떻게 하나 하고 내심 걱정했었네. 양악 연주가 규정 위반은 아니지만, 만약 오늘도 작년처럼 양악을 연주했다면 우린 가차 없이 자넬 탈락시켰을 걸세. 아, 그렇다고 자네가 본선에 꼭 오른다는 의미는 아닐세. 오해하진 말게."
 현석, 내심 걱정했었다는 국악 교육감의 말이 고마웠다. 현석은 그 말이 심사위원으로서 지원자에게 쉽게 건넬 수 있는 성격의 말이 아니라고 생각했다.

"관심 가져주셔서 감사합니다." 현석이 국악 교육감을 향해 인사했다.

"양현석 군! 내 자네에게 요청 하나 하고 싶네."

국악 교육감의 말에 보조 심사위원들이 고개를 돌려 국악 교육감을 쳐다본다.

국악 교육감이 말을 잇는다.

"심사를 해오면서 응시자에게 규정 곡 외에 추가로 연주를 요청한 적이 딱 한 번 있었네. 이십 년 전일세. 자네가 두 번째구먼. 어떤가? 한 곡 더 연주해 줄 수 있겠나? 양악도 괜찮네."

"……!"

현석은 놀랐다. 그가 국악 교육감을 쳐다보다가 보조 심사위원들의 눈치를 본다. 현석의 눈에는 국악 교육감의 표정만큼 보조 심사위원들의 표정이 싱그러워 보이지 않았다. 현석, 국악 교육감에게 흔쾌하게 답을 건네지 못한다. 현석은 보조 심사위원들의 평가도 당락에 반영된다는 것을 잘 알고 있었다. 국악 교육감이 말을 잇는다.

"걱정하지 말게. 날 비롯해 여기 계신 시험관분들 모두, 자네가 이 자리에 다시 설 수 있게 마음을 합쳤었네. 내가 자네에게 연주를 요청하는 것이 예정에 없던 일이어서 시험관분들께서 당황들 하고 계신 것 같은데, 연주를 추가로 신청하는 게 금지조항도 아니고 또 결코 특혜를 주는 것도 아니네. 어떤 가? 한 곡 더 연주해 보겠나? 재즈도 괜찮네."

"……!"

현석의 망설임이 오래 이어진다. 그때 나이가 지긋해 보이는 보조 심사위원이 현석에게 괜찮다는 듯 고개를 끄덕였다. 연주 채비를 갖추는 현석. 그는 어떤 곡을 연주할지, 잠시 생각한다. 현석이 천천히 호흡을 다지다가 연주를 시작한다. 그가 시작한 곡의 전주는 가늘고 여린 선율로 시작됐다. 그가 선택한 곡은 〈재즈 러버스〉였다. 〈Part I〉.

실기 시험장 안에서 갑자기 양악 소리가 들려오자, 시험장 대기실 앞에 서 있던 국악 선생 효준이 벌떡 일어나 시험장을 향해 내달린다.

창문을 통해 현석의 연주 모습을 바라보는 효준. 그의 얼굴은 사색이 되어 버렸다.

현석의 연주가 전주를 지나 본 멜로디에 접어든다. 두 눈을 감는 현석. 〈Part I〉 연주가 이어지는 동안, 현석의 머릿속에 많은 기억의 잔상들이 스쳐 지나간다. 가족, 재즈, 연미, 비밀 연습실, 피아노, 피아노학원, 소양호, 악보……. 그 스쳐 가는 기억들 속에서 현석의 기억이 머문 곳은 며칠 전 그가 그의 아들을 건네받던 기억 앞이다.

현석, 허허벌판에 홀로 서 있다. 현석 앞쪽으로 길게 뻗어있는 도로 끝에서 자동차 한 대가 모습을 드러낸다. 잠시 후 자동차는 현석에게 가까워지더니 현석으로부터 거리를 둔 채 멈춰 선다. 차에서 한 여인이 내렸다. 그녀는 연미 모였다. 아기를 안고 있는 그녀. 연미 모와 현석이 한참 동안 서로 말없이 바라만 본다. 그렇게 침묵이 흐른 뒤 연미 모가 현석에게 다가간다. 아기를 현석에게 건네는 연미 모. 그러나 현석은 아기를 건네받지 않고 자동차에 눈을 둔다. 그런 현석에게 연미 모가 고개를 가로젓는다. 하지만 현석은 확인하고 싶었다. 차를 향해 간 그가 차창 너머로 차의 앞 뒷좌석을 살핀다. 운전자 외엔 아무도 없다. 현석이 자동차 옆에 우두커니 서서 연미 모를 바라본다. 연미 모가 현석에게 다가가 아기와 함께 손에 들고 있던 손가방을 건네며 손가방 안에 들어있는 내용물에 대해 간략하게 설명한다. 아기의 여권, 출생과 입국 관련 서류, 휴대용 아기 물품, 그리고 작은 상자. 그녀가 작은 상자를 가방에서 집어 든 뒤 연미가 보내는 선물이라 짧게 언급하고는 다시 가방에 상자를 넣는다. 그리고 바로 뒤돌아서는 연미 모. 현석이 뒤돌아서는 연미 모를 불러 세운다. 그가 어깨에 메고 온 가방에서 봉투를 꺼내 그녀에게 건네며 연미에게 전해달라 말한다. 〈재즈 러버스〉 악보였다. 연미 모, 악보를 받자마자 뒤돌아선다. 한마디 인사도 없이 차에 오르는 그녀. 그녀가 차에 올라타자마자 차는 바로 출발했다. 자동차가 순식간에 현석의 눈앞에서 사라져 버린다.

현석이 〈Part I〉의 마지막 음을 마무리한다. 연주의 여음이 채 가시기도 전, 국악 교육감이 박수를 보낸다. 실기 시험실 밖에서 마음졸이며 현석의 연주를 지켜보던 국악 선생 효준은 국악 교육감의 박수에 곧바로 분위기를 읽는다. 그럼에도 효준은 여전히 불안해하는 표정이다.
 국악 교육감이 말을 잇는다.
 "잘 들었네. 자네가 작년에 연주했던 양악은 꽤 경쾌했는데 오늘 곡은 흥이 있으면서도 참 구슬프구먼. 오늘 연주한 곡은 무슨 곡인가?"
 "제가 작곡한 곡입니다."
 "그런가? 참 아름다웠네. 오랫동안 우리 전통 음악에 몸담고 있지만, 우리 해금이 그런 음역대를, 그런 감성을 소화해 낼 수 있을 줄은 정말 몰랐네. 해금이라는 악기가 얼마나 위대한 악기인지, 그 진가를 새삼 느끼네. 자네가 그걸 증명해 줬네."
 현석, 반짝이는 눈으로 국악 교육감을 쳐다본다. 최고의 찬사였다. 그 어떤 국악 관련 권위자도 공적인 자리에서 자신의 연주에 대해 이렇게까지 평가해 주지 않았다. 현석은 온갖 감정들이 교차했다. 그는 국악 교육감을 향해 이 세상에서 가장 정겨운 미소를 보내고 싶다. 하지만 현석은 그러지 못했다. 그는 표정을 관리하고 싶었다.

나이가 지긋해 보이는 보조 심사위원이 현석에게 묻는다.

"양현석 군! 만약, 만약에 말일세. 자네가 오늘 시험에 통과돼서 본선에 오르고 본선에서 본상을 받게 된다면 여기저기 행사에 불려 다니거나 초청받는 일들이 많을 텐데 그럴 경우, 좀 우려되는 게 있네. 우리 국악보다 양악을 전파 시킬 것 같아서 말일세. 그 점에 대해선 어떻게 생각하나?"

현석, 잠시 머뭇거리다가 입을 연다.

"이 세상에 존재하는 모든 음악은 하나라고 생각합니다. 악기들은 제각기 다를지 모르지만, 그 악기들은 모두 하나의 음악을 위해 존재한다고 생각합니다. 전, 해금으로 그저 음악을 연주하고 싶습니다. 그래서 그 음악이 사랑을 낳고 그 사랑은 예술이 되고 그 예술은 다시 사람다운 사람을 낳는, 그런 해금 연주자가 되고 싶을 뿐입니다."

현석이 말을 맺자, 시험장 안에 고요한 적막이 흐른다.

27 | 변명과 진실

"언젠가 이런 날이 있었소. 아침 내내 비가 오더니 낮부터 하늘이 맑아지고 해가 떴다가 다시 해가 구름 속으로 사라지고 오후가 되면서 바람이 일고 천둥 번개가 치고 진눈깨비가 내리고 우박이 떨어졌어요. 그러다 함박눈이 왔고 그러더니 다시 하늘이 맑아지며 무지개가 떴는데 쌍무지개였소. 그리고 쌍무지개 반대편으로는 주황색, 보라색, 코발트블루 색, 온갖 색의 석양빛이 펼쳐졌어요. 살다가 그런 날은 처음이었소. 그리고 다시는 그와 같은 날을 볼 수 없었어요. 다시는 그런 날이 오지 않을 줄 알았는데, 그런데 그날이 또 나한테 왔네요. 바로 추연미요."

현석은 민망했고 쑥스러웠지만, 용기 내어 말했다. 현석이 늘어놓은 언어들은 불어오는 강바람 앞에서도 이리저리 흩어지지 않고 연미의 귓가에 옹기종기 모여들며 시위한다. 현석의 말은 연미 가슴에 긴 파장을 일으켰다. 가뜩이나 여린 감성의 연미인데, 아프다. 두 사람의 끝이 어디인지 알고 있는 연미였기에 그 말을 들은 연미는 몹시 아렸다. 연미는 최근 현석을 만날 때마다 현석 앞에서 시종 맑은 웃음을 얼굴에 그려 넣었었다. 이별의 아픔으로 함몰되어버린 가슴은 내보이지 않고. 그런 그녀의 이면裏面을 감지했던 걸까? 그래서 자신의 마음을 알리고 싶었던 것일까……? 연미는 이제 현석을 위해 애써 만들었던 미소를 지우려 한다. 현석으로부터 가슴에 사무치는 말을 더 이상 받아서는 안 되기 때문이다. 연미가 갑자기 메마른 감성의 소유자가 된 것처럼 무표정한 얼굴로 현석을 쳐다본다. 현석이 그런 연미의 모습을 감지했다. 현석은 갑자기 변해버린 그녀의 표정을 지켜보며 그 표정이 마지막의 임박을 알리는 무언의 증표이리라 생각한다. 30여 년 동안 하지 못한 사랑의 언어들을 처음이자 마지막으로 쏟아내고 싶었던 현석. 그는 입과 마음을 닫기로 한다. 그러면서 그는 그런 생각을 한다. 이제 두 사람의 모든 사랑과 추억이 박제가 되어버릴지도 모른다는.

너울거리는 호수를 바라보는 현석과 연미…….

"궁금한 게 있소. 두 가지만 묻고 싶소." 현석이 말했다.

연미가 고개를 돌려 현석을 본다.

"당신과 당신 가족이 한국을 떠나버린 뒤 난 당신 부모님께서 정수를 낙태시키지 않을까 걱정했어요. 정수를 낳은 건 당신 의지였겠죠?"

갑작스러운, 예측하지 못했던 질문이었다. 두 사람은 다시 재회한 뒤, 서로에 관해 묻고 싶은 말들이 많았지만, 약속이나

한 듯 그것들을 서로의 가슴에 그저 묻어두고 있었다. 과거의 이야기를 꺼내는 순간 서로 상처받을 수밖에 없다는 것을 서로가 잘 알고 있었기 때문이다. 연미는 훗날 큰 회한으로 남겨질지라도 과거의 이야기들을 그냥 묻어둔 채 두 사람의 러브 스토리는 이렇게 막을 내려야 한다고 생각하고 있었다. 그러나 그녀는 현석이 덜컥 끄집어낸 이 도전적인 질문 앞에서 흔들린다. 단순한 질문이 아니었다. 연미의 귀에는 '당신의 의지였겠죠?'라는 질문이 32년 동안 그의 가슴속에 응어리져 응고된 한스러운 질문으로 들려왔다. 연미의 마음이 무너져 내린다. 외면하기에도, 받아내기에도. 만약, 이 질문을 받는다면 두 사람은 다시 과거로 회귀해야 할지도 모르고 자신 부모님이 현석과 정수에게 저지른 그 치부, 차마 현석에게 이야기할 수 없었던 그 긴 이야기를 전해야 할지도 모른다. 연미는 길고도 긴 그 이야기가 두렵다. 하지만······.

연미가 계속 침묵을 잇자, 현석이 입을 연다.
"답하지 않아도 돼요. 괜찮아요. 내가 괜한 걸 물은 것 같소."
"······ 아니에요. 말씀드릴게요. 네 맞아요. 정수를 낳은 건 제 의지였어요. 부모님은 제가 임신한 사실을 안 뒤부터 바로 낙태를 강요하셨어요. 하지만 전, 정수를 낳고 싶었어요. 하루하루가 힘든 싸움이었어요. 계속 강요하면 집을 나가겠다고 부모님들을 겁박까지 하는 상황에 이르렀었으니까요. 그때, 당신에게 힘들다는 말을 하지 못했어요. 당신도 너무 힘들어 보였어요. 해금 납품을 못 해 사람들이 집으로 몰려온 이야기를 들었고 투옥되어 계신 아버님 건강이 안 좋으시다는 얘기도 들었어요. 그렇게 시간이 가던 어느 날, 어머님과 부딪힘이 너무 심해 짐을 싸서 집을 나가려 한 적이 있어요. 그때부터 부모님 태도가 변하셨어요. 낙태 이야기를 꺼내지 않으셨어요. 그로부터 얼마 뒤, 일본에 계신 사촌 언니 결혼식 때문에 가족이 일본에 가야만 했어요. 당신에게 잘 다녀오겠다고 말하고 갔던 바로 그 여행이에요. 그때 아버님께서 먼저 가서 사촌 언니에게 기념 선물 전해주고 아버지 사업체에 서류를 전달해달라고 말씀하셨어요. 전 별생각 없이 부모님보다 먼저 출발했고 며칠 뒤에 부모님께서 오셨어요. 부모님과 같이 결혼식 참석하고 한국으로 돌아가기 위해 짐을 싸고 있는데 느낌이 이상했어요. 부모님이 제게 뭔가 숨기고 있는 것 같았어요. 제가 무슨 일이 있냐고 물어보니 아버님은 대답 없이 아예 집을 나가버리셨고 어머니께서 제게 얘기하셨어요. 한국을 완전히 떠나왔다고. 집도 팔았고 피아노학원도 정리했고 짐도 일본으로 모두 보냈다고요. 제 짐도. 완전히 저를 속이신 거예요. 전 한국으로 돌아가겠다고 발버둥 쳤어요. 가서 당신과 같이 살겠다고. 그다음 날, 아버지가 집에 들어오셨어요. 전, 아버님의 폭력이 두려웠지만 그걸 각오하면서까지 반항했어요.

근데 돌아온 건 폭력이 아닌 대화였어요. 처음이었어요. 저를 대하시는 아버지의 그런 모습. 아버지는 한국에서 살면서 느낀 것들을 제게 말씀해주셨고 한국에서 살 수 없는 이유에 대해 요목조목 말씀해주셨어요. 그러시면서 한국으로 가지 않고 일본에서 살면 아이 낳는 걸 허락하겠다고 말씀해주셨어요. 아이는 사람을 사서라도 돌볼 테니 음대에 입학하라고. 저는 무엇보다, 정수 낳는 걸 허락하겠다는 아버지의 그 말씀이 고마웠어요. 생각해 봤어요. 그날 밤은 많은 생각을 했던 밤이었어요. 그다음 날, 전 일어나자마자 전화기부터 들었어요. 한국에 가지 못하고 있는 걸 당신한테 알리기 위해서요. 근데 집 전화가 발신이 안 됐어요. 알고 보니 부모님께서 국제전화 수발신을 모두 차단해 놓으셨어요. 물었죠. 뭣들 하시는 거냐고. 돌아온 답은 아이 낳는 것은 허락해도 당신과는 인연을 이을 수 없다고 말씀하셨어요. 다시 생각이 많아졌어요. 혼자 판단하고 결정하기가 너무 힘들어서 고등학교 때 선생님을 만나 뵈러 갔어요. 친언니처럼 저를 대해주시던 선생님이셨어요. 제 이야기를 들으시고 그러셨어요. 상대를 사랑하냐고. 그렇다고 말씀드렸더니 진정 아기를 낳고 싶냐고 다시 물으셨어요. 그렇다고 답했죠. 그랬더니 다시 물으셨어요. 그 남자와 이루어지지 않아도 낳고 기를 수 있겠냐고. 미혼모가 될 수 있겠냐고. 그 질문엔 대답을 못 했어요. 전 축복받고 싶었어요.

누군가의 아기를 낳고 누군가와 같이 사는 것. 그걸 축복받지 못하면 그 인생은 불행할 거라고 생각했어요. 그래서 그렇게 말했어요. 같이 살기 위해서 낳고 싶다고. 그랬더니 그러셨어요. 위험한 생각이라고. 당신과 이루어지는 건 마음처럼 안될 수도 있다고. 그건 하늘만 안다고. 중요한 건 그와 이루어지지 않아도 낳고 싶은 건지 그걸 아는 마음이 중요하다고. 그러시면서 이런 말씀을 하셨어요. 사랑하는 남자와 함께하는 게 사랑이 아니고 사랑하는 남자와 나눈 사랑의 추억을 붙잡고 있는 게 사랑이라고. 전 그 말을 어렴풋이 이해했어요. 그날 밤, 선생님과 많은 대화를 나눴어요. 그날 이후로 당신과 이루어지기 위해 아이를 낳고 싶었던 제 생각의 기준이 변했어요. 물론 당신과 이루어지길 간절히 원했지만, 혹시 당신하고 이루어지지 않는다고 해도 낳고 기르고 싶은 생각이 들었어요. 마음이 편해졌어요. 당장 당신에게 가야 한다는 압박감에서 벗어났어요. 당신과 헤어져 있는 게 불안하고 두려웠지만 일단 시간을 벌고 차근차근 만들어가고 싶었어요. 당신이 변할 거라는 생각은 추호도 없었고요. 언제든 내가 당신에게 돌아가도 당신은 그곳에 있을 거라고 믿었어요. 그리고 당신에 대해 완고하게 반대하시던 아버지의 모습이 조금씩 변해가는 걸 보면서 그런 아버지의 틈 사이에 당신을 넣을 수도 있겠구나 싶었고 일단 정수를 낳으면 당신을 반대하는 부모님의 생각이 바뀔 수도 있을 거라는 희망도 품었어요. 그런데 얼마 후부터 상황이 달라졌어요. 부모님으로부터 중절 수술에 대한 압박을 다시 받기 시작했어요. 특히 어머니로부터. 일본의 외가 친척들이 중절 압력에 가세했어요. 스트레스가 너무 컸고 우울증이 심해져서 병원 생활을 하게 됐는데 시간이 지나도 치료는 진척이 없었어요. 병원에서 심리 치료를 권해 줬는데 미혼모를 위한 치료 프로그램이었어요. 그 치료를 받으면서 미혼모의 세상을 알게 됐어요. 여자의 삶이 한 남자에게 귀속되는 삶이 아니라는 걸 알게 됐고 그러면서 당신과 떨어져 있는 불안과 초조함도 조금씩 사라졌고 또 나의 행동에 따라 남자인 당신도 크게 고통받을 수 있다는 걸 치료사와 대화하면서 알게 됐어요. 그러면서 당신을 구속해선 안 되겠다는 생각을 하게 됐어요. 미혼모 친구들이 생겼고 그들과 생활하면서 그들이 임신한 상황에서도 사회에 적응하며 살아가는 걸 보게 됐어요. 그 후 차츰 몸이 좋아졌어요. 부모님으로부터 더 이상 중절 강요가 없어 병원 생활을 접고 집으로 갔어요. 그런데 얼마 안 가 중절 강요가 또다시 이어졌어요. 그 스트레스를 이기지 못해 다시 집을 나왔어요. 미혼모 친구 집에서 생활하게 됐고 그렇게 시간이 지나고 중절할 수 없는 시기에 가까워졌어요. 그때부터 완고하셨던 어머님에게 변화가 생겼어요. 정수를 받아들이는 듯했어요. 그래서 전 다시 또 집으로 들어갔어요. 그런데 만삭이 다가오면서 제 몸에 문제가 생겼어요. 등을 세우고 앉아있기도 힘이 들었어요. 매일 치료와 검사가 진행됐고 그렇게 시간이 가고 정수가 태어났어요. 그런데, 정수가 태어났는데 정수가 병원에서 사라져버렸어요. 아기 건강 상태가 좋지 않아 인큐베이터에 들어가야 한다는 간호사 말을 그대로 믿었죠. 거짓말이었어요. 어머니가 계획한 일이었어요. 정수를 낳고도 저는 정수 얼굴을 본 적이 없어요. 그냥 그렇게 당신에게 보내진 거예요. 예정되어 있었던 거죠. 중절할 수 없는 시점부터 아니, 어쩌면 한국을 떠나기 전부터 어머님이 세워 놓은 계획이었는지도 모르죠. 그건 부모로서 절대 해서는 안 될 행동이었어요."

연미의 눈이 충혈되어 온다.

현석이 왼손 약지에 끼고 있는 반지를 물끄러미 쳐다본다. 한참 동안 그 반지를 바라보던 그가 입을 연다.

"이 반지, 정수를 받을 때 당신 어머니께서 전해준 반지예요. 당신이 보내준 이 반지는 그동안 내 희망이었어요. 그런데 지금 이야기를 듣고 보니 이 반지는 당신이 내게 전한 게 아닐지도 모르겠다는 생각이 드네요."

연미의 눈가에 경련이 인다. 고개를 숙여 내리는 연미. 연미가 흐느끼기 시작했다. 그녀는 현석에게 무어라 말하려 하지만 그녀의 입에서는 언어가 형성되질 않는다. 일그러져버린 그녀의 얼굴 근육들이 그녀의 입가 신경을 순간 마비시켰다. 그녀는 현석에게 미안하다는 말을 건네고 싶었다.
 잠시 후 그녀가 흐느끼며 말한다.
 "네, 맞아요. 그 반지 제가 보낸 게 아니에요. 엄마가 당신에게 거짓말하신 거예요. 정수를 당신에게 보내기 전, 찍어 놓은 정수 사진을 보고 알았어요. 그 사진에 그 반지가 있었어요. 당신에게 정말, 너무 미안했어요. 어머니가 돌아가시기 전, 제게 그러셨어요. 살아오면서 후회되는 것 중 하나가 그렇게 정수를 당신에게 보낸 일이라고. 그러시면서 그 반지에 대해 말씀하셨어요. 잘못된 행동이었다고, 미안하다고요. 그저 그 사람을 위로해주고 싶으셨다고."
 연미의 흐느낌이 계속 이어진다.
 "마음 아파하지 말아요. 어머님 때문에, 이 반지 때문에, 난 지금까지 행복했소." 현석이 담담한 어투로 얼굴에 미소를 머금고 말했다.
 연미, 핸드백에서 손수건을 꺼내 얼굴에 번진 눈물을 닦아낸다.
 "하나 더 묻겠소. 묻지 않으려 했었는데……."
 현석, 길게 숨을 들이마셨다 내쉬고 말을 잇는다.
 "김유정이라는 이름에 관해 설명 좀 듣고 싶소. 정수를 건네받은 다음 날, 서류를 보니 정수 엄마 이름이 추연미가 아니었어요. 김유정이었어요."

 연미의 표정이 다시 일그러졌다. 그녀가 입술을 바르르 떤다. 눈물을 왈칵 쏟아내는 연미. 그녀가 울먹이며 입을 연다.

 "병원에서 저를 만나자마자 왜 그것부터 안 물어보셨어요? 예? 그것부터 제게 물어보셨어야죠! 도대체 무슨 짓을 한 거냐고 저를 책망하고 따지고 화를 내셨었어야죠?" 연미가 목소리 톤을 높여 다그치듯 말했다. 현석, 다소 당황하는 표정을 지으며 말한다.

 "만나자마자 당신을 아프게 하고 싶지 않았어요. 당신이 알고 있던, 모르고 있던, 김유정이라는 존재는 당신을 아프게 할 수밖에 없는 존재라고 생각했어요. 물어야 뭐하나 싶었고요. 그런데 당신이 김유정이라는 존재에 대해 모르고 있을 수도 있겠다는 생각이 들었어요. 당신 어머님이 가져다주신 서류니까요. 당신이 모르고 있다면 당신이 알고는 넘어가야 할 일이기에 말을 꺼냈소."

 "…… 죄송해요. 정말 미안해요. 제가 먼저 이야기를 꺼냈어야 했어요. 어머니를 대신해 당신께 사과하고 용서를 구해야 했던 일이었어요. 너무나도 죄송해요. 절대 있어서는 안 될 일이었어요."

 연미, 고개를 숙이고 흐느끼다가 다시 말을 잇는다.

 "출산을 앞두고 산부인과에 입원했어요. 집에서 가까운 산

부인과 병원을 놔두고 왜 멀리 떨어진 산부인과에 입원하게 됐는지 처음엔 몰랐어요. 부모님이 아시는 의사분이어서 그랬을 거라 생각했는데 그게 아니었어요. 부모님께선 의도적으로 한국 교포분이 운영하는 병원을 택하셨어요. 김유정이라는 여인은 일본에 거주하는 한국인이었고 그 병원에 입원해 있다가 사망했어요. 그녀가 사망한 뒤 그 여인의 사망신고를 하기 전, 그 여인이 정수를 낳은 것처럼 서류를 위조했어요. 그리고 사망신고를 한 거예요. 한국 병원을 택한 이유가 바로 그거였어요. 한국 병원에선 사람도 살 수 있고 조작도 가능했기 때문이에요. 어머님께서 병원에 돈을 주고 일을 꾸미셨어요. 제 출산 기록을 남기지 않기 위해서요."

"……!"

"그 위조된 서류로 정수의 출생증명서가 만들어졌어요. 정수 여권도."

구겨지고 이지러진 연미의 얼굴. 현석은 그녀의 얼굴을 차마 바라볼 수가 없었는지 연미에게서 얼굴을 돌려 먼 산에 시선 둔다. 연미가 양 손바닥으로 얼굴을 가리고 흐느낀다.

연미가 다시 말을 잇는다.

"그렇게 위조된 출생증명서를 들고 어머니가 정수를 데리고 당신에게 간 걸 알았어요. 너무 충격이 컸어요. 이게 부모가 할 짓인가 싶었고요. 근데, 근데, 그게 끝이 아니었어요."

연미, 순간 감정이 북받쳐 올라 잠시 말을 잇지 못한다. 그녀가 다시 말을 잇는다.

"전, 문득, 정수의 이름이 어떻게 지어졌는지 궁금했어요. 출생신고서에 이름을 써넣어야 했었을 테니까요. 정수라는 이름은 출생 서류가 위조된 날, 그 자리에서 바로 만들어졌어요. 정수 이름을 지어준 사람은 집안일을 봐주시던 집사분이었는데 그분이 서류 접수처 앞에서 그냥 생각나는 대로 이름을 써넣은 거예요. 전, 그 이야기를 듣고 부모와 의절을 결심했어요."

두 사람 사이에 어둡고 무거운 침묵이 걸쳐진다. 순식간에 피폐해진 현석의 얼굴. 그리고 처참하게 구겨진 연미의 얼굴.

연미가 무거운 침묵을 깨고 입을 연다.

"병원에서 처음 뵙던 날, 제가 여쭸죠? 잘 있냐고? 정수라는 이름을 차마 제 입으로 말하지 못하고 그저 잘 있냐고 물었던 것 기억나세요?"

현석의 눈이 충혈되어 온다. 현석은 순간 정수에게 미안한 마음이 솟구쳤다. 현석이 연미에게서 얼굴을 가로 비켜 내렸고 연미도 현석으로부터 시선을 돌린다. 두 사람은 감히 서로의 얼굴을 마주 보고 쳐다볼 수가 없었다.

연미가 숨을 가다듬고 다시 말한다.

"정수 이름이 그렇게 지어졌다는 걸 알게 된 그 날 밤, 제 몸

속에 있는 모든 걸 토해냈어요. 의절을 선언했는데도 절 찾는 부모가 보기 싫어 아무도 몰래 병원을 나와 산후조리원으로 갔어요. 산후조리원에서 홀로 지내며 전 당신에게 갈 생각만 했어요. 정수가 당신에게 먼저 간 것일 뿐, 이제 나만 당신에게 가면 된다, 하고 생각했어요. 친구에게 부탁해 집에 있는 여권을 가져오게 했는데 여권을 찾을 수가 없었어요. 숨겨 놓으셨던 거죠. 여권 분실신고를 했고 재발급을 기다리던 어느 날, 입, 눈, 코에서 피가 흘렀고 심한 하혈을 하면서 정신을 잃었는데 깨어보니 중환자실이었어요. 몸이 아프기 시작했어요. 실어증세에, 어지러움에, 서 있을 수도 없었어요. 병명을 알 수 없는 병이었어요. 일본인 의사 한 분이 저를 살려주셨어요. 그분은 2년 넘게 제게 헌신했어요. 모든 걸 팽개쳐 두고 제게 매달렸어요. 병이 호전될 즈음, 그분과 함께 있는 시간이 많아졌고," 연미, 말을 못 잇고 흐느낀다…….

연미가 작은 목소리로 다시 말을 잇는다.

"그분의 말, 그분의 손길, 그분의 모든 걸 거부할 수가 없었어요. 그러다, 그러다가, 그분하고 같이 지내게 됐어요."

다시 두 사람 사이에 침묵이 놓인다.

연미의 흐느낌이 느닷없이 멈춰졌다.

연미가 무표정한 얼굴로 흐릿하게 눈을 뜨고 먼 산에 시선 둔다. 무슨 이유인지 갑자기 표정 없이 차분해진 연미의 얼굴은 초연해 보이기까지 한다.

연미, 다시 말을 잇는다.

"그분과의 사이에서 딸아이가 태어났어요. 식은 올리지 못했고 혼인신고를 했어요. 당신을 잊은 것도 아니었고 정수가 생각났지만, 그 사람과 그렇게 돼 버리고 말았어요. 당신에게, 정수에게 너무 미안했어요. 편지라도 보내고 싶었는데 단 한 자도 써지지 않았어요. 마음을 글로 전달하는 게 얼마나 부질없는 짓인지 그때 처음 알았어요. 그렇게 세월이 지나고 그분과 사별하게 됐어요. 당신과 정수가 생각났어요. 네, 그랬어요. 그분이 떠나버리고 나니까 당신과 정수가 생각났어요. 제가 그렇게 못되고 이기적이고 나쁜 여자라는 걸 그때 알았어요. 당신과 정수가 어디서 어떻게 살고 있을지, 한국에 가볼까 여러 번 생각했지만 어딘가에서 가정을 꾸리고 살고 있을 당신을 만나러 간다는 게 두려웠어요. 용기를 내지 못했어요. 정수가 당신에게 보내졌을 때, 제가 한국으로 갔어야 했어요. 정말 미안해요. 당신한테, 정수한테. 어떤 변명도 할 수 없고 어떤 이유도 달 수 없어요. 예, 그래요. 하지만, 하지만, 늘 당신을 그리워했어요."

두 사람 사이에 또다시 무겁고 긴 적막이 이어진다. 잠시 후 현석이 그 적막을 거두며 입을 연다.

"미안해하고 마음 아파할 필요 없어요. 정수와 난 잘 살아

왔소. 당신이 힘들어했던 것 같아 그새 마음이 아프오. 당신이 가족과 함께 갑자기 사라져 버린 뒤 정말 힘들었어요. 내 모습이 너무 초라해 보여 힘들었고 당신이 어디선가 힘들어할까 싶어 더 힘들었어요. 시간이 지나면서 당신 없이 혼자 있는 게 외롭고 힘이 들 것 같아 당신을 찾아야겠다고 생각했어요. 일본으로 갔을 거란 생각에 당신을 찾으러 일본에 가려고 했어요. 근데, 정수를 건네받고 김유정이라는 이름을 본 뒤 당신을 향한 의지가 꺾여버렸어요. 연을 끊고자 한 행동일 테니 당신을 찾아도 부담일 것 같았고. 그래요, 그때의 그 마음을 숨길 수가 없네요. 그 김유정이라는 이름 때문에, 많이 외로웠소. 그렇게 시간이 흘렀소. 시간이 지나면 당신이 잊힐까 싶었는데 당신이 자꾸만 보고 싶어졌어요. 정수가 열두세 살 때니 한 이십 년 된 거 같소. 당신을 찾으러 일본에 갔었어요."

"!"

"오랫동안 수소문 끝에 당신 집 주소를 알게 됐어요. 도쿄, 세이조成城."

"⋯⋯!"

연미, 너무 놀랐는지 순간 말을 못 하다가,

"예? 세이조에 오셨었다고요?"

현석, 고갤 끄덕인다.

"집 정원에 딸과 남편분, 세 식구가 함께 있는 걸 봤어요. 행복해 보였어요. 당신이 행복해 보여, 한국으로 돌아오는 길이 무겁지는 않았소."
 "세이조에 있는 집까지 오셔서 저하고 제 가족을 보셨다고요?"
 현석, 고개 끄덕인다. 연미, 잠시 말을 잇지 못하다가,
 "제가 그렇게 가정을 꾸린 모습을 보셨다면, 왜? 왜 다른 여인을 찾지 않으셨나요?"
 "……."
 "정수를 위해서라도 다른 여인을 찾으셨었어야죠?!"
 현석, 연미를 물끄러미 바라보다가 답한다.
 "한 여자만 사랑할 수밖에 없는 게 내 운명인 거 같소."
 "……!"
 연미의 눈이 갈 방향을 잃었다. 고개를 숙여 내리는 연미. 연미는 현석의 눈빛을 피해 그저 어디론가 숨고만 싶다. 연미가 어떤 형체의 언어로 현석의 말을 받아야 할지 생각에 빠진다. 그러나 그녀는 현석의 답변에 비견比肩할 수 있는 말이 도무지 떠오르지 않는다. 연미는 결국 현석에게 건넬 말을 찾지 못했다……. 그녀의 눈이 다시 현석의 눈을 마주보기까지 긴 시간이 걸렸다.
 "오늘 얘기 잘 들었고 말해줘서 고맙소. 당신은 그때 겨우 스무 살이었어요. 그 모든 일들을 감당해 내기가 쉽지 않은 나

이였어요. 당신은 내게 멋진 아들을 갖게 해 줬어요. 정수를 낳아준 것만으로도, 당신은 내게 할 일을 다 한 거예요. 고맙소. 마음 아파하지 말아요. 그리고 당신 부모님 마음, 내 백번 이해해요. 그것도 부담 느끼지 말아요. 그리고 사랑은 이루어져야만 사랑이 되는 게 아니오. 사랑은 연緣이 비켜 갈 수도 있고 운명이 져버릴 수도 있어요. 하지만 그리움은 그렇지 않아요. 그리움은 변하지 않아요. 이루어지는 것보다 그리워하는 게 더 큰 사랑이라고 생각해요. 난 평생 당신을 그리워했어요. 당신도 나를 그리워했고. 그러면 된 거요."

연미, 흐느끼기 시작한다······.

"바람이 추워졌소. 그만 일어납시다."

"······."

"내일, 오후 두 시였죠?"

연미, 고개 끄덕인다.

연미와 현석이 자리에서 일어난다. 그때 카페의 옥외 스피커에서 들려오기 시작한 음악 소리에 갑자기 연미의 발걸음이 멈춰졌고 현석도 멈칫한다. 들려오는 음악은 〈블루 보사〉[83]였다. 오래전, 추 선생의 피아노학원에서 연미가 〈블루 보사〉를 연주한 그 날 저녁, 현석은 그녀의 집으로 향했다. 그는 연

83　*Blue Bossa*. Dan Nimmer Trio, *Modern Day Blues*, 2010.

미에게 자신이 들어본 〈블루 보사〉 중, 가장 아름다운 피아노 버전이었다는 말을 전하면서 자신이 편곡한 〈블루 보사〉 악보를 그녀에게 전했다. 연미는 현석이 건넨 악보를 연주한 뒤 그가 만든 편곡라인에 그만 마음을 빼앗겨 버리고 말았었다.

 연미와 현석이 서로 약속이나 한 듯 다시 자리에 앉는다. 두 사람은 서로 말없이 각자 먼 곳에 시선 둔다. 들려오고 있는 〈블루 보사〉는 그들의 마음을 아프게 했다. 그 곡은 두 사람의 사랑을 이어준 모태가 되었던 곡이었다.

28 | 그을린 가슴

 연미의 차가 구불구불한 비포장 언덕길을 힘겹게 오르고 있다. 도로는 밤사이 내린 비로 군데군데 물웅덩이가 놓여있고 여기저기 진흙밭이 뻗쳐있다.
 "어딜 가는 건지 궁금하지 않나요?"
 연미가 현석에게 물었다.
 "궁금해요."
 "근데 왜 묻지 않죠?"
 "당신하고 같이하는 일인데 뭐가 궁금하겠소? 어디든."
 현석의 표정이 해맑아 보인다. 하지만 연미는 어딘지 모르게 긴장하고 있는 모습이다.
 연미 차가 숲속 끝자락에 있는 언덕길을 넘자, 평지로 된 비포장길이 보인다. 잠시 뒤 잘 가꾸어진 정원과 연못, 그리고 잔디 마당이 현석의 눈에 들어온다. 잔디마당 왼쪽에는 현대와 전통이 조화롭게 어우러진 주택이 자리하고 있고 정원 뒤쪽으로는 커다란 바위를 중심으로 키 높은 활엽수들이 울긋불긋 색을 뽐내며 서 있다. 연미의 차가 연못을 한 바퀴 돌아 구절초가 만발한 화단 옆, 주차장에 멈춰 선다. 주차장의 주차

경계선은 키 작은 꽃들이 일렬로 무리를 이뤄 반듯하게 구분되어 있었고 주차장에서부터 집 대문까지 이어진 돌계단 길에는 검푸른 꽃송이가 군을 지어 소담스레 피어있다. 그리고 집 대문 앞에는 화분들이 정갈하게 배열되어 있다.

집 대문이 열렸다. 한 중년 여인이 대문에서 나와 운전석에서 내리는 연미를 미소로 반긴다.

현석, 차에서 내리며 주변을 두리번거린다. 그는 도착한 곳이 어디인지 궁금했다.

"지금 해금 가져갈까요?" 현석이 묻자, 연미, 고개를 끄떡인다.

현석, 뒷좌석의 문을 열고 해금을 꺼내 든다.

"어서 오세요. 아씨," 중년 여인이 연미에게 다가와 고개 숙여 인사했다.

"안녕하세요? 잘 지내셨죠?"

"네, 그럼요."

"아버님 괜찮으시죠?"

"예, 오늘 컨디션 좋으세요. 어서 들어가세요. 기다리고 계세요."

해금 가방을 어깨에 둘러메던 현석의 동작이 갑자기 멈춰졌다. 연미와 현석의 눈이 마주쳤다.

"추 선생님?" 현석이 연미에게 물었다.

"네."

현석, 당황하는 기색이다.

"말씀 미리 못 드렸어요. 죄송해요."

연미는 아버님을 뵈러 간다고 현석에게 말하지 못한 것에 대해 미안한 마음을 갖는다. 그녀는 미리 말할 수 없었다. 하루하루가 다른 아버님 병세 때문이었다. 만약, 약속된 날 아버님의 컨디션 때문에 아버님을 만나지 못하는 상황이 벌어지면 현석은 어떻게 생각할까? 자명한 일이었다. 현석은 분명 추 선생이 자신을 만나고 싶어 하지 않기에 약속이 취소된 거로 생각했을 것이고 그럴 경우, 그가 받을 상처는 매우 컸을 거라고 그녀는 생각했다.

"깜짝 쇼를 너무 자주 해 드리는 것 같네요. 아버님을 뵈러 갈 거라고 미리 말씀드렸으면 아마 며칠 전부터 계속 잠도 못 주무셨을 거예요. 식사도 거르시고."

연미가 얼굴에 부러 환한 미소를 그려 넣으며 말했다. 연미는 현석의 상황과 기분을 두루 헤아려 그와 같이 칙칙한 모습을 보일 수는 없었다. 현석 앞에서 아버님의 이야기를 하며 또랑또랑한 미소를 그려 보인다는 것이 어색하기는 했지만, 미소와 유쾌함이 지금, 이 순간, 두 사람을 위한 최고의 선택이라고 그녀는 판단했다. 현석은 그녀의 발랄함이 다소 의아했지만, 자신만큼 긴장하고 있을 그녀일 터이고 그 긴장을 풀기 위한 의도된 행동일 것으로 그녀를 이해했다. 어찌 되었든 연미의 의도된 유쾌함은 목적을 이룬 듯 보인다. 집을 향해 걷는 현석의 발걸음이 결코 무거워 보이지 않는다.

중년 부인이 현관문을 열었다. 집안으로 들어서는 연미와 현석. 현관 바로 앞은 거실이었다. 거실 정면에는 커다란 책장이 있었고 책장 오른쪽에는 악기들이 보인다. 기타, 관악기들, 드럼, 그리고 피아노. 현석은 그 피아노를 한눈에 알아봤다. 오래전, 피아노학원 집무실에 놓여있던 피아노.

연미가 책장 왼쪽, 미닫이문으로 향한다. 연미를 뒤따르는 현석. 연미가 문 앞에 서서 가볍게 심호흡하며 현석을 쳐다본다. 현석이 자세와 옷매무새를 바로잡는다.

연미, 미닫이문에 가볍게 노크한다.

"아버님, 저 왔어요."

"그라커르르와."

노인 목소리가 들려왔다. 발음이 명확하지 않은 목소리였다.

연미가 방문을 연다.

방바닥에 놓여있는 서안書案(책상) 앞에 앉아있는 추 선생. 그가 안경을 눈 아래로 내린 뒤 안경 너머로 연미와 현석을 번갈아 쳐다본다. 현석과 추 선생의 눈이 마주쳤다. 추 선생의 팔과 다리는 앙상했고 얼굴은 피골이 상접해 볼살이 움푹 파였고 탁한 구릿빛 피부에는 건선과 반점이 퍼져있었다. 하지만 곧게 선 척추와 유난히 많은 머리숱, 귓불 아래로 드리워진 구레나룻은 세월을 비켜 간 듯 변함이 없다.

"아버님, 잘 지내셨어요?"

연미가 문지방을 넘어 방으로 들어서며 추 선생에게 인사하자 추 선생이 입가에 미소 짓는다. 핸드백을 바닥에 내려놓고 추 선생 옆에 앉아 두 손으로 추 선생의 손을 잡는 연미. 추 선생이 연미의 손을 쥐며 그녀에게 뭐라 이야기한다. 그는 정확한 발음을 만들어내지 못했다. 그러나 연미는 추 선생의 말을 이해했다.

"아니에요. 마르지 않았어요. 잘 먹어요. 저 살찐 것 보세요."

연미가 한쪽 옆구리의 살을 손가락으로 집어 허리를 추 선생 앞으로 내민다. 추 선생이 밝게 미소짓는다.

추 선생의 얼굴이 현석에게 향했다.

연미, 우두커니 마루에 서 있는 현석에게,

"들어오세요."

현석이 방의 문지방을 넘는다.

"아버님이세요. 인사드리세요."

잠시 추 선생을 바라보던 현석이 어깨에 메고 있던 해금 가방을 방바닥에 내려놓더니 추 선생에게 넙죽 큰절을 올린다. 그러자 추 선생이 앉은자리에서 살며시 등을 구부려 현석의 절에 답절을 한다. 그리고는, 연미를 쳐다본다.

"아버지, 양용주 씨, 기억나세요?"

그녀의 호흡에 떨림이 있다.

"양용주 씨 자제분 양현석 씨세요."

추 선생은 양용주란 이름을 떠올리지 못했고 양현석이라는 이름도 기억해내지 못했다. 두 눈을 그저 말똥말똥 뜨고 현석을 쳐다보기만 하는 추 선생. 추 선생이 현석을 알아보지 못하자 연미는 당황했다. 잠시 생각하던 연미가 현석에게 해금을 잠시 건네줄 수 있는지 묻는다. 현석, 해금 가방에서 해금을 꺼내 연미에게 건넨다. 연미가 해금을 양손에 들고 추 선생 앞으로 치켜든다. 하지만 추 선생은 해금과 현석을 연관시키지 못했다. 그는 그저 해금과 연미, 현석을 번갈아 쳐다만 볼 뿐이다. 연미가 해금을 내려놓고 핸드백을 집는다. 핸드백 안에서 〈재즈 러버스〉 악보 철을 꺼내 피아노 버전을 추 선생의 책상 위에 올려놓고 펼치는 연미.

"아빠, 이 악보 아시죠?"

추 선생이 악보를 살피다가 고개를 끄덕인다.

"이 곡 만드신 분이에요."

추 선생, 깜짝 놀란 표정을 지으며 현석과 악보를 번갈아 본다. 그리고는, 다시 연미와 현석을 번갈아 쳐다본다. 그는 무언가 묻는 표정이다. 연미가 입을 연다.

"우연히 만났어요."

추 선생의 낯빛이 서서히 어두워진다. 현석과 연미의 표정에 긴장감이 돈다. 현석은 급작스럽게 침울해진 추 선생의 분위기에 서글픈 마음이 밀려들었다. 그는 추 선생이 자신을 반기지 않고 있다고 생각했다. 추 선생과 마주쳤던 현석의 두 눈이 방바닥을 향한다. 그때, 추 선생이 양쪽 손바닥을 방바닥에 대고 하체를 앞쪽으로 잡아당기며 움직이기 시작한다. 그러나 힘을 쓰는 만큼 그의 하체는 움직여지지 않는다. 그는 하반신의 신경이 마비되어있는 듯 보였다. 그가 자신 앞에 놓인 책상의 모서리를 돌아서기까지 꽤 오랜 시간이 걸렸다. 그는 현석에게 다가가고 있었다. 현석과의 거리가 좀처럼 좁혀지지 않자 연미가 추 선생을 거들려 한다. 그러자 추 선생은 연미에게 한 손으로 손바닥을 펴 보이며 스스로 하겠다는 의지를 보인다. 추 선생은 약 4미터 남짓한 거리를 한참 만에야 좁혔다. 현석에게 다가간 추 선생이 현석의 두 눈을 바라보다가 두 손으로 현석의 한 손을 덥석 잡는다. 현석은 추 선생의 갑작스러운 행동에 두 눈을 어디에 둬야 할지, 어떤 반응을 보여야 할지 몰랐다. 추 선생이 현석에게 입을 연다. 골골한 목소리로 무어라 말하는 추 선생. 현석은 추 선생의 말을 알아들을 수가 없다. 연미를 바라보는 현석.

"손자, 잘 있냐고 묻고 계세요."

"!"

손자? 전혀 예측하지 못한 질문이었다. 현석은 순간 무슨 답을 해야 할지 몰랐다. 눈시울을 붉히며 자신의 손을 꼭 잡은 추 선생의 모습에 현석의 마음이 일렁였다. 현석은 우선 대답부터 해야 했다.

"예, 잘 있습니다."

추 선생이 현석의 손을 더욱 꽉 쥐어 잡았다. 그러자 현석, 고개를 숙여 추 선생에게 감사의 인사를 건넨다. 연미가 추 선생의 책상 위에 놓인 악보 철을 손에 든다.

"오래전에 그러셨죠? 아버지 앞에서 이 곡을 연주해 드리고 싶다고요? 따님을 사랑한다고 말하는 것보다 이 악보를 들려드리는 게 더 클 것 같다고 말씀하셨던 거 기억나시죠? 기회가 왔네요."

연미, 맑은 목소리로 말했지만, 그녀의 얼굴에는 우수가 짙게 드리워져 있다. 어느새 그녀의 눈에 수분이 어른거리기 시작한다.

"연주 전에 말씀드리고 싶은 게 있어요. 어머니께서 정수를 건네주고 이 악보를 받아 오신 뒤, 어머닌 이 악보를 제게 건네야 할지 말아야 할지 망설이셨어요. 어머닌 일 년을 넘긴 그 다음 해에 이 악보를 제게 전해주셨어요. 전, 이 악보를 받고 아버님께 연주해 드릴 기회를 기다렸어요. 그런데 오랫동안 그 기회를 찾지 못했어요. 그렇게 시간이 지나고 남편과 사별하고 난 뒤 어느 날, 아버지에게 이 악보를 연주해 드렸어요. ⟨Part I⟩, 피아노 버전이었어요. 아버님께서 연주를 들으시고 '누군지 몰라도 작곡자가 누군가를 무척 사랑한 게로구나.' 그렇게 말씀해주셨어요. 그 말씀을 듣고 기뻤어요. 정말 기뻤어요. 그 후 어느 날, 아버님께서 그때 그 곡, 다시 한번 들을 수 없겠냐고 말씀하셨어요. ⟨Part II⟩도 듣고 싶고 ⟨Part III⟩도 듣고 싶으시다고요. 전 너무나도 놀랐어요. ⟨Part II⟩, ⟨Part III⟩는 연주해 드린 적도 없고 ⟨Part II⟩, ⟨Part III⟩ 악보가 있다고 말씀드린 적도 없었어요. 제가 어떻게 ⟨Part II⟩와 ⟨Part III⟩를 아시냐고 여쭸더니 비밀 연습실에 가셨던 얘기를 해 주셨어요. 거기서 악보를 보셨고 ⟨Part I⟩, ⟨Part II⟩를 연주해 보셨다고요. 그러시면서 ⟨Part III⟩는 연주하지 못했다고 말씀해주셨어요. ⟨Part III⟩까지 마음에 담아오기가 미안했다고요. 아버진, 오래전, 우리 두 사람을 인정해 주신 거예요. '누군지 몰라도 작곡가가 누군가를 무척 사랑한 게로구나.' 전, 그 말씀을 늘 제 맘에 담고 살아왔어요."

현석은 놀랐다. 형언할 수 없는 양기와 음기의 감성들이 순식간에 현석의 살을 파내며 몸속으로 헤집고 들어가 그의 심장 속에 자리 잡는다. 그들 사이에 침묵이 놓인다.

"같이 연주하고 싶네요. 괜찮으세요?"

연미가 자신이 만들어 놓은 침묵을 주워 담으며 말했다.

현석, 연미를 바라보다가 추 선생을 쳐다본다. 그러자 연미가 추 선생을 향해 손으로 악보와 현석을 가리키며 말한다.

"아버님, 이 곡, 저하고 양현석 씨가 같이 연주해 드려도 괜찮으시겠어요?"

추 선생이 고개를 끄덕였다. 연미가 악보 철을 들고 자리에서 일어선다. 해금과 해금 가방을 들고 연미를 따라 걷는 현석. 그들은 피아노가 놓인 거실로 향했다. 연미가 현석에게 연주할 자리를 안내한다. 그녀는 현석을 다시 만난 뒤 얼마 지나지 않아 현석이 연주할 자리를 미리 준비해 놓았었다. 연미가 피아노 보면대에 피아노와 해금 버전의 악보를 올려놓고 펼친다. 연주 채비를 하는 두 사람. 추 선생이 양손을 바닥에 대고 두 사람에게 좀 더 가깝게 다가가기 위해 몸을 움직인다.

이윽고 그들의 연주가 시작되었다.

미동도 없이 그들의 연주를 지켜보던 추 선생이 천천히 위아래로 고개를 움직인다. 눈을 감고 음을 음미하는 추 선생. 그는 무릎 위에 올려놓은 손을 리듬에 맞춰 가볍게 두드리기도 하고 어깨를 움직여 들려오는 음에 자신을 동화시킨다. 현석은 연주를 들으며 같이 느끼고 호흡해 주는 추 선생에게 고마운 마음을 갖는다.

⟨Part I⟩의 연주가 끝났다.

이어서 ⟨Part II⟩ 연주가 시작된다.

추 선생은 〈Part II〉 연주를 지켜보며 오래전 비밀 연습실에서 보았던 〈Part II〉 악보의 잔상들을 떠올려본다. 그가 떠 올린 악보는 현석이 연필로 메모해 놓은 록과 헤비메탈 연주를 위한 기타, 베이스, 드럼 파트의 악보였다. 추 선생은 들려오는 해금과 피아노 선율에 흐릿한 기억 속의 악상을 대비해 본다. 그러면서 손가락으로 방바닥을 가볍게 두드린다. 추 선생이 두드리는 손의 움직임은 정박자가 아니었다. 그는 현석이 연필로 메모해 두었던 록과 헤비메탈의 화음 파트를 만들어 내고 있었다. 감성에 젖은 추 선생의 얼굴. 잠시 후 추 선생의 눈시울이 붉어져 왔다. 어떤 감정이 지금 그를 자극하고 있는 것일까? 음악일까? 아니면 현석과 연미에게서 배어 나오는 비련의 느낌 때문일까? 아니면 두 사람을 향한, 자신의 자아에 대한 고찰일까? 어떤 것일까?

〈Part II〉의 연주가 끝났다. 추 선생이 두 사람을 번갈아 쳐다보며 고개를 여러 번 끄덕여 그들의 연주에 감사의 화답을 한다.

곧이어 〈Part III〉 연주가 시작되었다.

삼십이 년 전, 현석의 비밀 연습실에서 〈재즈 러버스〉의 〈Part I〉과 〈Part II〉를 연주했던 추 선생. 그는 〈Part III〉까지 연주할 수가 없었다. 현석의 마음을 송두리째 훔치는 느낌이 들었기 때문이었다. 하지만 그는 〈Part III〉의 도입부 악보를 보며 연주유혹을 떨쳐버릴 수 없었다. 갈등 끝에 결국 〈Part III〉 도입부를 연주할 수밖에 없었던 추 선생.

〈Part III〉가 시작되자 추 선생이 살짝 고개를 가로 돌려 연미와 현석 쪽으로 귀를 더 가깝게 가져간다. 그는 〈재즈 러버스〉의 전체 버전 중, 〈Part III〉의 도입부를 각근히 사랑했다.

두 눈을 감고 〈Part III〉 선율에 몰입했던 추 선생이 몸을 움직이기 시작한다. 그는 자신의 책상으로 향했다.

힘겹게 책상 앞에 도달한 추 선생이 책상 서랍에서 메모지와 펜을 꺼낸다. 그는 현석과 연미의 연주를 한참 동안 지켜보다가 메모지 위에 글을 쓰기 시작한다. 글을 쓰는 추 선생의 손이 몹시 떨려온다. 손 떨림이 심해 글씨가 제대로 써질까 싶다. 하지만 그는 심호흡으로 손목의 진동을 완화 시키면서 차근차근, 한 글자씩 써 내린다……. 연미와 현석의 연주가 끝나갈 무렵, 마침내 추 선생이 손에서 펜을 내려놓는다. 곧이어 〈Part III〉의 연주가 끝 음을 맺었다. 추 선생이 현석을 향해 고개를 깊게 숙여 현석의 연주에 인사를 전한 뒤 환한 미소로 연미와 현석을 바라보다가 메모한 종이를 접어 현석을 향해 내민다. 현석이 연미를 한번 바라보고는 해금을 바닥에 내려놓고 추 선생 앞으로 다가가 허리 숙여 인사한 뒤 두 손으로 메모지를 건네받는다. 현석이 추 선생에게서 몇 발짝 떨어진 구석 자리로 움직여 추 선생이 건넨 종이를 펼친다. 잠시 후 글을 읽어내린 현석이 추 선생 앞에 선다. 추 선생에게 고개 숙이며 주신 글 감사하다는 말을 전하는 현석. 그는 다시 거실로 넘어가 해금 가방에 메모지를 넣는다. 현석은 감정이 북받쳐 올랐다. 하지만 그는 감정을 누르며 그윽함, 평온함을 유지하려 애쓴다. 그러나 연미는 단숨에 알아차렸다. 그의 외면이 포장되어 있다는 것을. 연미는 현석의 충혈된 눈을 보았고 까맣게 그을린 그의 가슴을 보았다.

29 | 사랑하기 때문에

 연미와 현석이 우산을 받쳐 들고 추 선생의 집을 나선다. 그들이 추 선생의 집에 도착했을 때 흩뿌렸던 비는 어느새 폭우로 바뀌었고 하늘에선 천둥과 번개가 인다. 그러나 그 굉음, 불빛, 바람, 그리고 굵은 비는 지금 현석의 마음속에 산화散花되고 있는 슬픔의 발로發露를 흐트러트릴 수 없었다. 현석은 추 선생의 집을 나와 연미의 자동차에 다다를 때까지 쏟아지는 비를 전혀 의식하지 못한다. 그의 머릿속에는 오직 추 선생과 재회했던 여운만이 가득 차 있을 뿐이다.
 차에 올라탄 두 사람. 연미가 차의 시동을 건 뒤 현석을 쳐다보며 묻는다.
 "괜찮아요?"
 "뭐가요?"
 "기분이요?"
 "네, 괜찮아요. 아버님 만나 뵙게 해줘서 고맙소." 현석, 덤덤한 표정을 지으며 말했다. 연미는 현석의 표정이 위장된 것을 안다. 그래서 아프다. 애절한 무언가에, 애달프고 쓰린 무언가에 매여 있으면서 그렇지 않은 척하는. 연미는 현석의 그런 어두운 이면이 마음에 걸렸다. 그녀는 아버지가 그에게 전한 메모에 어떤 내용이 쓰여있는지 궁금했다. 그녀는 묻고 싶었다. 하지만 연미는 그 마음을 접는다.

연미의 차가 출발한다. 차창 너머로 멀어지는 추 선생의 집을 계속해서 바라보는 현석.

연미의 차가 비포장길을 달린다. 자동차 와이퍼는 좌우로 빠르게 움직이고 있고 길은 평지 직선도로였음에도 불구하고 미끄러워 차의 앞바퀴가 간헐적으로 헛돌고 있다.

"도로가 미끄럽네요. 천천히 가요. 앞에 내리막 회전 길 조심하고요." 현석의 말에 연미가 차의 속도를 줄인다. 회전 길이 나타나자 천천히 브레이크를 밟는 연미. 그러나 브레이크를 밟았음에도 차는 스스로 미끄러져 내려간다. 차가 도로와 숲의 경계 부분에 가까워지자 당황하는 연미. 그녀가 브레이크를 세게 밟으며 핸들을 왼쪽으로 꺾는다. 그러자 차가 한 바퀴 돌아 미끄러지며 중앙선을 넘어 반대 차선 도로 가의 흙밭 흙기둥에 부딪힌 뒤 멈춰 선다. 큰 충격은 아니었지만, 놀란 연미가 다시 반대편 도로로 차를 가져가기 위해 핸들을 돌리며 액셀 페달을 밟는다. 그러나 차의 두 앞바퀴는 진흙 수렁에 빠져 그저 헛돌기만 한다. 액셀 페달을 밟지 말라고 현석이 나지막이 외치는 순간 연미가 다시 액셀 페달을 밟자, 차의 두 앞바퀴는 헛돌며 진흙 속으로 더 깊게 파고든다. 현석이 동승석 문을 연다. 하지만 동승석 문은 흙기둥에 닿아 열리지 않는다. 현석이 동승석 창문을 내려 창밖으로 고개를 내밀고 바퀴를 본다. 바퀴의 절반 이상이 진흙 속에 묻혔다.

"운전석 문 한번 열어봐요."

현석의 말에 연미가 운전석 문을 연다. 운전석은 열리긴 했지만, 차 문의 아랫부분이 진흙에 닿아 사람이 빠져나갈 정도로는 열리지 않는다. 현석이 동승석 등받이를 누이고 뒷좌석으로 넘어가 동승석 뒷좌석의 문을 연다. 그러나 동승석 문과 마찬가지로 뒷좌석 문도 흙기둥에 닿아 열리지 않는다. 현석이 운전석 뒤, 뒷좌석 문을 열어본다. 문이 열렸다. 하지만 운전석 문처럼 문 아래쪽이 흙에 닿는다.

"더 안 열리나요?" 연미가 물었다.

"빠져나갈 수 있을지 모르겠네."

현석, 좁은 문틈 공간에서 빠져나가기 위해 안간힘을 써본다. 현석이 간신히 뒷좌석에서 밖으로 빠져나간다.

"트렁크 안에 우산이 있어요. 우산 쓰세요."

연미가 운전석 창문을 내리며 외쳤다.

현석, 뒤 트렁크를 열고 우산을 꺼낸다. 그러나 그에겐 우산이 필요 없어 보인다. 빗물은 이미 현석의 옷을 가득 적셨다. 현석이 우산을 펼친 뒤 자동차 앞바퀴를 살핀다. 그는 차를 움직일 엄두가 나지 않는다. 진흙에 빠져버린 바퀴의 깊이를 보아 누군가의 도움을 받아 자동차를 빼내 본다 한들 능사가 아닐 듯싶다. 현석이 외친다.

"바퀴가 너무 깊게 빠졌어요."

현석, 주위를 휘둘러 살피며,

"이 근처, 마을이 가까울까요?"

"아니에요. 멀어요. 한참 가야 해요."

연미가 차 안에서 소리치자, 현석,

"우리 힘으로 차를 빼내는 건 힘들 것 같아요. 도움을 청해야 해요. 핸드폰 있죠?"

연미, 손을 뻗어 뒷좌석 가운데 자리에 놓인 핸드백을 집어 들고 핸드백 앞주머니에서 핸드폰을 꺼낸다. 그러나 핸드폰 화면에는 통화 불가능 지역 표시가 떠 있다. 연미가 버튼을 눌러 전화를 걸어 본다. 그렇게 몇 번을 시도하던 연미가 현석을 향해 고개를 가로젓는다. 현석, 잠시 주위를 살핀다. 도로 옆, 숲 언덕으로 향하는 샛길이 그의 눈에 들어왔다. 그 샛길을 타고 언덕 위에 올라 숲 아래를 내려 보던 현석이 언덕에서 내려와 도로를 가로질러 맞은편 바위 언덕으로 올라간다. 그가 바위 언덕에서 내려오며 연미에게 외친다.

"산 아래 불빛이 하나 보여요. 비를 피할 수 있는 장소면 좋겠네요. 일단 내려가서 상황 보고 도움을 청합시다. 우산은 이것 하나뿐인가요?"

"네."

"해금을 가져가야 하는 데 혹시 차에 비닐백 같은 건 없나요?"

연미, 고개를 가로젓는다.

현석, 차의 뒤 트렁크를 연다. 트렁크 속에 놓여있는 물건 중 하나를 집어 들고 펼쳐보는 현석. 자동차 앞 유리의 햇빛 가리개였다. 현석이 운전석을 향해 그것을 들어 보이며 사용해도 되는지 연미에게 소리쳐 물었다. 연미가 고개를 끄덕이자, 현석, 그 물건을 들고 자동차 뒷좌석에 올라탄다. 그는 뒷좌석에 놓여있는 해금 가방을 열고 해금을 꺼낸 뒤 햇빛 가리개를 펼쳐 놓고 해금을 그 위에 올려놓는다. 그리고 해금 가방에서 해금 줄이 감긴 봉과 손가위를 꺼내 봉에 감긴 해금 줄을 풀러 해금 줄을 자른 뒤 햇빛 가리개로 촘촘하게 해금을 감싸고는 해금 줄로 햇빛 가리개를 묶는다. 해금을 다시 해금 가방 안에 집어넣는 현석. 그는 해금이 조금이라도 빗물에 젖는 것을 원하지 않았다. 해금 가방의 잠금장치를 야무지게 여미는 현석.

"자동차 보험 가입증이나 보험사 전화번호 있어요?" 현석이 물었다.

연미가 그저 현석을 쳐다보자,

"전화 되는 곳에 가서 보험사에 전화해 봅시다. 레커차로 도움을 받을 수 있을지도 몰라요."

연미, 조수석의 글로브 박스를 열고 살핀다.

"네, 보험 서류 여기 있네요."

연미, 보험 서류를 핸드백 안에 넣는다.

현석이 연미의 한 손을 잡고 그녀가 운전석에서 뒷좌석으로 넘어올 수 있게 그녀를 거든다.

차에서 빠져나오는 두 사람.

현석은 해금 가방을 어깨에 둘러멘 채 비를 맞았고 우산은 오로지 연미의 몫이었다. 하지만 우산은 소용없었다. 우산은 비바람에 춤을 췄고 비는 연미의 얼굴을 세차게 때려댄다. 차에서 벗어난 지 얼마 되지 않았음에도 연미는 빗물에 흠뻑 젖어버렸다. 그들은 한참 동안 비포장도로를 걸어 내려왔다. 그들의 신발은 물론 그들의 바지는 온통 진흙투성이다.

현석과 연미가 숲속 길을 벗어난다. 멀게 보였던 네온사인 불빛이 가까워졌고 그들 앞쪽에는 포장된 아스팔트 길이 보이기 시작했다. 발걸음을 재촉하는 두 사람.

그들이 아스팔트 길로 접어들었다. 아스팔트 길은 걷기가 한결 수월했다. 현석과 연미의 걸음걸이가 더더욱 빨라진다.

검푸르게 변한 입술과 오들오들 떨고 있는 연미 모습이 현석의 눈에 들어온다.

"괜찮아요?" 현석이 물었다.

"네, 좀 춥네요."
"다 왔어요. 조금만 참아요."
잠시 후 연미와 현석이 한 야산을 오른쪽에 두고 아스팔트 회전 길을 돌자 빗줄기와 안개 속에 흐릿하게 보이기만 했던 네온사인 불빛이 선명하게 보인다.

흑장미 모텔.

두 사람, 걸음을 멈춰 세운다. 이어서 붉은색으로 반짝이는 모텔 이름 아래, 파란색으로 쓰여있는 글들이 두 사람 눈에 들어온다.

최신식 물침대 완비. 24시간 성인 비디오. 마사지사 항시 대기. PM2-9 대실 가능.

연미와 현석의 눈이 마주친다.
연미가 입을 연다.
"일단 이 비를 피해야 할 것 같네요."

현석과 연미가 모텔 안으로 들어선다. 그들은 모텔 현관으로 들어서기 전, 옷과 신발에 묻은 진흙을 털어내고 닦아 냈지만, 바지 밑단과 신발에 남아 있던 진흙이 옷에서 흘러내린 물과 섞이며 모텔 현관 바닥을 흥건하게 적시고 있다. 그때 현관 옆, 화장실 입구 구석에 놓인 청소 도구들이 연미의 눈에 든다. 연미가 마대 걸레를 집어 들고 와, 현관 바닥에 묻은 흙탕물을 닦아 낸 뒤 마대 걸레를 원래 위치에 다시 가져다 놓고 모텔 프런트 앞으로 향한다. 연미의 뒤를 따르는 현석.

"저, 실례합니다. 옷에 흙이 많이 묻어 현관을 더럽혔네요. 걸레로 바닥을 닦기는 했는데 아직 지저분합니다. 죄송합니다." 연미가 프런트 직원에게 말하자 프런트 직원, 현관 입구를 보며,

"아, 괜찮습니다. 손님처럼 바닥 청소하고 들어오시는 분은 처음입니다. 감사합니다. 방 드릴까요?"

"저, 먼저 하나만 여쭐게요. 두마 고개에서 차가 진흙 웅덩이에 빠졌는데 혹시 이 근처 가까운 곳에 견인 업체가 있을까요?" 연미가 물었다.

"두마 고개요?"

"네."

"포장도로예요? 비포장도로예요?"

"비포장도로요."

"비포장길이면 힘들 거예요. 견인 업체가 삼, 사십 분 거리에 있긴 한데 오늘 같은 날에 오려면 시간이 훨씬 더 걸릴 겁

니다. 온다 해도 비포장도로는 쉽게 못 올라갈 겁니다. 날도 어두워질 거고요. 혹시 보험사에 연락해 보셨어요?"
"네, 오늘은 이곳까지 올 수 없다네요."
"그럴 겁니다. 지금 와도 이 비에는 견인이 힘들 거예요. 방 드릴까요?"
연미, 현석을 바라보며,
"일단 방을 잡고 몸부터 녹이고 생각해 봐야겠어요."
현석, 고개 끄덕이자, 연미, 직원을 향해 묻는다.
"객실에 욕조 있지요? 따뜻한 물 잘 나오고요?"
"네, 그럼요."
"예, 객실 두 개 주세요." 연미가 말했다.
"저, 손님, 죄송합니다. 지금 객실이 하나밖에 없네요."
현석과 연미의 눈이 마주친다.
"난 이대로 있다가 돌아가도 되니 방 잡고 어서 몸부터 녹여요. 로비에서 기다리겠소."
현석의 말에 연미, 대답 없이 잠시 망설인다. 그때 프런트 직원이 현관 밖을 보며,
"빨리 결정해 주셔야겠네요. 차가 한 대 들어오고 있습니다."
연미와 현석, 현관 밖을 쳐다본다. 자동차 한 대가 주차장으로 들어오고 있다. 다시 현석과 연미의 눈이 마주친다.
"일단 몸부터 녹여요. 난 차 견인 업체 한번 알아보고 있겠

소."

현석이 말하자, 연미, 프런트 직원에게,

"네, 방 주세요."
"대실인가요?"
"네?"

연미, 대실의 의미를 이해하지 못했다.

"잠시 계시다 가실 건가요? 아니면 하루 숙박하실 건가요?"
"……."

연미가 현석을 쳐다본다. 그저 마주 보고만 있는 두 사람.

프런트 직원이 입을 연다.

"내일 자동차 끌어내셔야 하지 않나요? 아침에 빼내셔야 해요. 계속 비가 오면 방죽 물이 넘칠 수가 있어요. 그럼, 비포장도로 폐쇄됩니다."

"몸 녹이고 집으로 돌아가요. 내가 남아서 내일 차를 끌어낼게요."

연미, 현석의 말에 잠시 생각하다가,

"네, 하루 숙박으로 방 주세요."

모텔 프런트에 전화벨이 울린다.

"예, 프런트데스큽니다. 아, 예, 로비에 계세요. 네, 알겠습니다."

프런트 직원, 전화기를 내려놓고 로비 의자에 앉아있는 현석을 향해 다소곳이 소리친다.
"저 손님, 객실로 올라오시라는데요."
현석, 해금 가방과 우산을 챙겨 들고 자리에서 일어난다.

객실 문은 살짝 열려있었다. 현석이 노크하자,
"네, 들어오세요."
연미 목소리가 들려왔다. 현석, 빠끔히 문을 열며 객실 안을 살핀다. 욕실에서 빠져나온 수증기가 객실 전체에 퍼져있다. 연미가 젖은 옷들을 다시 입고 앉아, 손수건으로 바짓자락에 묻은 진흙을 닦아 내고 있다.
"문밖에 서 계시지 마시고 들어오세요." 연미가 말했다.
현석이 객실 안으로 들어서자, 연미,
"어서 씻고 몸 좀 녹이세요. 전 나가 있을게요."
"이제 좀 괜찮아졌소?"
고개 끄덕이는 연미.
현석, 메고 있던 해금 가방을 객실 입구 바닥에 내려놓고 욕실로 향한다. 그때 연미의 핸드백 안에서 핸드폰의 진동 벨이 울린다. 핸드백에서 핸드폰을 꺼내 커버 화면을 보는 연미. 연미가 전화를 받아야 할지, 말지 순간 망설인다. 두 사람의 얼굴이 마주쳤다. 현석, 그녀로부터 고개를 돌리며 서둘러 욕실 안으로 들어가 문을 닫는다. 연미, 객실 문밖으로 나가며 전화를 받는다.

"네, 저예요. 네, 저, 어디 좀 와 있어요. 네? 어디 계시다고요?"

갑자기 연미의 발걸음이 멈춰진다. 객실 밖에서 객실 안쪽을 등지고 서 있던 연미가 뒤돌아서서 객실 안 창가에 시선 가져간다. 그녀가 객실로 들어와 객실 창가로 향한다. 창밖을 내려보는 연미. 성재였다. 그가 우산도 없이 비를 맞으며 전화기를 귀에 대고 모텔 앞 주차장에 서 있다. 연미, 잠시 성재를 바라보다가 욕실 쪽을 한번 쳐다보고는 전화기에 대고 조용히 말한다.

"내려갈게요."

연미, 전화를 끊는다. 그녀는 전화를 끊고 우두커니 서서 잠시 생각에 빠진다. 연미는 성재의 등장에 분명 당황하고 있다. 그러나 상황을 대하는 그녀의 움직임과 표정은 차분하고도 잔잔하다.

연미가 욕실 앞에 서서 욕실 문에 노크한다.

"저, 잠시 내려갔다 올게요."

욕실 문이 살짝 열린다.

현석, 잠시 연미를 바라보다가 말한다.

"핸드백 갖고 가요."

"!"
"자동차 키는 날 주고 그분과 같이 가요. 차를 빼내든 견인 받든 내가 안전한 곳으로 옮겨놓겠소."
"……!"
연미, 현석의 그분이라는 표현에 놀란 표정이다.
현석이 욕실 문을 닫는다.
연미가 핸드백에서 키를 꺼내 탁자 위에 내려놓기까지는 무척 오랜 시간이 걸렸다. 연미는 키를 탁자 위에 내려놓기는 했지만, 곧바로 핸드백을 손에 움켜쥐지 못한다. 연미의 가슴이 시려왔다. 다시 욕실 문 앞으로 다가 걷는 연미.
"저, 제가 이렇게 가도 저 이해하실 수 있으시죠?"
"이해는 무슨 이해요? 되레 내가 미안해요."
현석은 전혀 감정의 동요가 없는 듯한 어투로 대답했다. 하지만 어디서부터, 언제부터 감염된 바이러스였는지 질투라는 이름의 화신은 지금 현석의 내면에서 순식간에 발효되어 온몸으로 들불처럼 퍼져 나간다. 그리고 그 바이러스는 서서히 현석의 심장을 난도질하기 시작했으며 그의 목을 조여오고 있다. 하지만 그는 욕실 문을 빠끔히 열고 태연하게, 여유롭게, 미소까지 그려 넣은 얼굴로 다시 연미에게 말을 잇는다.
"어서 내려가요. 나한테 미안한 마음 가질 필요 전혀 없어요. 괜찮아요. 어서 가요."

연미, 고개를 떨군다. 욕실 문을 닫는 현석.

연미가 핸드백이 놓인 탁자 앞으로 다가선다. 핸드백을 손에 쥐고 뒤돌아서서 객실 문으로 향하는 연미. 그러나 그녀는 객실 밖으로 나가지 못하고 다시 뒤돌아선다. 그리고는, 탁자 앞으로 다시 걸어와 핸드백을 탁자 위에 내려놓는다. 고개를 수그린 채 생각에 빠진 연미. 연미가 다시 핸드백을 움켜잡는다. 그리고 욕실에 눈길을 한번 보내고는 객실을 빠져나간다.

연미가 사라지고 난 잠시 뒤, 욕실 문이 딸각하고 소리를 낸다. 현석, 열린 욕실 문틈 사이로 객실을 둘러본다. 그녀와 함께 사라진 핸드백. 현석이 욕실에서 나와 탁자 위에 덩그러니 놓인 자동차 키를 바라본다. 욕실 안에서 어떠한 감정의 동요도 없는 듯한 표정으로 그녀를 바라보던 그의 청초했던 눈동자는 생기를 잃었고 곧았던 그의 눈썹은 휘어져 아래로 늘어졌으며 일직선으로 서 있던 그의 척추 선은 어느새 굽어버렸다. 그가 욕실 문기둥에 등을 대고 바닥에 힘없이 주저앉는다.

연미가 모텔 로비의 현관문을 열고 모텔 건물 밖으로 나간다. 성재는 계속 비를 맞고 서 있었다. 연미가 모텔 현관 앞 처마 밑에 서서 성재를 바라보다가 현관 앞 계단을 내려선다. 비를 맞는 연미……. 두 사람은 그렇게 계속 비를 맞으며 말없이 서로를 바라만 본다……. 내리던 비가 진눈깨비로 바뀌었다. 이윽고 성재가 움직인다. 연미 앞으로 다가선 성재가 입을 연다.

"얘기 좀 합시다."

연미와 성재가 모텔 로비 커피숍의 외진 구석 자리에 앉아 있다.

단 한마디의 대화도 눈맞음도 없는 그들.

"이 상황을 설명 좀 해봐요." 성재가 거칠고 무겁게 먼저 입을 열었다.

"……."

"내가 꼭 알아야 할 이유는 아닐지 모르지만 왜 그 사람이 연미 씨 아버님을 뵈러 갔는지 궁금합니다. 설명해 줄 수 있나요?"

연미, 고개를 숙인 채 대답 없다.

"그래요. 아버님 뵌 일은 내가 굳이 알 필요까진 없으니, 그건 그랬다 칩시다. 아무리 차가 움직일 수 없고 폭우가 쏟아졌어도 어떻게 이런 싸구려 저질 모텔에 함께 투숙할 수가 있죠? 그것도 같은 방에?"

"……."

"이건 어떻게 설명할 거요?"

"……."

"말 안 할 거요?"

"……."

"이게 결혼할 남자를 곁에 두고 할 짓이오?"

"……."

"지금까지 당신의 모든 걸 이해했습니다. 이것도 그냥 이해하고 넘어갈까요?"

"……."

"됐소. 우리 결혼, 없었던 걸로 합시다."

연미, 내내 숙이고 있던 고개를 들어 성재 보다가 다시 고개 숙인다.

그때 커피숍 뒤, 원형 기둥에 몸을 숨기고 있는 현석의 모습이 보인다. 연미와 성재의 얘기를 엿듣고 있는 현석.

성재, 다시 말을 잇는다.

"당신이 나한테 이런 모습 보였다고 해서 내 당신을 미워하진 않을 거요. 그 이유는 당신이 늘 얘기했듯, 사랑은 사랑의 힘으로, 마음만으로 만들어지지 않는다는 것, 그게 무슨 말인지 이제 이해했기 때문이오. 우린 인연이 아닌가 봅니다. 같이 함께한 시간이 후회되지는 않아요. 하지만 내 하나 아쉬운 게 있다면 최소한 지켜야 할 도덕과 윤리 개념도 갖추지 못한 여인을 아끼고 사랑한 거요. 내 오늘 당신을 몰래 따라온 것에 대해선 사과드리겠습니다. 그만 일어나겠소."

성재가 자리에서 일어서자, 연미, 고개를 들어 성재를 본다. 그녀는 성재를 붙잡고 싶었다. 하지만 마음뿐이었다. 연미는 그를 잡아 세울 수 있는 어떤 말도 떠올리지 못했다. 손끝이 저리고 가슴이 아려 왔지만, 연미는 사라지는 성재의 뒷모습을 그저 바라만 보고 있다.

모텔 현관문을 열고 사라지는 성재. 연미, 성재가 빠져나간 현관을 하염없이 바라본다. 연미가 현관을 향해 얼굴을 둔 사이 커피숍 기둥 뒤에 서 있던 현석이 모텔 비상계단으로 향한다.

성재가 떠나고 난 뒤에도 연미는 자리에서 일어설 생각을 하지 않는다. 꼼짝하지 않고 앉아있는 연미…….

이윽고 연미가 일어선다. 모텔 로비를 가로지른 그녀가 모텔 현관 앞에 서서 밖을 쳐다본다. 사라지고 없는 성재. 연미는 성재에게 미안한 마음이 가득했다. 그러면서 그녀는 서글픔이 밀려왔다. 연미가 모텔 로비 구석의 창가로 다가선다. 하염없이 창밖을 내다보는 연미…….

어디로 가야 할까? 무엇을 해야 할까? 연미는 갈 길을 잃었다. 연미가 모텔 커피숍, 성재와 앉았던 그 자리로 다시 돌아가 앉는다. 시선을 한곳에 고정한 채 꼼짝 않고 앉아있는 연미. 그녀의 표정이 어둡고 애처로워 보인다. 하지만 그녀의 눈동자에는 힘이 있다. 그 힘은 무얼까? 성재에게 상처를 건넸고 그를 완전히 잃을 수도 있으며 결국은 괴로움의 나락으로 빠져버릴지도 모르는 상황인데 무엇 때문에 그녀의 눈에서 그런 힘이 생겨나는 것일까?
 오랜 시간 동안 생각에 빠져 있던 연미가 자리에서 일어난다.
 모텔 로비, 엘리베이터 앞으로 다가가는 연미.
 그녀는 현석에게 가기로 마음먹었다.

 연미가 객실 문을 노크한다. 대답이 없다. 다시 노크하는 연미. 역시 답이 없다. 연미가 객실 문 옆에 달린 초인종 버튼을 누른다. 그래도 답은 없다. 그녀가 문손잡이를 살짝 돌려본다. 문손잡이가 옆으로 돌아가자, 문을 살며시 열고 객실 안으로 들어서는 그녀. 인기척이 없다. 그녀가 문가 욕실에 귀를 가깝게 가져간다. 그러나 욕실에서도 기색이 없다. 그녀가 욕실을 지나 침실 쪽으로 방향을 바꾼다. 그 찰나, 그녀가 소스라치게 놀라며 한 손을 입에 가져간다. 허공에 매달려 있는 현석. 그녀가 날카로운 외마디 비명을 내지른다……. 다리에 경련을 일으키며 바닥에 털썩 주저앉는 연미……. 그녀가 손과 팔을 부르르 떤다……. 무어라 소리치려 하지만 그녀의 입에서는 순간 소리가 튀어나오지 않는다.
 "안 돼요! 안돼!"
 연미의 외침이 객실 밖 복도로 퍼져 나간다…….
 현석, 객실 커튼을 잘라낸 뒤, 잘라낸 커튼에 해금 줄을 감고 그 줄을 객실 천장 샹들리에에 이어 목을 맸다.

연미가 비명을 지르며 복도로 뛰어나간다. 복도 난간에 서서 아래 로비를 향해 도와달라고 소리치는 연미…….

*

"차라리, 차라리 다시 만나지 말아야 했어요. 그냥 서로 그렇게 모르는 채로 시간이 흘러야 했어요. 다시 만나지 않았다면, 만나지 않았다면…… 이렇게 되지는 않았을 거예요. 언젠가 다시 만날 수 있을까 했는데 그게 이루어졌어요. 근데 그가 너무 힘들어 보였어요. 지나칠 수가 없었어요. 왜 아버지에게 그 사람을 데려갔냐고요? 알려주고 싶었어요. 아버지께서 그분을 인정했던 그 사실을 알려주고 싶었어요. 그리고 미안함이었어요. 말로는, 말로는 그 미안함이 설명이 안 돼요. 너무 아픈 사랑이었어요. 전 너무 어렸고 그렇게 시간이 흐르는데도 전 그 사람에게 아무것도 해준 게 없었어요."

눈물로 퉁퉁 부어오른 연미의 얼굴. 그녀가 모텔 객실 앞 복도에 앉아 흐느끼고 있다.

"마음이 아파요. 마음이 너무 아파요. 삼십 년이 넘도록 간직하고 있던 제 사진을 떠나기 전, 없애버렸어요. 찢은 것도 아니고 불에 태운 것도 아니고 물에 불려 곱게 제 얼굴을 없앴어요. 왜 사진 속의 제 얼굴을 없앴는지, 그게 무슨 의미인지 아세요?"

연미, 손에 쥔 사진을 보며 오열한다.

그녀의 오열이 깊어지자, 그녀 앞에 앉아있던 성재가 그녀의 한 손을 지그시 움켜잡는다.

"삼십 년이 넘도록 오직 저 하나만 생각하고 살아왔대요. 이제 알 것 같아요. 소중한 거, 사랑보다 소중한 게 뭔지. 그게 뭔지 알 것 같아요. 잊지 않는 거예요. 잊지 않고 그리워하는 거."

연미, 딸꾹질까지 해대며 오열한다. 성재가 한 손으로 그녀의 등을 토닥거린다. 그때 객실 내를 조사하던 경찰 한 명이 연미에게 다가온다.

"실례합니다. 첫 목격자시군요?"

연미, 고개 들어 경찰을 본다.

"같이 투숙하셨었네요?"

연미, 고개 끄덕인다.

"실례지만 사망하신 분과 어떤 사이신가요?"

연미, 성재의 얼굴을 한번 쳐다본 뒤 경찰에게 답한다.

"사랑하는 사이입니다."

30 | 가야만 하는 길

　현석의 유골이 뿌려지는 곳은 현석이 세상을 떠나려 했던 곳과 현석의 비밀 연습실이 있던 곳으로부터 멀지 않았다. 정수는 현석이 먼길을 떠난 뒤 집 근처 묘지에 모시려 했다. 그러나 정수는 장례식장으로 걸려 온 연미의 전화 한 통에 그 생각을 바꿔야만 했다. 아버지께서 평생 그리워했던 곳이 아버지께서 세상을 등지려 하셨던 곳이니 묘지보다는 화장을 해드려 그곳 호수에 뿌려 드리는 게 좋지 않겠냐는. 정수는 유골을 뿌릴 장지까지 알려주는 연미의 전화에 묘한 기분이 들었다. 그동안 그녀와 아버지 사이에서 무언가 석연치 않은 점들이 느껴져 그녀와 아버님의 이면을 쫓고 있었던 정수. 그는 아버님이 떠나신 다음 날, 연미가 경찰서에 진술했던 내용을 경찰로부터 전해 듣고 그녀와 아버님 사이에 무언가 숨겨진 사연이 있을 거라 확신했다. 정수는 장례 기간 내내 그녀를 기다렸다. 그러나 그녀는 나타나지 않았다. 아버님의 발인이 있는 오늘까지도 말이다. 정수는 적어도 아버님의 유골이 뿌려지는 오늘은 그녀가 모습을 보일 것으로 생각했다. 그러나 해가 저물어 가고 있음에도 정수는 연미의 모습을 볼 수가 없었다.

서쪽 산이 붉게 물들었다. 함께 자리했던 사람들이 모두 돌아갔지만, 정수와 정수의 부인, 그리고 정수 딸은 현석을 떠나보낸 자리에서 발길을 떼지 못하고 있다. 커다란 소나무 밑에 옹크리고 앉아 먼 하늘을 쳐다보고 있는 정수 부인과 정수 딸. 그들에게서 얼마 떨어져 있지 않은 바위에 걸터앉아 물결치는 호수를 멍하니 바라보고 있는 정수. 희뿌연 운무가 산등성이로 밀려오고 주위가 어두워져 간다. 그때였다. 누군가의 인기척이 들렸다. 정수가 고개를 돌려 산 아래쪽을 바라본다. 연미였다. 자리에서 일어서는 정수. 연미는 일부러 늦은 시간을 택했다. 그녀는 정수 가족 외, 누구와도 마주치는 걸 원하지 않았다. 연미가 걸음을 잠시 멈춰 세운 뒤 거친 숨을 몰아쉰다. 무척 힘들어 보이는 그녀. 그녀의 이마와 목에는 땀이 가득했고 얼굴은 붉게 상기되어 있다. 그녀가 산 위쪽에 시선을 두고 주위를 살핀다. 정수와 연미의 눈이 마주쳤다. 잠시 정수를 쳐다보다가 치맛자락을 움켜쥐고 다시 언덕을 오르는 연미.

연미가 숨을 가득 몰아쉬며 산등성이 정상에 모습을 드러냈다. 정수와 정수 부인이 고개 숙여 연미에게 인사하자 연미, 정수와 정수 부인에게 다가가 허리를 깊게 숙인다.

연미, 주위를 굽어살핀다. 30여 년 전에 비해 크게 변한 건 없었다. 변한 게 있다면 바위 등성이의 키 작은 나무들이 커다랗게 자라 뻗어있는 것, 절벽 가에 솟구쳐있던 개오동 나무가 두 아름 크기로 자라있는 것, 그리고 비밀 연습실이 있던 자리에 거대한 전신탑이 놓여있는 것. 그 외, 호수의 물결, 호수의 색조, 하늘빛, 구름, 그리고 석양은 그대로였다.

연미가 현석의 유골함이 놓인 바위에 눈길을 두다가 그 바위로 다가가 바위 위로 올라선다. 연미는 한참 동안 호수를 바라보다가 고개를 숙인다. 현석에게 보내는 인사인 듯.

연미가 바위에서 내려와 정수 딸에게 다가간다. 한 팔로 가볍게 그녀를 포옹하고 그녀의 머리를 쓰다듬는 연미. 연미는 오늘 이 자리에 오기 전, 어떤 슬픔이 밀려와도 의연해지겠다고 스스로에게 다짐했다. 눈물도 보이지 않겠다고 마음먹었다. 그러나 몸에 전혀 맞지도 않는 큰 치수의 상복을 위아래로 입고 있는 정수와 윤기라고는 전혀 없는 푸석푸석한 정수 부인의 얼굴, 그리고 닳고 닳아 헤어진 카디건과 셔츠를 상복 대신 입고 있는 정수 딸의 모습에 연미는 가슴 한구석이 저려온다. 다짐의 다짐을 했건만 연미는 밀려오는 눈물을 통제할 수 없었다. 순식간에 눈에 괴어 흐른 눈물을 손가락으로 훔쳐내며 그들로부터 시선을 돌리는 연미. 연미는 자신의 그런 모습이 정수에게 어떤 상상의 매개를 안겨 자신의 존재가 파헤쳐지는 촉매 역할을 하지는 않을까 생각한다. 그녀는 진실이 드러나는 것을 결코 두렵게 생각하지 않는다. 정수에게 진실을 회피하고 싶은 마음도 없다. 다만 두려운 것은 엉키고 꼬인 실타래를 고통 속에서 풀어야만 하는 그 과정이다. 30년이 넘는 세월 동안 생모로서 의무를 다하지 못한, 그리고 아들로서 권리를 누리지 못한, 그 회한들이 그녀에게는 너무나도 두려운 존재다.

정수가 연미 앞으로 한발 다가서서 고개 숙여 인사한 뒤 입을 연다.

"와 주셔서 감사합니다. 장례식 동안 여사님께서 오시기를 기다리고 있었습니다. 먼저, 그동안 도움 주신 것, 너무 감사하다는 말씀 다시 전하고 싶습니다."

연미, 정수에게 고개 숙여 그의 감사에 답을 했다.

"여러 사정으로 장례식장에 가보지 못해 죄송했습니다."

"아닙니다. 오늘 와 주신 것만으로도 감사합니다."

"오늘, 일찍 왔었어야 했는데 이렇게 늦은 시간에 와서 이 또한 너무 죄송하네요."

"아닙니다. 찾아오기도 올라오기도 쉽지 않은 장손데 여기까지 와 주셔서 정말 고맙습니다."

잠시 두 사람 사이에 어색한 침묵이 흐른다.

연미가 입을 연다.

"물결도, 하늘도, 바람도, 모두 평화롭네요. 아버님 좋은 곳으로 가셨으리라 생각됩니다."

"네, 감사합니다."

연미가 비밀 연습실이 위치했던 곳을 바라본다. 걸음을 옮겨 연습실이 있던 주위를 둘러보는 연미.

정수가 연미에게 다가선다.

"저, 궁금한 게 있습니다. 아버님께서 왜 이 장소를 좋아하셨는지 잘 알고 계신 듯한데 그 사연을 들을 수 있을까요?"

"……."

"그리고 그 외, 궁금한 게 많습니다. 아버님 돌아가시던 날 아버님과 같이 계셨던 이유와 상황을 설명 듣고 싶습니다. 그리고 저희 아버님과 사모님 아버님의 관계가 서로 은혜를 주고받으신 사이라고 말씀하셨는데 어떤 은혜를 주고받으신 관계인지도 알고 싶습니다. 그리고 아버님 돌아가시던 날, 사모님께서 경찰서에 진술하신 내용을 제가 잘 이해 못 하겠습니다. 연인관계라고 진술서에 쓰셨다고 경찰서에서 전해 들었습니다. 그 진술이 무슨 의미인지 제게 설명해주셔야 할 것 같습니다. 오늘 시간이 늦었으니 사모님 편하신 날, 한번 뵐 수 있으면 합니다."

정수의 말이 끝나자, 연미, 정수를 바라보며 마음속으로,

'맨 처음 병원에서 보았을 때 느꼈던 피폐해질 대로 피폐해져 연약해 보이던 그 모습이 역시 아니다. 두 번째 보았을 때처럼 곧고 바르다.'

"네, 설명드릴 기회가 있을 거예요. 제게 연락처 주실 수 있

으세요?"

"네, 아래 상조 차량에 제 명함이 있습니다."

정수, 주위를 두리번 살핀 뒤 말한다.

"날이 어두워지고 있네요. 더 어두워지기 전에 내려가야 할 것 같은데 괜찮으시다면 저희와 같이 내려가시겠어요? 바윗길에 모래 자갈들이 많습니다. 혼자 내려가시기에는 좀 힘드실 듯싶습니다."

"…… 네, 그렇게 하지요."

연미는 현석이 떠난 날부터 식음을 전폐했었다. 현석이 떠난 뒤 이틀째 되는 날, 결국 구급차에 실려 갔던 연미는 병원에 머물러야만 했다. 그녀는 인지 능력 저하와 어지러움에 말이 안 나오는 증상까지 동반되자 오래전, 악몽 같던 그 병세가 다시 찾아오고 있는 것 같아 두려웠다. 결국 급성 스트레스로 인한 정신장애 진단을 받은 연미. 그녀는 몸과 마음을 쉬게 하지 않으면 앓았던 지병이 재발할 수 있다는 의사의 경고와 만류에도 불구하고 오늘 병원에서 외출을 감행했다. 연미는 도저히 혼자의 힘으로 현석의 장지까지 갈 자신이 없었다. 결국 연미는 택시를 타고 장지에 갈 생각을 했다. 연미는 혹시 가는 동안 몸이 위급한 상황에 이를 수도 있다는 생각에 택시가 내키지는 않았지만, 선택의 여지가 없었다. 그때 성재에게 걸려온 전화 한 통화. 장례식에 가지 못한 걸 알고 있는 성재는 연미의 의중을 헤아리고 연미에게 전화했다. 발인 장소에 갈 생각이면 달려오겠다는 전화였다. 연미는 성재와 같이 가기가 부담스러웠지만, 성재에게 의지할 수밖에 없었다. 결국 성재와 같이 장지까지 온 그녀. 하지만 그녀는 홀로 산을 올라야만 했다. 쉽지 않았다. 다리에 힘은 빠져 있고 구토증세에 눈의 초점도 명확하지 않았다. 그러나 그녀는 해냈다. 의사가 조제해 준 응급약을 허리춤에 차고 힘을 내어 현석의 장지까지 올라온 것이다. 장지에 오른 뒤 그녀는 온몸에 열꽃이 퍼져 주저앉고 싶었지만 정수 앞에서, 정수 가족 앞에서 참고 견디어야만 했다. 그러던 연미였는데, 연미의 몸에 변화가 일었다. 갑자기 구토증세와 어지러움이 사라졌다. 그리고 사물이 여러 개로 겹쳐 보이던 증상도 정상으로 돌아왔다. 연미는 성재의 차에 앉아 장지를 향해 가며 정수의 모습은 어떤 모습일지 상상해 보았었다. 그녀는 무너져 내린 정수의 모습을 떠올렸었다. 그러나 연미의 상상은 틀렸다. 그녀는 정수에게서 긍정의 여유를 느꼈고 바른 품성과 인성의 체취도 느꼈으며 힘도 느꼈고 상대와 소통하는 방법과 상대를 배려하는 모습도 느꼈다. 연미는 갑자기 가슴이 뛰기 시작한다. 정수가 세상을 어둡게만 바라보며 절망에 사로잡혀 있을 것 같았는데 그렇지 않은 것 같아 연미는 너무나도 기뻤다. 지금 그녀가 느끼는 그 기쁨은 그녀가 태어난 이래 처음 느끼는 기쁨의 종자였다. 그 기쁨에 연미의 증세가 치유된 것일까? 그 기쁨에 연미가 정말 그렇게 살아난 것일까……?

 연미는 장지를 오르면서 정수에게 무슨 말을 어떻게 전하고 돌아와야 할지? 어떤 말이 그에게 가장 큰 위로가 될지? 그 말을 찾고 싶었다. 하지만 그녀는 그 말을 찾을 필요가 없다. 정수에게는 그녀가 추측하고 우려했던 황망의 그림자가 없었다.

 연미는 정수 가족과 같이 산에서 내려왔다. 연미는 산에서 내려오며 줄곧 정수 딸의 손을 잡았고 비록 밀도 없는 대화였지만 정수 부인과 스스럼없는 이야기를 나누었으며 정수와는 가볍게 주고받은 대화였지만 해금 연주자로서 그의 직업관에 관해 이야기를 들을 수 있었다.

 연미는 정수 가족과 헤어진 뒤 병원으로 돌아가는 길이 무겁지 않다.

 성재의 차 안에서 바라본 창밖 풍경들. 연미는 가을의 시작이 어느새 가을의 끝자락에 와 있는 걸 오늘에서야 비로소 인지한다.

 "오늘, 같이 해줘서 고마워요."

 동승석에 앉은 연미가 성재에게 말했다.

 "아니에요. 여기까지 같이 올 수 있어서 기뻤습니다."

 "고마워요. 그렇게 말해주셔서."

성재 차가 병원 앞에 멈춰 선다.

"지금 보니, 연미 씨, 너무 말랐네요. 걱정되네요."

"내일부터 식사할 수 있어요. 괜찮아질 거예요."

"필요한 게 있거나 도움받을 일 있으면 언제든 전화해요. 바로바로 달려올게요. 퇴원이 모렌가요?"

"네."

"퇴원하시는 날 제가 와도 되죠?"

연미, 성재 눈을 보며 고개 끄덕인다.

"아, 그리고 상황이 여의찮아서 아직 말 못 했는데 이번 주 일요일, 학교에서 연주회가 있어요. 연미 씨가 자리 함께 해주면 좋겠네요."

"연주회는 다음 달 아니었나요?"

"다음 달은 정기 합동 연주회고 이번 주 일요일은 일 년에 한 번씩 하는 제 개인 워크숍이에요."

"네, 알겠어요. 그날 가보도록 해볼게요."

"그래요. 저, 그리고 하고 싶은 말이 있어요."

"……."

"만약, 우리가 같이 간다면, 얼마 전, 혼자 되신 따님, 제가 안고 갑니다. 따님께서 자폐 앓고 있다고 스스로에게 발목 채우지는 마셔요. 기쁘게 제가 안고 갑니다. 그리고 저 아드님, 제게 부담가지실까 싶어 먼저 말씀드릴게요. 연미 씨가 저 아드님을 안으시면 저도 저 아드님, 같이 안고 갑니다."
 "!"
 "원래 인생은 그런 겁니다. 사랑도 그런거고."
 "……!"

31 | 사랑보다 아름다운

첫눈이 내렸다. 연미는 집 현관을 나서면서 집 뜰에 쌓인 눈을 바라본다. 계절에 비해 눈이 일찍 내렸기 때문일까? 제법 많은 눈이 쌓였지만, 쌓인 눈이 하얗지만은 않다. 여기저기 눈 속에 몸을 파묻고 얼굴을 내밀고 있는 낙엽들. 연미는 그런 풍경이 눈에 익지 않았다. 연미가 낙엽들을 물끄러미 바라보며 생각한다. 나무에서 버림받고 땅바닥을 뒹굴다가 어디론가 흔적 없이 사라져 버릴 운명의 낙엽들. 그래서 낙엽들은 눈을 안식처로 생각하는 것일까? 눈에 묻혀 수분을 먹으며 겨울 채비라도 하려는 양? 잠시 후면 햇살이 내려앉아 눈밭이 사라져 버릴 텐데 그건 알고 있을까? 혹, 낙엽들이 눈을 자신들의 보금자리로 생각하고 있다면 햇살은 그런 낙엽에 배려와 아량을 베풀어야 할 텐데 과연 햇살이 그걸 할 수 있을까? 연미는 쨍하니 구름을 뚫고 나온 햇빛이 그리 미덥지 않다. 연미가 각자 흩어져 눈 속에 몸을 파묻고 있는 낙엽들을 하나하나 손에 주워 집 정원 연못에 하나씩 떨어뜨린다. '그래, 너희들은 오래 견딜 수 있을 거야. 이곳에 머물면 수분 때문에 적어도 이번 크리스마스까진 잘게 갈라지진 않을 거야.'

연미가 집 뜰에 주차해 놓은 자동차로 걸어가며 연못에 떨어뜨려 놓은 낙엽들을 바라본다. 입가에 미소를 머금는 연미.

연미의 차가 캠퍼스 길을 지난다. 연미는 하얀 눈 위로 떨어져 내리는 은행 나뭇잎을 보며 흰색과 진 노란색의 조화에 마음을 빼앗긴다. 그녀는 그 색의 조화가 아름다워 가슴이 찡하기까지 했다. 그녀가 캠퍼스 길, 도로 옆에 차를 세운다. 바람이 불 때마다 하얀 눈 위로 우수수 떨어져 내리는 은행 나뭇잎들을 한참 동안 바라보는 연미.

연미의 차가 한 건물 앞에 멈춰 선다. 그 건물은 여느 직사각형의 건물과는 사뭇 다른 아치 형태의 건물이었다. 건물 앞 주차장에 차를 주차한 그녀가 건물 입구를 향해 걷는다. 순간 연미는 이상한 생각이 들었다. 연주회가 있는 날인데 왜 극장 건물 앞 주차장이 한산할까? 연미가 건물 앞 계단을 오르며 콘서트홀 입구를 쳐다본다. 그곳에는 삼삼오오 모여 대화를 나누는 학생들과 입김을 내뿜으며 보드를 굴리는 학생들만 보일 뿐 연주회를 보러 온 듯한 군중과 무리는 보이지 않는다.

연미가 콘서트홀 현관 앞에 선다. 유리창을 통해 콘서트홀 로비를 살피는 연미. 홀 로비에도 사람들은 없다. 연미가 핸드백에서 전화기를 꺼내 든다. 그때,

"안녕하세요?"

연미, 소리에 뒤돌아보자, 학생으로 보이는 젊은 여인이 서 있다.

"저, 유성재 교수님 연주회 보러 오셨죠?"

"예."

"교수님께서 자리 안내해 드리라고 하셨습니다. 이쪽으로 오세요."

"?"

연미, 여학생 뒤를 따른다. 여학생과 연미가 다다른 곳은 콘서트홀 극장 입구다. 여학생, 극장 문을 연다.

"들어오세요."

연미, 극장 안으로 들어선다. 객석은 텅 비어 있다. 연미가 의아한 표정으로 여학생을 보자, 여학생, 입가에 미소를 살며시 머금고는 나직한 목소리로 말한다.

"절 따라오세요. 자리 안내해 드리겠습니다."

다시 여학생의 뒤를 따르는 연미. 여학생이 연미를 안내한 곳은 객석 정중앙 자리였다.

"이 자리십니다. 연주가 곧 시작될 거예요."

연미가 자리에 앉자, 여학생, 연미에게 고개 숙여 인사한 뒤 객석 밖으로 사라진다. 여학생이 사라지자마자 객석 조명이 어두워진다. 곧이어 주위는 칠흑 같은 어둠이 내리고 무대 커튼이 올라가는 소리가 들린다. 덜컹 소리를 내며 무대 커튼이 멈춰 섰다. 고요함이 감돈다. 잠시 후 객석 뒤쪽에서 스포트라이트 조명이 무대 한 곳을 비춘다. 희미했던 스포트라이트가 점점 밝아지자, 피아노가 모습을 드러낸다. 이어서 들려오는 발걸음 소리. 한 남자가 피아노 옆으로 다가와 선다. 스포트라이트가 그 남자를 비춘다. 성재였다. 그가 객석에 앉은 관객, 연미에게 허릴 숙여 인사한다. 순간 연미의 뇌리에서 생각이 스친다. 지금 성재가 만들어놓은 이 상황! 연미는 어떤 그림이 펼쳐질지 짐작할 수 있었다. 수많은 감성이 연미의 내면에서 용솟음쳐온다.

성재가 피아노 앞에 앉는다. 그가 두 손을 건반에 올리고 음을 만들기 시작했다. 들려오는 곡은 〈재즈 러버스〉였다. 〈Part I〉의 올 인스트루멘탈 버전.

오래전, 양현석이라는 남자는 추연미라는 여인을 위해 〈재즈 러버스〉라는 곡을 만들었다. 사랑하는 마음을 전하기 위해서였다. 그로부터 32년이 지난 뒤 추연미라는 여인과 사랑에 빠진 유성재라는 남자는 양현석이란 남자가 추연미를 위해 만들었던 그 〈재즈 러버스〉를 사랑하게 된다. 그리고 그 곡을 자신의 사랑하는 연인, 추연미를 위해 연주한다. 이게 다 무슨 일일까? 음악의 힘일까? 아니면 사랑의 힘일까? 아니면 재즈의 힘일까? 아니면 그 세 가지 모두가 합쳐진 힘일까?

32년 전, 양현석은 〈재즈 러버스〉의 올 인스트루멘탈 버전을 만들며 희망을 품었다. 언젠가는 풀 오케스트라와 함께 〈재즈 러버스〉의 올 인스트루멘탈 버전을 연주해 보겠다고. 그리고 연미에게 그 모습을 보여주겠다고…….

성재는 평온했고 차분했고 유연해 보였다. 그의 연주는 마치 오랫동안 연주해 왔던 곡인 것처럼 능란했으며 자유로웠다. 연주를 잇던 성재가 잠시 연주를 멈춘다. 하지만 그건 움츠림이었다. 그가 다시 음을 두드리자, 무대 전체에 환한 조명이 들어오며 오케스트라 주자들이 음을 뿌려댄다. 기습이었다. 어둠에 가려져 있던 수십 명의 오케스트라 주자들이 동시에 음을 뿜어대자, 연미의 호흡이 멈춰버렸다. 성재만으로도, 그가 연주하는 피아노 음 하나만으로도 마음을 가누기가 힘들었는데……. 겨우 숨을 내쉰 연미였지만 연미는 오케스트라 단원들이 만들어내는 〈재즈 러버스〉의 선율에 다시 턱밑까지 숨이 차오른다. 연미는 지금, 자신의 이성을 다독거릴 여유가 없다. 전해져오는 감동에 그녀는 금방이라도 울 것만 같다. 윗니에 깨물린 그녀의 아랫입술에 떨림이 있다.

성재와 오케스트라 단원들이 〈Part I〉의 마지막 마디를 연주했다. 무대에서 마무리된 여음들은 극장 안 객석을 휘저으며 춤을 춘다.

정적이 일었다. 〈Part I〉의 마지막 음을 두드린 후 동작을 멈추었던 성재가 자리에서 일어나 객석에 자리하고 있는 관객에게 고개 숙여 인사한다. 연미와 성재의 마주친 눈이 어둠 속에서 밝게 빛난다.
　다시 피아노 앞에 앉는 성재. 그가 다시 연주를 시작한다.
　들려오는 곡은 〈재즈 러버스〉, 〈Part II〉였다……．

32 | 환생

대문은 왼쪽과 오른쪽 문의 대칭이 맞지 않아 기울어져 있었고 대문의 중간 이음부는 온통 녹이 슬려 있어, 금방이라도 대문의 절반은 떨어져 나갈 듯싶다. 대문 옆, 시멘트벽에 걸려 있는 문패는 색이 바래, 쓰여있는 글자가 선명하게 보이지 않는다. 연미가 문패에 얼굴을 가깝게 가져가며 이름을 확인한다. 梁賢錫(양현석). 문패를 확인한 연미가 대문 문틈 사이로 집안을 한번 살핀 뒤 초인종을 찾는다. 그러나 초인종은 그녀 눈에 바로 들어오지 않았다. 초인종은 대문 왼쪽 위 모서리 구석, 녹슨 쇠창살 사이로 삐쭉 튀어나온 두 가닥의 전선에 치렁치렁 매달려 있었다. 연미가 초인종에 손을 가져간다. 그러나 연미는 선뜻 초인종을 누르지 못한다. 전선의 피복이 군데군데 벗겨져 있었기 때문이다. 잠시 망설이던 연미가 전선의 피복이 까지지 않은 부분을 한쪽 손으로 잡고 다른 한 손으로 조심스럽게 초인종을 누른다.

"누구세요?"

대문 안쪽에서 여인의 목소리가 들려왔다.

"실례합니다."

"누구세요?"

"네, 양정수 씨 댁이죠?"

대문이 열린다. 문을 연 사람은 정수의 부인이었다. 그녀가 연미를 보고 놀란 표정을 지으며,

"어! 안녕하세요?"

"네, 안녕하세요? 미리 연락 못 드리고 찾아왔습니다. 죄송합니다."

"아, 아니에요."

정수 부인, 집 안쪽을 향해 얼굴 두며 말한다.

"여보, 손님 오셨어요."

마루 안쪽, 미닫이로 된 방문이 열린다. 문틈 사이로 얼굴을 내미는 정수. 연미와 정수의 얼굴이 마주쳤다. 정수가 옷매무새를 만지며 일어선다. 방에서 나와 마루를 가로지른 뒤 신을 신고 빠른 걸음으로 대문 가로 다가오는 정수.

"안녕하세요?"

정수가 인사하자, 연미,

"네, 안녕하세요? 잘 지내셨어요? 연락도 없이 불쑥 찾아왔어요. 죄송해요."

"아닙니다. 괜찮습니다. 들어오세요."

연미, 대문 안쪽으로 발걸음을 옮긴다.

마당 주위를 살피는 연미. 해금을 만드는 장비와 도구, 그리

고 나무들이 마당 여기저기에 놓여있다.

"아버님 사시던 집을 한번 보고 싶었습니다."

"아, 네." 정수가 대답했다.

정수 부인과 정수의 눈이 잠시 마주쳤다.

"날씨가 춥습니다. 안으로 들어가시죠. 집이 좀 누추합니다."

정수의 말이 끝나기도 전, 정수 부인이 마루로 향한다. 마루에 올라 이리저리 나뒹구는 물건들을 정리하는 정수 부인.

정수와 연미가 신을 벗고 마루에 오른다. 마루에 오르자마자, 연미의 눈길이 한 곳에 고정된다. 피아노였다.

"따뜻한 음료 드릴까요?" 정수 부인이 물었다.

"아니에요. 오늘 많이 마셨어요. 감사해요."

연미가 마루 벽면을 돌아본다. 벽에는 국악 관련 조형물, 해금 제작 과정의 그림들, 그리고 액자들이 걸려 있었다.

연미가 한 방 앞에 이르자 정수가 입을 연다.

"아버님께서 쓰시던 방입니다."

"아, 그래요? 들어가 봐도 되겠어요?"

"예, 그런데 난방을 꺼놔서 방이 춥습니다."

"괜찮습니다."

정수가 방문을 연다.

방 안으로 들어가는 연미. 그녀가 방을 한번 둘러본 뒤 책장 앞에 선다. 책장에는 피아노, 국악, 재즈에 관련된 서적들이 가득했다. 그때 책장 위에 진열된 물건 하나가 연미의 눈에 들어왔다. 오래전 그녀가 현석에게 선물했던 할리데이비슨 오토바이 미니어처였다. 물끄러미 미니어처를 바라보던 연미가 책장 앞으로 한 발 내딛고는 미니어처를 손에 들고 전원 스위치를 켠다. 힘차게 배기음 소리를 내는 오토바이. 정수와 정수 부인의 눈이 마주쳤다. 그들은 손에 익은 듯, 쉽게 전원을 켜는 연미의 모습에 다소 놀라는 표정이다. 현석의 방은 깨끗하게 정리되어 있었다. 특별한 것들이 놓여있지 않았음에도 연미는 현석의 방에 오랫동안 머물렀다.

 연미가 현석 방에서 나오며 왼쪽 방에 놓여있는 피아노를 쳐다본다.

 "피아노가 있네요? 아버님께서 연주하시던 피아논가요?"

 "딸아이 피아노입니다. 아버님도 가끔 연주하셨고요."

 "아, 그래요? 따님은 해금 연주도 하시고 피아노도 연주하시나요?"

 "아닙니다. 딸아이는 해금 연주를 하지 않습니다."

 "⋯⋯? 대대로 해금 전통을 이으시는 걸로 알고 있는데?"

 "네, 그렇습니다만, 아버님께서 저를 끝으로 해금과 연을 끊으라고 하셔서⋯⋯."

 연미는 놀랐다. 연미는 그 이유를 묻고 싶었다. 그러나⋯⋯.

 "저, 오늘 제가 오게 된 건, 아버님 사시던 집도 보고 싶었고 지난번 제게 궁금해하셨던 것들 말씀드리려고 왔습니다. 시간 괜찮으세요?"

"…… 네, 괜찮습니다."

"지난번 궁금해하셨던 내용이, 왜 발인 장소를 그곳으로 권유해 드렸는지, 저의 아버님과 양현석 선생님이 어떤 관계로 어떤 은혜를 주고받은 사이신지, 그리고 양현석 선생님과 제가 어떤 사이였기에 아버님 일로 제가 경찰서에서 연인관계라고 진술했는지, 그리고 아버님 떠나가시던 날 왜 제가 아버님과 같이 있었는지, 맞죠?"

"…… 네, 맞습니다."

"그래요. 말씀드릴게요."

연미가 길게 숨을 들이마시고 내쉰다. 그녀의 호흡에 떨림이 있다. 연미, 마루 벽에 걸린 사진액자들을 쳐다본다. 사진액자들 앞으로 가깝게 다가가는 연미. 액자 하나가 연미의 눈에 들어왔다. 그 액자 안에는 대한민국 국악 경연대회에서 대상을 받은 현석의 상장과 수상 때 찍은 사진이 들어있었다. 좀처럼 그 액자에서 얼굴을 거두지 못하던 연미가 정수와 현석이 같이 찍은 사진액자들에 시선 둔다. 그들 중, 한 사진액자에 연미의 눈이 다시 머문다. 그 사진은 현석과 함께 찍은 정수의 어린 시절 사진이었다. 초등학교 교장 선생님의 직인이 찍힌 상장을 들고 수줍게 미소짓고 있는 정수의 모습. 연미가 액자에 얼굴을 가깝게 가져가 상장에 쓰인 내용을 읽는다.

　위의 어린이는 품행이 바르고 학업 성적이 우수하며 희생적 봉사 정신으로 학교의 위상을 드높였기에 그 공을 치하하여 상장을 수여합니다.

　갑자기 연미의 눈이 충혈되어 온다. 순식간에 그녀 눈에 눈물이 고여 들었다. 연미가 정수와 정수 부인을 등진 채 손가락으로 눈가에 흐르는 눈물을 훔쳐낸다.
"사진에 어머님은 안 계시네요?" 연미가 액자들이 걸린 벽에 시선을 둔 채 물었다. 정수, 바로 답을 하지 못한다.
"…… 네."
"저, 실례지만 어머님 존함 좀 여쭤봐도 될까요?"
　정수와 정수의 부인이 서로 얼굴을 마주 본다. 왜 그녀가 어머님 이름을 묻는지 두 사람은 궁금한 모양새다.
"김유정 씨입니다."
　정수가 대답했다. 순간 연미의 한쪽 팔과 손에 경련이 일었고 그녀의 마음은 와르르 죽음처럼 무너졌다.
　연미가 잠시 지그시 눈을 감고 가슴 밑바닥에 고여있던 무거운 숨을 길게 내쉬며,
"혹시 어머님께서는 돌아가셨나요?"

"네, 돌아가셨습니다."

"혹시 일본에서 돌아가신 걸로 알고 계신가요?"

"……! 네? 네, 그렇게 알고 있습니다."

"어떤 분이 그러시던가요? 돌아가셨다고?"

"……!"

"가족 증명서류에 그렇게 되어있어서요?"

정수와 정수 부인의 얼굴이 또다시 마주쳤다. 무언가 이상한 질문이라고 생각이 스치는 순간, 액자가 걸린 벽면에 줄곧 시선을 두고 있던 연미가 뒤돌아 정수를 본다. 빨갛게 충혈된 눈으로 눈물을 쏟아내고 있는 연미의 모습이 정수의 눈에 들어온다.

연미가 다시 말을 잇는다.

"그 서류기록은 잘못됐어요. 양정수 씨 어머님 존함은 김유정 씨가 아니세요. 양정수 씨 어머님은 살아계세요."

"……!"

연미의 입에서 나온 소리에 정수는 순간 세상이 정지된 듯한 느낌을 받는다. 모든 게 리셋, 소거되어 버린 것 같은. 그는 갑자기 혼란스럽고 당황스럽다. 정수가 연미의 눈을 똑바로 바라보지 못하고 연미로부터 시선을 돌린다. 연미가 다시 말을 잇는다.

"양정수 씨 어머님 이름 알려드리고 싶네요. 양정수 씨 어머님 이름은 추연미 씨예요."

 연미로부터 시선을 돌렸던 정수가 얼굴을 휙 돌려 연미를 본다. 연미의 양미간에 심한 떨림이 있고 그녀의 눈망울에 눈물이 차오른다. 무언가에 얻어맞은 듯 멍한 표정으로 연미를 쳐다보고 있는 정수. 정수 부인도 정수만큼 충격받았는지 온몸이 빳빳하게 굳어버렸다. 정수는 연미의 눈을 계속 쳐다보기가 힘들었다. 정수가 연미에게서 고개를 돌려 창가에 시선을 둔다. 집 대문 앞 도로에 차를 세워놓고 서 있는 성재의 모습이 정수 눈에 들어온다.

 "추연미 씨가 어떤 분인지는 아셔요?" 연미가 정수에게 물었다.

 "네, 여사님 존함이 추연미 씨인 걸로 알고 있습니다. 아버님께서 병원에 계실 때 병원 측에 여사님 존함을 여쭤봤었습니다."

 "……! 경찰서에서 제 이름을 알게 되신 게 아니군요? 실례지만, 왜 병원에서 제 이름을 확인해보셨는지 여쭤봐도 될까요?"

 정수, 잠시 망설이다가 깊게 숨을 내쉬고는 말을 잇는다.

 "…… 김유정 씨가 살아 계신 건 아닌가 싶어, 한번 확인해 봤었습니다."

 연미가 눈물을 왈칵 쏟아낸다. 정수의 눈이 충혈되어 온다.

정수가 담담한 표정을 지으려 애쓰며 말을 잇는다.

"제가 알고 싶었던, 발인 장소에 대한 사연, 그리고 아버님 돌아가시던 날 여사님께서 같이 계셨던 이유, 대답 안 해주셔도 괜찮습니다. 그리고 여사님 아버님께서 저희 아버님으로부터 은혜를 받으신 설명, 그것도 말씀 안 해주셔도 됩니다. 여사님께서 저희 아버님에게 그동안 베풀어 주신 은혜는 제가 꼭 잊지 않겠습니다. 그 점에 대해서 다시 한번 감사드립니다."

의연하다. 그리고 결코, 연약하지 않다. 연미는 충격 속에서도 침착함을 잃지 않는 정수가 고맙고 대견스러웠다.

연미가 핸드백에서 손수건을 꺼내 눈물을 닦아 낸다.

연미와 정수 사이에 침묵이 흐른다. 어색하고 어려운 정적이었다. 연미는 오늘, 과거 속 진실을 차분하게 전하겠다고 마음먹고 정수를 찾아왔다. 그러나 그녀는 머릿속에 그린 생각대로 그 이야기를 풀어놓지 못했다. 두서없이 전달된 진실. 연미는 어디서부터 어떻게 다음 말을 이어야 할지 몰랐다. 연미는 흐르는 눈물이 멈춰지기를 기다려 본다. 하지만 연미의 눈물은 멈춰지지 않았다. 그녀의 눈물은 곧 큰 울먹임으로 이어졌다. 정수는 그런 연미를 보며 무엇이든 그녀를 위해 해야만 했다.

정수가 입을 연다.

"저, 연주해 드리고 싶은 곡이 하나 있습니다. 가끔 아버님과 제가 같이 연주했던 곡인데 연주해 드려도 괜찮겠습니까?"

연미, 울먹이며 고개 끄덕인다.

정수가 마루 끝, 벽에 붙어 있는 방으로 향한다.

잠시 후 정수가 딸아이의 손을 잡고 방에서 나온다. 그의 다른 한 손에는 해금이 들려 있다. 연미를 보고 수줍어하며 방긋방긋 미소 짓는 정수 딸. 연미가 정수 딸을 향해 미소를 보낸다. 딸과 함께 피아노가 놓인 방으로 들어가는 정수. 그가 딸을 안아 피아노 앞, 의자에 앉힌 뒤 방의 한쪽 구석에 놓여있는 의자를 피아노 옆으로 가져와 내려놓고 의자에 앉는다. 우두커니 마루에 서 있던 연미가 피아노가 놓여있는 방으로 들어선다. 조율을 위해 정수와 음을 주고받으면서 연미를 향해 배시시 미소 짓는 정수 딸. 연미는 정수 딸의 그런 행동이 자못 놀라웠다. 어린 꼬마 아이가 연주를 앞두고 악기를 조율하며 보일 수 있는 모습이 아니었기 때문이다.

정수가 고개를 움직여 신호를 보내자, 딸아이의 연주가 시작되었다. 정수의 해금 연주가 딸 연주의 뒤를 따른다. 들려오는 곡은 〈아이 윌 웨이트 휘 유〉였다. 연주가 시작되자마자 연미는 연주되는 곡이 30여 년 전, 현석과 같이 만든 그 편곡 그대로라는 걸 알아차린다. 얼마 전, 호반 카페에서 현석과 연주했던 그 편곡과 같은. 연미는 정수가 그 곡을 선곡한 의미를 헤아렸다. 그 곡이 연주되는 이유를 정수로부터 말로 설명 들지 못했지만, 연미는 느낄 수 있었다. 가슴이 미어져 왔다. 하지만 연미의 가슴 시린 아픔은 오래 지속되지 않았다. 정수 딸의 연주 때문이었다. 그녀의 연주는 예닐곱 살 아이가 보여줄 수 있는 연주가 아니었다. 나이를 뛰어넘는 완벽한 퍼포먼스였다. 전달력도 이해력도 표현력도 디테일도 감성도 그리고 상상력도 모두. 현석과 연미가 같이 편곡한 그 곡은 보사노바, 탱고 외, 여러 재즈 장르가 결합된 구성이었다. 그럼에도 정수 딸은 그것들을 완벽하게 조화시켜 풀어내고 있었다. 연미에게 감동이 밀려왔다. 참고 참으려던 연미의 눈물보가 다시 터져버리고 만다. 하지만 연미의 얼굴에는 눈물만 있는 게 아니었다. 미소도 있었다. 눈물지으며 미소 짓는…….

정수와 정수 딸의 연주가 끝 음을 맺었다.

연미가 정수 딸에게 달려가 그녀의 겨드랑이에 양손을 끼고 그녀를 번쩍 들어 올린 뒤 다시 그녀를 의자에 앉히고는 그녀를 꼭 껴안는다…….

"어! 눈 온다." 정수 딸이 창밖을 보며 외쳤다.

연미, 정수, 정수 부인이 마루 밖으로 시선 가져간다.

연미가 정수 집을 들어설 때 간헐적으로 떨어지기 시작했던 눈. 어느 사이 그 눈은 함박눈으로 바뀌어 내리고 있다.

아들, 손녀, 며느리, 재즈, 피아노, 해금, 성재, 그리고 눈〔雪〕…….

그들 사이에 고요한 적막이 이어진다.

연미가 그 적막을 깨고 입을 연다.

"눈이 많이 오네요. 오늘은 이만 돌아가 봐야 할 것 같습니다. 다시 오겠습니다."

정수 부인이 서둘러 마루를 가로질러 내려간다. 연미가 벗어 놓은 신발을 손에 들고 신발에 쌓인 눈을 털어내는 정수 부인. 연미, 정수 부인에게 고개 숙여 고맙다 인사한다.

정수가 연미의 뒤를 따라 마루를 내려선다. 그러던 정수, 갑자기 멈칫하며,

"저, 잠시만 기다려 주세요."

정수가 뒤돌아 마루로 오른다. 현석의 방으로 들어가는 정수.

잠시 후 정수가 무언가를 손에 들고 현석 방에서 나온다. 그가 들고나온 건 작은 크기로 접혀 있는 종이였다.

연미에게 종이를 건네는 정수.

"아버지 소지품들 찾아가라고 경찰서에서 연락이 왔었습니다. 그때 받아 온 건데 왠지 드려야 될 것 같아서요. 돌아가시던 날, 아버님께서 손에 쥐고 계셨답니다."

연미, 정수가 건넨 종이를 받아 펼쳐본다.

'진실한 사랑은 모든 걸 가능하게 하지만 거기엔 하나 함정이 있네. 그건 바로 운명이네. 진실한 사랑도 운명은 거스를

수가 없는 것일세. 안타깝게도 내 딸과 자네는 함께 할 인연이 아니었네. 하지만 비껴간 인연이었다 할지라도 그 사랑이 진실했다면 그 사랑은 이루어진 사랑보다 영원할 수 있으니 내 딸과 이루지 못한 사랑을 아파하지 말게. 난, 내 딸을 향한 자네의 사랑이 어떠한 시련도 이겨낼 수 있는 위대한 사랑인 것을 확인했네. 부디 마음 아파하지 말게. 난, 자네에게서 사랑의 크기를 배웠고, 사람의 크기를 배웠고, 그리고 예술의 크기를 배웠네. 자네에게 정말 미안하네. 정말 미안했네.'

 종이에서 눈을 뗀 연미가 하늘을 올려 본다.
 그녀의 눈에 눈물이 그렁그렁 맺혀온다.
 하늘에서는 계속해서 함박눈이 쏟아져 내린다…….

이루어진 사랑만이 아름다운 것은 아니다.
어쩌면 이루어진 사랑보다
이루어지지 않은 사랑이 더 아름다운 사랑일지도 모른다.

작가의 말

추천의 글

이 소설은 단 한 번의 사랑에 관한 소설이다. 그리고 불가능한 사랑의 꿈을 집요하게 써 내려간 재즈 환상곡이다. 여기서 재즈는 사랑과 동의어이며, 마치 한 쌍이 붙어 있는 러브버그를 연상케 한다.
"평생 단 하루도 재즈를 잊지 못한 나, 하물며 어떻게 사람을, 그것도 사랑했던 단 하나의 사람을 하루씩이나 거를 수 있소?"
슬픔이 아름다울 수 있다는 걸 음악으로 증명하는 것처럼, 이루어지지 않은 사랑의 아름다움을 증명하는 책.

황주리 | 화가, 소설가, 동국대 석좌 교수

음악 한 곡이 누군가의 삶에 폭죽을 터뜨릴 수 있다. 그 폭죽은 곧 사라져 버리는 불꽃이 되기도 하지만 어떤 사람의 마음 안에서는 일생 동안 꺼지지 않는 불이 되기도 한다. 이 소설은 오랜 세월 동안 마음 밖으로 꺼내놓을 수 없었던 사랑과 음악에 관한 이야기다. 운명적인 사랑에 발 묶인 연인들의 이야기다. '진심 따윈 아무 소용 없다'라고 생각되는 시대지만, 간혹 빛나는 진심을 만날 때가 있다.